Jane Austen
Razão & Sensibilidade
EXCELSIOR
BOOK ONE
São Paulo
2021

Sense and Sensibility (1811)

Tradução *Lina Machado*

Preparação *Tainá Fabrin*

Revisão *Silvia Yumi FK*
Tássia Carvalho
Letícia Nakamura

Arte, capa, projeto gráfico e diagramação *Francine C. Silva*

Dados Internacionais de Catalogação na Publicação (CIP)
Angélica Ilacqua CRB-8/7057

A95r Austen, Jane, 1775-1817

Razão e sensibilidade / Jane Austen ; tradução de Lina Machado. – São Paulo: Excelsior, 2021.

336 p.

ISBN 978-65-87435-26-8

Título original: *Sense and Sensibility*

1. Ficção inglesa I. Título II. Machado, Lina

21-1187 CDD 823

TIPOGRAFIA ADOBE DEVANAGARI
IMPRESSÃO IPSIS

Capítulo I

A família Dashwood estabelecera-se em Sussex havia muitos anos. Sua propriedade era extensa e sua residência era a mansão de Norland Park, localizada bem em seu centro, onde, por várias gerações, se portaram com tamanha dignidade a ponto de conquistarem a melhor das reputações entre a vizinhança. O proprietário anterior dessas terras fora um solteirão que viveu até idade muito avançada e, por longos anos, teve a irmã como fiel companheira e administradora da casa. Contudo, a morte dela, ocorrida dez anos antes que ele próprio viesse a falecer, ocasionou grande alteração no local; para preencher a perda da irmã, ele convidou e recebeu em sua casa a família do sobrinho, sr. Henry Dashwood, herdeiro natural da propriedade de Norland, e a quem pretendia legá-la. Na companhia do sobrinho, da sobrinha e das filhas do casal, o final da vida do velho senhor foi agradável. O apreço dele por todos se aprofundou. A atenção constante que o sr. e a sra. Dashwood devotavam aos seus mínimos desejos, fruto não apenas de mero interesse, mas da bondade de seu coração, dava-lhe todo grau de conforto que sua velhice podia obter; e a alegria das crianças acrescentou deleite à sua existência.

Do primeiro casamento, o sr. Henry Dashwood tinha um filho; com a esposa atual, três filhas. O filho, um jovem homem sério e respeitável, estava bem amparado pela fortuna da mãe, que havia sido considerável, metade da qual lhe fora entregue quando completou a maioridade.

Pelo casamento, que ocorreu pouco depois, sua riqueza fora ampliada. Portanto, para ele a sucessão de Norland não era tão importante quanto para as irmãs, pois a fortuna dessas, independentemente do que poderia lhes ser concedido por causa da herança de seu pai à propriedade, não poderia ser mais que modesta. A mãe não possuía nada, e o pai dispunha de apenas sete mil libras, pois o restante da herança da primeira esposa estava também destinado ao filho, e o sr. Henry Dashwood apenas tinha o direito de usufruir dela enquanto estivesse vivo.

O velho cavalheiro faleceu: seu testamento foi lido, e, como é comum ocorrer nesses casos, provocou tanta decepção quanto contentamento. Ele não foi injusto nem ingrato a ponto de não deixar a propriedade para o sobrinho; porém, legou-a em termos tais que comprometeu metade de seu valor. O sr. Dashwood a desejara mais pelo bem de sua mulher e das filhas do que para si ou seu filho; mas estava assegurada para o filho e para o neto, uma criança de quatro anos, de tal forma, que não deixava ao sr. Dashwood maneira de prover às que lhe eram mais caras e que mais necessitavam de um provimento, fosse por qualquer partilha da propriedade ou pela venda de seus valiosos bosques. Tudo fora deixado em benefício desse menino, que, em esporádicas visitas a Norland com os pais, cativara o tio por meio dos charmes não raros em crianças de dois ou três anos: uma dicção imperfeita, um desejo persistente de ter sua vontade atendida, muitas artimanhas marotas e uma enorme barulheira, de modo a superar o valor de toda a atenção que por anos lhe fora dedicada pela esposa e pelas filhas do sobrinho. No entanto, o cavalheiro não tivera a intenção ser cruel e, como prova de sua afeição para com as três garotas, deixou a quantia de mil libras para cada uma.

Em um primeiro momento, a frustração do Sr. Dashwood havia sido profunda, mas seu temperamento era animado e otimista; e ele esperava, com certa razão, viver ainda muitos anos e, economizando, reservar uma quantia considerável da produção de uma propriedade que já era vasta e que poderia crescer quase de imediato. Entretanto, a fortuna, que lhe chegara tão tarde, foi sua apenas por um ano. Não sobreviveu ao tio mais que isso; dez mil libras, incluindo o legado do falecido tio, foi tudo que restou à sua viúva e às suas filhas.

Seu filho fora chamado assim que a situação de saúde do sr. Dashwood se agravou. E o sr. Dashwood recomendou-lhe, com toda a veemência que a enfermidade lhe permitia, que cuidasse da madrasta e das meias-irmãs.

O filho, sr. John Dashwood, não tinha os mesmos sentimentos fervorosos que o restante da família; no entanto, sentiu-se tocado por recomendação de tal natureza e feita em tal momento que prometeu fazer tudo o que estivesse ao seu alcance para lhes dar uma situação confortável. Seu pai se tranquilizou com essas garantias, e o sr. John Dashwood pôde refletir a seu bel prazer sobre o que poderia prudentemente fazer por elas.

Não era um jovem maldoso, a não ser que ter um coração um tanto frio e egoísta seja visto como tal. Era, geralmente, respeitado, pois agia com decência na condução de seus deveres rotineiros. Caso tivesse desposado uma mulher mais amável, seria talvez ainda mais digno de respeito, poderia até mesmo ter se tornado amável, pois era muito jovem e muito apaixonado por sua esposa quando se casou. A sra. John Dashwood, no entanto, era uma caricatura exacerbada do marido, ainda mais tacanha e egoísta.

Quando deu sua palavra ao pai, ponderou aumentar as posses das irmãs pela doação de mil libras a cada uma. Considerou-se totalmente capaz disso. A perspectiva de possuir 4 mil por ano, somadas à sua renda atual, além da metade restante da herança de sua mãe, amoleceu seu coração e o fez se sentir capaz de tal generosidade. "Claro que poderia lhes dar três mil libras! Seria um belo gesto de liberalidade! Seria o suficiente para deixá-las em situação tranquila. Três mil libras! Ele podia despender quantia tão considerável sem maiores inconvenientes." Pensou sobre isso o dia todo e, por dias a fio, sem se arrepender.

Mal passado o funeral do sogro, a sra. John Dashwood, sem enviar qualquer aviso de sua intenção à sogra, chegou acompanhada do filho e de seus empregados. Ninguém poderia questionar seu direito; a casa pertencia ao marido a partir do momento do falecimento do pai dele, mas a indelicadeza de sua conduta era tamanha que, para uma mulher na situação da sra. Dashwood, com apenas sentimentos simples, decerto foi extremamente desagradável. Porém, no entendimento *dela* havia uma noção de honra tão aguda, uma generosidade tão romântica, que qualquer ofensa do tipo, infligida ou sofrida por quem quer que fosse, era fonte de incessante desgosto. A sra. John Dashwood nunca fora a favorita de ninguém na família do marido; mas ela ainda não havia tido a oportunidade, até o momento, de demonstrar com quanta falta de consideração pelo bem-estar alheio poderia agir quando a ocasião exigisse.

A sra. Dashwood sentiu tanto esse comportamento grosseiro e, graças a isso, desenvolveu tamanho desprezo pela nora, que, à chegada dessa, poderia ter abandonado a casa para sempre, não fosse a intervenção da filha mais velha, que a fez refletir sobre o caráter de sua partida. Pelo terno amor que nutria pelas três filhas, foi convencida a permanecer, para evitar um rompimento entre elas e o irmão.

Elinor, a mais velha, cujos conselhos haviam sido tão eficazes, possuía uma força de entendimento e uma frieza de julgamento que a qualificavam, apesar de ter apenas dezenove anos, a aconselhar a mãe e frequentemente permitiam-lhe contrabalançar, para o bem de todas, a veemência de espírito da mãe, que em geral a levaria à imprudência. Tinha excelente coração, seu espírito era afetuoso, e seus sentimentos eram profundos, mas sabia como governá-los; esta era uma habilidade que sua mãe ainda precisava desenvolver, e que uma de suas irmãs estava decidida a jamais aprender.

Em diversos aspectos, as qualidades de Marianne eram bastante similares às de Elinor. Era uma moça sensata e inteligente, mas ardorosa em tudo: suas tristezas e suas alegrias não podiam ser moderadas. Era generosa, afável, interessante: tudo, menos prudente. A semelhança entre ela e a mãe era impressionante.

Elinor observava, com preocupação, a sensibilidade excessiva da irmã; porém, a sra. Dashwood valorizava e enaltecia essa característica. As duas encorajavam uma à outra no ardor de sua aflição. A agonia da tristeza que as dominou no início, era propositalmente renovada, era buscada e cultivada repetidas vezes. Abandonaram-se completamente ao seu sofrimento, buscando aumentar sua miséria com cada reflexão que permitisse isso, e também estavam resolutas a não admitir consolo no futuro. Elinor também sentia angústia profunda, porém, conseguia se esforçar, se empenhar. Conseguiu conversar com o irmão, receber a cunhada quando chegasse e tratá-la com a devida atenção; além disso, conseguiu suscitar na mãe a mesma atitude, encorajando-a a uma similar tolerância.

Margaret, a irmã mais nova, era uma menina bem-humorada e amigável, mas já absorvera bastante do romantismo de Marianne, sem muito de seu juízo, com treze anos, e não era provável que se igualaria às irmãs no futuro.

Capítulo 2

A sra. John Dashwood agora estava instalada como senhora de Norland, e sua sogra e suas cunhadas estavam relegadas à condição de hóspedes. Como tais, todavia, eram tratadas por ela com discreta cordialidade, e o marido, por sua vez, com tanta gentileza quanto era capaz de dispensar a qualquer pessoa além de si, de sua esposa e de seu filho. Ele foi enfático ao pedir, com certa sinceridade, que considerassem Norland seu lar; como nenhuma alternativa era tão atraente para a sra. Dashwood quanto permanecer ali até que pudesse se mudar para uma residência nas redondezas, o convite foi aceito.

A permanência em um local onde tudo lhe recordava sua felicidade passada era o que melhor lhe convinha. Em tempos de alegria, não havia espírito mais alegre ou que possuísse, em grau mais elevado, aquela ardorosa expectativa de felicidade que já é felicidade em si. No entanto, na tristeza, era igualmente arrebatada por sua imaginação e era tão impossível de consolar quanto no contentamento não podia ser contida.

A sra. John Dashwood não aprovava nem um pouco o que o marido pretendia fazer pelas irmãs. Tirar três mil libras da fortuna de seu querido filhinho seria empobrecê-lo de modo horrendo. Implorou que o marido reconsiderasse a ideia. Como ele podia justificar para si mesmo furtar ao filho, seu único filho, tamanha quantia? Que direito as srtas. Dashwood, somente suas meias-irmãs, o que ela nem considerava parentesco, poderiam ter à generosidade dele para receber importância tão significativa?

Era sabido que não deveria haver afeição entre os filhos de diferentes casamentos; por que ele haveria de se arruinar, e ao seu pobre Harry, dando todo o seu dinheiro para suas meias-irmãs?

– Foi o último pedido que meu pai me fez, que eu assistisse à sua viúva e às filhas – replicou o marido.

– Ele não sabia o que dizia, me atrevo a comentar; aposto que ele estava confuso na hora. Se estivesse de posse de suas faculdades mentais, jamais teria pensado em pedir que você abrisse mão de metade de sua fortuna, tirando de seu próprio filho.

– Ele não estipulou uma quantia específica, minha querida Fanny; apenas me pediu, de modo genérico, que as auxiliasse e que tornasse sua situação mais cômoda do que estivera a seu alcance. Talvez fosse melhor que ele tivesse deixado tudo por minha conta. Ele jamais poderia supor que eu iria negligenciá-las. No entanto, como pediu minha palavra, eu não podia negá-la; pelo menos foi o que pensei na hora. Portanto, a promessa foi feita e deve ser cumprida, devo fazer algo por elas quando deixarem Norland para se instalarem em sua nova residência.

– Bem, então que algo seja feito por elas, mas esse algo não *precisa* ser três mil libras. Lembre-se que quando o dinheiro sair de suas mãos não poderá ser recuperado. Suas irmãs irão se casar, e esse dinheiro estará perdido para sempre. Se, de fato, pudesse ser restituído ao nosso pobre menininho...

– Com certeza – disse o marido com muita seriedade –, isso faria uma grande diferença. Harry pode vir a lamentar ter perdido quantia tão grande. Se ele vier a ter uma família numerosa, por exemplo, esse dinheiro seria um acréscimo muito vantajoso.

– Com toda certeza será.

– Então, talvez seja melhor para todos que a quantia seja reduzida pela metade. Quinhentas libras seria um aumento estupendo à fortuna delas!

– Ora, mais que isso! Que irmão faria metade por suas irmãs, mesmo se fossem irmãs de verdade? E, nesse caso, tratando-se apenas de meias-irmãs... Apenas você tem um espírito tão generoso!

– Não tenho a intenção de ser avarento – replicou ele. – É melhor, em tais situações, pecar pelo excesso. Assim, ninguém poderá pensar que eu não fiz o bastante por elas. Nem elas próprias poderiam esperar mais do que isso.

– Não há como saber o que *elas* esperam – disse a senhora –, mas o que elas pensam não está em questão e, sim, o que está ao seu alcance oferecer.

– Certamente. Creio eu que posso dar quinhentas libras para cada uma. Sem contar com isso, cada uma receberá mais três mil libras com a morte de sua mãe, uma fortuna bem agradável para qualquer jovem solteira.

– Mas sem sombra de dúvida; e, penso eu, que não é possível que desejem mais do que isso. Terão dez mil libras a dividir entre as três. Caso venham a se casar, com certeza farão bons casamentos, e, se permanecerem solteiras, poderão viver juntas muito confortavelmente com rendimentos dessas dez mil libras.

– Isso é verdade. Sendo assim, não sei se não seria melhor fazer algo pela mãe, enquanto vive, do que pelas moças; algo como uma pensão anual. Minhas irmãs se beneficiariam da mesma forma, bem como a mãe. Cem libras por ano as deixariam em uma situação muito cômoda.

Todavia, a esposa hesitou um pouco em consentir com esse plano.

– Com toda certeza é melhor do que desembolsar quinze mil libras de uma vez. Mas, se a sra. Dashwood viver mais uns quinze anos, estaremos arruinados.

– Quinze anos! Minha cara Fanny, ela não deve viver o suficiente para receber metade do valor.

– É certo que não; mas, se você reparar, as pessoas sempre vivem muito mais quanto têm uma pensão anual a receber; e ela é muito robusta e saudável e mal passa dos quarenta. Uma pensão é um negócio muito sério; ano após ano deve ser paga e não há como se livrar da obrigação. Você não tem consciência do que está fazendo. Conheço bem o problema que uma pensão anual gera, pois minha mãe se viu obrigada a pagar a três empregados, já aposentados, conforme determinava o testamento de meu pai, e é impressionante o quão desagradável isso se tornou. Deviam ser pagos semestralmente, e ainda havia o transtorno de fazer o dinheiro chegar às mãos deles. Uma vez disseram que um deles falecera, e depois descobrimos que não era verdade. Minha mãe estava exasperada com a situação. Sua renda não lhe pertencia, dizia, com essas perpétuas demandas; e foi uma falta de consideração de meu pai, pois, de outra forma, o dinheiro estaria totalmente à disposição dela sem qualquer restrição. Essa situação me deixou com tal pavor de pensões anuais que tenho certeza que nunca me comprometeria com o pagamento de uma, por nada no mundo.

– De fato, é uma situação desagradável – retrucou o sr. Dashwood –, ter tais obrigações anuais drenando nossa renda. Como bem observado por sua mãe, a fortuna de uma pessoa não lhe pertence. Estar comprometido com o pagamento periódico de determinada quantia, com datas estipuladas, não é nada agradável: rouba por completo a independência da pessoa.

– Quanto a isso não há dúvida. E, no final das contas, nem vão agradecê-lo. Elas se considerarão seguras, você não faz mais do que é esperado, e isso sequer desperta o sentimento de gratidão. Se eu fosse você, qualquer coisa que eu fizesse o faria somente quando quisesse. Não estipularia nenhuma quantia a lhes ser dada anualmente. Poderá haver anos em que seja difícil abrirmos mão de cem, ou mesmo de cinquenta libras de nosso orçamento.

– Concordo, meu amor. Será melhor que não lhes dê uma pensão anual nesse caso; qualquer valor que eu lhes presenteie de tempos em tempos será muito mais valioso do que uma quantia certa todo ano, pois, tendo a certeza de uma renda maior, desejariam elevar seu padrão de vida e não estariam seis tostões mais ricas ao final do ano. Será muito melhor assim. Presenteá-las com cinquenta libras, de quando em quando, impedirá que se aflijam por dinheiro e, creio, me permitirá cumprir totalmente o voto feito ao meu pai.

– Com certeza permitirá. Para falar a verdade, estou convencida de que seu pai jamais imaginou que você lhes daria qualquer valor em dinheiro. O auxílio que ele imaginava, ouso dizer, era apenas o que pode ser razoavelmente esperado de você; tal como procurar uma casa pequena e confortável para elas, ajudar na mudança, enviar-lhes presentes na forma de peixes, carnes e coisas dessa natureza, conforme a estação. Aposto minha vida que ele não desejava nada mais que isso; de fato, seria muito estranho e injusto se ele quisesse. Considere o seguinte, meu caro sr. Dashwood, o quão excessivo será o conforto em que sua madrasta e as filhas dela viverão com os rendimentos de sete mil libras, além das mil libras de cada moça, que renderem cinquenta libras por ano para cada uma, é claro, elas pagarão à mãe pelas despesas de moradia com esse dinheiro. Juntas, terão quinhentas libras ao ano, para que poderiam querer mais do que isso? Viverão de modo tão modesto! As despesas da casa serão quase nada. Não terão carruagem, nem cavalos, quase nenhum empregado. Não receberão visitas, nem terão despesas de qualquer tipo! Imagine o quanto estarão confortáveis com quinhentas libras ao ano! Nem consigo imaginar de que modo gastariam metade desse valor; é absurdo pensar que você deveria lhes dar algo a mais. É bem capaz de que elas possam *lhe* dar algo.

– Minha nossa! – exclamou o sr. Dashwood. – Creio que você tem toda razão. Meu pai certamente não estava pedindo nada além do que você disse. Entendo com clareza agora e cumprirei minha promessa por meio de tais atos de assistência e bondade para com elas que você descreveu. Quando minha madrasta se mudar para outra casa, farei o possível para acomodá-la da melhor forma que puder. Presenteá-la com algumas peças de mobília talvez seja aceitável.

– É claro – respondeu a sra. John Dashwood. – Contudo, devemos levar em conta *uma* coisa. Quando seu pai e sua madrasta se mudaram para Norland, apesar de terem vendido a mobília de Stanhill, preservaram toda as louças, a prataria e as roupas de cama, que agora ficarão para sua madrasta. A casa estará, portanto, quase praticamente toda equipada quando se mudar.

– Sem dúvida, é uma consideração importante. De fato, uma herança valiosa! E uma parte da prataria seria um belo acréscimo ao que já temos aqui.

– Sim, e o aparelho de desjejum é duas vezes mais elegante do que o que pertence a esta casa. Elegante demais, na minha opinião, para qualquer lugar em que elas tenham condições de morar. Mas não há nada que se possa fazer. Seu pai pensou apenas *nelas*. E preciso dizer uma coisa: você não deve nenhuma gratidão especial a ele, nem atenção aos seus desejos, pois sabemos muito bem que, se pudesse, ele teria deixado quase tudo nesse mundo para *elas*.

Tal argumento era irresistível. Deu-lhe a certeza que faltava antes para tomar uma decisão; ele finalmente resolveu que seria desnecessário, até mesmo indecoroso, fazer mais pela viúva e pelas filhas de seu pai do que os atos de boa vizinhança que sua mulher indicara.

Capítulo 3

A sra. Dashwood permaneceu em Norland por vários meses; não por lhe faltar o desejo de se mudar, quando a visão de cada recanto que tão bem conhecia parou de despertar as emoções violentas que produziu por um tempo; pois, quando seu espírito começou a se reanimar e sua mente tornou-se novamente capaz de algum outro esforço além do aumento de sua aflição com recordações melancólicas, ela estava impaciente para partir e incansável na busca por uma residência adequada nas proximidades de Norland; pois mudar-se para longe daquele amado local era impossível. Contudo, ela não encontrava proposta que, ao mesmo tempo, satisfizesse sua concepção de conforto e tranquilidade e se adaptasse à prudência de sua filha mais velha, cujo julgamento mais ponderado rejeitou várias casas que considerou grandes demais para sua renda, mas que a mãe teria aprovado.

A sra. Dashwood havia sido informada pelo marido da solene promessa do filho em favor delas, que o consolou em seus últimos momentos na Terra. Ela duvidou da sinceridade desse compromisso tanto quanto o marido e pensava nele satisfeita pelo bem das filhas; embora estivesse certa de que, para si própria, uma renda bem menor que sete mil libras seria suficiente para que vivesse em abundância. Alegrava-se também pelo irmão delas, por seu bom coração; e se repreendeu pela injustiça de tê-lo considerado incapaz de ser generoso. A atenção que ele devotava a ela e às irmãs a convenceu de que seu bem-estar era importante para ele e, por bastante tempo, confiou piamente na benevolência de suas intenções.

O desdém que sentira tão logo conhecera a esposa do enteado apenas aumentou ao conhecer melhor o seu caráter, o que o meio ano de convivência com a família lhe proporcionou. Talvez, a despeito de todas as considerações de gentileza e afeto maternal de sua parte, as duas senhoras não tivessem conseguido viver juntas por tanto tempo, caso uma circunstância especial não tivesse justificado a permanência de suas filhas em Norland, ao menos segundo o parecer da sra. Dashwood.

A circunstância em questão era a crescente afeição entre sua filha mais velha e o irmão da sra. John Dashwood, um rapaz elegante e muito agradável, que lhes fora apresentado logo depois que sua irmã se estabeleceu em Norland, e que passou a maior parte de seu tempo lá desde então.

Algumas mães encorajariam a intimidade por interesse, pois Edward Ferrars era o filho mais velho de um homem que morrera muito rico; outras a refreariam por prudência, pois, exceto por uma quantia ínfima, toda a fortuna dele dependia do testamento de sua mãe. A sra. Dashwood, porém, não era movida por nenhuma dessas considerações. Bastava-lhe que ele se mostrasse gentil, que amasse sua filha e que Elinor retribuísse a predileção. Era contrário a todas as suas crenças que diferenças de fortuna fossem motivo para manter separado um casal atraído pela semelhança de temperamento; e para ela era incompreensível que os méritos de Elinor não fossem reconhecidos por todos que a conhecessem.

A Edward Ferrars não se recomendava boa opinião delas por nenhuma graça peculiar de sua pessoa ou comportamento. Ele não era galante, e seus modos exigiam intimidade para torná-los agradáveis. Na verdade, era acanhado demais, mas, quando deixava de lado sua timidez natural, seu comportamento indicava um coração franco e afetuoso. Possuía bom discernimento enriquecido com a educação. Entretanto, não possuía as habilidades nem a disposição para atender aos anseios de sua mãe e de sua irmã, que sonhavam em vê-lo destacar-se como… algo que nem mesmo elas sabiam definir. Desejavam que, de alguma forma, ele se destacasse no mundo. Sua mãe queria que ele se interessasse por política, para fazê-lo ingressar no parlamento, ou vê-lo conectado a algum dos homens importantes de seu tempo. A sra. John Dashwood desejava o mesmo, mas, enquanto uma dessas bênçãos superiores não era alcançada, suas ambições estariam apaziguadas se ela o visse conduzindo uma caleche. Edward, no entanto, não tinha nenhum interesse em homens importantes ou em carruagens. Todos os seus interesses se voltavam para o conforto doméstico e para a quietude da vida privada. Por sorte, tinha um irmão mais novo que se mostrava mais promissor.

Edward já estava na casa há várias semanas antes de atrair a atenção da sra. Dashwood, pois, na época, estava absorta em tamanha aflição que a tornava indiferente a tudo que a cercava. Ela apenas percebeu que ele era quieto e discreto, e o apreciou por isso. Ele não perturbava a sua infelicidade com conversas inoportunas. A primeira vez em que o observou com mais atenção e com mais aprovação foi após um comentário que Elinor fez um dia por acaso sobre como ele era diferente da irmã. Esse contraste o recomendou convincentemente à mãe.

– Já basta – ela afirmou –, dizer que ele é diferente de Fanny é o bastante. Implica tudo que há de amável. Eu já o amo.

– Creio que gostará dele quando o conhecer melhor – retrucou Elinor.

– Gostar! – respondeu a mãe, sorrindo. – Não sou capaz de sentir admiração inferior ao amor.

– Talvez possa vir a estimá-lo.

– Nunca fui capaz de diferenciar estima de amor.

A sra. Dashwood se esforçou para conhecê-lo melhor. Os modos cativantes dela logo dissiparam a reserva do rapaz. Ela rapidamente percebeu todos os seus méritos; talvez a persistência da estima dele por Elinor a tenha ajudado; mas ela se sentia segura do valor dele: mesmo seus modos quietos, que iam contra todas as suas convicções sobre como um jovem rapaz deveria agir, deixaram de ser desinteressantes quando ela soube que o coração dele era doce, e seu temperamento, afetuoso.

Assim que ela percebeu qualquer sinal de amor no comportamento dele para com Elinor, considerou certa a existência de um vínculo sério entre os dois, e esperava o seu casamento como se estivesse prestes a acontecer.

– Em alguns meses, querida Marianne – ela falou –, Elinor estará com toda probabilidade estabelecida na vida. Nós sentiremos a falta dela, mas *ela* será feliz.

– Ah! Mamãe, o que será de nós sem ela?

– Meu amor, mal ficaremos separadas. Vamos morar a poucos quilômetros de distância e iremos nos ver todos os dias de nossas vidas. Você irá ganhar um verdadeiro irmão, realmente amoroso. Eu tenho a melhor opinião do mundo sobre o coração de Edward. Mas você parece séria, Marianne; não aprova a escolha de sua irmã?

– Talvez – disse Marianne – eu esteja um pouco surpresa. Edward é muito afável, e eu o estimo com ternura. Entretanto... ele não me parece o típico jovem; falta-lhe algo... Sua figura não chama a atenção; ele não tem nada do charme esperado de um homem que poderia seriamente atrair minha irmã. Falta ao seu olhar todo o espírito, a chama que expressa a virtude e a inteligência. E, além disso tudo, mamãe, temo que ele não tenha verdadeiro bom gosto. Parece não ter quase nenhum interesse por música e, apesar de admirar os desenhos de Elinor, não é a admiração de alguém que entenda seu valor. É evidente que, a despeito de sua frequente atenção enquanto ela desenha, que não entende nada do assunto. Ele aprecia como um amante, não como um especialista. Para me satisfazer, essas características precisam se unir. Eu não poderia ser feliz com um homem cujo gosto não coincidisse com o meu em todos os aspectos. Ele precisa compartilhar de todos os meus sentimentos; os mesmos livros, a mesma música deve cativar a nós dois. Ai, mamãe! Como foi desanimado o modo como Edward leu para nós ontem à noite! Senti profundamente por minha irmã. Todavia, ela o suportou com tal compostura que parecia quase não notar. Eu mal consegui permanecer sentada. Ouvir aqueles belos versos que frequentemente me arrebatam, lidos com calma tão impenetrável, com indiferença tão horrenda!

– Ele certamente faria mais justiça à prosa simples e elegante. Pensei isso na hora; mas você *tinha* que fazê-lo ler Cowper.

– Não, mamãe, se ele não se anima nem com Cowper! Porém, temos que aceitar diferenças de gosto. Elinor não compartilha de meus sentimentos, portanto, pode não prestar atenção a isso e ser feliz com ele. Contudo, teria partido o *meu* coração se eu o amasse e o ouvisse ler com tão pouca emoção. Mamãe, quanto mais conheço do mundo, mais convencida fico de que jamais encontrarei um homem a quem possa realmente amar. Sou tão exigente! Ele deve possuir todas as virtudes de Edward, e sua pessoa e seus modos devem ornamentar sua bondade com todo o charme possível.

– Lembre-se, meu amor, você ainda não tem dezessete anos. É muito jovem para perder a esperança de encontrar tal felicidade. Por que você seria menos afortunada do que sua mãe? Que em apenas um aspecto, minha Marianne, possa seu destino ser diferente do meu!

Capítulo 4

– É uma pena, Elinor – ponderou Marianne –, que Edward não tenha gosto pelo desenho.

– Não tenha gosto pelo desenho?! – replicou Elinor. – Por que diz isso? É verdade que ele não é capaz de desenhar, mas demonstra grande prazer em apreciar a habilidade de outras pessoas, e garanto que não lhe falta bom gosto, apesar de não ter tido oportunidade para aprimorá-lo. Caso tivesse tido a chance de aprender, creio que desenharia muito bem. Ele tem tão pouca confiança em seu próprio juízo nessas questões, que sempre se esquiva de opinar sobre qualquer desenho, mas possui uma faculdade inata e uma simplicidade de gostos que em geral o conduzem perfeitamente bem.

Marianne temia ofender a irmã, por isso nada mais disse sobre o assunto; porém, o tipo de elogio que, de acordo com Elinor, os desenhos de outras pessoas recebiam dele, passavam longe do tipo de fascínio eufórico, que, na própria opinião, poderia ser realmente classificado como bom gosto. Entretanto, apesar de rir por dentro diante do engano, aprovou a irmã pela predileção cega que dedicava a Edward.

– Espero, Marianne – continuou Elinor –, que você não o considere desprovido de bom gosto em geral. De fato, creio poder afirmar que você não pensa assim, pois seu comportamento para com ele é perfeitamente cordial, e se *essa* fosse sua opinião, estou segura de que você jamais conseguiria ser gentil com ele.

Marianne mal sabia como responder. Jamais magoaria a irmã, por nada no mundo, no entanto, era incapaz de afirmar algo em que não acreditava. Enfim, respondeu:

– Não se ofenda, Elinor, se meus elogios a ele não são em tudo iguais ao juízo que você faz de seus méritos. Não tive tantas oportunidades de conhecer as minúcias das propensões de sua mente, suas inclinações e seus gostos quanto você teve; porém, tenho a melhor das opiniões sobre sua bondade e compreensão. Considero-o perfeitamente valoroso e amável.

– Estou certa – replicou Elinor, sorrindo – de que seus amigos mais queridos não ficariam descontentes com tal elogio. Não consigo imaginar de que maneira você poderia expressar-se de modo mais caloroso.

Marianne alegrou-se por perceber que a irmã se contentava tão facilmente.

– Acho que ninguém que tenha estado com ele o suficiente para engajá-lo em uma conversa franca – continuou Elinor – possa duvidar de seu bom senso e de sua bondade. A excelência de seu discernimento e de seus princípios é escondida apenas pela timidez que frequentemente o silencia. Você o conhece o suficiente para fazer justiça ao seu valor. Quanto às minúcias de suas propensões, como você as chamou, circunstâncias peculiares a mantiveram mais ignorante do que eu. Ele e eu estivemos muito tempo juntos, enquanto você estava totalmente envolvida, movida pelos impulsos mais amorosos, com nossa mãe. Estudei-o bastante, analisei seus sentimentos e escutei sua opinião acerca de literatura e bom gosto. Considerando tudo, me arrisco a dizer que possui uma mente bem informada, excepcional seu apreço pelos livros, uma imaginação vivaz, observação justa e correta e um gosto delicado e puro. Suas qualidades, em todos os aspectos, se mostram cada vez melhores, quanto mais se convive com ele, tal como seus modos e sua personalidade. À primeira vista, é fato que sua conversação não é notável e dificilmente se pode dizer que faz bela figura, até que se perceba a delicadeza incomum de seu olhar e a doçura de seu semblante. Agora, conheço-o tão bem que o considero realmente lindo, ou, pelo menos, algo próximo a isso. O que tem a dizer, Marianne?

– Logo hei de considera-lo lindo, Elinor, se ainda não o considero. Quando você me disser para amá-lo como a um irmão, não verei mais imperfeição em sua face, assim como agora não vejo em seu coração.

Elinor surpreendeu-se com tal declaração e lamentou o ardor que deixara transparecer ao falar dele. Sentiu que tinha uma opinião elevada sobre Edward. Acreditava que a consideração era recíproca, mas precisava ter maior certeza disso, para tornar agradável a opinião de Marianne sobre a afeição entre eles. Ela sabia que o que Marianne e sua mãe conjecturavam em um momento era uma certeza no instante seguinte, que para elas o ato de desejar era o mesmo que esperar, e que esperar era ter certeza de que iria acontecer. Tentou explicar a realidade da situação à irmã.

– Não pretendo negar que o admiro muito, que realmente o estimo, que gosto dele.

Marianne explodiu de indignação:

– Admiração? Estima? Mas que frieza, Elinor! Ai! É pior do que frieza! Tem vergonha de não o ser. Se usar essas palavras novamente, eu saio daqui na mesma hora.

Elinor não conseguiu conter o riso.

– Perdoe-me. Garanto que não tive a intenção de ofendê-la ao falar de maneira tão contida sobre meus sentimentos. Acredite que são mais fortes do que eu os expressei; creia que são, em suma, correspondentes aos méritos dele e ao que a suspeita, a esperança de seu afeto por mim permitam, sem imprudência ou insensatez. Mas não deve acreditar em nada além disso. Não estou de modo algum certa de sua estima por mim. Há momentos em que me parece duvidosa e, até que seus sentimentos sejam totalmente conhecidos, não se espante que eu deseje evitar qualquer encorajamento de meu próprio apego, ao considerá-lo ou nomeá-lo como algo maior do que é. Em meu coração, tenho pouca, quase nenhuma, dúvida do que ele sente por mim. Entretanto, há outras coisas a levar em consideração além dos sentimentos dele. Ele está muito longe de ser independente. Não há como sabermos como sua mãe realmente é; mas, pelas menções ocasionais que Fanny fez de sua conduta e opiniões, não há motivo para esperar que seja amável, e estarei muito enganada se o próprio Edward não souber de que haveria muitos obstáculos à sua frente, caso quisesse se casar com uma mulher que não tenha grande fortuna ou alta posição.

Marianne surpreendeu-se ao descobrir o quanto a sua imaginação e a de sua mãe estavam distantes da realidade.

– Então você não está de fato comprometida com ele? – perguntou. – Com certeza logo estará. Mas essa demora traz duas vantagens. Não a perderei tão cedo, e Edward terá mais tempo para desenvolver seu gosto natural pela sua ocupação favorita, que é indispensável para sua futura felicidade. Ah! Se ele pudesse ser e++stimulado pelo seu talento a ponto de aprender a desenhar, que maravilha seria!

Elinor revelara sua opinião sincera à irmã. Não poderia considerar o estado de sua relação com Edward tão promissor quanto Marianne supunha. Em determinados momentos, ele demonstrava uma falta de ânimo que, se não sugeria indiferença, indicava algo quase tão pouco promissor quanto. Dúvidas em relação aos sentimentos dela, supondo que ele as tivesse, não deveriam provocar nele mais do que mera inquietação. Não seriam algo que o levaria ao desânimo mental que com frequência o dominava. Uma razão mais plausível seria sua condição de dependência, que o impedia de satisfazer seus desejos. Ela sabia que a mãe dele não colaborava de modo a tornar sua vida mais confortável no momento, nem dava a ele garantias de que poderia estabelecer sua própria casa sem aderir estritamente às expectativas dela para seu engrandecimento. Sabendo disso, era impossível para Elinor sentir-se tranquila em relação ao assunto. Estava longe de confiar na resolução do afeto dele, que a mãe e a irmã ainda consideravam como coisa certa. Não, quanto mais tempo passavam juntos, mais dúvidas tinha sobre a natureza de seu interesse por ela; e, algumas vezes, por dolorosos minutos acreditava que não passava de amizade.

Todavia, quaisquer fossem seus limites, foram o suficiente para inquietar a irmã dele quando esta percebeu a situação e, ao mesmo tempo, o que era ainda mais comum, para torná-la rude. Aproveitou a primeira oportunidade para afrontar a madrasta do marido, descrevendo de modo tão expressivo as grandes expectativas que recaiam sobre o irmão, do propósito da sra. Ferrars de ver ambos os filhos em bons casamentos e sobre o perigo que incorria qualquer moça que tentasse seduzi-lo, que a sra. Dashwood não pôde fingir não ter compreendido, nem se esforçar para manter a calma. Respondeu-lhe de forma que deixou claro seu desprezo e imediatamente deixou o aposento, resoluta de que, não importava qual fosse a inconveniência ou o custo de uma mudança súbita, sua amada Elinor não poderia estar nem mais uma semana exposta a tais insinuações.

Enquanto estava nesse estado de espírito, o correio lhe trouxe uma carta contendo uma proposta que não poderia ter vindo em momento mais oportuno. Era a oferta de uma pequena casa, em condições muito razoáveis, que pertencia a um parente seu, um cavalheiro de boa reputação e posses, que residia em Devonshire. A carta partia do próprio cavalheiro e fora escrita no mais genuíno espírito de amigável recepção. Soubera que ela precisava de uma residência; e embora a casa que lhe oferecia fosse um simples chalé, assegurava-lhe de que qualquer mudança que ela considerasse necessária seria feita, caso a situação a agradasse. Insistia com veemência, após descrever em detalhes a casa e o jardim, que ela se mudasse com as filhas para Barton Park, onde ele mesmo residia, de onde ela poderia julgar por si própria se a casa, pois ambas pertenciam à mesma paróquia, poderia após algumas reformas tornar-se confortável para ela. Parecia de fato ansioso para acomodá-las e sua carta fora escrita em tom tão amistoso que não poderia deixar de agradar à sua prima; especialmente em um momento em que ela estava sofrendo com o tratamento frio e distante de suas relações mais próximas. Não precisou de tempo para deliberações ou questionamentos. Sua decisão tomara forma conforme lia a carta. A localização de Barton, em um condado tão afastado de Sussex como era Devonshire, o que apenas horas antes seria obstáculo suficiente para contestar toda vantagem que o lugar pudesse ter, era agora sua principal qualidade. Deixar os arredores de Norland não era mais um problema, era uma necessidade, uma bênção, em comparação ao tormento de continuar como hóspede da esposa de seu enteado; afastar-se para sempre daquele lugar tão querido seria menos doloroso do que habitá-lo ou visitá-lo enquanto tal mulher fosse sua senhora. Escreveu imediatamente para sir John Middleton, reconhecendo sua bondade e aceitando sua proposta; então correu para mostrar ambas as cartas às filhas, para ter certeza de sua aprovação antes de enviar a resposta.

Elinor sempre pensou que seria mais prudente que elas se estabelecessem em um lugar um pouco mais distante de Norland do que nas vizinhanças. Quanto a *isso* não poderia ir contra as intenções de sua mãe de se mudar para Devonshire. A casa, conforme descrita por sir John, também era de tamanho tão modesto e o aluguel tão estranhamente módico, que não lhe dava meios de fazer qualquer objeção; e, portanto, apesar de não ser uma ideia que lhe agradava, apesar de provocar um distanciamento de Norland que ia além de seus desejos, ela não tentou dissuadir a mãe de enviar a carta de concordância.

Tão logo a resposta havia sido enviada, a sra. Dashwood desfrutou da alegria de anunciar ao enteado e à esposa dele que encontrara uma casa e que não os incomodaria por mais tempo do que o necessário a fim organizar tudo para que pudesse habitá-la. Ouviram-na surpresos. A sra. John Dashwood não deu uma resposta; porém, o marido expressou o desejo cortês de que não fossem se morar longe de Norland. A sra. Dashwood sentiu grande satisfação em responder que estavam indo para Devonshire. Edward virou-se bruscamente na direção dela, ao ouvir a notícia, e com a voz carregada de surpresa e preocupação, o que não requeria explicação para ela, repetiu:

– Devonshire! Estão, de fato, se mudando para lá? Tão distante daqui! Para que parte de lá?

Ela explicou a situação. Ficava cerca de sete quilômetros ao norte de Exeter.

– É apenas um chalé – continuou ela –, mas espero ver muitos de meus amigos por lá. Um aposento ou dois podem ser acrescentados facilmente; e se meus amigos não encontrarem dificuldade em viajar tão longe para me ver, com certeza, eu não terei nenhuma em acomodá-los.

Ela concluiu com um convite gentil para que o sr. e a sra. John Dashwood a visitassem em Barton; e a Edward o convite foi estendido com amabilidade ainda maior. Apesar de sua conversa mais recente com a esposa do enteado tê-la feito se decidir a ficar em Norland apenas o tempo estritamente necessário, em nada a afetou no tocante ao assunto que a provocara. Separar Edward e Elinor estava tão fora de cogitação para ela como antes; e ela queria deixar claro para a sra. John Dashwood, por meio desse convite especial ao irmão dessa, o quão pouca importância dava à reprovação dela ao relacionamento.

O sr. John Dashwood reiterou à madrasta diversas vezes o quanto sentia por ela estar se mudando para tão longe de Norland de modo a impedir que ele lhe auxiliasse com o transporte da mobília. De fato, sentia-se interiormente vexado ao perceber que a única ação pela qual intencionara cumprir a promessa a seu pai tornara-se por essa circunstância impraticável. A mobília foi enviada toda por barco. Consistia principalmente em roupa de cama, prataria, louças e livros, além do lindo pianoforte de Marianne. A sra. John Dashwood assistiu à partida dos pacotes com um suspiro; não podia refrear a insatisfação ao pensar que, sendo a renda da sra. Dashwood tão menor que a sua, ela tivesse itens de mobiliário tão bonitos.

A sra. Dashwood alugou a casa por um ano; já estava mobiliada e ela poderia ocupá-la imediatamente. Não houve qualquer dificuldade entre as partes do acordo; e ela esperou apenas o envio de seus pertences e a escolha de seus empregados antes de partir para o oeste; e isso foi logo resolvido, pois fazia tudo que a interessava com celeridade. Os cavalos que o marido lhe deixara haviam sido vendidos logo após a sua morte e agora se apresentou uma oportunidade de desfazer-se da carruagem; ela concordou em vendê-la também, seguindo o conselho sensato da filha mais velha. Caso levasse em consideração apenas os próprios desejos, tê-la-ia mantido pelo conforto das filhas; mas o bom senso de Elinor prevaleceu. A sabedoria da filha limitou também o número de seus empregados a três: duas empregadas e um homem, escolhidos dentre os que fizeram parte de sua criadagem em Norland.

O homem e uma das criadas foram enviados imediatamente para Devonshire, a fim de preparar a casa para a chegada de sua patroa; pois como lady Middleton lhe era uma completa desconhecida, a sra. Dashwood preferiu ir direto para a casa a ser hóspede em Barton Park; ela confiava tanto na descrição que sir John fizera da casa que nem sentiu a necessidade de examiná-la antes de mudar-se para lá. Sua ansiedade para deixar Norland não arrefeceu devido à evidente satisfação da esposa do enteado ante a expectativa de sua mudança; satisfação esta que ela mal tentou mascarar com uma fria sugestão de que postergasse sua partida. Esse era o momento em que a promessa do enteado ao pai poderia ser cumprida satisfatoriamente. Como ele a negligenciara ao chegar à propriedade, o momento da partida delas parecia o mais adequado para honrá-la. Contudo, a sra. Dashwood logo começou a deixar de lado qualquer expectativa que tinha quanto a isso e a se convencer, pelo rumo geral da conversa dele, de que qualquer assistência que ele pudesse lhe oferecer não iria além dos seis meses que elas permaneceram em Norland. Ele mencionava com tanta frequência as crescentes despesas de manutenção da casa e as demandas incessantes sobre sua renda, às quais qualquer homem de boa posição estava exposto, que parecia mais precisar de dinheiro a ter qualquer desígnio de doá-lo.

Poucas semanas após a chegada da primeira carta de sir John Middleton a Norland, tudo havia sido providenciado em sua futura residência de modo a permitir que a sra. Dashwood e suas filhas começassem sua viagem.

Muitas foram as lágrimas derramadas no último adeus à casa tão amada.

– Minha querida Norland! – disse Marianne, enquanto vagava sozinha diante da casa, na última tarde em que passaram lá. – Quando deixarei de sentir sua falta? Quando aprenderei a me sentir em casa em outro lugar? Oh! Casa ditosa, se soubesse como sofro ao vê-la deste lugar, do qual talvez não a veja mais! E vocês, célebres árvores, tão bem renomadas! Continuarão as mesmas. Nenhuma folha há de cair por estarmos longe, nenhum galho deixará de se mover apesar de não podermos mais observá-las! Não; vocês continuarão as mesmas; inconscientes do prazer e da tristeza que causam, insensíveis a qualquer mudança naqueles que caminham sob sua sombra! Mas quem restará para apreciá-las?

Capítulo 6

A primeira parte de sua viagem correu sob tal estado de melancolia que não poderia ser mais que tediosa e desagradável. No entanto, conforme se aproximavam de seu destino, o interesse pela paisagem da região onde iriam morar superou seu desânimo, e a visão do vale de Barton, quando ali chegaram, animou-as. Era um local agradável e fértil, bem arborizado e com ricas pastagens. Depois de serpentearem ali por mais de dois quilômetros, chegaram à sua nova casa. Diante dela, o terreno consistia em uma pequena área gramada a qual se adentrava por meio de um belo portãozinho.

Como moradia, a casa de Barton, apesar de pequena, era confortável e compacta; mas como chalé deixava a desejar, pois a construção era simples, o telhado era de telhas, as venezianas das janelas não estavam pintadas de verde e as paredes não eram cobertas por madressilvas. Um corredor estreito atravessava a casa levando direto para o jardim nos fundos. De cada lado da entrada havia uma sala de visitas de cerca de cinco metros quadrados; mais adiante, as dependências de serviço e a escada. Quatro quartos e duas mansardas completavam o restante da casa. Não havia sido construída há muito tempo e estava em bom estado. Comparada a Norland, era de fato pobre e pequena! Mas as lágrimas que as memórias provocaram quando entraram na casa, logo secaram. Foram consoladas pela alegria dos criados diante da sua chegada e, em consideração a todos, decidiram se mostrar contentes. Era começo de setembro, o tempo estava ameno e, por verem o lugar pela primeira vez com o tempo bom, elas tiveram uma impressão favorável que colaborou para que o aprovassem em definitivo.

A localização da casa era boa. Altas colinas se elevavam logo atrás da edificação e a pouca distância de cada lado; algumas eram de campo aberto e outras eram cultivadas e cobertas por bosques. A cidadezinha de Barton situava-se em uma dessas elevações e formava uma paisagem aprazível através das janelas da casa. A vista da frente era mais vasta: abrangia todo o vale e alcançava até os campos mais além. As colinas que cercavam a casa delimitavam o vale naquela direção; sob outro nome e em outra direção, o vale se desdobava novamente entre as duas mais elevadas.

A sra. Dashwood ficou bastante satisfeita com o tamanho e a mobília da casa; apesar de seu estilo de vida anterior tornar muitos acréscimos indispensáveis, reformar e implementar melhorias lhe era um prazer e, naquele momento, ela tinha o orçamento necessário para suprir tudo o que faltava aos aposentos em matéria de elegância.

– Quanto à casa em si, é claro que é muito pequena para nossa família, mas vamos nos acomodar da maneira mais confortável possível por enquanto, já que o ano está adiantado demais para fazer melhorias. Quem sabe na primavera, se tiver dinheiro suficiente, e me atrevo a dizer que terei, podemos pensar em reformas. Essas salas são ambas pequenas demais para receber os grupos de amigos que espero ter com frequência aqui; estou considerando passar o corredor por uma delas e talvez por parte da outra, deixando assim o restante do segundo cômodo livre para um vestíbulo; isso e uma nova sala de visitas que pode ser facilmente acrescentada e mais um quarto no sótão lá em cima, tornarão esta casa perfeitamente aconchegante. As escadas poderiam ser mais largas, mas não se pode querer tudo. Entretanto, creio que não seria difícil alargá-las. Conforme a situação de nossas finanças na primavera, vamos planejar as melhorias.

Nesse meio tempo, até que tais mudanças pudessem ser executadas com as economias de uma renda de quinhentas libras por ano, por uma mulher que nunca economizara na vida, elas foram sensatas o bastante em se contentar com a casa como estava; cada uma delas se ocupou com a organização de suas próprias coisas e se empenharam, dispondo os livros e outros pertences pela casa, em torná-la um lar. O pianoforte de Marianne foi descarregado e acomodado da maneira apropriada, e os desenhos de Elinor foram fixados nas paredes da sala de visitas.

Em meio a tais ocupações, foram interrompidas pouco depois do desjejum do dia seguinte pela chegada de seu senhorio, que foi lhes dar as boas-vindas a Barton, além de lhes oferecer todas as comodidades de sua própria residência e jardins que pudessem necessitar no momento. Sir John Middleton era um homem de boa aparência e que tinha volta de seus quarenta anos. Havia visitado Stanhill há muitos anos, mas isso fora há tempo demais para que suas jovens primas se lembrassem dele. Sua expressão era bem-humorada e seus modos eram tão amigáveis quanto o teor de sua carta. A chegada delas parecia haver lhe proporcionado verdadeira satisfação e seu conforto era o foco real de sua solicitude. Expressou seu sincero desejo de que tivessem a melhor convivência social possível com sua família, além de insistir cordialmente que fossem jantar em Barton Park todos os dias até que estivessem mais bem instaladas na casa; embora sua insistência atingisse um ponto de perseverança que ultrapassava a cortesia, elas não puderam se ofender. Sua bondade não se limitou apenas às palavras, pois, somente uma hora após deixar a casa, uma grande cesta de verduras e frutas chegou da sede da propriedade, e foi seguida por outra com carne de caça antes do fim do dia. Além disso, fez questão de entregar e despachar para elas toda a correspondência; não se negou ainda à satisfação de lhes enviar seu jornal todos os dias.

Lady Middleton lhes enviou uma polida mensagem por meio dele, comunicando sua intenção de visitar a sra. Dashwood assim que ela lhe assegurasse de que sua visita não seria inconveniente; essa mensagem foi respondida com um convite igualmente cortês, e a dama lhes foi apresentada logo no dia seguinte.

Elas estavam, é óbvio, muito ansiosas para conhecer essa pessoa de quem tanto dependia seu conforto em Barton; a elegância da aparência dela correspondia às suas expectativas. Lady Middleton não tinha mais que vinte seis ou vinte sete anos; tinha um rosto bonito, um porte alto e marcante, e fala graciosa. Seus modos demonstravam toda a elegância que faltava aos do marido, mas seria muito vantajoso se tivesse um pouco da franqueza e afabilidade dele. Sua visita durou o suficiente para se subtrair da admiração causada pela primeira impressão, pois mostrou que, apesar de perfeitamente educada, ela era reservada, fria e não tinha nada a dizer além dos comentários ou perguntas mais corriqueiros.

Entretanto, assunto não faltou, pois sir John era muito falante, e lady Middleton tomou a sábia precaução de levar seu filho mais velho, um belo menino de uns seis anos, por meio do qual havia sempre um assunto ao qual as mulheres podiam recorrer em caso de necessidade, perguntando seu nome, sua idade, admirando sua beleza, e lhe fazendo perguntas que eram respondidas pela mãe, enquanto ele ficava perto dela e mantinha a cabeça baixa, para grande surpresa da senhora, que se admirou por ele se mostrar tão tímido diante de pessoas desconhecidas, uma vez que em casa fazia barulho o suficiente. Em toda visita formal era necessário ter uma criança, para prover assunto às conversas. Nesse caso, foram necessários dez minutos para determinar se o menino se parecia mais com o pai ou com a mãe, em que particular se assemelhava com cada um deles, pois obviamente as opiniões de todos diferiam e todos se surpreendiam com a opinião uns dos outros.

Logo surgiu a oportunidade para que as Dashwood pudessem debater sobre as outras crianças, já que sir John não foi embora enquanto não obteve a promessa de que elas iriam jantar na mansão no dia seguinte.

Capítulo 7

Barton Park ficava a cerca de um quilômetro da casa. Elas passaram próximo à mansão quando atravessaram o vale, mas a sua vista da casa era encoberta por uma colina. A mansão era grande e bela, e os Middleton mantinham um estilo de vida igualmente hospitaleiro e elegante. O primeiro para a satisfação de sir John, o segundo para a de sua senhora. Raramente não tinham amigos hospedados em sua residência, mantinham companhia mais diversificada do que qualquer outra família da região. Isso era necessário para a felicidade de ambos; pois não obstante quão diferentes fossem em temperamento e comportamento, ambos se assemelhavam na completa falta de talento e bom gosto que limitavam suas ocupações, além daquelas proporcionadas pela sociedade, a um escopo muito reduzido. Sir John era esportista, lady Middleton era mãe. Ele caçava e praticava tiro, e ela se ocupava das crianças; estes eram seus únicos passatempos. Lady Middleton tinha a vantagem de poder mimar as crianças durante todo o ano; em contrapartida, as atividades particulares de sir John só podiam ser praticadas por metade do tempo. Todavia, contínuos compromissos em casa e fora dela supriam quaisquer deficiências de natureza e educação; mantinham o ânimo de sir John e davam à esposa a chance de exercitar sua boa educação.

Lady Middleton orgulhava-se da elegância de sua mesa e de todos os arranjos domésticos; desse tipo de vaidade advinha seu maior prazer em todas os eventos. Em relação à satisfação de sir John por estar em sociedade, esta era muito mais autêntica; ele se deleitava em reunir ao seu redor mais jovens do que sua casa podia comportar, e quanto mais barulho fizessem, mais contente ele ficava. Ele era uma bênção para toda a juventude da vizinhança, pois no verão sempre formava grupos para lanchar presunto e frango ao ar livre e, no inverno, seus bailes particulares eram numerosos o bastante para qualquer moça que não padecesse dos insaciáveis ímpetos dos quinze anos.

A chegada de uma nova família à região era sempre fonte de alegria para ele; além disso, sir John estava em tudo encantado com as novas habitantes que havia encontrado para o chalé de Barton. As senhoritas Dashwood eram jovens, belas e sem afetações. Era o suficiente para que tivessem sua aprovação, pois não ter afetações era tudo o que uma moça bonita precisava para tornar sua mente tão cativante quanto sua aparência. A simpatia do temperamento do senhor lhe suscitava contentamento em auxiliar aqueles cuja situação pudesse ser considerada, quando comparada ao passado, menos afortunada. Portanto, ao demonstrar gentileza para com suas primas, sentia a satisfação verdadeira de um coração bondoso; e, ao instalar uma família constituída apenas por mulheres em sua propriedade, sentia toda a satisfação de um desportista; pois um desportista, embora estime apenas aqueles de seu sexo que como ele são desportistas, dificilmente deseja estimular suas predileções permitindo que residam em seus domínios.

A sra. Dashwood e suas filhas foram recebidas na porta da mansão por sir John, que lhes deu as boas-vindas a Barton Park com sinceridade despretensiosa. Enquanto as conduzia até a sala de visitas, expressou mais uma vez a preocupação que lhes transmitira no dia anterior: sua incapacidade de encontrar rapazes elegantes para lhes apresentar. Disse que nesse dia elas encontrariam somente um cavalheiro além dele mesmo; um amigo pessoal que estava hospedado na mansão, mas que não era muito jovem nem animado. Esperava que perdoassem uma recepção tão reduzida e lhes assegurava que isso nunca mais aconteceria. Ele visitara diversas famílias naquela manhã, na tentativa de acrescentar mais participantes ao seu grupo, mas era noite de lua cheia e todos estavam fartos de compromissos. Felizmente, a mãe de lady Middleton chegara a Barton uma hora antes e, como era uma mulher vivaz e agradável, ele nutria esperanças de que as moças não se sentissem tão entediadas como podiam imaginar. As jovens, bem como sua mãe, estavam plenamente satisfeitas com a presença de apenas dois completos desconhecidos e não desejavam mais.

A sra. Jennings, mãe de lady Middleton, era uma senhora idosa, bem-humorada, divertida e gorda, que falava bastante, parecia estar sempre feliz e um tanto vulgar. Ela era cheia de piadas e risadas e, antes que o jantar acabasse, tinha feito vários comentários espirituosos sobre namorados e maridos; esperava que elas não tivessem deixado seus corações para trás em Sussex e fingiu vê-las corar, mesmo que elas não o tivessem feito. Marianne ficou constrangida pela irmã, voltou o olhar para Elinor a fim de verificar como esta suportaria esses ataques, com uma preocupação que afetou Elinor muito mais que qualquer uma das tolas brincadeiras da sra. Jennings.

Coronel Brandon, o tal amigo de sir John, pela aparência de seu temperamento, parecia ser tão pouco moldado para ser seu amigo quanto lady Middleton para ser sua esposa, ou a sra. Jennings para ser mãe de lady Middleton. Era calado e sisudo. Sua aparência, no entanto, não era desagradável, apesar de ser um velho solteirão, na opinião de Marianne e Margaret, pois já passara dos trinta e cinco; embora seu rosto não fosse bonito, sua expressão era delicada, e seus modos, especialmente cavalheirescos.

Não havia nada nos presentes que lhes recomendasse como companheiros para as Dashwood; mas a frieza insípida de lady Middleton era tão repulsiva que, em comparação, a seriedade de coronel Brandon e até mesmo a ruidosa alegria de sir John e de sua sogra eram interessantes. Lady Middleton demonstrou entusiasmo apenas com a entrada de seus quatro rebentos, após o jantar, que a puxaram para um lado e para outro, rasgaram suas roupas e puseram um ponto-final a toda e qualquer conversa que não fosse relacionada a eles.

Naquela noite, quando descobriram o talento musical de Marianne, ela foi convidada a tocar. O instrumento foi aberto, todos se prepararam para serem encantados, e Marianne, que cantava muito bem, a pedidos, cantou a maior parte das canções que lady Middleton trouxera para a casa quando se casou e que provavelmente ficaram esquecidas sobre o pianoforte, pois a senhora celebrou tal evento abandonando a música, mesmo que, de acordo com sua mãe, tocasse extremamente bem e, conforme ela própria disse, a apreciasse muito.

A performance de Marianne foi muito aplaudida. Sir John pronunciava sua admiração em voz alta após cada canção e também conversava em voz alta com os outros durante cada uma. Lady Middleton frequentemente pedia que fizesse silêncio, questionava como a atenção de alguém podia se desviar da música por um momento e pediu que Marianne cantasse uma canção específica que havia acabado de executar. Coronel Brandon era o único do grupo que a escutava sem arroubos. O único elogio que lhe fazia era o de sua atenção; o que conquistou o respeito dela na ocasião, que os outros não mereceram por sua desavergonhada falta de gosto. O prazer dele com a música, embora não alcançasse o deleite arrebatado equivalente ao dela, era estimável quando contrastado com a horrenda insensibilidade dos outros; ela era razoável o bastante para admitir que um homem de trinta e cinco anos já tinha superado toda acuidade de sensações e todo intenso poder do deleite. Ela estava perfeitamente disposta a fazer todas as concessões que a humanidade exigia à idade avançada do coronel.

Capítulo 8

A sra. Jennings era viúva e dispunha de uma polpuda pensão. Tinha apenas duas filhas e vivera o bastante para ver ambas fazerem casamentos respeitáveis. Assim sendo, sua única ocupação era casar o restante do mundo. Na promoção desse objetivo, era zelosamente ativa o quanto suas habilidades permitiam; não perdia uma oportunidade de projetar uniões entre os jovens de seu círculo de relações. Era capaz de descobrir afinidades com rapidez notável, também desfrutava do privilégio de provocar rubores e a vaidade de muitas moças com suas insinuações sobre o efeito que tinham sobre algum rapaz; esse discernimento permitiu que pouco depois de sua chegada a Barton ela declarasse decididamente que o coronel Brandon estava completamente apaixonado por Marianne Dashwood. Suspeitara na primeira noite em que estiveram juntos, ao observar como ele ouvia com atenção enquanto Marianne cantava para todos; quando a visita fora retribuída pelos Middleton em um jantar no chalé delas, confirmou suas suspeitas ao notar como ele a escutou de novo. Era coisa certa. Estava completamente convencida. Seria uma união excelente, pois *ele* era rico e *ela* era linda. A sra. Jennings estava ansiosa para ver coronel Brandon casado com uma boa moça, desde o primeiro momento em que sua conexão com sir John o trouxe ao seu conhecimento; e estava sempre disposta a encontrar um bom marido para toda moça bonita.

A vantagem imediata que isso lhe proporcionava não era de modo algum insignificante, pois lhe possibilitava fazer uma infinidade de gracejos às custas de ambos. Na mansão, ria do coronel; no chalé, de Marianne. Quanto ao primeiro, era provável que fosse totalmente indiferente à zombaria, contanto que dissesse respeito apenas a ele; para a segunda, era, a princípio, incompreensível, e quando seu intento por fim se tornou claro, Marianne não sabia bem se deveria rir de tal absurdo ou censurar a impertinência, pois considerava tal ato insensível à idade avançada do coronel e à sua lamentável condição de solteiro.

A sra. Dashwood, que não podia considerar um homem apenas cinco anos mais novo que ela tão excessivamente velho como ele parecia para a imaginação juvenil da filha, tentou livrar a sra. Jennings da suspeita de que ela estivesse tentando caçoar da idade dele.

– Mamãe, pelo menos você não pode negar que a ideia é absurda, mesmo que não pense ser mal-intencionada. De fato, coronel Brandon é mais novo que a sra. Jennings, mas ele tem idade para ser *meu pai*; e, se algum dia teve vivacidade suficiente para se apaixonar, deve ter há muito ultrapassado qualquer sensação do tipo. É ridículo demais! Quando um homem poderá estar livre de tais zombarias, se nem a idade nem a enfermidade podem protegê-lo?

– Enfermidade! – exclamou Elinor. – Você acha que o coronel Brandon está doente? É fácil imaginar que a idade dele lhe pareça muito mais avançada do que para mamãe, mas você dificilmente pode fingir que não vê o quão ágil ele é.

– Não o ouviu reclamar de reumatismo? Não é essa a enfermidade mais comum durante o declínio da vida?

– Minha criança – replicou a mãe, rindo –, desse jeito você deve viver sempre apavorada ante ideia da *minha* decadência; deve considerar um milagre que minha vida tenha se estendido até a avançada idade de quarenta anos.

– Mamãe, não está sendo justa comigo. Sei bem que o coronel Brandon não é tão velho a ponto de seus amigos, apreesivos, esperarem perdê-lo por causas naturais. Ele ainda pode viver mais uns vinte anos. Trinta e cinco anos, porém, nada tem a ver com matrimônio.

– Talvez – ponderou Elinor – seja melhor que trinta e cinco e dezessete nada tenham a ver com um casamento. Contudo, se houvesse uma mulher solteira de vinte e sete, creio que os trinta e cinco anos do coronel Brandon não fossem qualquer impedimento para que ele se casasse com *ela*.

– Uma mulher de vinte e sete – replicou Marianne, após uma pausa – não pode ter esperanças de sentir ou inspirar afeto novamente, então, se sua casa for desconfortável ou se sua fortuna for pequena, suponho que ela se submeteria ao ofício de enfermeira, para obter as provisões e a segurança de uma esposa. Se ele desposasse uma mulher nessas condições, não haveria nada inapropriado. Seria um pacto de conveniência, e o mundo ficaria satisfeito. Ao meu ver isso nem seria um casamento, mas isso não significa nada. Para mim constituiria somente uma transação comercial, em que cada um deseja se beneficiar às custas do outro.

– Seria impossível, eu sei – respondeu Elinor –, convencê-la de que uma mulher de vinte sete anos poderia sentir por um homem de trinta e cinco qualquer coisa que se aproximasse de amor, que o tornasse um companheiro desejável para ela. Contudo, devo discordar de sua condenação do coronel e de sua esposa ao confinamento constante de um quarto de enfermo, apenas porque por acaso ontem, um dia muito frio e úmido, ele reclamou de um leve incômodo reumático em um dos ombros.

– Mas ele mencionou coletes de flanela! E, ao meu ver, coletes de flanela estão invariavelmente ligados a dores, cãibras, reumatismos e toda espécie de incômodos que possam afligir idosos e pessoas de saúde frágil – retrucou Marianne.

– Se ele apenas estivesse com uma febre violenta não o desprezaria tanto assim. Confesse, Marianne, não considera atraente as faces afogueadas, o olhar fundo e a pulsação acelerada de uma pessoa febril?

Logo após Elinor deixar o aposento, Marianne disse:

– Mamãe, tenho uma preocupação em relação a doenças que não posso esconder da senhora. Estou certa de que Edward Ferrars não está bem. Já estamos aqui há uma quinzena, e ainda não veio nos visitar. Nada, além de uma verdadeira indisposição, poderia ocasionar tão extraordinária demora. Que outra razão o manteria em Norland?

– Você esperava que ele viesse tão depressa? – perguntou a sra. Dashwood. – Eu não tinha nenhuma expectativa quanto a isso. Pelo contrário, se eu sentia alguma apreensão quanto ao assunto, era por recordar que ele demonstrava, às vezes, certa falta de prazer e de prontidão em aceitar meu convite, sobre ele vir a Barton. Elinor já o espera?

– Nunca toquei no assunto com ela, mas certamente deve estar esperando.

– Creio que você está equivocada, pois quando conversava com ela ontem sobre conseguir uma nova grade para a lareira do quarto de hóspedes, ela respondeu que não era necessário ter pressa, pois dificilmente o aposento seria usado logo.

– Mas que estranho! O que isso poderia significar? Mas em geral o comportamento de ambos em relação ao outro sempre foi incompreensível! Como foram frios e comedidos em seu último adeus! Como foi lânguida sua conversa na última noite em que passaram juntos! Em sua despedida,

Edward não fez distinção entre Elinor e eu: ofereceu os bons desejos de um irmão afetuoso para ambas. Por duas vezes os deixei a sós de propósito durante aquela manhã, e em ambas as vezes ele inexplicavelmente me seguiu para fora da sala. E Elinor, ao deixar Norland e Edward, não chorou tanto quanto eu. Agora mesmo, seu autocontrole é invariável. Quando ela está cabisbaixa ou melancólica? Quando tenta evitar companhia, ou se mostrou inquieta ou insatisfeita com a presença de outras pessoas?

Capítulo 9

As Dashwood estavam agora instaladas em Barton em conforto aceitável. A casa e o jardim, com tudo que os cercavam, haviam se tornado familiares, e as ocupações cotidianas que constituíam parte do charme de Norland voltaram a ser conduzidas com ainda mais contentamento que Norland pudera oferecer desde a morte do pai. Sir John Middleton, o qual as visitara todos os dias nas primeiras duas semanas e que não estava acostumado a ver tanta atividade em sua casa, não conseguia esconder o espanto por sempre encontrá-las ocupadas.

Não tinham muitas visitas, exceto pelos moradores de Barton Park, pois, apesar dos pedidos veementes de sir John para que se misturassem mais com a vizinhança e de suas repetidas garantias de que sua carruagem estava sempre à disposição, o espírito independente da sra. Dashwood superou seu desejo de convívio social para as filhas; ela também estava determinada a não visitar famílias que não morassem perto o suficiente para irem caminhando. Poucas cumpriam esse requisito e nem todas eram acessíveis. Por volta de dois quilômetros e meio de distância da casa, seguindo o vale estreito e serpenteante do Allenham, que derivava do de Barton, conforme descrito anteriormente, as moças descobriram em um de seus primeiros passeios uma mansão de aparência antiga e respeitável, que lhes lembrou um pouco de Norland, despertou sua imaginação e fez com que desejassem conhecê-la melhor. Ao indagarem sobre ela, descobriram que sua proprietária, uma senhora idosa e de ótimo caráter, estava adoentada demais para socializar e nunca deixava a casa.

As terras ao seu redor eram abundantes em belas trilhas para uma caminhada. Os montes altos que as convidavam por meio de quase todas as janelas do chalé a buscar o intenso prazer do ar puro em seus cumes eram uma alternativa alegre quando a lama nos vales abaixo escondiam seus encantos superiores; foi em direção a um desses montes que Marianne e Margaret se dirigiram certa manhã memorável, atraídas pela luz parcial de um céu enevoado, incapazes de aguentar por mais tempo o confinamento que a chuva constante dos dois dias anteriores ocasionara. O clima não estava tentador o suficiente para atrair as outras duas para longe de seu lápis e de seu livro, apesar da declaração de Marianne de que o dia continuaria claro e de que todas as nuvens ameaçadoras seriam levadas para longe das colinas; e as duas garotas saíram juntas.

Elas subiram os montes alegremente, se deleitando com a própria percepção a cada vislumbre de céu azul. Quando sentiram em suas faces o toque animador do vento sudoeste, lamentaram o receio que impediu que sua mãe e Elinor compartilhassem com elas dessa sensação deliciosa.

– Há no mundo felicidade que supere esta? Margaret, vamos caminhar por pelo menos mais duas horas – Marianne afirmou.

Margaret concordou e elas seguiram adiante, contra o vento, resistindo a ele risonhas por cerca de vinte minutos, quando de repente as nuvens se fecharam acima de suas cabeças e uma chuva pesada caiu sobre as irmãs. Desconcertadas e surpresas, foram obrigadas a retornar, mesmo contrariadas, pois não havia abrigo mais próximo que a própria casa. No entanto, restava-lhes uma consolação que as circunstâncias tornavam mais apropriada que o normal – correr o mais rápido possível pela lateral mais inclinada do morro que dava direto para o portão de seu jardim.

Partiram. A princípio, Marianne teve a vantagem, mas uma pisada em falso a levou ao chão, e Margaret, incapaz de parar para ajudar, involuntariamente continuou adiante e chegou ao sopé em segurança.

Um cavalheiro, que trazia uma espingarda e estava acompanhado por dois cães de caça, passava pelo morro a poucos metros de Marianne quando ela se acidentou. Ele deixou a arma de lado e correu para lhe prestar assistência. Ela tinha levantado, mas torcera o pé na queda e mal era capaz de se manter de pé. O cavalheiro ofereceu seus préstimos e, entendendo que a modéstia recusava o que a situação dela necessitava, tomou-a nos braços sem mais demora e a carregou morro abaixo. Então, atravessando o jardim e o portão que Margaret deixara aberto, levou-a direto para dentro da casa, onde Margaret acabara de chegar, e não a largou até colocá-la sentada em uma cadeira na sala de visitas.

Elinor e sua mãe se levantaram espantadas com a entrada dele, e, enquanto os olhos de ambas estavam fixos no rapaz com evidente curiosidade e secreta admiração, igualmente provocadas por sua presença, ele se desculpou pela intromissão, explicando sua razão de modo tão franco e gracioso que sua pessoa, de uma beleza rara, tornou-se ainda mais charmosa por causa de sua voz e expressão. Ainda que ele fosse velho, feio e rude, a gratidão e a bondade da sra. Dashwood estariam asseguradas por aquela atenção para com sua filha; porém, a influência da juventude, beleza e elegância, acrescentaram importância à ação, que atingiu em cheio seus sentimentos.

Agradeceu-lhe repetidas vezes e, com a doçura no trato que sempre apresentava, o convidou a se sentar. Ele, porém, recusou, pois suas roupas estavam sujas e molhadas. A sra. Dashwood suplicou então que dissesse a quem devia sua gratidão. Seu nome, ele repetiu, era Willoughby, sua residência atual era Allenham, de onde ele esperaria a honra de seu retorno no dia seguinte para saber notícias da srta. Dashwood. A homenagem foi imediatamente concedida, e ele partiu, tornando-se ainda mais interessante, em meio a uma chuva pesada.

Sua beleza viril e graciosidade fora do comum foram objeto da admiração geral, e as risadas provocadas por seus modos galantes para com Marianne receberam particular ênfase devido aos seus atrativos externos. A própria Marianne vira menos dele do que as outras, pois a confusão que lhe ruborizava as faces quando ele tomou nos braços furtou-lhe a capacidade de reparar nele depois que entraram na casa. Entretanto, vira o bastante para unir-se na admiração das outras, com o entusiasmo que sempre adornava seus elogios. Sua aparência e seus modos correspondiam ao que sempre imaginara para o herói de sua história favorita; e o fato de que ele a carregou para casa com tão pouca formalidade prévia demonstrava uma agilidade mental que particularmente lhe recomendava a ação. Tudo sobre ele era interessante. Tinha bom nome, residia em seu vilarejo favorito e, ela logo descobriu, que de toda indumentária masculina, um casaco de caça era a mais atraente. A imaginação dela estava ocupada, suas contemplações eram agradáveis e a dor da torção no tornozelo foi ignorada.

Sir John apareceu para visitá-las assim que uma trégua na chuva daquela manhã o permitiu sair de casa; e logo que lhe relataram o acidente de Marianne, perguntaram avidamente se ele conhecia um cavalheiro de nome Willoughby em Allenham.

– Willoughby! – exclamou sir John. – Como? *Ele* está na região? Mas que boa notícia! Vou cavalgar até lá amanhã e convidá-lo para jantar na quinta-feira.

– Então o conhece – a sra. Dashwood disse.

– Se o conheço? É claro que conheço. Ele aparece por aqui todo ano.

– E que tipo de rapaz é?

– Do melhor tipo que existe, eu garanto. Muito bom de mira e não há cavalheiro mais destemido em toda a Inglaterra.

– E isso é tudo o que tem a dizer sobre ele? – exclamou Marianne, indignada. – Mas como são seus modos quando se convive mais intimamente com ele? Quais são seus interesses, seus talentos, seu gênio?

Sir John ficou um tanto confuso.

– Dou minha palavra de que não o conheço tão bem a ponto de saber tudo isso – respondeu. – Contudo, é um rapaz agradável e bem-humorado, tem a melhor cadela perdigueira que já vi, toda preta. Ela o acompanhava hoje?"

Entretanto, Marianne era tão incapaz de dizer-lhe a cor de seu cão de caça quanto ele o fora de descrever os matizes de seu intelecto.

– Mas quem é ele? – questionou Elinor. – De onde é? Ele tem uma casa em Allenham?

Quanto a isso, sir John tinha mais informações; então, contou-lhes que o sr. Willoughby não possuía propriedades na região, mas residia lá apenas quando visitava a velha senhora de Allenham Court, com quem tinha parentesco, e de quem herdaria as posses. E acrescentou:

– Sim, ele é um partido que vale a pena fisgar, isso eu posso garantir, srta. Dashwood. E ainda é dono de uma pequena propriedade em Somersetshire. Se eu fosse você, não o deixaria para minha irmã mais nova, a despeito de toda essa história de quebra morro abaixo. Brandon vai ficar com ciúmes, se ela não tomar cuidado.

– Não creio – respondeu a sra. Dashwood, com um sorriso bem-humorado – que o sr. Willoughby será incomodado com tentativas de, como você chama, *fisgá-lo* por parte de qualquer uma das *minhas* filhas. Não foram educadas para fazer esse tipo de coisa. Os homens estão bem seguros conosco, por mais ricos que sejam. No entanto, fico satisfeita em saber que ele é um rapaz respeitável e com quem uma relação de amizade não seria imprópria.

– Ele é um bom rapaz, do melhor tipo, creio eu – repetiu sir John. – Lembro-me de que, no Natal passado, durante um pequeno baile lá em casa, ele dançou das oito da noite às quatro da manhã, sem se sentar uma só vez.

– Isso é verdade? – exclamou Marianne, os olhos brilhando. – E com elegância e entusiasmo?

– Sim, e, às oito da manhã, já estava de pé de novo para caçar.

– É assim que eu gosto; é assim que um rapaz deve ser. Não importa com o que se ocupe, deve fazê-lo com entusiasmo sem moderação e sem qualquer sinal de fadiga.

– Ai, ai, já vejo como isso vai ser – suspirou sir John –, já sei no que vai dar. Vai tentar conquistá-lo agora e nunca mais pensará no pobre Brandon.

– Essa é uma expressão, sir John – retrucou Marianne, de forma cortês – que particularmente me desagrada. Tenho horror a frases feitas que subentendem astúcia, e "fisgar" ou "conquistar" são as mais odiosas de todas. Tendem à grosseria e à mesquinhez e, caso seu uso tenha sido algum dia considerado inventivo, esse tempo há muito já passou e destruiu toda a sua engenhosidade.

Sir John não entendeu muito bem essa reprimenda; porém, riu calorosamente como se tivesse entendido e então respondeu:

– Ah, mas você vai fazer muitas conquistas de qualquer maneira, ouso dizer. Pobre Brandon! Ele já está bastante cativado e é muito digno de que tente fisgá-lo, isso eu lhe garanto, a despeito de toda essa história de tornozelos torcidos.

Capítulo 10

O protetor de Marianne, como Margaret com mais elegância do que precisão apelidara Willoughby, foi cedo ao chalé na manhã seguinte para indagar a respeito do estado da moça. Ele foi recebido pela sra. Dashwood com mais do que educação, com uma gentileza promovida tanto pela descrição de sir John sobre ele e como por sua própria gratidão; tudo que se passou durante a visita contribuiu para assegurá-lo do bom senso, da elegância, da afeição mútua e do conforto doméstico da família que conheceu por conta do acidente. Dos charmes pessoais delas, não precisava de um segundo encontro para estar convencido.

Elinor Dashwood tinha uma compleição delicada, feições simétricas e uma silhueta de beleza marcante. Marianne era ainda mais bela; sua forma, apesar de não tão equilibrada como a da irmã, tendo a vantagem da estatura mais alta, era a mais impressionante; seu rosto era tão adorável que, quando a elogiavam, chamando-a de linda, a verdade não era atacada com tanta violência quanto em geral acontece. Tinha a pele bastante morena, mas, dada sua transparência, era extraordinariamente brilhante; suas feições eram todas apropriadas; seu sorriso era doce e atraente; em seus olhos, que eram muito escuros, havia uma vivacidade, um espírito, um entusiasmo, os quais eram difíceis de contemplar sem prazer. Diante de Willoughby, tal expressão foi inicialmente escondida, devido ao embaraço causado pela recordação de sua assistência. Quando isso passou, quando controlou suas emoções, quando ela percebeu que à perfeita educação de cavalheiro ele acrescentava franqueza e vivacidade e, acima de tudo, quando ela o ouviu declarar que era apaixonado por música e por dança, ela o contemplou com tamanha aprovação que conquistou para si a maior parte de sua conversação pelo restante de sua estada.

Bastava apenas mencionar um passatempo favorito para fazê-la falar. Ela não conseguia ficar em silêncio quando se falava sobre tais assuntos e não sentia timidez ou vergonha em discuti-los. Rapidamente descobriram que sua apreciação da dança e da música era mútua e que advinha de uma similaridade de julgamento no que referia a tudo relacionado a ambas. Encorajada a um exame mais amplo de suas opiniões, ela passou a questioná-lo a respeito de livros; os autores favoritos dela foram mencionados e discutidos com tanto ardor, que qualquer rapaz de vinte e cinco anos seria, de fato, insensível para não se converter imediatamente à excelência de tais obras, ainda que as tivesse desconsiderado antes. Os gostos de ambos eram incrivelmente parecidos. Os mesmos livros, os mesmos trechos eram venerados pelos dois; caso surgisse alguma diferença de opinião ou alguma objeção, durava apenas até que a força dos argumentos e o brilho dos olhos dela se apresentassem. Ele aquiescia a todas as decisões da moça, contagiava-se com seu entusiasmo; e muito antes que a visita dele se encerrasse, conversavam com a familiaridade de uma relação de longa data.

– Bem, Marianne – disse Elinor, assim que ele as deixou –, para *uma* manhã, creio que você tenha se saído muito bem. Já conhece a opinião do sr. Willoughby a respeito de quase todos os assuntos de importância. Você sabe o que ele pensa sobre Cowper e Scott; está certa que estima a beleza de suas obras como deve, você também tem a certeza de que ele não admira Pope mais do que é apropriado. Mas como sua amizade será alimentada, se cobrem todos os tópicos de conversa com tão extraordinária rapidez? Logo terão esgotados cada um de seus tópicos favoritos. Mais um encontro será suficiente para que ele explique seus sentimentos sobre a beleza pictórica, sobre segundos casamentos e, então, você não terá mais nada para perguntar.

– Elinor – exclamou Marianne –, isso é certo? Acha justo falar assim? Minhas ideias são tão escassas? Mas eu entendo o que você quer dizer. Eu agi com familiaridade demais, fui contente demais, franca demais. Fui contra toda noção comum de decoro. Fui aberta e sincera quando deveria ter sido reservada, desanimada, maçante e enganosa. Se eu tivesse falado apenas sobre o clima e as estradas, se tivesse falado apenas uma vez em dez minutos, não estaria recebendo essa reprimenda.

– Minha querida – interviu a mãe –, não se ofenda com Elinor; ela só estava brincando. Eu mesma iria repreendê-la se ela tentasse refrear o deleite da sua conversa com nosso novo amigo.

Ouvindo isso Marianne logo ficou menos amuada.

Willoughby, por sua vez, dava todas as provas de seu prazer em conhecê-las que um óbvio desejo de aprofundar suas relações pudesse oferecer. Vinha vê-las todos os dias. A preocupação com Marianne foi sua desculpa no início; mas a recepção encorajadora, a cada dia mais carinhosa, tornou tal desculpa desnecessária antes que não pudesse mais usá-la devido à perfeita recuperação de Marianne. Ela ficou confinada à casa por alguns dias, mas nunca houve confinamento tão pouco tedioso. Willoughby era um jovem de talentos, imaginação ativa, espírito animado e maneiras francas e afetuosas. Era talhado com exatidão de modo a engajar o coração de Marianne, pois a tudo isso ele aliava não apenas uma personalidade cativante, como também um fervor natural da mente, que agora despertava e se elevava pelo exemplo dela própria, e que o recomendava às suas afeições acima de tudo.

A companhia dele tornou-se gradualmente para ela seu mais refinado prazer. Liam, conversavam, cantavam juntos; os talentos musicais dele eram consideráveis; e o rapaz lia com toda a emoção e espírito que infelizmente faltavam a Edward.

No conceito da sra. Dashwood, ele era tão perfeito quanto no de Marianne; Elinor não via nada que pudesse censurar nele além de uma propensão, na qual em muito parecia e particularmente agradava a irmã, a falar em demasia sobre tudo o que pensava em todas as ocasiões, sem consideração pelas pessoas ou circunstâncias. Ao formar sua opinião sobre as pessoas e transmiti-la com precipitação, ao sacrificar a cortesia para voltar sua atenção completa àquilo que seu coração demandava e ao descartar com demasiada facilidade as formas sofisticadas de decoro, Willoughby demonstrava uma falta de cuidado que Elinor não era capaz de aprovar, a despeito de tudo que ele e Marianne pudessem argumentar como justificativa.

Marianne então começou a perceber que o desespero que a dominou aos dezesseis anos e meio, de jamais encontrar homem apto a satisfazer suas ideias de perfeição, era precipitado e injustificável. Willoughby correspondia a tudo que seus devaneios delinearam naquele momento infeliz e em todo período mais alegre, como sendo capaz de cativá-la; e o comportamento dele declarava que seus desejos a esse respeito eram tão sinceros quanto suas habilidades eram grandiosas.

Da mesma forma a mãe, em cuja mente não surgira nenhuma especulação a respeito de casamento, devido àperspectiva de sua futura riqueza, foi levada antes que se completasse uma semana a ter esperanças e contar com isso; e a felicitar-se em segredo por vir a ter dois genros tão bons quanto Edward e Willoughby.

A inclinação de coronel Brandon por Marianne, que tão cedo havia sido percebida por seus amigos, só agora se tornara perceptível para Elinor, quando deixou de ser notada pelos outros. A atenção e o bom humor de todos se voltaram para seu rival mais afortunado; e os gracejos aos quais o primeiro fora submetido antes que qualquer preferência surgisse, foram deixados de lado quando seus sentimentos começaram a de fato merecer o ridículo que com tanta justiça se anexa à sensibilidade. Elinor viu-se na obrigação, ainda que contrariada, de crer que os sentimentos que a sra. Jennings havia atribuído a ele para a própria satisfação eram agora de fato inspirados por sua irmã; e que não importava quanto uma semelhança geral de temperamentos entre as partes promovesse o afeto do sr. Willoughby, em contrapartida, uma oposição equivalente de caráter não era impedimento ao interesse de coronel Brandon. Observou isso tudo com preocupação; pois que esperança poderia ter um homem circunspecto de trinta e cinco anos, quando comparado a um muito animado de vinte e cinco? E, como não podia torcer por seu sucesso, desejava de todo o coração que ele fosse indiferente. Gostava dele, apesar de sua gravidade e reserva, ela via nele um objeto de interesse. Seus modos, apesar de sérios, eram suaves; sua reserva parecia mais resultado de alguma opressão do espírito do que uma natureza melancólica. Sir John havia feito insinuações indicando feridas e decepções do passado, o que justificava sua crença de que era um homem desafortunado, e ela o considerava com respeito e compaixão.

Talvez sentisse pena e estima ainda maiores por ele devido ao desprezo que recebia de Willoughby e Marianne, que, com seus preconceitos contra o homem pelo fato de não ser vivaz nem jovem, pareciam determinados a desvalorizar seus méritos.

– Brandon é o tipo de homem – inferiu Willoughby certo dia, quando falavam sobre ele –, de quem todos falam bem, mas com quem ninguém se importa; todos ficam alegres ao vê-lo e ninguém se lembra de conversar com ele.

– É exatamente o que penso dele – concordou Marianne.

– No entanto, não se gabe por isso – repreendeu Elinor –, pois vocês dois são injustos. Ele é altamente bem quisto por toda a família de sir John, e nunca o encontrei sem que fizesse questão de conversar com ele.

– Que ele receba a *sua* atenção – replicou Willoughby –, é certamente um ponto a seu favor; porém, quanto à estima dos outros, é uma reprovação em si mesma. Quem se submeteria à indignidade de receber a aprovação de mulheres como lady Middleton e a sra. Jennings, que despertariam indiferença em qualquer outra pessoa?

– Talvez o desdém de pessoas como você e Marianne compensem o apreço de lady Middleton e de sua mãe. Se o elogio delas é uma censura, a censura de vocês pode ser um elogio, pois a falta de discernimento delas não é superior ao preconceito e à injustiça de vocês dois.

– Para defender seu protegido você é até capaz de ser impertinente.

– Meu *protegido*, como você o chama, é um homem sensato; e a sensatez sempre terá seus atrativos para mim. Sim, Marianne, mesmo em um homem entre os trinta e os quarenta. Ele conhece bem o mundo; já esteve no exterior, leu bastante, tem uma mente pensante. E é capaz de me dar muitas informações sobre diversos assuntos; sempre respondeu aos meus questionamentos com a prontidão de uma educação adequada e uma boa-vontade.

– Quer dizer – desdenhou Marianne – Ele disse a você que nas Índias Orientais o clima é quente e os mosquitos são um incômodo.

– Ele *teria* me dito isso, não duvido, se eu tivesse feito tais perguntas, mas ocorre que eu já tinha informações sobre esses fatos.

– Talvez as observações dele se abarcaram a existência dos nababos, das moedas de ouro e dos palanquins – disse Willoughby.

– Atrevo-me a pontuar que as observações *dele* ultrapassaram em muito a *sua* franqueza. Mas, afinal, por que não gosta dele?

– Não desgosto. Pelo contrário, considero que seja um homem muito respeitável, que conta com os elogios de todos e com a atenção de ninguém; alguém que tem mais dinheiro do que pode gastar, mais tempo livre do que conhecimento de como usá-lo e dois casacos novos todo ano.

– Acrescente-se a isso – completou Marianne – que lhe falta gênio, bom gosto e espírito. Que falta brilho ao seu entendimento, ardor aos seus sentimentos e expressividade à sua voz.

– Você determina as imperfeições dele de modo tão superficial – retrucou Elinor –, baseando-se tanto na força de sua própria imaginação, que qualquer louvor que eu possa lhe fazer parecerá frio e insípido em comparação. Posso apenas afirmar que é um homem sensato, bem-educado, bem informado, gentil e, creio eu, possuidor de um coração amável.

– Srta. Dashwood – exclamou Willoughby – agora não está sendo gentil comigo. Busca desarmar-me pela razão e convencer-me contra a minha vontade. Mas não vai funcionar. Descobrirá que sou tão teimoso quanto a senhorita é astuta. Tenho três razões para não gostar dele, para as quais não há argumento: ele me ameaçou com chuva quando eu desejava tempo bom; encontrou defeito na suspensão do meu cabriolé e não consigo convencê-lo a comprar minha égua marrom. Se lhe der alguma satisfação, entretanto, ouvir que considero seu caráter irrepreensível em todos os outros quesitos, estou disposto a admiti-lo. E, em troca desse reconhecimento, que me causa certo incômodo, não pode me negar o privilégio de antipatizar com ele como sempre o fiz.

Capítulo 11

A sra. Dashwood e suas filhas mal imaginavam, ao se mudarem para Devonshire, que tantos compromissos logo iriam aparecer para tomar seu tempo, ou que as visitas que fariam e receberiam seriam tão contínuas que mal teriam tempo livre para dedicar às ocupações mais sérias. Entretanto, era essa a situação. Quando Marianne se recuperou, os planos de diversão em casa e fora dela, que sir John havia feito anteriormente, foram executados. Os bailes particulares na mansão começaram e festas à beira d'água eram feitas e realizadas com a frequência que um outubro chuvoso permitia. Willoughby foi incluído em todos esses eventos; e a descontração e familiaridade que eram naturais nessas reuniões eram calculadas com exatidão para aprofundar sua intimidade com as Dashwood, visando proporcionar oportunidades de testemunhar as qualidades de Marianne, de demonstrar sua entusiástica admiração por ela e de receber, pelo comportamento dela para com ele, a mais clara garantia de seu afeto.

Elinor não se surpreendia com a ligação deles. Desejava apenas que não fosse tão explícita; e uma ou duas vezes ousou sugerir para Marianne que seria apropriado cultivar certo comedimento. Marianne, porém, detestava qualquer dissimulação caso nenhuma verdadeira desgraça resultasse da sinceridade; e tentar conter os sentimentos que por si próprios não eram indignos de admiração, para ela não era apenas um esforço desnecessário, como também uma sujeição desonrosa da razão a noções vulgares e errôneas. Willoughby pensava do mesmo modo; e o comportamento de ambos, a todo instante, era uma ilustração de suas opiniões.

Quando ele estava presente, Marianne não tinha olhos para mais ninguém. Tudo o que ele fazia estava certo. Tudo o que dizia era inteligente. Caso as suas noites na mansão se encerrassem com carteado, ele trapaceava a si mesmo e aos demais para dar a ela uma boa mão. Caso o passatempo da noite fosse dança, eram parceiros por metade da noite, e quando eram obrigados a se separar por algumas danças, faziam o possível para ficarem próximos e mal dirigiam a palavra a outras pessoas. Tal conduta tornou-os motivo de muito riso, mas o ridículo não os envergonhava, nem parecia provocá-los.

A sra. Dashwood acompanhava todos os sentimentos deles com tamanha ternura que não a deixava nem um pouco inclinada a conter esses excessos de demonstração. Para ela não passava da consequência natural de uma forte afeição em uma mente jovem e ardorosa.

Essa foi uma época de felicidade para Marianne. Seu coração estava devotado a Willoughby, e o doce apego que tinha a Norland, que trouxera consigo de Sussex, parecia poder se abrandar com mais facilidade do que pensava ser possível antes, pelos encantos que a companhia dele conferia à sua nova casa.

A felicidade de Elinor não era tão perfeita. Seu coração não estava tão leve, nem sua satisfação em seus divertimentos tão pura. Não lhe proviam com nenhum companheiro que pudesse superar aquele que havia deixado para trás, nem que pudesse ensiná-la a recordar Norland com menos pesar. Lady Middleton e a sra. Jennings não podiam oferecer-lhe o tipo de conversação de que ela sentia falta; mesmo que a segunda fosse uma tagarela incansável que, desde seu primeiro contato, considerou-a com tal gentileza que lhe assegurou grande parte de suas conversas. A sra. Jennings já repetira a própria história para Elinor três ou quatro vezes; e caso a memória da moça se igualasse aos seus meios de desenvolvimento, ela teria sabido, desde o começo de sua convivência, os detalhes da doença derradeira do sr. Jennings e o que ele dissera à esposa poucos minutos antes de falecer. Lady Middleton era mais agradável que a mãe apenas por ser mais silenciosa. Elinor não precisava observar muito para perceber que a reserva desta era apenas uma atitude de calma com a qual o bom senso nada tinha a ver. Travava a mãe e o marido da mesma forma que lhes tratava; desse modo, não se devia buscar ou desejar intimidade com ela. Ela não tinha nada a dizer em um dia que não houvesse dito no dia anterior. Sua insipidez era invariável, pois até seu humor era sempre o mesmo; apesar de não se opor às festas que o marido organizava, contanto que tudo fosse conduzido no melhor estilo e que os dois filhos mais velhos estivessem com ela, nunca parecia se divertir mais com as festas do que se tivesse ficado sozinha em casa; sua presença acrescentava tão pouco ao divertimento dos demais quando participava das conversas que, por vezes, eles apenas se lembravam de sua presença devido à sua solicitude para com os filhos irrequietos.

Coronel Brandon era o único, de todos os seus novos conhecidos, por quem Elinor conseguia de alguma forma demonstrar respeito por suas capacidades, interesse por sua amizade, ou satisfação com sua companhia. Willoughby estava fora de cogitação. A admiração e a estima dela, mesmo seu afeto fraternal, já lhe pertenciam; mas ele era um apaixonado; suas atenções se voltavam exclusivamente para Marianne, e um homem menos simpático seria em geral mais agradável. Coronel Brandon, infelizmente, não era encorajado a pensar apenas em Marianne e, ao conversar com Elinor, obteve o maior consolo pela indiferença da irmã dela.

A compaixão de Elinor por ele cresceu, pois tinha razões para suspeitar que o sofrimento de uma decepção amorosa já era conhecido por ele. Essa suspeita surgiu por causa de algumas palavras que ele deixou escapar sem querer certa noite na casa de sir John, quando estavam sentados juntos por concordância mútua, enquanto os outros dançavam. O olhar dele estava fixo em Marianne e, depois de um silêncio de alguns minutos, ele disse com um fraco sorriso:

– Pelo que entendo, sua irmã não aprova segundos amores.

– Não, as opiniões dela são todas românticas. – respondeu Elinor.

– Ou então, segundo creio, ela as considera impossíveis.

– Acredito que sim. Contudo, como ela pode pensar assim, sem considerar o caráter do próprio pai, que se casou duas vezes, eu não sei dizer. No entanto, mais alguns anos vão ajustar suas opiniões com o bom senso e a observação; então, poderão ser mais fáceis de definir e de justificar do que o são agora, por qualquer pessoa além dela mesma.

– Provavelmente será esse o caso. Ainda assim, há algo tão adorável nos preconceitos de uma mente jovem que é quase uma pena vê-los dar lugar a opiniões mais comuns – refletiu ele.

– Nesse ponto não posso concordar com o senhor – afirmou Elinor – Há inconveniências inerentes a sentimentos como os de Marianne, que nem todos os encantos do entusiasmo e da falta de conhecimento sobre o mundo podem redimir. Seu raciocínio tem a infeliz tendência de reduzir o decoro a uma insignificância; e espero que uma compreensão melhor do mundo lhe seja o mais vantajosa possível.

Após uma breve pausa ele continuou a conversa perguntando:

– Sua irmã não faz nenhuma distinção em suas objeções a esse tipo de relação? Ou são igualmente criminosas em todos os casos? Considera que todos que se decepcionaram com sua primeira escolha, seja pela inconstância de seu objeto ou pela crueldade das circunstâncias, deveriam se manter indiferentes pelo resto de suas vidas?

– Dou-lhe minha palavra de que não estou a par das minúcias dos princípios dela. Apenas sei que nunca a ouvi admitir que há qualquer circunstância na qual um segundo amor seja perdoável.

– Isso não pode durar – continuou ele. – Porém, uma mudança, uma transformação total de sentimentos... Não, não, não queira isso, pois quando os refinamentos românticos de uma mente jovem são forçados a mudar, com quanta frequência são sucedidos por opiniões que não passam de lugares-comuns ou são perigosas demais! Falo por experiência. Conheci uma senhora que me lembra muito sua irmã em temperamento e entendimento, que pensava e julgava como ela, mas que foi forçada a mudar em virtude de uma série de circunstâncias infelizes... – Interrompeu-se, de repente, nesse ponto; pareceu julgar que falara demais e sua expressão provocou conjecturas que de outra forma não teriam surgido na mente de Elinor. A senhora mencionada estaria acima de qualquer suspeita, não tivesse ele convencido a srta. Dashwood de que tudo referente a ela não deveria escapar dos lábios dele. Desse modo, não necessitava de mais que um pequeno esforço da imaginação para conectar a emoção dele com as doces lembranças de um afeto do passado. Marianne, porém, de seu lugar, não faria menos que isso. A história inteira teria sido formada rapidamente por sua imaginação fértil e todos os elementos receberiam um lugar determinado na mais melancólica história de um amor desastroso.

Capítulo 12

Enquanto Elinor e Marianne caminhavam juntas, na manhã seguinte, esta comunicou uma novidade àquela que, apesar do conhecimento prévio sobre a imprudência e a falta de juízo da irmã mais nova, surpreendeu-se por seu extraordinário testemunho de ambos. Marianne lhe disse, com a maior alegria, que Willoughby a presenteara com uma égua, criada por ele mesmo em sua propriedade em Somersetshire, especialmente treinada para ser montada por uma mulher. Sem considerar que não estava nos planos de sua mãe manter um cavalo, que caso ela mudasse sua decisão por conta desse presente seria obrigada a comprar outro para o empregado, manter um cavalariço para montá-la e, além disso, a construir um estábulo para abrigá-los, Marianne aceitou o presente sem titubear e contou isso com euforia para a irmã.

– Ele planeja enviar seu cavalariço para Somersetshire imediatamente para buscá-la – acrescentou –, e quando chegar cavalgaremos todos os dias. Você pode revezar comigo. Imagine, Elinor, o prazer de uma cavalgada por esses morros.

Demonstrou-se muito relutante em despertar desse sonho de felicidade para compreender todas as infelizes verdades que cercavam o caso; por algum tempo se recusou a se submeter à elas. Quanto a mais um empregado, os custos seriam irrisórios; a mãe com certeza não se oporia; e, com certeza, qualquer cavalo serviria para ele; de qualquer forma Willoughby poderia pegar um em Barton Park; quanto ao estábulo, um mero barracão seria suficiente. Elinor ainda se arriscou a questionar o quanto seria apropriado que ela recebesse um presente desses de um homem que conhecia tão pouco, ou pelo menos há tão pouco tempo. Isso era demais.

– Está equivocada, Elinor – rebateu Marianne, inflamada –, ao supor que mal conheço Willoughby. De fato, não o conheço há muito tempo, mas sei mais dele do que sobre qualquer outra criatura neste mundo, exceto por você e mamãe. Tempo e oportunidade não definem intimidade; apenas a disposição o faz. Sete anos seriam insuficientes para algumas pessoas se conhecerem, enquanto sete dias são mais que suficientes para outras. Eu me consideraria mais culpada de faltar com o decoro se aceitasse um cavalo de presente do meu irmão do que de Willoughby. Mal conheço John, apesar de termos vivido na mesma casa por vários anos; qaunto a Willoughby, meu julgamento se formou há muito tempo.

Elinor julgou mais sábio não tocar mais naquela questão. Conhecia o temperamento da irmã. Discordância em um assunto tão delicado apenas faria com que se agarrasse ainda mais à própria opinião. No entanto, com um apelo ao seu amor pela mãe, por meio da apresentação das inconveniências a que a indulgente mulher se submeteria (como provavelmente seria o caso) se ela concordasse com esse aumento de despesas, logo Marianne se rendeu; e prometeu que não instigaria a mãe à essa bondade imprudente mencionando a oferta, e que diria a Willoughby, na próxima vez que o visse, que precisava recusar o presente.

Foi fiel à própria palavra; quando Willoughby apareceu no chalé, naquele mesmo dia, Elinor a ouviu expressar em voz baixa sua decepção por ser forçada a abrir mão do presente. As razões para essa alteração foram então relatadas e eram de tal ordem que impossibilitavam qualquer insistência de sua parte. A preocupação dele, no entanto, era bastante aparente; e depois de expressá-la com veemência, acrescentou, no mesmo tom de voz baixo:

– Marianne, a égua ainda é sua, apesar de você não poder fazer uso dela agora. Ficarei com ela até que possa reivindicá-la. Quando deixar Barton para formar sua própria residência em um lar mais duradouro, Rainha Mab estará à sua espera.

Tudo isso foi entreouvido pela srta. Dashwood; e pela sentença em si, por seu jeito ao pronunciá-la e pelo fato de se dirigir à irmã dela apenas pelo seu nome de batismo, Elinor em um instante enxergou uma intimidade tão decidida, uma intenção tão direta, que comprovava uma concordância perfeita entre os dois. A partir desse momento, não duvidava que tivessem um compromisso estabelecido; e a crença nisso não causou outra surpresa senão que ela, bem como qualquer um de seus amigos, apesar do temperamento tão franco de ambos, viessem a descobrir por acaso.

No dia seguinte, Margaret relatou-lhe algo que esclareceu ainda mais a situação. Willoughby passara a noite anterior em companhia delas, e Margaret, por um momento deixada com ele e Marianne na sala de visitas, teve a oportunidade de observá-los, o que comunicou com a expressão mais solene, à irmã mais velha, na primeira chance em que ficaram a sós.

– Elinor! Tenho um grande segredo para contar para você, um que envolve Marianne. Estou certa de que logo ela estará casada com o sr. Willoughby – exclamou.

– Você tem dito isso quase todo dia desde que eles se conheceram na colina; e ainda não havia se passado uma semana do encontro, creio eu, quando você estava certa de que Marianne tinha o retrato dele em seu colar; mas não passava da miniatura do nosso tio-avô – retorquiu Elinor.

– Mas desta vez é sério. Tenho certeza de que irão se casar em breve, porque ele tem uma mecha do cabelo dela.

– Cuidado, Margaret, pode ser apenas o cabelo de um tio-avô *dele*.

– Mas é verdade, Elinor, é de Marianne. Tenho quase certeza que é, pois vi quando o cortou. Noite passada, após o chá, quando você e mamãe saíram da sala, eles ficaram cochichando e falavam ao mesmo tempo, bem depressa, e parecia que ele estava pedindo alguma coisa, e logo ele pegou a tesoura e cortou uma longa mecha do cabelo dela que lhe caia pelas costas; depois, beijou-o e colocou-o em um pedaço de papel branco dobrado que guardou em sua carteira.

Diante de tantos detalhes, explicados com tanta convicção, Elinor não pode deixar de acreditar; nem estava inclinada a fazê-lo, pois a circunstância estava em perfeita harmonia com o que ela mesma havia visto e ouvido.

A sagacidade de Margaret nem sempre se manifestava de modo tão satisfatório para sua irmã. Quando a sra. Jennings investiu contra ela certa noite na casa de sir John, para que dissesse o nome do rapaz favorito de Elinor, que há muito era o foco de sua curiosidade, Margaret respondeu olhando para a irmã e dizendo:

– Não posso contar, não é, Elinor?

É evidente que isso fez todos rirem; Elinor tentou acompanhar as risadas. O esforço, entretanto, era doloroso. Ela estava convencida de que Margaret pensou em uma pessoa cujo nome ela não aguentaria com sua compostura intacta caso se tornasse objeto constante das piadas da sra. Jennings.

Marianne verdadeiramente sentiu muito por ela, mas isso prejudicou mais do que melhorou a situação, ao corar em profusão e, raivosa, repreender Margaret:

– Lembre-se de que sejam quais forem suas suposições, você não tem o direito de repeti-las.

– Eu nunca fiz nenhuma suposição a respeito disso, foi você mesma quem me contou – replicou Margaret.

Isso aumentou ainda mais as risadas de todos, e Margaret foi avidamente instada a falar mais alguma coisa.

– Por favor, srta. Margaret, conte-nos tudo. Qual é o nome do cavalheiro? – pediu a sra. Jennings.

– Não devo dizer, senhora. Mas sei muito bem qual é e também sei onde ele está.

– Sim, sim, podemos adivinhar onde ele está; na própria casa em Norland, é claro. Ele é o vigário da paróquia, me arrisco a dizer.

– Não, *isso* ele não é. Ele não tem uma profissão.

– Margaret – interrompeu Marianne, com alarme –, você sabe que tudo isso é invenção sua e que essa pessoa não existe.

– Bem, então, ele morreu há pouco tempo, Marianne, porque tenho certeza de que tal homem existia, e que seu nome começa com a letra F.

Elinor sentiu-se muito grata a lady Middleton por ter observado que "a chuva estava muito forte", apesar de acreditar que a interrupção fora provocada menos por alguma atenção para com ela do que pela grande aversão da senhora da casa por todos os assuntos jocosos e deselegantes com os quais seu marido e sua mãe se divertiam. Entretanto, o assunto que ela introduziu foi imediatamente continuado pelo coronel Brandon, que em todas as ocasiões estava atento aos sentimentos dos demais; e muito foi dito pelos dois a respeito da chuva. Willoughby abriu o pianoforte e pediu que Marianne se sentasse para tocar; assim, pelos esforços de várias pessoas, o assunto foi deixado de lado. Elinor, porém, não se recuperou com tanta facilidade da agitação que a conversa lhe provocara.

Naquela noite, formou-se um grupo que no dia seguinte iria visitar um lugar muito bonito, que ficava a cerca de vinte quilômetros de Barton, e pertencia a um cunhado do coronel Brandon, sem cuja presença não poderiam visitar o lugar, pois o proprietário, que estava no exterior, deixara ordens expressas a esse respeito. Dizia-se que a propriedade era muito bonita, e sir John, que foi especialmente efusivo em seus elogios, podia ser considerado um juiz adequado, pois formava grupos para visitá-la, pelo menos duas vezes todo verão, pelos últimos dez anos. Havia ali um lago imponente, no qual um passeio de barco constituiria a maior parte da diversão da manhã; levariam alimentos frios, apenas carruagens abertas seriam utilizadas, e tudo seria realizado no estilo usual de um passeio prazeroso.

Para alguns integrantes do grupo, pareceu uma empreitada audaciosa, considerando a época do ano e que chovera todos os dias da quinzena anterior; a sra. Dashwood, que estava resfriada, foi persuadida por Elinor a ficar em casa.

Capítulo 13

A planejada excursão a Whitwell contrariou muito as expectativas de Elinor. Ela estava preparada para ficar encharcada, exausta e assustada; mas o evento foi ainda mais infeliz, porque acabaram não indo.

Às dez horas, todo o grupo já estava reunido na mansão, onde tomariam o desjejum. A manhã se mostrava bastante propícia, pois choveu durante toda a noite, então as nuvens estavam se dispersando pelo céu e o sol aparecia com frequência. Estavam todos alegres e bem-humorados, ávidos por felicidade e determinados a se submeter às maiores inconveniências e dificuldades para alcançar esse objetivo.

Enquanto tomavam o desjejum, a correspondência foi trazida. Entre as cartas, havia uma para coronel Brandon; ele a pegou, leu o remetente, empalideceu e, imediatamente, deixou o aposento.

– O que houve com Brandon? – perguntou sir John.

Ninguém soube dizer.

– Espero que não tenha recebido más notícias – declarou lady Middleton. – Deve ser algo extraordinário para fazer o coronel Brandon abandonar minha mesa de maneira tão brusca.

Por volta de cinco minutos depois, ele retornou.

– Espero que não sejam más notícias, coronel – declarou a sra. Jennings, assim que ele regressou à sala.

– De forma alguma, minha senhora, obrigado.

– Era de Avignon? Espero que não sejam notícias da piora de sua irmã.
– Não, senhora. Veio da cidade, é apenas uma carta de negócios.
– Mas como o abalou tanto, se era apenas uma carta de negócios? Ora, não pode ser só isso, coronel; agora, nos diga a verdade.
– Minha querida senhora, – interviu lady Middleton – pense melhor no que está dizendo.
– Talvez sejam notícias do casamento de sua prima Fanny? – continuou a sra. Jennings sem prestar atenção à repreensão de sua filha.
– Não, de fato, não é nada disso.
– Bem, então, eu já sei de quem é, coronel. E espero que ela esteja bem.
– A quem se refere, senhora? – respondeu ele, corando um pouco.
– Ah! Você sabe de quem estou falando.
– Sinto muitíssimo por ter recebido essa carta hoje, minha senhora – disse ele, dirigindo-se a lady Middleton –, pois é uma questão que requer minha presença imediata na cidade.
– Na cidade! O que você tem que fazer na cidade a essa época do ano? – admirou-se a sra. Jennings.
– Minha própria perda é imensa – continuou ele –, por ser obrigado a deixar tão boa companhia; e minha preocupação é ainda maior, pois temo que minha presença seja necessária para que possam ser admitidos em Whitwell.
Foi um duro golpe para todos!
– Não seria suficiente que escrevesse um bilhete para a governanta, sr. Brandon? – indagou Marianne, ansiosa.
Ele negou com a cabeça.
– Temos que ir – declarou sir John. – Não podemos desistir assim em cima da hora. Você só poderá ir à cidade amanhã, Brandon, está decidido.
– Gostaria muito que fosse assim tão fácil. Contudo, não está em meu poder atrasar minha partida nem por um dia!
– Se ao menos nos permitisse saber de que se tratam esses negócios – disse a sra. Jennings –, poderíamos opinar ser é possível deixar para depois ou não.
– Não se atrasaria mais que seis horas, se retardasse sua partida para após nosso retorno – argumentou Willoughby.
– Não posso me dar ao luxo de perder *uma* hora sequer.
Elinor, então, ouviu Willoughby sussurrar em voz baixa para Marianne:
– Há pessoas que não suportam a ideia da diversão. Brandon é uma delas. Temia pegar um resfriado, me arrisco a dizer, e inventou essa desculpa para fugir do compromisso. Apostaria cinquenta guinéus que a carta foi escrita por ele mesmo.
– Não tenho dúvidas quanto a isto – concordou Marianne.

– Sei de longa data que não há como persuadi-lo a mudar de ideia quando está determinado a fazer algo, Brandon – disse sir John. – Entretanto, peço que reconsidere. Veja bem, aqui estão as duas srtas. Carey, que vieram de Newton, as três srtas. Dashwood caminharam de sua casa até aqui, e o sr. Willoughby acordou duas horas antes de seu horário de costume com o propósito de visitar Whitwell.

Coronel Brandon expressou mais uma vez seu pesar por ser a causa do desapontamento do grupo; mas reiterou que era inevitável.

– Bem, então, quando estará de volta?

– Espero que possamos vê-lo em Barton, assim que for conveniente deixar a cidade; e adiaremos o passeio a Whitwell até o seu retorno – acrescentou lady Middleton.

– É muita gentileza de sua parte. Porém, quando estará em meu poder retornar é tão incerto que não ouso me comprometer com isso.

– Ah! Mas ele deve e irá voltar – exclamou sir John – se não estiver de volta até o fim da semana eu mesmo irei atrás dele.

– Sim, faça isso, sir John, e talvez assim descubra quais são esses negócios dele – gritou a sra. Jennings.

– Não quero me intrometer nos assuntos alheios. Suponho que seja algo que o deixe constrangido.

Anunciaram que os cavalos do coronel Brandon estavam prontos.

– Não irá até a cidade a cavalo, irá? – questionou sir John.

– Não, cavalgarei apenas até Honiton. Lá pegarei a diligência dos correios.

– Bem, já que está decidido a ir, desejo-lhe boa viagem. Mas seria melhor se mudasse de ideia.

– Asseguro-lhe que isso não está ao meu alcance.

Despediu-se, então, de todo o grupo.

– Há alguma chance de encontrá-la e a suas irmãs na cidade nesse inverno, srta. Dashwood?

– Temo que não, nenhuma.

– Então, devo despedir-me por mais tempo do que gostaria de fazê-lo.

Para Marianne, apenas acenou com a cabeça e nada disse.

– Vamos, coronel, antes de partir, conte-nos o que está indo fazer, afinal.

Ele desejou à senhora um bom dia e, acompanhado por sir John, deixou a sala.

As reclamações e os lamentos que a polidez havia até então refreado afloraram de modo generalizado; todos concordaram repetidas vezes como era desagradável se decepcionar de tal forma.

– Apesar de tudo, sou capaz de adivinhar o assunto de seus negócios – afirmou a sra. Jennings, exultante.

– Pode mesmo, senhora? – quase todos perguntaram.

– Sim. Trata-se da srta. Williams, estou convencida disso.

– E quem é a srta. Williams? – perguntou Marianne.

– O quê! Não sabe quem é a srta. Williams? Tenho certeza de que você já ouviu falar dela antes. É uma parenta do coronel, minha querida; uma parenta muito próxima. Não diremos quão próxima, para não chocar as moças.

Então, baixando a voz um pouco, revelou para Elinor:

– Trata-se da filha ilegítima dele.

– É mesmo?

– Sim, é mesmo. E se parece muito com ele. Ouso prever que o coronel lhe deixará toda a sua fortuna.

Quando retornou à sala, sir John aderiu com vigor ao pesar geral diante de evento tão infeliz; acabou, no entanto, comentando que, como já estavam todos ali juntos, poderiam fazer algo para se divertirem; depois de alguma deliberação, todos concordaram que, embora felicidade verdadeira só pudesse ser desfrutada em Whitwell, poderiam alcançar contentamento suficiente com um passeio pelos campos. As carruagens foram solicitadas; a de Willoughby veio primeiro e Marianne nunca parecera mais feliz do que quando embarcou nela. O rapaz conduzia o veículo em alta velocidade e logo eles estavam fora de vista; não foram mais vistos até que retornassem, o que não aconteceu até depois que todos os outros já estavam de volta. Ambos pareciam deliciados com o passeio, mas contaram apenas por alto que tinham seguido as aleias enquanto os outros haviam ido rumo às colinas.

Foi decidido que haveria um baile naquela noite e que todos deveriam se manter muito animados durante todo o dia. Mais alguns Carey apareceram para o jantar, e todos tiveram o prazer de sentarem-se à mesa em um grupo de quase vinte pessoas, como observou sir John com grande contentamento. Willoughby tomou seu lugar de sempre, entre as duas srtas. Dashwood mais velhas. A sra. Jennings sentou-se à direita de Elinor e, pouco depois de se acomodarem, se inclinou por trás dela e de Willoughby e falou com Marianne, alto o suficiente para que ambos escutassem:

– Mesmo com todos os seus truques, eu descobri onde passaram a manhã.

Marianne corou e respondeu com precipitação:

– E onde acha que estivemos?

– Não sabia que estávamos passeando no meu cabriolé? – interviu Willoughby.

– Sabia, sim, Senhor Desavergonhado, eu sei disso muito bem; mas estava determinada a descobrir *onde* estiveram. Espero que tenha gostado de sua casa, srta. Marianne. É grandiosa, eu sei; e quando eu for visitá-la, espero que a tenha redecorado, pois precisava muito quando estive lá, seis anos atrás.

Marianne virou-se, muito confusa. A sra. Jennings deu uma gargalhada; e Elinor descobriu que, em sua determinação de saber onde eles estiveram, a senhora ordenara que a própria criada perguntasse ao cavalariço de Willoughby, e que por esse método fora informada que eles haviam ido até Allenham, onde passaram tempo considerável passeando pelos jardins e visitando a casa.

Elinor mal conseguia acreditar que isso fosse verdade, pois lhe parecia improvável que Willoughby propusesse, ou Marianne concordasse, que entrassem na casa enquanto a sra. Smith estivesse presente, alguém com quem Marianne não tinha a menor familiaridade.

Assim que deixaram a sala de jantar, Elinor questionou a irmã sobre aquilo; e grande foi sua surpresa ao descobrir que tudo o que a sra. Jennings contara era a mais pura verdade. Marianne estava bastante irritada com ela por ter duvidado.

– Por que imaginaria, Elinor, que não fomos até lá ou que não entramos na casa? Não é algo que você mesma desejava fazer?

– É verdade, Marianne, mas eu não iria enquanto a sra. Smith estivesse lá, e sem outra companhia além da do sr. Willoughby.

– O sr. Willoughby, no entanto, é o único que tem o direito de mostrar aquela casa a alguém; e como fomos de carruagem aberta, era impossível levar mais alguém. Nunca passei uma manhã tão agradável na minha vida.

– Temo – replicou Elinor – que o prazer de uma ocupação nem sempre reflita o quanto é apropriada.

– Pelo contrário, nada pode ser prova maior disso, Elinor; se houvesse algo de fato impróprio no que fiz, eu perceberia isso na hora, pois sempre sabemos quando estamos agindo de modo inadequado, e com tal convicção eu não teria sentido nenhum prazer.

– Mas, minha querida Marianne, como já se tornou alvo de comentários impertinentes, não começa a duvidar da sensatez da sua própria conduta?

– Se as observações impertinentes da sra. Jennings são prova de conduta insensata, todos estamos errando a todo momento de nossas vidas. Eu não valorizo sua censura mais do que deveria fazer com seus elogios. Não vejo nada de errado em ter passeado pela propriedade da sra. Smith, nem por ter visitado sua casa. Um dia pertencerão a Willoughby e a...

– Se um dia viessem a ser suas, Marianne, você não teria justificativa para o que fez.

Ela enrubesceu diante dessa insinuação; mas ainda assim foi visível que a deixou satisfeita; e após um intervalo de dez minutos de intensa reflexão, ela se dirigiu à irmã de novo, e disse com muito bom humor:

– É possível, Elinor, que tenha *mesmo* sido imprudente de minha parte ir até Allenham; mas o sr. Willoughby queria muito me mostrar o lugar;

e é uma casa adorável, lhe asseguro. Há uma sala de visitas de notável beleza no andar de cima; de tamanho bastante confortável para o uso diário, e com mobiliário moderno ficará muito agradável. Fica em um canto da casa e tem janelas dos dois lados. De um lado, é possível ver além do gramado para jogos, atrás da casa, até um belo bosque ao sopé de um monte, e do outro lado, tem-se uma visão da igreja e do vilarejo e, mais adiante, daqueles morros escarpados que muitas vezes admiramos. Não a considerei mais bonita, pois nada podia ser mais desolador que aqueles móveis; se fosse redecorada, o que custaria umas centenas de libras, de acordo com Willoughby, seria uma das salas de verão mais agradáveis de toda a Inglaterra.

Se Elinor pudesse ouvi-la sem as interrupções dos demais, teria descrito cada um dos cômodos da casa com semelhante deleite.

Capítulo 14

O término repentino da estada de coronel Brandon a Barton Park, com sua persistência em encobrir seu motivo, tomou conta dos pensamentos e causou espanto à sra. Jennings por dois ou três dias; era muito curiosa, como o são todos os que cultivam grande interesse por todas as idas e vindas das pessoas com quem se relacionam. Conjecturava, com poucas interrupções, qual poderia ser a razão disso; estava certa de que envolvia alguma má notícia e refletiu a respeito toda sorte de desgraças que poderiam ter se abatido sobre ele, com a firme convicção de que ele não escaparia de todas.

– Deve ser alguma questão muito triste, tenho certeza – declarou. – Pude ver no rosto dele. Pobre homem! Temo que suas circunstâncias sejam ruins. A propriedade de Delaford nunca rendeu além de duas mil libras por ano, e seu irmão deixou tudo em condições lamentáveis. Acredito piamente que ele foi chamado para cuidar de questões financeiras; por que outro motivo seria? Pergunto-me se foi isso mesmo. Daria qualquer coisa para saber a verdade. Porventura, é a respeito da srta. Williams, me arrisco a dizer, visto que pareceu bastante afetado quando a mencionei. É possível que tenha adoecido na cidade; nada mais provável que isso, pois tenho a impressão que sempre teve a saúde frágil. Aposto que é sobre a srta. Williams. É improvável que ele esteja em má situação financeira *agora,* já que é um homem muito prudente, e com toda certeza já deve ter quitado as dívidas vinculadas à propriedade. Fico imaginando o que pode ser! Talvez, a irmã tenha piorado em Avignon e o tenha mandado chamar. Sua partida tão apressada certamente corrobora essa ideia. Bem, desejo de todo o coração que se livre de todos os problemas e ainda que encontre uma boa esposa.

Assim imaginava e tagarelava a sra. Jennings, cujas opiniões variavam a cada nova suposição, e todas pareciam igualmente plausíveis quando lhe surgiam à mente. Elinor, apesar de estar de fato interessada no bem-estar do coronel, não conseguia se maravilhar com sua partida tão repentina, o que era a reação que a sra. Jennings desejava dela; pois, além de considerar que a circunstância não justificava espanto tão persistente, nem tanta especulação, sua preocupação estava voltada para outro assunto. Estava completamente absorta com o extraordinário silêncio de sua irmã e de Willoughby a respeito do assunto, que com certeza sabiam ser do peculiar interesse de todos. Conforme esse silêncio continuou, cada dia o fazia parecer mais estranho e mais incompatível com o temperamento de ambos. Elinor não podia imaginar por que não admitiam abertamente para sua mãe e para ela mesma o que a constante atitude de um para com o outro demonstrava ter acontecido.

Conseguia compreender facilmente que o casamento não estava ao alcance de ambos de imediato; já que apesar de Willoughby ser independente, não havia razão para considerá-lo rico. Sua propriedade rendia, conforme avaliara sir John, por volta de seiscentas ou setecentas libras ao ano; mas ele vivia em um estilo que essa renda mal podia manter, e o próprio Willoughby diversas vezes se queixou de sua pobreza. No entanto, não conseguia dar conta da razão do sigilo que mantinham a respeito de seu compromisso, o qual nada ocultava de fato; era tão contraditório às suas opiniões e práticas em geral, que por vezes duvidava que estivessem comprometidos, esta incerteza era suficiente para impedir que fizesse qualquer questionamento a Marianne.

Nada poderia ser mais indicativo de um compromisso do que o comportamento de Willoughby. Para Marianne, encerrava todas as distintas gentilezas que o coração de um namorado poderia oferecer; para o restante da família, era a atenção afetuosa de um filho e de um irmão. Parecia considerar e amar o chalé delas como a seu próprio lar; passava muito mais horas de seu tempo ali do que em Allenham; e, se nenhum evento os reunia em Barton Park, era quase certo que o exercício matinal que o levava para fora de casa fosse terminar ali, onde ele passava o restante do dia ao lado de Marianne, com seu cão favorito aos pés dela.

Numa determinada noite, cerca de uma semana após coronel Brandon ter partido do campo, o coração de Willoughby parecia mais inclinado a todos os sentimentos de apego aos objetos que o cercavam; e quando a sra. Dashwood declarou seu intento de fazer melhorias na casa quando a primavera chegasse, ele se opôs acaloradamente a qualquer alteração de um lugar que o carinho lhe definiu como perfeito.

– O quê! Melhorar esta casa! Não. *Nunca* concordarei com uma coisa dessas. Nem um tijolo deve ser adicionado a estas paredes, nem um centímetro ao seu tamanho, se tem alguma consideração por meus sentimentos.

– Não se alarme, – respondeu a srta. Dashwood. – Nada do tipo será feito, pois minha mãe nunca terá dinheiro suficiente para tentá-lo.

– Fico muito feliz por isso – exclamou. – Que sempre seja pobre, se não pode usar a riqueza de maneira melhor.

– Obrigada, Willoughby. Pode ficar seguro de que jamais sacrificaria um sentimento de apego seu ou de qualquer um que eu amasse, por todas as melhorias no mundo. Tenha certeza de que, seja qual for a quantia não empregada que possa sobrar, quando eu fizer a contabilidade na primavera, eu preferiria até acumulá-la em vão a dispor dela de forma tão dolorosa para você. Mas tem tanto apego a este lugar a ponto não ver defeitos nele?

– Tenho – respondeu ele. – Para mim é perfeito. Não, mais que isso, considero que seja o único tipo de construção onde é possível encontrar a felicidade, e se fosse rico o bastante imediatamente demoliria Combe e a reconstruiria em uma cópia exata deste chalé.

– Com escadas sombrias e estreitas e uma cozinha enfumaçada, suponho – retorquiu Elinor.

– Sim! – exclamou ele no mesmo tom entusiasmado. – Com todas e cada uma das características que a ela pertençam, em nenhuma conveniência ou inconveniência dela a menor das mudanças deve ser perceptível. Então, e somente então, sob tal teto, poderei talvez ser tão feliz em Combe como tenho sido em Barton.

– Muito me lisonjeira – respondeu Elinor – que, mesmo com a desvantagem de aposentos melhores e de uma escada mais larga, você venha a considerar sua própria casa tão impecável quanto essa.

– Há de fato circunstâncias que poderiam torná-la muito importante para mim; mas este lugar sempre terá um lugar em minha afeição que não poderá ser compartilhado com nenhum outro.

A sra. Dashwood olhou com prazer para Marianne, cujos belos olhos, fixos em Willoughby com tanta expressividade, denotavam com clareza como ela o compreendia bem.

– Como desejei – continuou ele –, quando estive em Allenham há um ano, que a casa de Barton fosse habitada! Nunca passei por ela sem admirar sua localização, nem lamentar por ninguém nela viver. Eu nem sequer imaginava que a primeira notícia que receberia da sra. Smith, quando retornasse ao campo, seria que a casa de Barton havia sido alugada: senti imediata satisfação e interesse no evento, que nada pode explicar além de uma forma de previsão da felicidade que viveria por conta disso. Não terá sido justamente isso, Marianne? – dirigiu-se à ela em um tom de voz mais baixo. Depois, retornando ao tom anterior, acrescentou: – No entanto, estaria disposta a estragar esta casa. sra. Dashwood? Roubaria dela a simplicidade com melhorias imaginárias! E esta querida sala, onde primeiro nos conhecemos e na qual tantas horas felizes aproveitamos todos juntos desde então, a degradaria à condição de entrada comum, e todos teriam pressa de passar pelo aposento que até então encerrara acomodação e conforto mais reais do que qualquer outro ambiente com dimensões maiores no mundo poderia oferecer.

A sra. Dashwood assegurou-lhe mais uma vez que nenhuma tentativa que qualquer alteração do tipo seria feita.

– A senhora é uma boa mulher – ele respondeu, caloroso. – Sua promessa me deixa aliviado. Estenda-a um pouco mais e me fará feliz. Diga-me que não apenas a casa permanecerá a mesma, mas que sempre a encontrarei e aos seus tão imutáveis quanto sua residência; e que sempre me considerará com a delicadeza que tornou tudo que lhe pertence tão importante para mim.

A promessa foi dada com prontidão, e o comportamento de Willoughby durante toda a noite dava mostras de seu afeto e de sua felicidade.

– O veremos amanhã para o jantar? – perguntou a sra. Dashwood, quando ele estava indo embora. – Não o convido para vir pela manhã, porque temos que ir até a mansão, para visitar lady Middleton.

Ele se comprometeu a estar com elas às quatro horas.

Capítulo 15

A visita da sra. Dashwood a lady Middleton ocorreu no dia seguinte, e duas de suas filhas a acompanharam; mas Marianne deu uma desculpa indicando alguma ocupação banal para não se juntar ao grupo; e sua mãe, ao deduzir que uma promessa havia sido feita por Willoughby na noite anterior sobreir vê-la enquanto as outras estivessem fora, ficou perfeitamente satisfeita com a permanência da filha em casa.

Ao retornarem de Barton Park, encontraram o cabriolé e o criado de Willoughby esperando em frente à casa, e a sra. Dashwood se convenceu de que sua suposição estava correta. Até o momento, tudo corria como ela previra; mas ao entrar na casa viu o que nenhuma previsão a tinha ensinado a esperar. Mal haviam chegado ao corredor quando Marianne saiu apressada da sala de visitas, com um ar de grande aflição, levando o lenço aos olhos; sem notar sua presença, correu escada acima. Surpresas e alarmadas, elas foram direto ao aposento que Marianne havia há pouco abandonado, onde encontraram Willoughby, que estava apoiado no console da lareira, de costas para elas. Ele se virou quando elas entraram e a expressão em seu semblante mostrava que ele compartilhava fortemente da emoção que dominara Marianne.

– Há algo de errado com ela? – perguntou a sra. Dashwood ao entrar. – Ela está se sentindo mal?

– Espero que não – respondeu ele, tentando parece alegre; e, com um sorriso forçado, acrescentou: – Eu é que tenho motivos para me sentir mal, pois agora estou sofrendo uma grande decepção!

– Decepção?

– Sim, pois não poderei cumprir meu compromisso com vocês. A sra. Smith exerceu seu privilégio de sua riqueza sobre um pobre primo dependente, enviando-me para Londres a negócios. Acabo de receber minhas incumbências e de me despedir de Allenham; e em uma tentativa de me alegrar, vim agora me despedir pessoalmente de vocês.

– Para Londres! E partirá ainda esta manhã?

– Quase nesse exato momento.

– Essa é uma notícia muito triste. Contudo, a sra. Smith deve ser atendida, e espero que seus negócios não o mantenham afastado de nós por muito tempo.

Ele corou enquanto respondia:

– A senhora é muito gentil, mas não tenho planos de estar de volta a Devonshire tão cedo. Minhas visitas à sra. Smith nunca acontecem mais de uma vez por ano.

– E a sra. Smith é sua única amizade? Allenham é a única casa na região na qual seria bem-vindo? Que vergonha, Willoughby! Precisa ser convidado para vir nos visitar?

O rubor dele aumentou; e com os olhos fixados no chão apenas respondeu:

– A senhora é boa demais.

A sra. Dashwood olhou para Elinor com surpresa. Elinor experimentava igual assombro. Por alguns momentos todos ficaram em silêncio. A sra. Dashwood foi a primeira a voltar a falar.

– Apenas tenho a acrescentar, meu caro Willoughby, que será sempre recebido de braços abertos nesta casa. Não o pressionarei pedindo que retorne logo, porque apenas você é capaz de julgar até que ponto isso será do agrado da sra. Smith; e nesse quesito não estarei mais disposta a questionar seu julgamento e a duvidar de sua inclinação.

– Meus compromissos atuais – respondeu Willoughby, de maneira confusa –, são de natureza tal… que… não me atrevo a me iludir…

Ele se interrompeu. A sra. Dashwood estava perplexa demais para responder e outra pausa se sucedeu. Esta foi quebrada por Willoughby, que disse com um sorriso esmaecido:

– É tolice permanecer dessa forma. Não continuarei a me atormentar permanecendo entre amigas cuja companhia me é impossível desfrutar neste momento.

Despediu-se às pressas e saiu do aposento. Elas o viram embarcar em sua carruagem e em um minuto estava fora de vista.

A sra. Dashwood estava comovida demais para falar e, no mesmo instante, deixou a sala para dar vazão, em privacidade, à preocupação e ao alarme ocasionados por essa partida repentina.

O mal-estar de Elinor era ao menos igual ao de sua mãe. Ela refletiu sobre o que acabara de se passar com ansiedade e desconfiança. O comportamento de Willoughby ao se despedir delas, seu embaraço, sua pretensa alegria e, acima de tudo, sua hesitação em aceitar o convite da mãe dela – uma indecisão tão incoerente com alguém apaixonado, tão incompatível com ele incomodou muito. Por um momento, temeu que nunca tivesse havido, por parte dele, intenções sérias; e, a seguir, que alguma discussão infeliz tivesse ocorrido entre ele e a irmã. A angústia na qual Marianne deixara a sala era tal que uma rusga séria poderia ser uma justificativa razoável; mesmo a considerar o amor que Marianne nutria por ele, uma briga parecia quase impossível.

Contudo, quaisquer que sejam os detalhes da separação deles, o sofrimento de sua irmã era inquestionável; e ela pensou com a mais terna compaixão sobre aquela tristeza violenta que a que Marianne muito provavelmente não estava apenas dando vazão ao consolo, mas alimentando e encorajando um dever.

Cerca de meia hora mais tarde, a mãe retornou, e apesar de seus olhos estarem vermelhos, sua expressão não era de abatimento.

– Nosso querido Willoughby dever estar a alguns quilômetros de Barton agora, Elinor – disse enquanto se sentava para trabalhar – e com que aperto no coração viaja?

– Tudo isso é muito estranho. Viajar assim tão de repente! Parece uma decisão apressada. E noite passada ele esteve conosco tão feliz, tão animado, tão afetuoso! E agora, avisando-nos apenas dez minutos antes, foi-se embora sem intenção de retornar! Algo além do que nos contou deve ter ocorrido. Não falava nem se comportava de seu modo costumeiro. A *senhora* deve ter notado a diferença tanto quanto eu. O que pode ter acontecido? Será que os dois brigaram? Que outro motivo ele hesitaria tanto em aceitar seu convite para vir aqui?

– Não lhe faltava o desejo, Elinor; *isso* eu pude ver claramente. Não estava em seu poder aceitar. Eu refleti sobre tudo isso, pode ter certeza, e posso explicar tudo que à primeira vista pareceu estranho aos meus olhos e aos seus.

– Pode mesmo?

– Posso. Já expliquei para mim mesma da maneira mais satisfatória; mas a você, Elinor, que gosta de questionar o quanto pode, não será suficiente, eu sei; porém não tirará de *mim* essa certeza. Estou convencida de que a sra. Smith suspeita do apego dele a Marianne, desaprova (talvez por ter outros planos para ele) e, por isso, está ansiosa para mandá-lo para longe; e que os negócios que ela o enviou para resolver não passam de um pretexto inventado para afastá-lo. É o que penso que aconteceu. Além do mais, ele está ciente de que ela *de fato* desaprova o vínculo, por isso não se arrisca a lhe revelar seu compromisso com Marianne; sente-se obrigado, por sua situação de dependência, a ceder aos seus caprichos e retirar-se de Devonshire por algum tempo. Você irá me dizer, eu sei, que isso pode ou *não* ter acontecido; mas eu não darei atenção a qualquer objeção, a não ser que você encontre qualquer outra forma de compreender a situação, uma que seja tão satisfatória quanto esta. E agora, Elinor, o que tem a dizer?

– Nada, a senhora previu minha resposta.

– Logo, você teria me dito que isso poderia ou não ter acontecido. Ai, Elinor, como os seus sentimentos são incompreensíveis! Prefere dar crédito ao mal do que ao bem. Prefere esperar algum sofrimento para Marianne e culpa para o pobre Willoughby, a uma desculpa para a última. Está decidida a considerá-lo culpado, porque ele se despediu de nós com menos afeição do que seu comportamento habitual havia demonstrado. E não há concessão a ser feita à falta de advertência ou aos ânimos deprimidos pelo recente desapontamento? Nenhuma probabilidade será aceita, apenas porque não são certezas? Nada devemos ao homem a quem todas temos tantas razões para amar e nenhuma razão no mundo para julgar mal? Nem à possível existência de motivos inexplicáveis em si mesmos, apesar de obrigatoriamente sigilosos por um tempo? E, afinal de contas, por que suspeita dele?

– Mal posso explicar para mim mesma. Mas alguma suspeita desagradável é a consequência inevitável de uma mudança como a que acabamos de observar nele. Há grande verdade, porém, na sua lembrança das concessões que lhe devemos, não desejo ser injusta ao julgar alguém. Willoughby pode, sem dúvidas, ter bons motivos que expliquem sua conduta, e espero que os tenha. Mas seria mais do feitio de Willoughby admiti-los de uma vez. O sigilo pode ser aconselhável; contudo, ainda não consigo deixar de questionar por que ele querer mantê-lo.

– Não o culpe, no entanto, por agir contra o próprio caráter, quando o desvio se faz necessário. Mas realmente reconhece a justiça do que eu disse em defesa dele? Isso me alegra. E ele é inocentado.

– Não inteiramente. Pode ser apropriado que mantenham seu compromisso em segredo (se *de fato* estiverem comprometidos) para a sra. Smith; se for esse o caso, deve ser muito conveniente para Willoughby ficar o mínimo possível em Devonshire no momento. Porém, isso não é desculpa para que o escondam de nós.

– Escondê-lo de nós! Minha filha, acusa Willoughby e Marianne de dissimulação? Isso é muito estranho, considerando que vinha repreendendo os dois todos os dias com o olhar por falta de discrição.

– Não preciso de provas da afeição entre ambos – disse Elinor – mas de seu compromisso, preciso.

– Estou perfeitamente satisfeita quanto a ambos.

– Entretanto, nem uma sílaba sobre o assunto foi-lhe dita, por nenhum dos dois.

– Não tenho necessidade de sílabas quando as atitudes têm falado tão alto. Não declarou com seu comportamento para com Marianne e conosco, ao menos nessa última quinzena, que ele a ama e a considera como futura esposa e que sente por nós o apego do parentesco mais próximo? Não nos entendemos perfeitamente uns com os outros? Não solicitava meu consentimento todos os dias por meio de seus olhares, seus modos, seu atencioso e afetuoso respeito? Minha Elinor, é possível duvidar de seu compromisso? Como tal pensamento pode lhe ocorrer? Como é possível supor que Willoughby, convencido como deve estar do amor de sua irmã, possa deixá-la, talvez por meses, sem confessar-lhe seus sentimentos... Que tenham se separado sem trocar confidências mútuas?

– Confesso – replicou Elinor –, que todas as circunstâncias, exceto *uma,* se mostram favoráveis ao compromisso entre eles; mas essa *única* circunstância é o absoluto silêncio dos dois sobre o assunto, e para mim ela quase supera todas as outras.

– Mas que coisa esquisita! Você deve ter um conceito muito ruim de Willoughby, para que, depois de tudo que abertamente ocorreu entre eles, você possa duvidar da natureza do relacionamento deles. Por acaso ele esteve fingindo para sua irmã esse tempo todo? Supõe que ele seja mesmo indiferente a ela?

– Não, não posso pensar assim. Estou certa de que ele deve amá-la.

– Mas com um tipo estranho de ternura, se pode deixá-la com tanta indiferença, tão pouca preocupação com o futuro, como atribui a ele.

– Deve se lembrar, mamãe, que nunca considerei esse assunto como coisa certa. Confesso que tenho minhas dúvidas; elas são menores do que eram antes e podem logo desaparecer por completo. Se descobrirmos que estão se correspondendo, todos os meus temores se dissiparão.

– Esta é de fato uma concessão magnânima! Se os visse no altar, suporia que eles estavam para se casar. Moça insensível! Pois não necessito de tal prova. Nada, ao meu ver, aconteceu que justifique a desconfiança; não, nenhuma tentativa de dissimulação; tudo ocorreu de modo aberto e sem reservas. Você não tem como duvidar dos desejos de sua irmã. Deve, portanto, suspeitar de Willoughby. Mas por quê? Não é um homem de honra e sensibilidade? Houve alguma inconsistência da parte dele que gerasse suspeitas? Será que é insincero?

– Espero que não, acredito que não – exclamou Elinor. – Gosto de Willoughby, gosto sinceramente dele; suspeitar de sua integridade não pode ser mais doloroso para a senhora do que para mim. Foi involuntário e não irei encorajá-la. Fiquei alarmada, confesso, pela alteração em seus modos esta manhã; não parecia ele falando, não correspondeu à sua gentileza com nenhuma cordialidade. Mas tudo isso pode ser explicado por uma situação de negócios, como você supôs. Acabara de se despedir de minha irmã, de vê-la deixá-lo no maior estado de aflição; caso sentisse, por temer ofender a sra. Smith, a obrigação de resistir à tentação de retornar logo para cá, e ainda estivesse ciente de que, ao rejeitar seu convite, dizendo que iria para longe por um tempo, ele pareceria estar agindo de forma maliciosa e suspeita para com nossa família, decerto se sentiria constrangido e perturbado. Nesse caso, uma confissão simples e sincera de suas dificuldades teria sido mais digna, penso eu, bem como consistente com seu caráter costumeiro; mas eu não vou levantar objeções contra a conduta de ninguém baseada em um motivo tão mesquinho quanto uma diferença de juízo comigo ou um desvio do que considero correto e coerente.

– Você fala com muita propriedade. Willoughby certamente não merece que suspeitemos dele. Apesar de não o conhecermos há muito tempo, ele não é um desconhecido nesta região; e quem já falou mal dele? Caso estivesse em condições de agir com independência e casar-se logo, teria sido estranho que ele fosse embora sem me contar tudo de uma vez; mas esse não é o caso. Trata-se de um compromisso que, sob alguns aspectos, não teve um começo muito promissor, pois quando o casamento irá acontecer é ainda muito incerto; e o sigilo, por tanto tempo quanto for possível mantê-lo, talvez seja muito aconselhável.

Foram interrompidas pela entrada de Margaret; desse modo, Elinor estava livre para refletir sobre as conjecturas de sua mãe, para reconhecer a probabilidade de muitas e para desejar que todas se justificassem.

Não viram Marianne até a hora do jantar, quanto esta entrou na sala e tomou seu lugar à mesa sem dizer uma palavra. Seus olhos estavam vermelhos e inchados; e parecia que mesmo neste momento tinha dificuldade para conter as lágrimas. Evitou os olhares de todas, não conseguiu comer nem falar, e depois de algum tempo, quando sua mãe, em silêncio, apertou-lhe a mão com terna compaixão, seu pequeno grau de controle foi superado, debulhou-se em lágrimas e saiu da sala.

Essa violenta opressão de ânimo continuou pelo restante da noite. Não tinha forças, porque não tinha o menor desejo de se controlar. A menor menção de qualquer coisa relacionada a Willoughby a fazia desmoronar num instante; e apesar de sua família estar ansiosamente atenta para consolá-la, era impossível, ao falarem algo, evitar todos os assuntos que seus sentimentos conectavam a ele.

Capítulo 16

Marianne haveria de considerar imperdoável se tivesse conseguido dormir na primeira noite após a partida de Willoughby. Teria vergonha de encarar a família na manhã seguinte, se não tivesse levantado de sua cama necessitando de mais repouso do que quando se deitara. Mas as emoções que tornavam tal compostura uma desgraça não permitiram que incorresse nisso. Passou a noite em claro, além disso, chorou durante a maior parte dela. Levantou com dor de cabeça, não conseguia falar, nem tinha vontade de se alimentar; causando pesar à mãe a às irmãs a todo instante, e impedindo todas suas tentativas de consolá-la. Sua sensibilidade era poderosa o bastante!

Terminado o desjejum, saiu sozinha e perambulou pelos arredores de Allenham, entregando-se às memórias de alegrias passadas e chorando as tristezas do presente durante a maior parte da manhã.

A noite foi passada em semelhante estado de indulgência sentimental. Tocou todas as músicas favoritas de Willoughby, que costumava tocar para ele, todas as canções nas quais costumavam unir suas vozes, sentou-se ao instrumento contemplando cada linha de partitura que ele copiara para ela, até que seu coração estava tão pesado que não havia mais tristeza que pudesse conter; e essa dieta de sofrimento era repetida todos os dias. Passava horas ao pianoforte revezando-se entre o canto e o choro; a voz muitas vezes era abafada pelas lágrimas. Também nos livros, assim como na música, cortejava a angústia que o contraste entre passado e presente certamente oferecia. Nada lia, além do que costumavam ler juntos.

Uma aflição tão violenta, de fato, não poderia ser mantida para sempre; depois de alguns dias acalmou-se em uma melancolia suave; mas essas ocupações às quais recorria dia após dia, as caminhadas solitárias e as meditações silenciosas, ainda produziam ocasionais arroubos de dor, tão vivos quanto antes.

Nenhuma carta de Willoughby chegou, tampouco Marianne parecia esperar alguma. A mãe ficou surpresa e Elinor, mais uma vez, sentiu-se inquieta. No entanto, a sra. Dashwood poderia encontrar explicações sempre que quisesse, o que, pelo menos, a satisfazia.

– Lembre-se, Elinor – disse –, quantas vezes sir John se encarrega de buscar nossas cartas no correio ele mesmo, e também de levá-las. Já concordamos que o sigilo pode ser necessário, devemos admitir que não seria possível mantê-lo se a correspondência entre eles passasse pelas mãos de sir John.

Elinor não podia negar a verdade disso, tentou então encontrar nela justificativa suficiente para o silêncio entre eles. Havia, contudo, um método tão direto, tão simples e, na sua opinião, tão apropriado de se saber o verdadeiro estado da situação, de remover em um instante todo o mistério, que não pode deixar de sugerir à mãe.

– Por que não pergunta de uma vez à Marianne – disse ela – se está ou não comprometida com Willoughby? Partindo da senhora, sua mãe, e uma mãe tão bondosa e indulgente, a pergunta não causaria ofensa. Seria o reflexo natural de seu amor por ela. Ela sempre revelou tudo, especialmente para a senhora.

– Eu jamais faria uma pergunta dessas, por nada no mundo. Supondo que fosse possível que não estejam comprometidos, imagine a angústia que um questionamento desses lhe causaria! De qualquer forma seria uma enorme falta de sensibilidade. Nunca mais seria digna de sua confiança, depois de forçá-la a confessar o que, nesse momento, não deve ser do conhecimento de ninguém. Eu conheço o coração de Marianne: sei que me ama profundamente, sei também que não serei a última a quem contará, quando as circunstâncias permitirem. Eu jamais tentaria forçar a confidência de alguém, muito menos de uma de minhas filhas; porque um senso de dever impediria a recusa que seus desejos pudessem desejar.

Elinor considerava essa generosidade excessiva, considerando a idade de sua irmã, e insistiu no assunto, mas em vão; o bom senso, o cuidado e a prudência, tudo desaparecia diante da delicadeza romântica da sra. Dashwood.

Passaram-se vários dias antes que o nome de Willoughby fosse mencionado na frente de Marianne por qualquer pessoa de sua família; sir John e a sra. Jennings, em contrapartida, não foram tão delicados; seus gracejos aumentavam a dor daquelas horas já dolorosas; mas certa noite a sra. Dashwood, por acaso pegando um volume de Shakespeare, exclamou:

– Não chegamos a terminar *Hamlet*, Marianne; nosso querido Willoughby partiu antes que pudéssemos concluí-lo. Vamos deixá-lo de lado, para quando ele voltar, mas pode levar meses antes que *isso* aconteça.

– Meses! – exclamou Marianne, com grande surpresa. – Não, nem várias semanas.

A sra. Dashwood se arrependeu do que havia dito; mas Elinor ficou satisfeita, pois produzira uma reação de Marianne que expressava muita confiança em Willoughby e conhecimento de seus planos.

Certa manhã, cerca de uma semana depois da partida de Willoughby, Marianne foi convencida a se unir às suas irmãs em sua costumeira caminhada, em vez de sair sozinha. Até então, evitara cuidadosamente qualquer companhia em suas perambulações. Se as irmãs decidiam caminhar pelos morros, logo sumia pelas alamedas; se elas mencionavam ir pelo vale, depressa subia os montes e não era encontrada quando as outras saíam. Por fim, foi convencida pelos argumentos de Elinor, que desaprovava bastante essa contínua reclusão. Caminharam pela estrada através do vale, caladas a maior parte do tempo, pois a *mente* de Marianne não podia ser controlada, e Elinor, satisfeita por ter obtido essa concessão, não ia pressioná-la por mais. Além da entrada do vale, onde o campo, apesar de ainda verdejante, era menos selvagem e mais aberto, um longo trecho de estrada, pelo qual haviam passado quando vieram para Barton, se estendia à sua frente; ao chegarem a esse ponto, pararam para olhar ao redor, contemplando a paisagem que formava o panorama de sua vista da casa, a partir de um ponto ao qual nunca haviam chegado em seus passeios.

Entre os elementos da cena, logo descobriram um que se movia; era um homem montado a cavalo que vinha em sua direção. Em poucos minutos elas puderam distinguir que era um cavalheiro; e, no momento seguinte, Marianne exclamou, extasiada:

– É ele; é ele mesmo! Com toda certeza!

– Na verdade, Marianne, creio que está enganada. Não é Willoughby. A pessoa não é tão alta quanto ele nem tem a mesma postura.

– Tem, sim; tem, sim – retorquiu Marianne, com entusiasmo – É claro que tem. Sua postura, seu casaco, seu cavalo. Eu sabia que ele logo retornaria.

Caminhava apressada enquanto falava; e Elinor, para protegê-la de dissabores, pois tinha quase certeza de que não se tratava de Willoughby, apressou o passo e alcançou-a. Logo, estavam a apenas uns trinta metros de distância do cavalheiro. Marianne olhou de novo e seu coração afundou em seu peito; virou-se abruptamente e saiu correndo, quando as vozes de suas irmãs se elevaram para tentar detê-la; uma terceira voz, quase tão conhecida quanto a de Willoughby, juntou-se às das irmãs suplicando que ela parasse, então Marianne se voltou surpresa para ver e saudar Edward Ferrars.

Ele era a única pessoa no mundo que, naquele momento, poderia ser perdoado por não ser Willoughby; o único que poderia ter ganhado um sorriso dela; ela secou as lágrimas para sorrir para *ele*, e na felicidade da irmã esqueceu-se, por algum tempo, de sua própria decepção.

Edward desmontou, e, entregando o cavalo ao criado, as acompanhou andando até Barton, para onde se dirigia com a intenção de visitá-las. Na verdade, para Marianne, o encontro entre sua irmã e Edward foi somente uma continuação daquela inexplicável frieza que havia observado no comportamento de ambos em Norland. Da parte de Edward, em particular, faltava tudo o que um apaixonado deveria demonstrar e expressar em tais ocasiões. Ele estava confuso, parecia ter pouco prazer em revê-las, não parecia exultante nem contente, disse pouco além do que era obrigado pelas perguntas que lhe fizeram, e não distinguiu Elinor com qualquer expressão de afeto. Marianne observou e escutou com surpresa crescente. Quase começou a sentir uma antipatia por Edward; e essa acabou, como todo sentimento dela terminava, por levar-lhe os pensamentos de volta para Willoughby, cujas maneiras formavam um contraste marcante com as de seu irmão eleito.

Após um breve silêncio que sucedeu a surpresa e os questionamentos iniciais do reencontro, Marianne perguntou a Edward se ele viera direto de Londres. Não, já estava em Devonshire há quinze dias.

– Quinze dias! – repetiu ela, surpresa por ele ter estado tanto tempo na mesma região que Elinor e não ter vindo vê-la antes.

Ele pareceu bastante perturbado ao acrescentar que estivera com alguns parentes nas proximidades de Plymouth.

– Esteve recentemente em Sussex? – perguntou Elinor.

– Estive em Norland há cerca de um mês.

– E como está nossa querida e amada Norland? – questionou Marianne.

– Nossa querida e amada Norland provavelmente estará como sempre esteve nesta época do ano: os bosques e os caminhos cobertos de folhas caídas – retrucou Elinor.

– Ah – exclamou Marianne –, com que sensação de encanto costumava vê-las cair! Como me deleitava, enquanto caminhava, em vê-las caindo sobre mim como chuva trazida pelo vento! Que sentimentos a estação e o ar me inspiravam! Agora não há ninguém que as aprecie. São vistas apenas como um estorvo, varridas rapidamente para longe, tiradas de vista o máximo possível.

– Não é todo mundo – interrompeu Elinor –, que tem paixão igual à sua por folhas mortas.

– Sei bem; meus sentimentos não costumam ser partilhados, nem compreendidos. Mas *às vezes* são – conforme falava, mergulhou em um devaneio por alguns minutos; mas despertando de novo, disse – Agora, Edward – disse, chamando a atenção dele para a paisagem – este é o vale de Barton. Observe-o e fique indiferente se puder. Veja essas colinas! Já viu outras que se igualem? À esquerda fica Barton Park, entre os bosques e as plantações. Talvez consiga enxergar uma parte da casa. E ali, ao pé da colina mais distante, que se eleva com tanta grandeza, está nossa casa.

– É uma bela região – respondeu ele –, mas essas partes baixas devem ficar imundas no inverno.

– Como pode pensar em imundície diante desta paisagem?

– Porque – respondeu ele, com um sorriso – no meio da paisagem à minha frente, vejo um caminho bastante enlameado.

– Que esquisito! – disse Marianne para si mesma enquanto andava.

– A vizinhança é boa por aqui? Os Middleton são pessoas agradáveis?

– Não, de modo algum, não poderíamos estar em situação pior.

– Marianne – repreendeu a irmã –, como pode dizer isso? Como pode ser tão injusta? Os Middleton são uma família muito respeitável, sr. Ferrars; e nos têm tratado da maneira mais amigável possível. Esqueceu-se, Marianne, quantos dias agradáveis devemos a eles?

– Não – respondeu Marianne –, nem quantos momentos dolorosos.

Elinor não deu atenção a isso; direcionando sua atenção ao visitante, tentou manter algum diálogo com ele, falando-lhe sobre a residência atual delas, suas vantagens, etc., conseguindo tirar dele algumas perguntas e comentários. A frieza e reserva dele a mortificavam severamente; sentia-se confusa e quase com raiva; mas resolveu pautar seu comportamento para com ele baseando-se mais no passado do que no presente, evitou qualquer expressão de ressentimento ou descontentamento e tratou-lhe conforme pensava que devia ser tratado devido ao laço familiar.

Capítulo 17

A sra. Dashwood ficou surpresa apenas um instante por vê-lo; pois sua vinda a Barton, ao seu ver, era a coisa mais natural. Sua alegria e suas expressões de carinho superaram e muito sua admiração. Edward recebeu dela a mais doce das boas-vindas. Nenhuma timidez, frieza ou reserva podiam resistir a tal recepção. Começaram a deixá-lo antes que entrasse na casa, e foram completamente dissipadas pelos modos cativantes da sra. Dashwood. De fato, um homem não poderia estar apaixonado por uma de suas filhas sem estender a ela seu carinho. Elinor teve a satisfação de logo vê-lo se comportar mais como ele mesmo. Seu afeto por todas pareceu se reavivar e seu interesse no bem-estar delas tornou-se mais uma vez perceptível. Entretanto, não estava animado; elogiou a casa, admirou a vista, foi atencioso e gentil, mas ainda assim não estava animado. A família inteira percebeu, e a sra. Dashwood, atribuindo isso a alguma falta de liberalidade da mãe dele, sentou-se à mesa sentindo-se indignada com todos os pais egoístas.

– Quais são os planos atuais da sra. Ferrars para você, Edward? – perguntou ela, quando o jantar havia terminado e haviam se sentado ao redor da lareira – ainda deseja que você seja um grande orador, mesmo contra seus desejos?

– Não. Espero que minha mãe finalmente esteja convencida que não tenho o menor talento, muito menos inclinação para a vida pública!

– Mas então como alcançará a sua fama? Pois precisa ser famoso para satisfazer toda a sua família; sem inclinações ao dispêndio, sem interesse em estranhos, sem profissão e sem perspectiva, vai descobrir que é uma tarefa difícil!

– Eu nem sequer tentarei. Não tenho desejo de ser reconhecido e tenho razões de sobra para crer que nunca serei. Graças aos céus! Não posso ser forçado a ser genial e eloquente.

– Não é ambicioso. Eu bem sei. Todos os seus desejos são moderados.

– Tão moderados quanto os de todos no mundo, creio eu. Desejo, como qualquer pessoa, ser perfeitamente feliz; porém, como todos, precisa ser à minha maneira. A grandeza não me trará felicidade.

– Estranho seria se trouxesse! – exclamou Marianne – Que relação têm a grandeza e a riqueza com a felicidade?

– A grandeza quase nada, mas a riqueza tem muito a ver com a felicidade – respondeu Elinor.

– Elinor, que vergonha! O dinheiro só traz felicidade se não há mais nada capaz de trazê-la. Além do necessário para o sustento, não compra a verdadeira satisfação do espírito – contestou Marianne.

– Quem sabe – respondeu Elinor, sorrindo – estejamos nos referindo à mesma coisa. Ouso dizer que *suas* necessidades e *minha* riqueza são muito semelhantes; e que sem eles, nesse mundo, devemos concordar que todo tipo de conforto exterior há de faltar. Seus princípios apenas são mais nobres que os meus. Então, diga em que consiste o seu necessário?

– Cerca de mil e oitocentas ou duas mil libras por ano; não mais que *isso*.

Elinor riu.

– *Duas* mil libras por ano! Com *mil* eu estaria rica! Já imaginava onde isso ia parar.

– Ainda assim, 2 mil por ano é uma renda bem modesta – continuou Marianne – não se pode sustentar uma família com menos do que isso. Estou certa de que não sou extravagante em minhas exigências. Um número apropriado de criados, uma carruagem, talvez duas, e cães de caça, não podem ser mantidos com menos.

Elinor sorriu mais uma vez ao ouvir a irmã descrever com tanta precisão as futuras despesas em Combe Magna.

– Cães de caça! – repetiu Edward – Por que você teria cães de caça? Nem todo mundo costuma caçar.

Marianne enrubesceu enquanto respondia:

– Mas a maioria das pessoas o faz.

– Eu queria – interrompeu Margaret compartilhando uma ideia nova – que alguém desse a cada uma de nós uma grande fortuna!

– Quem dera! – exclamou Marianne, os olhos brilhando de animação, as faces coradas pelo deleite de tal felicidade imaginária.

– Suponho que esse desejo seja uma unanimidade entre nós, apesar da insuficiência da riqueza – completou Elinor.

– Meu Deus! Como eu seria feliz! Imagino o que faria com o dinheiro.

Marianne parecia não ter dúvidas nesse quesito.

– Eu mesma ficaria sem saber como gastar fortuna tão grande quanto essa – disse a sra. Dashwood –, se todas minhas filhas enriquecessem sem a minha ajuda.

– Precisa começar as melhorias nessa casa, assim suas dúvidas logo desaparecerão – observou Elinor.

– Que encomendas magníficas esta família faria em Londres nessa situação! – disse Edward – Que dia maravilhoso para as livrarias, lojas de música e gráficas! Você, srta. Dashwood, faria um amplo pedido para que lhe fossem enviadas todas as novas gravuras de qualidade. Quanto a Marianne, eu conheço a grandeza de sua alma, não haveria em Londres partituras suficientes para satisfazê-la. E livros! Thomson, Cowper, Scott... Compraria a todos várias vezes, compraria todas as cópias, creio eu, para evitar que caíssem em mãos indignas; e teria todos os livros que lhe ensinassem como admirar uma velha árvore retorcida. Não estou certo, Marianne? Perdoe-me se estou sendo muito atrevido. Queria apenas mostrar que não esqueci nossas velhas discussões.

– Gosto de ser lembrada do passado, Edward, tenha sido ele melancólico ou alegre... e você jamais me ofenderia ao me falar dos velhos tempos. Você está completamente certo ao imaginar que gastaria meu dinheiro com essas coisas; uma parte dele, pelo menos, o dinheiro que sobrasse, decerto seria usado para aumentar minha coleção de partituras e livros.

– E o grosso de sua fortuna seria destinado a doações para autores ou herdeiros destes.

– Não Edward, eu teria outras coisas a fazer com ele.

– Talvez, então, você premiasse quem escrevesse a melhor defesa de sua máxima favorita: "ninguém pode amar mais de uma vez na vida", pois a sua opinião nessa questão continua a mesma, eu presumo?

– Sem sombra de dúvida. Na minha idade, as opiniões são razoavelmente formadas. Não é muito provável que veja ou ouça algo que me faça alterá-las.

– Marianne, continua constante como sempre. Ela não mudou em nada – disse Elinor.

– Está apenas um pouco mais séria do que antes.

– Ora, Edward, não pode me criticar. Você também não está muito contente – retrucou Marianne.

– Por que pensaria uma coisa dessas? – replicou ele, suspirando – Mas nunca tive um caráter muito faceiro.

– Nem Marianne, penso eu – interviu Elinor – Não diria que é uma moça alegre, é muito determinada e entusiasmada em tudo o que faz, às vezes fala muito e sempre com grande animação, mas não é sempre que está de fato alegre.

– Creio que está certa, ainda assim sempre a considerei uma moça animada – respondeu Edward.

– Com frequência, já me percebi cometendo esse tipo de erro – declarou Elinor – apreendendo de modo completamente errado o caráter de alguém em um aspecto ou outro: considero que certas pessoas são muito mais alegres ou comedidas, sagazes ou tolas do que de fato são; e mal poderia apontar o porquê ou onde o equívoco se originou. Algumas vezes nos guiamos pelo que as pessoas dizem de si próprias, muito frequentemente pelo que outras pessoas dizem delas, sem dar a nós mesmos tempo para deliberar e julgar por conta própria.

– Mas eu pensei que era certo nos guiarmos sempre pelas opiniões de outras pessoas, Elinor – questionou Marianne – Pensei que nossos julgamentos nos eram dados apenas para os submetermos aos dos nossos próximos. Foi isso que sempre me ensinou, tenho certeza.

– Não, Marianne, nunca. Nunca visei ensinar-lhe a sujeição do entendimento. A única coisa que tentei influenciar foi seu comportamento. Não deve confundir o que quero dizer. Sou culpada, devo confessar, de muitas vezes ter desejado que você tratasse nossos conhecidos em geral com mais atenção; mas quando foi que a aconselhei a adotar as opiniões deles ou a sujeitar-se aos seus julgamentos em questões importantes?

– Não conseguiu atrair sua irmã para o seu plano de civilidade generalizada – Edward disse para Elinor –, não fez nenhum progresso?

– Muito pelo contrário – respondeu Elinor, direcionando um olhar expressivo para Marianne.

– Minha opinião está inteiramente do seu lado nessa questão – replicou ele –; mas temo que a minha prática esteja muito mais próxima do lado de sua irmã. Nunca desejo ofender, mas sou tão estupidamente tímido que com frequência pareço negligente, quando apenas me retraio devido à minha natural falta de jeito. Muitas vezes pensei ter sido destinado pela natureza a conviver com pessoas simples, pois sempre me sinto pouco à vontade entre desconhecidos de modos refinados.

– Marianne não tem timidez alguma para desculpar qualquer desatenção de sua parte – pontuou Elinor.

– Conhece bem demais o próprio valor para fingir modéstia – replicou Edward – Timidez é apenas o resultado de um senso de inferioridade de uma forma ou outra. Se eu pudesse me convencer de que minhas maneiras são perfeitamente naturais e graciosas, não seria tímido.

– Mas você ainda seria reservado e isso é pior – argumentou Marianne.

Edward espantou-se.

– Reservado! Sou reservado, Marianne?

– Demais.

– Não entendo – replicou ele, corando. – Reservado! Como? De que jeito? O que posso lhe dizer? O que quer dizer?

Elinor surpreendeu-se com a reação dele; mas, tentando rir para mudar o assunto, disse:

– Não conhece minha irmã o bastante para entender o que ela quer dizer? Não sabe que ela considera reservada qualquer pessoa que não fale tão rápido quanto ela e nem admire as mesmas coisas do mesmo modo entusiástico que ela?

Edward não respondeu. Sua seriedade e introspecção se abateram mais uma vez sobre ele com toda a força; ficou um bom tempo calado e cabisbaixo.

Capítulo 18

Elinor observou, com grande inquietude, o desânimo de seu amigo. A visita de Edward proporcionou-lhe pouca satisfação, já que o contentamento dele parecia tão incompleto. Era evidente que ele estava infeliz. Elinor desejou que fosse igualmente evidente que ele ainda a distinguia com a mesma afeição que antes não duvidava inspirar-lhe; mas agora a continuidade de sua predileção parecia incerta; e reserva de seus modos para com ela contradiziam em um instante o que um olhar mais vivo insinuara no instante anterior.

Na manhã seguinte, juntou-se à ela e a Marianne na sala de desjejum antes que as outras tivessem descido; e Marianne, que sempre ansiava lhes promover a felicidade o mais rápido que pudesse, logo os deixou a sós. Mas antes que tivesse subido metade da escada, escutou a porta da sala abrindo e, voltando-se, ficou admirada ao ver Edward saindo.

– Estou indo até o vilarejo ver como estão meus cavalos – explicou ele – já que ainda não estão prontas para o café da manhã; logo estarei de volta.

*

Edward retornou para elas com renovada admiração pela paisagem que os cercava; durante sua caminhada para o vilarejo, vira muitas partes do vale do modo mais vantajoso; e o próprio vilarejo, que ficava em posição muito mais elevada que a casa, permitiu que tivesse uma visão do todo, o que o agradou muito. Esse era um assunto que prendia a atenção de Marianne e ela havia começado a descrever a própria admiração dessas vistas e a questioná-lo com mais detalhes sobre quais objetos haviam chamado sua atenção particularmente, quando Edward a interrompeu, dizendo:

– Não deve questionar-me tanto, Marianne: lembre-se de que não entendo nada de pintura e acabarei por ofendê-la com minha ignorância e falta de bom gosto se falarmos de pormenores. Descreveria montes como íngremes, quando deveria dizer escarpados; superfícies estranhas e ásperas, que deveria nomear como irregulares e acidentadas; e objetos distantes fora de vista, os quais deveria descrever somente como indistintos devido à tênue atmosfera enevoada. Precisa se contentar com a admiração que posso dar com honestidade. Digo que é uma região muito bela – os montes são escarpados, os bosques parecem cheios de boa madeira, e o vale parece aprazível e aconchegante, com ricas pastagens e belas casas de fazenda espalhadas por ele. Corresponde perfeitamente à minha ideia do que é uma bela região, pois une beleza e utilidade – me atrevo a dizer que é pitoresco também, porque você o admira; é fácil para mim acreditar que está cheio de rochas e promontórios, musgo cinza e arbustos, mas não reparo em nada disso. Não entendo nada do pitoresco.

– Receio que seja verdade, mas porque se gabar disso? – replicou Marianne.

– Suspeito – disse Elinor – que para evitar um tipo de afetação, Edward acabou caindo em outro. Como acredita que muitos fingem maior admiração pelas belezas naturais do que de fato sentem, e detesta esse tipo de fingimento, ele afeta maior indiferença e menor discernimento ao observá-las do que realmente possui.

– É bem verdade – disse Marianne –, que a admiração por paisagens naturais se tornou mero lugar-comum. Todos fingem senti-la e tentam descrever com o mesmo gosto e elegância de quem primeiro definiu em que consiste a beleza pitoresca. Detesto lugares-comuns de todo tipo e, algumas vezes, guardei meus sentimentos comigo mesma, pois não encontrei termos adequados para descrevê-los além dos que já haviam sido usados tanto a ponto de perderem todo sentido ou significado.

– Estou convencido – afirmou Edward –, que você realmente sente toda a satisfação em observar uma paisagem que declara sentir. Porém, em compensação, sua irmã há de permitir que não sinta mais do que professo. Eu gosto de um belo panorama, mas não por princípios pictóricos. Não gosto de árvores angulosas, retorcidas ou ressequidas. As aprecio muito mais se forem altas, retas e frondosas. Não gosto de casinhas em ruínas ou dilapidadas. Não gosto de urtigas, cardos, nem flores de charneca. Prefiro uma casa de fazenda aconchegante a uma torre de vigia, e um grupo de camponeses ordeiros e alegres me agrada muito mais do que os mais belos bandoleiros do mundo.

Marianne encarou Edward com espanto e a irmã com compaixão. Elinor apenas riu.

Não falaram mais do assunto; e Marianne permaneceu em silêncio, pensativa, até que outra coisa de repente chamou sua atenção. Estava sentada ao lado de Edward, que, quando recebeu o oferecido por sra. Dashwood, estendeu a mão bem à sua frente, de modo que um anel que trazia em um dos dedos, com uma mecha de cabelo no engaste, saltou-lhe aos olhos.

– Nunca o vi usando um anel antes, Edward – exclamou. – É o cabelo de Fanny? Lembro-me de ouvi-la prometendo lhe dar uma mecha. Mas achava que o cabelo dela era mais escuro.

Marianne falou, sem pensar, o que de fato achava; mas quando percebeu o constrangimento que causara a Edward, o próprio embaraço superava o dele. Ele ficou muito ruborizado e, lançando um olhar rápido para Elinor, respondeu:

– Sim; é o cabelo de minha irmã. O engaste sempre altera a cor, sabe.

Elinor lhe havia retribuído o olhar e parecia igualmente constrangida. Sentiu-se tão satisfeita quanto a irmã ao perceber que o cabelo era dela; a única diferença na conclusão a que cada uma chegou era: o que Marianne via como um presente dado voluntariamente pela irmã, Elinor sabia que deve ter sido obtido por algum furto ou expediente que ignorava. No entanto, não estava inclinada a considerar aquilo uma afronta e, fingindo não ter percebido o que se passara, começou a falar de outra coisa, decidiu em seu íntimo aproveitar cada oportunidade que surgisse de observar o cabelo e de se certificar, sem qualquer dúvida, de que tinha exatamente o tom do seu.

O embaraço de Edward continuou por algum tempo e terminou em um alheamento ainda mais profundo. Ele esteve especialmente sisudo durante toda a manhã. Marianne censurou-se de modo severo pelo que tinha dito; mas o próprio perdão teria vindo mais rápido se ela soubesse quão pouco a irmã se ofendera.

Antes do meio-dia, receberam a visita de sir John e da sra. Jennings, que tendo sabido da chegada de um cavalheiro à casa, vieram inspecionar o hóspede. Com a ajuda de sua sogra, sir John não demorou a descobrir que o nome dos Ferrars começava com um F; isso garantiu uma mina de futuras piadas às custas da devotada Elinor, que apenas o fato de conhecerem Edward há pouco tempo os impedia de fazerem o mesmo. Mas Elinor percebeu, pelos olhares significativos que os dois trocavam, até que ponto sua sagacidade a tomou, guiada pelos gestos de Margaret.

Sir John nunca visitava as Dashwood sem convidá-las para jantar na mansão no dia seguinte ou para o chá na mesma tarde. Nessa ocasião, a fim de melhor entreter o visitante, para cujo entretenimento se sentia na obrigação de contribuir, ele queria convidá-los para ambos.

– Vocês *têm* que tomar o chá conosco esta tarde – disse ele – pois estaremos muito sozinhos; e amanhã precisam jantar conosco, já que seremos um grupo bem grande.

A sra. Jennings reafirmou a necessidade:

– Quem sabe não organizam um baile? E isso será uma tentação para *você*, srta. Marianne.

– Um baile! Impossível! Quem vai dançar? – exclamou Marianne.

– Quem? Ora, vocês, as Carey e as Whittaker, é óbvio. O que foi? Pensou que ninguém mais dançaria porque uma certa pessoa cujo nome não mencionarei não está presente?

– Desejo de todo coração que Willoughby estivesse aqui conosco de novo – exclamou sir John.

Isso e o rubor nas faces de Marianne despertaram suspeitas em Edward.

– Quem é Willoughby? – perguntou em voz baixa à srta. Dashwood, ao lado de quem estava sentado.

Ela deu uma resposta breve. A expressão de Marianne dizia mais. Edward viu o suficiente para entender, não só o que os outros diziam, mas também as expressões de Marianne que o tinham deixado confuso antes; quando os visitantes os deixaram, ele imediatamente se aproximou dela e disse, sussurrando:

– Estive pensando em algumas coisas. Devo lhe contar meu palpite?

– O que quer dizer?

– Devo contar?

– É claro.

– Pois bem; meu palpite é que o sr. Willoughby gosta de caçar.

Marianne ficou surpresa e confusa, mas não conseguiu deixar de sorrir diante da audácia suave de seus modos e, depois de um momento em silêncio, disse:

– Edward! Como se atreve! Mas chegará o dia, espero... Estou certa de que você vai gostar dele.

– Não tenho dúvidas – respondeu ele, um tanto surpreso com a seriedade e o entusiasmo dela; pois não teria se atrevido a tocar no assunto caso não tivesse entendido que era uma brincadeira entre os conhecidos dela, baseada em nada ou quase nada que existisse entre o sr. Willoughby e Marianne.

Capítulo 19

Edward permaneceu uma semana na casa. Apesar da insistência sincera da sra. Dashwood para que ficasse por mais tempo, como se estivesse decidido a se mortificar, ele parecia determinado a partir no auge de seu divertimento entre os amigos. Nos últimos dois ou três dias, seu ânimo havia melhorado muito, apesar de ainda estar bastante instável; afeiçoava-se cada vez mais à casa e aos arredores, nunca mencionava partir sem suspirar, declarou que tinha todo o tempo livre do mundo, até tinha dúvidas de para onde iria quando as deixasse; ainda assim, precisava partir. Nunca uma semana passou tão rápido. Ele mal podia acreditar que já tinha acabado. Disse isso repetidas vezes; disse outras coisas também que indicavam a mudança em seu espírito e a mentira em suas ações. Não encontrava contentamento em Norland; detestava estar na cidade; mas precisava ir para Norland ou Londres. Dava valor à bondade delas acima de qualquer coisa, sua maior felicidade era estar na companhia delas. Contudo, precisava deixá-las ao fim de uma semana, apesar do que elas e ele mesmo desejavam e, de ter todo o tempo livre do mundo.

Elinor atribuiu tudo que era absurdo nesse comportamento à mãe dele; e era uma sorte que ela conhecesse tão pouco do caráter da mãe de Edward, de modo que sempre servisse de desculpa para tudo que houvesse de estranho no filho. Entretanto, decepcionada e confusa como estava e, por vezes, descontente com a inconsistência de seu comportamento para com ela, Elinor estava em geral bastante disposta a considerar as atitudes de Edward com todas as francas concessões e as generosas explicações que sua mãe havia obtido dela em benefício de Willoughby com muito mais dificuldade. A falta de ânimo, de franqueza e de consistência de Edward foram frequentemente atribuídas à sua falta de independência e a seu melhor conhecimento da disposição e dos desígnios da sra. Ferrars. A curta duração de sua visita, a firmeza de sua decisão de deixá-las, originava-se na mesma inclinação acorrentada, na mesma necessidade de ganhar tempo com a mãe. A causa disso tudo era o velho e tão conhecido sofrimento da disputa entre dever e desejo, pais e filhos. Ela ficaria feliz se pudesse saber quando essas dificuldades acabariam, essa oposição cessaria, quando a sra. Ferrars mudasse e seu filho estivesse livre para ser feliz. Mas para se consolar desses desejos vãos, foi forçada a recorrer à renovada confiança no afeto de Edward por ela, à lembrança de cada sinal de carinho nos olhares e nas palavras que escaparam dele enquanto esteve em Barton e, sobretudo, àquela prova lisonjeira que ele constantemente levava ao redor do dedo.

– Edward, penso que você seria um homem mais feliz – disse a sra. Dashwood, durante o desjejum no último dia da visita dele – se tivesse alguma profissão que lhe ocupasse o tempo e acrescentasse interesse aos seus planos e ações. Isso traria alguma inconveniência para seus amigos, é claro, pois você não poderia dedicar a eles tanto de seu tempo. Contudo – sorriu –, você se beneficiaria materialmente em um quesito em particular: saberia para onde ir quando os deixasse.

– Lhe asseguro que há muito tempo tenho a mesma opinião sobre o assunto, que a senhora tem agora – respondeu. – Foi, é e provavelmente sempre será uma grande desgraça para mim nunca ter tido a necessidade de me dedicar a algum negócio, não ter alguma profissão com a qual me ocupar ou que me desse algo parecido com a independência. Mas, infelizmente, minha própria delicadeza e a de meus amigos me fizeram o que sou: um ser preguiçoso e incompetente. Nunca conseguimos entrar em acordo quanto à nossa escolha de profissão. Sempre preferi a Igreja, como ainda prefiro. Mas isso não era elegante o suficiente para minha família. Recomendaram o Exército. Considerei elegante demais. O Direito foi considerado refinado o suficiente; muitos jovens, com câmaras na ordem de advogados, fazem belas figuras nos melhores círculos sociais e andam pela cidade em carruagens muito elegantes. Mas eu não tinha inclinação para o Direito, mesmo nos estudos menos profundos, que minha família aprovava. Quanto à Marinha, tinha seu charme, mas eu já tinha passado da idade quando a ideia surgiu; e, no final das contas, já que não era necessário que eu tivesse uma profissão, como poderia ser galante e extravagante caso usasse uniforme ou não, o ócio foi declarado como mais vantajoso e honrado, e um rapaz de dezoito anos em geral não está tão interessado em se ocupar a ponto de resistir aos convites dos amigos para não fazer nada. Como resultado, entrei para Oxford e tenho sido apropriadamente ocioso desde então.

– Suponho que em consequência disso – retornou a sra. Dashwood – já que o ócio não lhe trouxe felicidade, que seus filhos serão criados com tantas atividades, ocupações, profissões e ofícios quanto os filhos do protagonista de Columella.

– Serão criados para serem tão diferentes de mim quanto possível – respondeu ele, com um tom sério. – Em sentimentos, ações, condições, em tudo.

– Ora, seja razoável; isso tudo não passa das efusões de um desânimo temporário, Edward. Você está melancólico e acha que qualquer um que seja diferente de você seja feliz. Lembre-se, porém, que a dor de separar-se de amigos será sentida por todos em algum momento, não importa qual seja sua educação ou situação. Conheça o que o faz feliz. Só lhe falta paciência, ou dê-lhe um nome mais encantador, chame-a de esperança. Em algum momento, sua mãe irá lhe proporcionar a independência pela qual você anseia; é o dever dela, e logo será a alegria, impedir que toda sua juventude seja desperdiçada em descontentamentos. Quantas coisas podem mudar em alguns poucos meses?

– Creio que muitos meses se passarão antes que alguma coisa boa me aconteça – replicou Edward.

Esse estado de espírito cético, apesar de não poder ser comunicado à sra. Dashwood, aumentava a tristeza de todos pela despedida, que logo ocorreu, e em especial deixou Elinor com uma sensação desagradável, que precisou de algum esforço e tempo para ser apaziguada. Contudo, como estava determinada a atenuá-la e a não parecer estar sofrendo mais que sua família com a partida dele, ela não adotou o método, tão criteriosamente empregado por Marianne em ocasiões similares, de aumentar e renovar sua tristeza por meio da busca do silêncio, da solidão e da ociosidade. Seus meios eram tão diferentes quando seus objetivos e igualmente adequados ao desenvolvimento de ambos.

Elinor sentou-se à sua mesa de desenho assim que ele deixou a casa, ocupou-se o dia inteiro, não buscou nem evitou mencionar o nome de Edward, aparentou estar interessada, quase como de costume, nas preocupações usuais de sua família, e se com essa conduta não diminuísse a própria tristeza, pelo menos impedia que aumentasse, e poupava a mãe e as irmãs de se preocuparem demais com ela.

Esse comportamento tão oposto ao seu, pareceu a Marianne tão pouco admirável quanto o próprio pareceu errado a Elinor. Em relação à questão do autocontrole, definiu com facilidade que com emoções intensas era impossível, com as calmas não tinha mérito. Que as emoções de Elinor *eram* calmas, não se atreveria a negar, apesar de corar ao reconhecer isso; e quanto à intensidade das próprias, dava uma prova notável, ao continuar amando e respeitando a irmã a despeito dessa convicção vergonhosa.

Sem se isolar de sua família, sem deixar a casa em resoluta solidão para evitá-las, nem passar noites acordada para se entregar às meditações, Elinor descobriu que todos os dias ofereciam tempo livre o bastante para pensar em Edward e em seu comportamento, em toda possível variação que seus diferentes estados de espírito produzissem em diversos momentos, com carinho, pena, aprovação, censura e dúvida. Havia momentos em abundância, quando, se não pela ausência de sua mãe e das irmãs, pelo menos a natureza das suas atividades impediam que conversassem, e todos os efeitos da solitude eram produzidos. Sua mente estava inevitavelmente livre; seus pensamentos não se deixavam prender a nada; o passado e o futuro de assunto tão interessante precisava estar diante dela, dominar sua atenção e tomar conta de sua memória, suas reflexões e sua imaginação.

Certa manhã, pouco depois da partida de Edward, Elinor foi despertada de um desses devaneios, enquanto desenhava, pela chegada de visitas. Estava sozinha. O barulho do portão do jardim frontal fez com que olhasse pela janela, por onde viu um grupo grande dirigindo-se à casa. Entre eles estavam sir John, lady Middleton e a sra. Jennings, acompanhados de mais duas pessoas, um cavalheiro e uma dama, que ela não conhecia. Estava perto da janela e assim que sir John a avistou, deixou para os demais a cerimônia de bater à porta, e atravessando o gramado, fez com que ela abrisse o postigo para falar com ele, embora o espaço fosse tão pequeno entre a porta e a janela que era quase impossível conversar por um sem ser ouvido na outra.

– Bem, trouxemos alguns desconhecidos para vocês. O que acha deles? – perguntou ele.

– Fale baixo! Vão ouvi-lo.

– Não tem problema se ouvirem. São apenas os Palmer. Charlotte é muito bonita, posso lhe adiantar. Você consegue vê-la se olhar nessa direção.

Elinor, que tinha certeza que a veria em poucos minutos, sem ter que tomar aquela liberdade, pediu que ele lhe desse licença.

– Onde está Marianne? Ela fugiu ao nos ver chegar? Posso ver que o instrumento dela está aberto.

– Creio que está dando uma caminhada.

Nesse momento a sra. Jennings se uniu a eles, pois não teve paciência para esperar até que a porta fosse aberta antes de contar a *sua* novidade. Foi em direção à janela, gritando:

– Como vai, minha querida? Como está a sra. Dashwood? Onde estão suas irmãs? O quê? Está sozinha! Então, vai ficar contente em ter um pouco de companhia. Eu trouxe minha outra filha e o marido para conhecê-las. Chegaram de surpresa! Pensei ter ouvido uma carruagem ontem à noite, enquanto tomávamos nosso chá, mas nunca me passaria pela cabeça que seriam eles. Pensei apenas que poderia ser o coronel Brandon retornando; assim, disse para sir John: "acho que ouvi uma carruagem; talvez seja o coronel Brandon retornando..."

Elinor foi obrigada a interrompê-la, no meio de sua história, para receber o restante do grupo; lady Middleton fez as apresentações; a sra. Dashwood e Margaret desceram as escadas no mesmo momento e todos se sentaram, olhando uns para os outros, enquanto a sra. Jennings continuou sua história caminhando em direção à sala de visitas, acompanhada por sir John.

A sra. Palmer era muitos anos mais nova que lady Middleton e completamente diferente desta em todos os aspectos. Ela baixa e rechonchuda, tinha um rosto muito bonito e a melhor das expressões de bom humor que poderia existir. Seus modos não eram de forma alguma tão elegantes quanto os da irmã, mas eram muito mais agradáveis. Entrou sorridente, sorriu durante toda a visita, exceto quando gargalhou, e sorriu enquanto ia embora. Seu marido era um jovem sério de vinte e cinco ou vinte e seis anos, com ares de mais refinamento e sensatez do que a esposa, mas de menor interesse em agradar ou ser agradado. Entrou no aposento com um olhar de autocomplacência, fez uma breve mesura para as senhoras, sem dizer uma palavra e, depois de uma ligeira observação delas e da casa, pegou um jornal que estava sobre a mesa, e pôs-se a ler durante a visita.

A sra. Palmer, pelo contrário, que havia sido muito dotada pela natureza com uma disposição a ser sempre educada e feliz, mal havia se sentado antes de expressar sua admiração pela sala e por tudo que nela havia.

– Mas que sala mais adorável! Nunca vi nada tão charmoso! Veja como melhorou desde a última vez que estive aqui! Sempre pensei que era um belo lugar, senhora – dirigindo-se à sra. Dashwood – mas a tornou tão charmosa! Veja, minha irmã, como está tudo tão encantador! Como adoraria ter uma casa dessas! Não gostaria, sr. Palmer?

O sr. Palmer não respondeu, nem sequer desviou os olhos do jornal.

– O sr. Palmer não me ouviu – disse ela, rindo-se – ele não escuta às vezes. É tão engraçado!

Essa era uma ideia bastante nova para a sra. Dashwood; nunca achara graça na desatenção de ninguém e não conseguia deixar de olhar com surpresa para os dois.

Nesse ínterim, a sra. Jennings continuava falando tão alto quanto conseguia, continuando a descrever a surpresa delas, na noite anterior, ao ver que eram amigos, sem parar até ter contado cada detalhe. A sra. Palmer gargalhou ao relembrar o espanto deles e todos concordaram, duas ou três vezes, que havia sido uma surpresa realmente agradável.

– Consegue imaginar como todos ficamos alegres em vê-los – acrescentou a sra. Jennings, inclinando-se na direção de Elinor, em voz baixa como se não quisesse ser ouvida por mais ninguém, apesar de estarem sentadas em lados opostos da sala. – Entretanto, não consigo deixar de desejar que não tivessem viajado tão rápido, nem feito um trajeto tão longo, pois vieram passando por Londres devido a alguns negócios, pois você sabe – acenando a cabeça expressivamente indicando a filha –, não é bom no estado dela. Tentei fazê-la ficar em casa e descansar essa manhã, mas ela insistiu em vir conosco; desejava muito conhecer vocês!

A sra. Palmer riu e disse que isso não lhe faria mal algum.

– Está esperando dar à luz em fevereiro – continuou a sra. Jennings.

Lady Middleton não aguentava mais essa conversa e, por isso, fez o esforço de perguntar ao sr. Palmer se havia alguma notícia interessante no jornal.

– Não, nenhuma – respondeu ele e voltou a ler.

– Aí vem Marianne – exclamou sir John. – Agora, Palmer, você vai ver uma moça excepcionalmente bonita.

Imediatamente, sir John foi para o corredor, abriu a porta da frente e a conduziu para dentro. A sra. Jennings perguntou-lhe, assim que ela apareceu, se não estivera em Allenham; e a sra. Palmer gargalhou tão alto diante da pergunta, que ficou claro que entendia seu significado. O sr. Palmer levantou os olhos quando ela entrou na sala, fitou-a por alguns minutos, depois voltou ao jornal. O olhar da sra. Palmer agora foi atraído pelos desenhos pendurados nas paredes da sala. Levantou-se para examiná-los.

– Nossa! Que desenhos mais lindos! Que maravilha! Olhe, mamãe, como são graciosos! Eu diria que são de fato encantadores, poderia ficar olhando para eles pelo resto da vida!

Então, voltando ao seu lugar, logo esqueceu da existência de tais coisas na sala.

Quando lady Middleton se levantou para ir embora, o sr. Palmer também se levantou, pousou o jornal na mesa, se espreguiçou e passou olhar por todos eles.

– Querido, você estava dormindo? – perguntou a esposa, rindo.

Ele não respondeu, apenas observou, depois de mais uma vez examinar o aposento, que tinha um pé-direito muito baixo e que o teto era torto. Então, despediu-se e foi embora com os demais.

Sir John foi muito insistente com todas ao pedir que passassem o dia seguinte na mansão. A sra. Dashwood, que não aceitava ir jantar com eles mais do que eles vinham jantar com elas, recusou-se terminantemente, mas as filhas podiam fazer o que quisessem. As moças, porém, não tinham a menor curiosidade de ver como o sr. e a sra. Palmer jantavam e nenhuma expectativa de se divertirem na companhia deles. Tentaram, portanto, apresentar suas desculpas; o tempo estava instável, provavelmente não estaria bom. Mas sir John não se deu por satisfeito – enviaria a carruagem para buscá-las e elas tinham que ir. Lady Middleton também insistiu, apesar de não ter pressionado a mãe delas. A sra. Jennings e a sra. Palmer acrescentaram suas súplicas, parecendo igualmente ansiosas para evitar que fosse apenas uma reunião de família; as moças foram obrigadas a ceder.

– Por que tinham que nos convidar? – questionou Marianne, assim que os outros haviam ido embora – Dizem que o aluguel dessa casa é baixo, mas pagamos muito caro se em troca temos que jantar na mansão sempre que alguém está hospedado com eles ou conosco.

– Querem apenas ser gentis e bondosos conosco agora – ponderou Elinor –, com esses convites frequentes, como foram ao nos convidar algumas semanas atrás. Não devemos procurar algo de novo neles, se suas reuniões se tornaram tediosas e cansativas. Devemos procurar por novidades em outro lugar.

Capítulo 20

No dia seguinte, quando as srtas. Dashwood entraram na sala de visitas da mansão, a sra. Palmer veio correndo por outra porta, parecendo tão bem-humorada e alegre quanto antes. Tomou-as afetuosamente pela mão e expressou seu grande prazer em revê-las.

– Estou tão feliz que vieram! – disse, sentando-se entre Elinor e Marianne. – O dia está tão feio que temi que não viessem, isso seria uma pena, pois vamos embora amanhã. Temos que ir, pois os Weston virão nos visitar semana que vem, entendem. Viemos para cá sem planejar, eu não sabia de nada até que a carruagem estava se aproximando da porta, e então o sr. Palmer me perguntou se eu iria com ele até Barton. Ele é tão brincalhão! Nunca me conta nada! Sinto tanto por não podermos ficar por mais tempo; mas espero que logo nos encontremos de novo na cidade.

Foram obrigadas a pôr um fim naquela expectativa.

– Não vão à cidade! – exclamou a sra. Palmer, com uma risada. – Ficarei muito decepcionada se não forem. Posso conseguir a casa mais bonita do mundo para vocês, perto da nossa, em Hanover Square. Precisam ir. Garanto que ficaria muito feliz em acompanhá-las a qualquer momento, pelo menos enquanto puder, se a sra. Dashwood não quiser sair em público.

Elas lhe agradeceram; mas foram obrigadas a resistir a todas as suas súplicas.

– Ah, meu amor! – exclamou a sra. Palmer para o marido, que acabara de entrar no aposento – Precisa me ajudar a persuadir as srtas. Dashwood a irem à cidade nesse inverno.

Seu amor não lhe deu resposta; e depois de fazer uma pequena mesura para as damas, começou a reclamar do tempo.

– Que horrível! Um tempo assim torna tudo e todos desagradáveis. A chuva torna tudo aborrecido, tanto dentro como fora de casa. Faz a pessoa detestar todos os que a cercam. Por que diabos sir John não tem uma mesa de bilhar nessa casa? Poucas pessoas sabem o que é conforto! Sir John é tão entediante quanto esse tempo.

O restante do grupo logo apareceu.

– Temo, srta. Marianne, que você não pode fazer sua costumeira caminhada até Allenham hoje – declarou sir John.

Marianne o encarou muito séria e não respondeu.

– Ora, não seja tão furtiva conosco – disse a sra. Palmer –, pois já sabemos de tudo, lhe asseguro; e admiro muito seu gosto, pois o considero extremamente bonito. Nossa casa no campo não fica muito longe da dele. Pouco mais de dezesseis quilômetros, se não me engano.

– Muito mais próximo de trinta – corrigiu o marido.

– Bem, não é tanta diferença. Nunca estive em sua casa; mas dizem que é um belo lugar.

– O lugar mais horroroso que já vi na vida – discordou o sr. Palmer.

Marianne permaneceu em completo silêncio, todavia sua expressão traiu seu interesse no que era dito.

– É muito feia mesmo? – continuou a sra. Palmer – Então acho que deve ser outro lugar que é tão bonito.

Quando estavam todos na sala de jantar, sir John reparou, pesaroso, que estavam apenas em oito pessoas.

– Minha querida, é uma tristeza que sejamos tão poucos – reclamou ele para a esposa. – Por que não convidou os Gilbert para jantar também hoje?

– Não lhe disse, sir John, quando falou comigo sobre isso, que não podia fazê-lo? Eles jantaram aqui conosco da última vez.

– Você e eu, sir John, não deveríamos agir com tanta cerimônia – declarou a sra. Jennings.

– Nesse caso seriam muito mal-educados – exclamou o sr. Palmer.

– Meu amor, você contradiz todo mundo – disse sua esposa com a risada de sempre – Sabe que está sendo bastante rude?

– Não sabia que contradizia alguém ao chamar sua mãe de mal-educada.

– Pode falar mal de mim o quanto quiser – disse a bem-humorada senhora –; pode ter tirado Charlotte de mim, mas não pode devolvê-la. Assim, tenho vantagem sobre você.

Charlotte gargalhou com vontade ao pensar que o marido não poderia se livrar dela; e, exultante, declarou que não se importava com o quanto ele se irritasse com ela, pois eram obrigados a viver juntos. Era impossível existir pessoa mais bem-humorada ou mais determinada a ser feliz que a sra. Palmer. A indiferença, a insolência e o descontentamento deliberados de seu marido não a afetavam; e ela se divertia muito quando ele a repreendia ou falava mal dela.

– O sr. Palmer é tão engraçado! – sussurrou para Elinor – Ele está sempre mal-humorado.

Após breve observação, Elinor não estava inclinada a acreditar que ele fosse tão genuíno e naturalmente mal-humorado e mal-educado quanto desejava parecer. Seu temperamento pode ter se azedado um pouco com a descoberta de que, como muitos de seu sexo, devido a algum inexplicável viés a favor da beleza, havia se casado com uma mulher muito tola. No entanto, Elinor sabia que esse tipo de equívoco era comum demais para qualquer homem razoável ficar irritado por muito tempo. Era mais provável que fosse um desejo de se mostrar distinto, pensava ela, que o levava a tratar com desdém todos ao seu redor e ao desgosto generalizado que demonstrava por tudo ao seu redor. Era o desejo de parecer superior às outras pessoas. Era um motivo comum demais para gerar surpresa; mas os meios, não importando se fossem bem sucedidos em estabelecer sua superioridade na falta de educação, provavelmente não fariam ninguém se afeiçoar a ele, exceto por sua esposa.

– Ah, minha cara srta. Dashwood – disse a sra. Palmer pouco depois –, tenho um favor a pedir a você e à sua irmã. Vocês iriam passar um tempo em Cleveland neste Natal? Por favor, aceitem! E venham enquanto os Weston estiverem conosco. Não imaginam o quanto ficarei satisfeita! Será maravilhoso! Amor – disse, virando-se para o marido –, não deseja muito a companhia das srtas. Dashwood em Cleveland?

– Com certeza, vim até Devonshire exatamente por isso – respondeu ele com uma expressão desdenhosa.

– Certo! Estão vendo? O sr. Palmer as aguarda; então não podem recusar – disse a mulher.

Ambas recusaram o convite ansiosa e resolutamente.

– Mas precisam e devem vir. Estou certa de que irão adorar. Os Weston estarão conosco, será bastante agradável. Não imaginam como Cleveland é um lugar encantador; e nos divertimos muito agora, pois o sr. Palmer está sempre percorrendo a região em campanha eleitoral; e muitas pessoas vêm jantar conosco que nunca havia visto na vida, é muito agradável! Pobre coitado! Fica tão cansado! É forçado a fazer todos gostarem dele.

Elinor mal conseguiu controlar sua expressão enquanto concordava com a dificuldade de tal obrigação.

– Como será maravilhoso – disse Charlotte –, quando ele estiver no Parlamento! Não acham? Como irei me divertir! Vai ser tão ridículo ver todas as cartas endereçadas para ele com um M.P., de membro do parlamento! Mas sabem o que ele disse? Que não vai franquear minhas cartas? Disse que não o fará, mesmo podendo fazê-lo. Não disse, sr. Palmer?

O sr. Palmer nem deu atenção ao que ela dizia.

– Ele detesta escrever, entendem – ela continuou –, diz que é muito irritante.

– Nunca disse nada tão irracional. Não confira a mim todos os seus ultrajes à língua.

– Acalme-se; vejam como é engraçado. É sempre assim com ele! Às vezes, não me dirige a palavra por metade de um dia; então solta algo tão divertido, e sempre sobre qualquer coisa no mundo.

Ela surpreendeu muito Elinor enquanto voltavam para a sala de visitas, ao perguntar se a moça não gostava muito do sr. Palmer.

– Certamente; ele parece ser muito agradável – respondeu Elinor.

– Bem, fico feliz por isso. Imaginei que você gostasse; ele é tão simpático; e o sr. Palmer também considera você e suas irmãs muito agradáveis, posso afirmar, e você não pode imaginar como ele ficará desapontado se vocês não vierem para Cleveland. Não consigo entender o porquê de se recusarem a ir.

Elinor viu-se mais uma vez obrigada a recusar o convite e, mudando o assunto, colocou um ponto-final às suas súplicas. Imaginou ser provável, já que moravam no mesmo condado, que a sra. Palmer pudesse lhe dar informações mais precisas sobre o caráter de Willoughby, do que os Middleton com seu conhecimento superficial dele. Também estava ansiosa para obter de qualquer pessoa uma confirmação dos méritos dele, para eliminar qualquer possibilidade de medo por Marianne. Começou perguntando se viam com frequência o Sr. Willoughby em Cleveland e se tinham intimidade com ele.

– Ah, claro, querida; o conheço extremamente bem – replicou a sra. Palmer. – Não que já tenha conversado com ele, de fato; mas já o vi muitas vezes na cidade. Por algum motivo, nunca estive em Barton na mesma época em que ele estava em Allenham. Mamãe o encontrou aqui uma vez antes, mas eu estava com meu tio em Weymouth. Ainda assim, me atrevo a dizer que o veríamos muito em Somersetshire, se não fosse a falta de sorte de nunca estarmos na região na mesma época. Creio que passa pouquíssimo tempo em Combe; mas se ficasse muito mais lá, não acho que o sr. Palmer o visitaria, pois é da oposição, sabe, e além disso sua residência é tão distante da nossa. Eu sei porque pergunta sobre ele, muito bem; sua irmã irá se casar com ele. Estou monstruosamente feliz por isso, porque então ela será minha vizinha.

– Juro que você sabe muito mais sobre o assunto do que eu, se tem algum motivo para esperar tal união – replicou Elinor.

– Não tente negar, porque você sabe que é isso que todos estão falando. Garanto a você que ouvi comentários sobre isso na cidade.

– Como assim, sra. Palmer?

– Pela minha honra, eu ouvi. Encontrei o coronel Brandon na segunda-feira em Bond Street, pouco antes de partirmos e ele mesmo nos contou.

– Me surpreende muito que coronel Brandon lhe falasse sobre esse assunto! Decerto está enganada. Dar esse tipo de informação a uma pessoa que não teria interesse algum nisso, mesmo se fosse verdade, não é o tipo de coisa que eu esperaria do coronel Brandon.

– Mas eu garanto que foi assim, mesmo com tudo isso, e vou te contar como aconteceu. Quando o encontramos, ele mudou de rumo e nos acompanhou; começamos a conversar sobre minha irmã e meu cunhado, uma coisa levou à outra, e eu disse a ele: "então, coronel, soube que há uma família nova morando na casa de Barton, e mamãe me disse que são moças muito bonitas e que uma delas irá se casar com o sr. Willoughby de Combe Magna. Me diga, isso é verdade? Pois é claro que o senhor deve saber, já que esteve em Devonshire há pouco tempo.

– E o que o coronel respondeu?

– Ah, não disse muita coisa, mas ficou com uma expressão de quem sabia que era verdade, por isso a partir daquele momento tive certeza. Será uma maravilha, com certeza! Quando será o casamento?

– O coronel estava bem, espero?

– Ah, claro, estava ótimo. Falou muito bem da senhorita, não fez nada além de elogiá-la.

– Fico lisonjeada em saber disso. Ele me parece um homem excelente e particularmente agradável.

– Eu também. É um homem tão charmoso, que é uma pena que seja tão sério e calado. Mamãe diz que *ele* estava apaixonado por sua irmã também. Eu garanto que seria muito elogioso se ele estivesse, pois ele quase nunca se apaixona por alguém.

– O sr. Willoughby é bem conhecido por muitas pessoas na parte de Somersetshire onde a senhora mora? – perguntou Elinor.

– Ah, sim, extremamente bem; quero dizer, não acredito que muitas pessoas o conheçam pessoalmente, porque Combe Magna é tão distante; mas todos o consideram muitíssimo agradável, posso lhe garantir. Ninguém é mais bem quisto que o sr. Willoughby onde quer que ele vá, você pode contar para sua irmã. É uma moça de sorte por fisgá-lo, palavra de honra; porém não mais sortuda que ele por ter conquistado ela, porque ela é tão bonita e simpática, que nada poderia ser bom o bastante para ela. No entanto, não acho que ela seja mais bonita que você, eu lhe asseguro; pois considero as duas extremamente bonitas, bem como o sr. Palmer, tenho certeza, apesar de não termos conseguido fazê-lo admitir na noite passada.

As informações da sra. Palmer sobre Willoughby não eram muito concretas; mas qualquer testemunho a seu favor, mesmo que pequeno, agradava-a.

– Estou tão feliz por finalmente nos conhecermos – continuou Charlotte. – E agora espero que possamos sempre ser amigas. Você não pode pensar o quanto eu desejava conhecê-la! É tão maravilhoso que vocês estejam morando na casa! Nada pode se comparar, com certeza! E eu estou muito contente que sua irmã vai se casar bem! Espero que você vá muitas vezes a Combe Magna. É um lugar muito aprazível, segundo dizem.

– Conhece o coronel Brandon há muito tempo, certo?

– Conheço, há um bom tempo; desde que minha irmã se casou. Ele era amigo pessoal de sir John, se não me engano – acrescentou em voz baixa – ele teria ficado bem satisfeito de ter se casado comigo, se tivesse podido. Sir John e lady Middleton queriam muito. Mas mamãe não considerou a união boa o suficiente para mim, não fosse isso, sir John teria abordado o assunto com o coronel, e teríamos nos casado imediatamente.

– O coronel Brandon não sabia da proposta de sir John para sua mãe antes que fosse feita? Nunca tinha admitido a afeição dele por você?

– Claro que não; mas se mamãe não se opusesse, me atrevo a dizer que ele teria gostado muito. Não tinha me visto mais que duas vezes, pois foi antes que eu deixasse a escola. Entretanto, estou muito mais feliz como estou. O sr. Palmer é o tipo de homem de que gosto.

Capítulo 21

Os Palmer retornaram a Cleveland no dia seguinte, e as duas famílias em Barton foram deixadas para se entreterem uma à outra. Mas isso não durou muito; Elinor mal tinha tirado seus últimos visitantes da cabeça, mal deixara de se questionar sobre como Charlotte podia ser tão feliz sem motivos, como o sr. Palmer podia agir de maneira tão simplória, tendo boas qualidades, e sobre a estranha incompatibilidade que frequentemente existia entre os casais, antes que sir John e a sra. Jennings, com seu zelo incansável em sua busca por companhia, encontrassem para ela novos conhecidos para ver e observar.

Durante uma excursão matinal a Exeter, conheceram duas jovens, com quem a sra. Jennings teve a satisfação de descobrir que era aparentada, e isso era suficiente para que sir John as convidasse para visitarem a mansão, assim que seus compromissos em Exeter estivessem concluídos. Tais compromissos foram deixados de lado no mesmo instante diante desse convite, e lady Middleton ficou bem alarmada com o retorno de sir John, ao escutar que ela logo receberia a visita de duas moças que ela nunca vira na vida, e de cuja elegância, ou mesmo toleráveis boas maneiras, ela não tinha provas; pois as garantias de seu marido e de sua mãe nesse quesito não serviam para nada. Que também fossem suas parentes, piorava ainda mais a situação; e as tentativas da sra. Jennings de acalmá-la foram inadequadas, pois aconselhou a filha a não se preocupar se elas eram elegantes, porque eram todas primas e eram obrigadas a tolerar umas às outras. Entretanto, como era impossível impedir sua vinda agora, lady Middleton resignou-se com a ideia, com toda a filosofia de uma dama bem-educada e contentou-se em apenas repreender gentilmente o marido umas cinco ou seis vezes todos os dias.

As moças chegaram: sua aparência não era de forma alguma deselegante ou desmazelada. Suas vestimentas eram muito chiques, seus modos, muito corteses, ficaram encantadas com a residência e em êxtase com a mobília, eram também tão excessivamente afeiçoadas a crianças que a boa opinião de lady Middleton foi conquistada a seu favor antes que tivessem passado uma hora na mansão. Declarou que elas eram moças realmente muito agradáveis, o que para a senhora era uma admiração efusiva. A confiança de sir John no próprio bom julgamento aumentou devido a esse elogio animado, e ele saiu direto para a casa para contar às srtas. Dashwood sobre a chegada das srtas. Steele e assegurá-las de que se tratavam das moças mais doces do mundo. No entanto, não era possível saber muita coisa por meio de tal recomendação; Elinor sabia muito bem que as moças mais doces do mundo poderiam ser encontradas em toda parte da Inglaterra, nas mais diversas formas, faces, temperamentos e entendimentos. Sir John queria que toda a família se dirigisse para a mansão para ver as hóspedes. Homem benevolente e altruísta! Era penoso para ele manter mesmo primas de terceiro grau para si mesmo.

– Venham agora, por favor, vocês precisam vir... Estou dizendo, têm que vir. Vocês não imaginam o quanto vão gostar delas. Lucy é terrivelmente bonita e tão bem-humorada e agradável! As crianças já estão grudadas nela, como se a conhecessem há muito tempo. E elas querem conhecer vocês mais que qualquer outra coisa, pois ouviram em Exeter que vocês são as criaturas mais belas do mundo; e eu lhes disse que é a mais pura verdade, e muito mais. Vocês vão ficar encantadas com elas, estou certo disso. Elas trouxeram a carruagem cheia de brinquedos para as crianças. Como podem ser tão contrárias a ponto de não ir? E, de certo modo, elas são suas primas? *Vocês* são minhas primas, elas são primas da minha esposa, então vocês devem ser aparentadas.

Contudo, sir John não conseguiu convencê-las. Ele conseguiu apenas uma promessa de irem até a mansão dentro de um dia ou dois, e as deixou, perplexo com a indiferença delas, voltando para casa para proclamar mais uma vez seus atrativos para as srtas. Steele, como já havia se gabado das graças das srtas. Steele para elas.

Quando sua prometida visita à mansão e a consequente apresentação às moças ocorreu, não encontraram na aparência da mais velha, que tinha quase trinta anos e um rosto muito comum e sem espírito, nada admirável;

mas na mais nova, que não tinha mais que vinte e dois ou vinte e três anos, perceberam uma beleza considerável; suas feições eram belas e ela tinha um olhar atento e penetrante e um ar inteligente, que, apesar de não conceder verdadeira elegância ou graça, conferia distinção à sua pessoa. Seus modos eram especialmente corteses, e Elinor logo lhes deu crédito por alguma sensatez, quando observou a constante e judiciosa atenção com a qual agradavam lady Middleton. Com as crianças, estavam continuamente encantadas, elogiavam sua beleza, buscavam sua atenção e cediam aos seus caprichos; e o tempo que lhes sobrava das demandas importunas da polidez, era passado em meio à admiração de qualquer coisa que sua senhoria fizesse, caso ela estivesse fazendo alguma coisa, ou tirando o modelo de algum novo vestido elegante, que ela usara no dia anterior e que havia lhes causado um deslumbramento incessante.

Felizmente para aqueles que cortejam explorando tais pontos fracos, uma mãe amorosa buscando elogios para seus filhos, mesmo sendo o mais ávido dos seres humanos, é igualmente o mais crédulo; suas exigências são exorbitantes, mas aceitará qualquer coisa; e a excessiva afeição e paciência das srtas. Steele para com seus filhos eram, portanto, observados por lady Middleton sem a menor surpresa ou desconfiança. Ela viu com complacência maternal todas as invasões e truques maliciosos aos quais as primas se submetiam. Assistiu aos seus laços serem desfeitos, seus cabelos serem puxados, suas bolsas serem vasculhadas e seus canivetes e tesouras serem roubados, e não teve dúvida de que o divertimento era mútuo. A única surpresa era que Elinor e Marianne se sentassem tão serenamente, sem tomar parte no que se passava.

– John está tão animado hoje! – disse lady Middleton, quando o menino pegou o lenço da srta. Steele e o jogou pela janela – Está cheio de travessuras.

Pouco depois, quando segundo menino beliscou violentamente um dos dedos da mesma moça, ela observou amorosamente:

– Como William é brincalhão!

– E aqui está minha querida Annamaria – acrescentou, acariciando com ternura uma menininha de três anos de idade, que não havia feito nenhum barulho pelos últimos dois minutos. – Ela é sempre tão gentil e quieta. Nunca existiu uma criaturinha tão calma.

Infelizmente, ao abraçá-la, um broche em seu acessório de cabeça arranhou de leve o pescoço da menina, fazendo com que este exemplo de calma explodisse em gritos tão violentos, como mal poderiam ser superados por alguma criatura reconhecidamente barulhenta. A consternação de sua mãe era enorme; mas não era maior que a preocupação das srtas. Steele, e nessa emergência tão crítica, tudo foi feito pelas três, conforme o carinho sugeria, que pudesse ser capaz de acalmar a agonia da pequena sofredora. Ela foi colocada no colo da mãe, coberta de beijos, seu arranhão foi lavado com água de lavanda por uma das srtas. Steele, que se pôs de joelhos para cuidar dela, e a outra lhe entupia a boca de confeitos açucarados. Com um prêmio desses por suas lágrimas, a menina era sábia demais para parar de chorar. Ainda gritava e soluçava com vigor, chutou os dois irmãos que tentaram tocá-la, e todos os esforços reunidos foram ineficazes, até que lady Middleton por sorte se lembrou que em outro momento de similar de sofrimento na semana anterior, um pouco de compota de damasco havia sido aplicado com sucesso para curar um galo na testa; o mesmo remédio logo foi proposto para curar esse arranhão infeliz, e uma breve interrupção nos berros da mocinha, ao ouvir isso, deu a todos razão para ter esperanças de que não seria rejeitado. Portanto, ela foi levada para fora da sala nos braços da mãe, em busca desse remédio, e como os dois meninos decidiram segui-las, apesar de a mãe ter insistido para que ficasse, as quatro jovens damas foram deixadas em um sossego que o aposento não conhecera por muitas horas.

– Pobres criaturinhas! – disse a srta. Steele assim que eles tinham saído. – Poderia ter sido um acidente muito triste.

– Não vejo como, a não ser que tivesse ocorrido em circunstância totalmente diferentes – retorquiu Marianne. – Mas essa é a maneira mais comum de aumentar o alarme, quando não há nada para se lamentar, na verdade.

– Que mulher doce é lady Middleton! – declarou Lucy Steele.

Marianne permaneceu calada; era impossível para ela afirmar algo que não sentia, não importava quão trivial fosse; por isso a tarefa de mentir quando a boa educação exigia sempre recaía sobre Elinor. Ela fez o melhor que pôde nesse momento, falando sobre lady Middleton com mais simpatia do que sentia, apesar de bem menos que a srta. Lucy.

– E sir John também! Que homem mais agradável ele é! – exclamou a irmã mais velha.

Também nesse caso, os elogios da srta. Dashwood, sendo apenas simples e justos, foram feitos sem excessos. Apenas observou que ele era perfeitamente bem-humorado e amigável.

– E que família mais adorável eles têm! Nunca vi crianças tão bonitas em toda a minha vida. Eu já adoro todas elas; de fato, sempre gostei tanto de crianças a ponto de não conseguir prestar atenção a mais nada.

– Eu imaginaria isso – respondeu Elinor, sorrindo –, pelo que testemunhei essa manhã.

– Acredito que você considera os Middleton mimados demais; talvez sejam mais do que o deviam ser; mas isso é tão natural para lady Middleton quanto para mim; e, de minha parte, amo ver crianças cheias de vida e animação; não aguento quando são tímidas e quietas.

– Confesso que, enquanto estou em Barton, nunca penso em crianças tímidas e quietas com qualquer aversão.

Uma pausa curta sucedeu essa conversa, sendo quebrada pela srta. Steele, que parecia muito disposta a conversar, e agora disse de maneira bastante abrupta:

– O que está achando de Devonshire, srta. Dashwood? Suponho que tenha ficado muito triste por deixar Sussex.

Sentindo certa surpresa pela familiaridade dessa pergunta, ou pelo menos pela maneira como foi feita, Elinor respondeu que sim.

– Norland é um lugar belíssimo, não é mesmo? – acrescentou a srta. Steele.

– Ouvimos sir John descrevê-lo com enorme admiração – disse Lucy, que parecia considerar necessário algum pedido de desculpas pelas liberdades que a irmã estava tomando.

– Creio que qualquer um que já o viu *deva* a admirá-lo – replicou Elinor –; apesar de supor que nem todos podem amar suas belezas tanto quanto nós.

– E conheciam muitos rapazes bonitos lá? Suponho que não haja muitos aqui nesta parte do mundo; quanto a mim, considero que são sempre um atrativo a mais.

– Mas por que pensaria que não há tantos bons rapazes em Devonshire quanto em Sussex? – questionou Lucy, aparentando estar com vergonha da irmã.

– Minha querida, não foi minha intenção dizer que não há nenhum. Tenho certeza de que há muitos jovens atraentes em Exeter; mas entenda, como eu poderia saber quantos rapazes interessantes moram nas proximidades de Norland; apenas temia que as srtas. Dashwood achassem Barton entediante, se não tivesse tantos quanto estavam acostumadas. Mas talvez vocês, mocinhas, não se interessem por isso e vivam tão bem sem eles quanto com eles. Já eu, penso que são muito agradáveis, desde que se vistam com elegância e comportem-se com civilidade. Não suporto vê-los sujos e indecentes. Por exemplo, o sr. Rose de Exeter, um rapaz muito elegante e bonito, funcionário do sr. Simpson, como um *beau*, sabe, mas se o encontrarem pela manhã, não estará em condições de ser visto. Suponho que seu irmão tenha sido muito galante, srta. Dashwood, antes de se casar, já que era tão rico?

– Garanto-lhe – respondeu Elinor – que não posso responder, pois não compreendo perfeitamente o significado da palavra. Mas isso posso lhe dizer, que se ele, em algum momento, foi galante antes de se casar, ainda o é, pois não houve nele a menor alteração.

– Querida! Ninguém jamais pensa em homens casados como galantes. Eles têm outras coisas para fazer.

– Por Deus, Anne! – exasperou-se a irmã – Você não sabe falar de mais nada além de rapazes bonitos; fará a srta. Dashwood acreditar que você não pensa em mais nada.

E, para mudar rumo da conversa, começou a elogiar a mansão e a mobília.

Essa amostra das srtas. Steele foi suficiente. As liberdades e tolices grosseiras da mais velha não a recomendavam, e como Elinor não fora distraída nem pela beleza, nem pelo olhar sagaz da mais nova, mas por sua falta de elegância genuína e naturalidade, ela deixou a mansão sem nenhuma vontade de conhecê-las melhor

As srtas. Steele não pensavam da mesma forma. Vieram de Exeter bastante cheias de admiração por sir John Middleton, sua família e todos os seus conhecidos e, agora, uma porção generosa dessa admiração era concedida às suas belas primas, sobre as quais foi declarado que eram as moças mais lindas, elegantes, prendadas e simpáticas que já tinham visto, e a quem estavam especialmente ansiosas para conhecer melhor. Por conseguinte, Elinor logo descobriu que as conhecer melhor era sua inevitável sina, pois sir John estava por completo ao lado das srtas. Steele, seu partido era forte demais para sofrer oposição, e teriam que se submeter a esse tipo de intimidade, que consiste em sentar-se por uma hora ou duas no mesmo aposento quase todos os dias. Sir John não podia fazer mais, mas não tinha ideia de que isso era necessário mais: na visão dele, estarem na mesma sala era ter intimidade e, enquanto esses esquemas contínuos para que se encontrassem foram eficazes, ele não tinha dúvidas de que definitivamente eram amigas.

Para fazer-lhe justiça, ele fez tudo que estava ao seu alcance para promover um relacionamento sem reservas entre elas, contando para as srtas. Steele tudo o que sabia ou supunha saber sobre a situação de suas primas nas particularidades mais delicadas; por isso, Elinor não as havia encontrado mais que duas vezes, antes que a mais velha das duas a parabenizasse por sua irmã ter tido a sorte de conquistar um rapaz muito galante desde que chegaram a Barton.

– Será maravilhoso vê-la casando-se tão jovem, com certeza – disse a moça – e soube que ele é bem elegante e lindíssimo. Espero que você tenha a mesma sorte logo… mas quem sabe você já não tenha um amigo em algum lugar.

Elinor não tinha motivos para imaginar que sir John seria mais gentil ao mencionar suas suposições sobre a estima que ela sentia por Edward, do que fora ao falar a respeito de Marianne; na verdade, essa era a piada favorita dele sobre as duas, por ser um pouco mais recente e conjetural; e desde a visita de Edward, nunca jantavam juntos sem que ele brindasse às suas melhores afeições com tanta significância e tantos acenos de cabeça e piscadelas, que chamavam a atenção de todos. A letra F também passou ser mencionada com frequência e como tornou-se fonte de brincadeiras, seu caráter como a letra mais engenhosa do alfabeto havia há muito sido determinado entre ele e Elinor.

As srtas. Steele, como Elinor esperara, aproveitavam agora todos os benefícios desses gracejos, que provocavam na mais velha curiosidade para saber o nome do cavalheiro a quem faziam alusão, que apesar de muitas vezes expressa com impertinência, combinava perfeitamente com seu interesse geral por todos os assuntos da família. Sir John, porém, não brincou por muito tempo com a curiosidade que gostava de atiçar, pois tinha pelo menos tanto prazer em contar o nome quanto a srta. Steele teve em sabê-lo.

– O nome dele é Ferrars – disse ele, em um sussurro muito audível –, mas por favor não fale nada, pois é um grande segredo.

– Ferrars! – repetiu a srta. Steele – O sr. Ferrars é o sortudo? Ora! O irmão da sua cunhada, srta. Dashwood? É um rapaz muito agradável, com certeza; eu o conheço muito bem!

– Como pode dizer isso, Anne? – exclamou Lucy, que geralmente tentava consertar todas as declarações da irmã – Apesar de termos nos encontrado com ele uma ou duas vezes na casa de nosso tio, isso é muito pouco para afirmar que o conhece muito bem.

Elinor escutou tudo isso com atenção e surpresa – quem seria esse tio? Onde morava? Como tinham se conhecido? – ela desejava muito que o assunto continuasse, embora tenha escolhido não participar da conversa; porém, nada mais foi dito e, pela primeira vez na vida, considerou que faltava à sra. Jennings curiosidade diante de informação insuficiente ou a disposição para comunicá-la. A maneira pela qual a srta. Steele havia falado de Edward aumentou a curiosidade de Elinor, pois lhe pareceu mal-intencionada e sugeria a suposição de que a dama sabia, ou pensava saber, algo que pudesse desaboná-lo. Contudo, sua curiosidade foi inútil, pois as srtas. Steele não deram mais atenção quando aludiam ao nome do sr. Ferrars, ou mesmo quando sir John o citou abertamente.

Capítulo 22

Marianne, que nunca teve muita tolerância para qualquer coisa semelhante a impertinência, vulgaridade, inferioridade, ou mesmo preferências diferentes das suas, nesse período estava tão maldisposta, devido ao seu estado de espírito, a aprovar as srtas. Steele, ou para encorajar suas investidas. À invariável frieza do comportamento dela para com as duas, que impedia todas as tentativas de intimidade por parte delas, Elinor atribuía principalmente aquela preferência de si mesma que logo ficou evidente nos modos de ambas, mas especialmente de Lucy, que não perdia uma oportunidade de tentar conversar com ela, ou de buscar aprofundar seu relacionamento por meio de uma comunicação simples e franca dos seus sentimentos.

Lucy era naturalmente esperta; seus comentários eram muitas vezes acertados ou divertidos; e como companheira por meia hora Elinor frequentemente a considerava agradável; mas suas qualidades não receberam nenhum acréscimo pela educação: era ignorante e iletrada; sua deficiência de todo desenvolvimento mental e sua falta de informação sobre os assuntos mais comuns não passaram despercebidas pela srta. Dashwood, apesar dos seus constantes esforços de se mostrar superior. Elinor reparou, e sentiu pena dela por isso, a negligência de capacidades que a educação poderia ter tornado tão respeitáveis; porém viu, com olhos bem menos caridosos, a completa carência de delicadeza, de retidão e de integridade da mente, que suas atenções, solicitudes e bajulações na mansão traíam.

Elinor era incapaz de encontrar satisfação na companhia de alguém que unia insinceridade e ignorância, cuja falta de instrução impedia que conversassem em pé de igualdade e cuja conduta para com os outros tornava toda demonstração de atenção e deferência para com ela totalmente sem valor.

– Vai considerar minha pergunta esquisita, ouso dizer – falou Lucy para ela um dia, enquanto andavam juntas da mansão até a casa –, mas por favor me diga, conhece pessoalmente a mãe de sua cunhada, a sra. Ferrars?

Elinor, *de fato,* considerou a pergunta muito esquisita, e sua expressão demonstrou isso, enquanto ela respondia que nunca tinha encontrado a sra. Ferrars.

– Verdade! – respondeu Lucy – Isso me surpreende, pois imaginei que a tivesse encontrado em Norland algumas vezes. Suponho então que não é capaz de me dizer que tipo de mulher ela é?

– Não sou – respondeu Elinor, cautelosa para não deixar transparecer sua verdadeira opinião sobre a mãe de Edward, e sem vontade de saciar o que parecia curiosidade impertinente –, não sei nada sobre ela.

– Tenho certeza que me acha estranha por perguntar sobre ela dessa maneira – continuou Lucy, observando Elinor atentamente enquanto falava – mas talvez existam razões... Quisera poder contar; espero que você possa ser justa comigo e acredite que eu não tenho a intenção de ser impertinente.

Elinor deu-lhe uma resposta cortês, e continuaram andando por alguns minutos em silêncio. Este foi quebrado por Lucy, que voltou ao assunto dizendo, com alguma hesitação:

– Não suporto a ideia de que você possa me considerar uma curiosa impertinente. Prefiro qualquer coisa no mundo a ser vista dessa forma por uma pessoa cuja boa opinião é tão valiosa como a sua. E com certeza não preciso ter medo de confiar em *você*; de fato, ficaria muito feliz se você pudesse me aconselhar sobre como lidar com uma situação tão desconfortável como a em que estou; no entanto, não há necessidade de perturbar *você*. É uma pena que você não conheça a sra. Ferrars.

– *Também* lamento não a conhecer, caso fosse útil para *você* saber minha opinião sobre ela. Contudo, nunca soube que você conhecesse a família Ferrars, e por isso estou um pouco surpresa, confesso, por essa investigação tão séria sobre o caráter dela.

– Acredito que esteja, e entendo perfeitamente. Se me atrevesse a lhe contar tudo, você não ficaria mais tão surpresa. A sra. Ferrars não é nada para mim no momento-, mas *talvez* chegue o momento-, em quanto tempo depende apenas dela mesma-, em que estejamos intimamente ligadas.

Mantinha o olhar baixo enquanto falava, delicadamente tímida, lançando apenas um olhar de esguelha para sua companheira para observar seu efeito sobre ela.

– Por Deus! – exclamou Elinor – O que quer dizer? Você é próxima do sr. Robert Ferrars? Você é mesmo? – Não ficou nada feliz com a ideia de ter tal cunhada.

– Não – replicou Lucy –, não do sr. *Robert* Ferrars. Nunca o vi na vida; mas – fixou o olhar em Elinor –, conheço seu irmão mais velho.

Que sentiu Elinor naquele momento? Perplexidade, que seria tão dolorosa quanto intensa, caso não viesse acompanhada de descrença imediata diante da declaração. Se virou para Lucy em estupefação silenciosa, incapaz de adivinhar a razão ou o objetivo de tal declaração; e apesar de empalidecer, manteve-se firme na incredulidade, não se sentiu em risco de ter um ataque histérico ou um desmaio.

– Deve estar muito surpresa – continuou Lucy –; pois com certeza não podia imaginar uma coisa dessas antes; me arrisco a dizer que ele jamais deixou escapar a menor pista que seja para você ou alguém de sua família; sempre precisou ser um grande segredo, e acredite que o mantive fielmente até este momento. Ninguém da minha família sabe de nada, exceto Anne. Nunca teria dito nada para você, se não sentisse que posso confiar em você para manter nosso segredo; e pensei que meu comportamento, fazendo tantas perguntas sobre a sra. Ferrars, lhe pareceu tão estranho, que senti a necessidade de explicar. E não acredito que o sr. Ferrars ficará descontente quando souber que confiei em você, pois sei que ele tem excelente opinião sobre toda a sua família, e considera você e as outras srtas. Dashwood como irmãs – concluiu.

Elinor permaneceu em silêncio por alguns instantes. O espanto que sentia diante do que estava ouvindo era tão grande que a princípio não soube o que dizer; depois, obrigando-se a falar alguma coisa e a fazê-lo com cautela, disse, com uma calma que disfarçou de maneira razoável sua surpresa e preocupação:

– Posso lhe perguntar se seu compromisso já é muito antigo?

– Estamos comprometidos há quatro anos.

– Quatro anos!

– Isso.

Elinor, mesmo muito chocada, ainda não conseguia acreditar.

– Até outro dia, nem sequer tinha ideia de que vocês se conheciam – comentou.

– Na verdade, nos conhecemos há muitos anos. Ele esteve sob os cuidados de meu tio, sabe, um tempo considerável.

– Seu tio?

– Exato; o sr. Pratt. Nunca o ouviu falar do sr. Pratt?

– Creio que sim – respondeu Elinor, com um esforço crescente conforme sua emoção se intensificava.

– Ele passou quatro anos com meu tio, que vive em Longstaple, nas proximidades de Plymouth. Foi lá que nos conhecemos, pois minha irmã e eu sempre passávamos algum tempo na casa do meu tio, e foi lá que nosso relacionamento começou, mas apenas depois de um ano que ele havia deixado de ser seu aluno; contudo, ainda estava quase sempre conosco. Como talvez possa imaginar, não me sentia bem em começar nada sem o conhecimento e a aprovação da mãe dele; mas eu era muito jovem e o amava muito para seguir a prudência como deveria ter feito. Mesmo não o conhecendo tanto quanto eu, srta. Dashwood, deve ter visto o suficiente para perceber que como é capaz de fazer uma mulher se afeiçoar sinceramente a ele.

– Decerto – respondeu Elinor, sem saber o que dizia; porém, após refletir um momento, acrescentou, com confiança renovada na honra e no amor de Edward, e na falsidade de sua companheira – Comprometida com o sr. Edward Ferrars!... Confesso que estou completamente surpresa com o que me diz, de verdade... Perdoe-me, mas com certeza deve haver algum equívoco quanto à pessoa ou ao nome. Não é possível que estejamos falando do mesmo sr. Ferrars.

– Não pode ser nenhum outro – retorquiu Lucy, sorridente. – Sr. Edward Ferrars, filho mais velho da sra. Ferrars de Park Street, e irmão de sua cunhada, sra. John Dashwood. É dele que estou falando; tem que acreditar que eu não faria confusão com o nome do homem de quem depende toda a minha felicidade.

– É estranho – respondeu Elinor, na mais dolorosa perplexidade –, que nunca o tenha ouvido sequer mencionar seu nome.

– Considerando nossa situação, não é nada estranho. Nossa maior preocupação sempre foi manter a relação em segredo. Você não sabia nada sobre mim, minha família e, portanto, não havia motivo para mencionar meu nome para você; e como ele sempre receou que a irmã, em especial, suspeitasse de alguma coisa, *essa* razão era suficiente para que ele não o mencionasse.

Ela se calou. A segurança de Elinor se esvaiu; mas seu autocontrole se manteve.

– Estão comprometidos há quatro anos – disse com voz firme.

– Sim! E os céus sabem mais quanto tempo precisaremos esperar. Pobre Edward! Isso lhe parte o coração – tirando uma miniatura do bolso, acrescentou – Para acabar com a possibilidade de um engano, tenha a bondade de ver esse rosto. É claro, o retrato não lhe faz justiça, mas creio que você não pode duvidar a quem retrata. Já a tenho por um pouco mais de três anos.

Enquanto falava, colocou-o em suas mãos; quando Elinor viu a pintura, quaisquer dúvidas que seu medo de uma decisão rápida demais ou seu desejo de detectar uma falsidade ainda conseguissem provocar em sua mente, ela não podia ter quanto ao fato de que se tratava mesmo do rosto de Edward. Devolveu-a quase instantaneamente, reconhecendo a semelhança.

– Nunca pude dar-lhe meu retrato em troca – continuou Lucy –, o que me incomoda bastante, pois ele sempre ansiou por tê-lo! Mas estou decidida a tratar disso na primeira oportunidade.

– Está bem certa em fazê-lo – respondeu Elinor calmamente. Então, prosseguiram mais alguns passos em silêncio.

Lucy falou primeiro.

– Tenho inteira confiança de que você guardará fielmente esse segredo, porque você deve entender o quanto é importante para nós dois que não chegue ao conhecimento da mãe de Edward; pois ela nunca aprovaria, acredito. Não tenho fortuna e, pelo que imagino, ela é uma mulher desmedidamente orgulhosa.

– É verdade que não busquei sua confidência – respondeu Elinor –, mas não é mais que justa comigo ao imaginar que sou confiável. Seu segredo está seguro comigo; porém, perdoe-me se demonstro alguma surpresa diante dessa comunicação desnecessária. Deve pelo menos ter pensado que me contar não aumentaria a segurança do seu segredo.

Conforme falava, Elinor observava Lucy, atenta, esperando descobrir algo em sua expressão; quiçá a falsidade da maior parte do que estivera contando; mas a expressão de Lucy não se alterou.

– Receava que pensasse que eu estava tomando muitas liberdades com você ao contar isso tudo – replicou ela. – Não a conheço há muito tempo, em pessoa pelo menos, mas conheço você e sua família por descrições há bastante tempo; e assim que a vi, senti quase como se fosse uma velha conhecida. Além disso, no caso atual, acreditei que lhe devia alguma explicação depois de fazer perguntas tão específicas sobre a mãe de Edward; e não tenho a graça de ter uma pessoa com quem me aconselhar. Anne é a única que sabe de tudo, mas ela não tem o menor juízo. Na verdade, ela me prejudica mais que ajuda, pois estou sempre com medo de que me traia. Ela não sabe manter a boca fechada, como bem percebeu, e com certeza senti o maior susto da minha vida no outro dia, quando sir John mencionou o nome de Edward, temendo que ela revelasse tudo. Não imagina o quanto sofro com isso tudo na minha cabeça. É um milagre ainda estar viva depois de tudo o que sofri por Edward esses últimos quatro anos. É tanto suspense e tanta incerteza; vendo-o tão pouco... Mal podemos nos encontrar mais que duas vezes ao ano. Admiro-me por meu coração ainda não estar completamente partido.

Então pegou o lenço; mas Elinor não sentia muita compaixão.

– Às vezes – continuou depois de enxugar os olhos –, me pergunto se não seria melhor nós dois rompermos o compromisso por completo – disse isso olhando diretamente para sua companheira. – Mas, em outros momentos, não tenho força suficiente para ir adiante. Não posso suportar a ideia de lhe provocar tanto sofrimento, como sei que a simples menção disso iria fazer. E também por mim, que o amo tanto, não sei se aguentaria. O que me aconselha a fazer nesse caso, srta. Dashwood? O que você faria?

– Perdoe-me – respondeu Elinor, surpresa com a pergunta –, mas não posso lhe aconselhar nessas circunstâncias. Seu próprio julgamento deve guiá-la.

– É claro – continuou Lucy, após ambas passarem alguns minutos em silêncio –, a mãe dele terá que lhe prover em algum momento; mas o pobre Edward sofre tanto com isso! Não o achou terrivelmente deprimido quando ele esteve em Barton? Ele estava tão infeliz quando nos deixou em Longstaple para visitá-las, que temi pensarem que ele estava doente.

– Vinha então da casa se seu tio, quando nos visitou?

– Ah, sim, havia estado quinze dias conosco. Acharam que ele viera diretamente da cidade?

– Não – respondeu Elinor, ficando cada vez mais sensível a cada nova circunstância que surgia a favor da veracidade do que Lucy dizia – Lembro que ele nos contou que passara quinze dias com alguns amigos perto de Plymouth.

Lembrava-se também, da própria surpresa na ocasião, por ele não mencionar mais nada a respeito desses amigos, e por seu silêncio absoluto até mesmo quanto aos seus nomes.

– Não o achou cabisbaixo demais? – repetiu Lucy

– Achamos, é verdade, principalmente assim que havia chegado.

– Implorei que ele se esforçasse por medo de que vocês pudessem suspeitar de algo; mas ele ficava tão melancólico por não poder ficar mais que uma quinzena conosco e por me ver tão abalada. Pobre rapaz! Temo que continue assim; pois me escreve com tanta infelicidade. Recebi uma carta pouco antes de deixar Exeter – pegando uma carta do bolso mostrou o endereço descuidadamente para Elinor. – Suponho que conheça sua letra, é tão bonita; mas não está tão bem escrita, como de costume. Creio que estava cansado, pois preencheu a folha toda o máximo possível.

Elinor viu que *era* a letra dele, e não conseguiu mais duvidar. O retrato, permitiu-se crer, poderia ter sido obtido por acaso; poderia não ser presente de Edward; mas a correspondência entre eles por carta podia existir apenas com um verdadeiro compromisso, nada mais a autorizaria;

por alguns instantes ela quase sucumbiu... seu coração estremeceu dentro do peito, mal pôde continuar de pé; mas o autocontrole era indispensável; e batalhou com tanta determinação contra a opressão de seus sentimentos que seu sucesso foi imediato e, por enquanto, completo.

– Escrever um para o outro – disse Lucy colocando a carta de volta no bolso – é o único consolo que temos durante separações tão longas. Eu também tenho outro consolo nesse retrato, mas o pobre Edward nem *isso* tem. Se ao menos tivesse meu retrato, ele diz que seria mais fácil. Dei-lhe uma mecha do meu cabelo, engastada em um anel, da última vez que esteve em Longstaple, isso lhe trouxe algum conforto, disse, mas não como faria o retrato. Talvez tenha reparado no anel quando o viu?

– Reparei – disse Elinor, com tal compostura de voz sob a qual se escondia uma emoção e um sofrimento superiores a qualquer coisa que já havia sentido antes. Estava mortificada, atordoada, confusa.

Para sorte de Elinor, haviam chegado à casa, e a conversa não podia continuar. Depois de ficarem sentadas em sua companhia por alguns minutos, as srtas. Steele retornaram à mansão, e Elinor ficou livre então, para se entregar aos pensamentos e à infelicidade.

Capítulo 23

Por menor que fosse a confiança de Elinor na veracidade de Lucy, era-lhe impossível, após refletir seriamente, suspeitá-la no presente caso, no qual nenhuma tentação explicaria a tolice que seria inventar tamanha falsidade. Portanto, Elinor não podia, não ousava mais duvidar que o que Lucy contara era verdade; respaldada como estava por todos os lados por tantas probabilidades e provas, contestada somente por seus próprios desejos. A oportunidade para se conhecerem na casa do sr. Pratt era a confirmação para todo o restante, ao mesmo tempo indiscutível e alarmante; a visita de Edward no arredores de Plymouth, seu estado de melancolia, sua insatisfação com as próprias perspectivas, seu comportamento incerto para com ela, o conhecimento íntimo das srtas. Steele sobre Norland e suas conexões familiares, que muitas vezes surpreenderam Elinor; o retrato, a carta, o anel, formavam juntos um conjunto de provas que eliminou qualquer medo de condená-lo injustamente e estabeleceu como fato que nenhuma predileção seria capaz de descartar, sua atitude nada correta para com ela. O ressentimento que sentia desse comportamento e a indignação por ter sido enganada, por um breve tempo a fizeram sentir pesar apenas por si mesma; mas outras ideias, outras considerações, logo surgiram. Edward a enganou intencionalmente? Fingiu afeto quando não sentia nada? Seu compromisso com Lucy era por amor? Não; independentemente do que havia sido antes, não acreditava que ainda o era. Seu afeto todo lhe pertencia. Não estava enganada quanto a isso. Sua mãe, suas irmãs, Fanny, todas estavam cientes da estima que criara por ela em Norland; não era apenas uma ilusão de sua própria vaidade. Ele realmente a amava. Como essa persuasão lhe suavizava o coração! Quanto a convenceria a perdoar! Ele era culpado, muito culpado, por continuar em Norland depois de perceber que sua influência sobre ele ultrapassava o que deveria ser. Nisso não poderia ser defendido; mas se ele a magoara, magoara mais ainda a si mesmo; se a situação dela era digna de pena, a dele era desesperançada. Sua imprudência deixou-a infeliz por um tempo, mas parecia tê-lo privado de toda a oportunidade de algum dia deixar de sê-lo. Com o tempo, ela retomaria a tranquilidade; mas *ele*, o que podia esperar da vida? Conseguiria ser aceitavelmente feliz ao lado de Lucy Steele? Conseguiria, estando sua afeição por ela fora da questão, com sua integridade, sua delicadeza, e mente bem informada, ficar satisfeito com uma esposa como ela: iletrada, ardilosa e egoísta?

A paixão juvenil dos dezenove anos naturalmente o impediu de ver qualquer coisa além da beleza e da boa natureza dela; mas os quatro anos seguintes – anos que, se racionalmente vividos, desenvolvem muito o entendimento – certamente abriram-lhe os olhos para as falhas na educação de Lucy, enquanto o mesmo período, passado por ela em companhia inferior e frivolidades, talvez tivesse eliminado nela a simplicidade que antes talvez concedesse um caráter interessante à sua beleza.

Caso supondo que ele queria se casar com ela mesma, as dificuldades criadas por sua mãe parecessem imensas, quão maiores não seriam agora, quando o objeto do compromisso dele era, sem dúvidas, inferior em conexões e, provavelmente, em fortuna? Tais dificuldades, na verdade, com o coração tão alienado de Lucy, talvez não pressionassem tanto sua paciência; mas triste era a pessoa para quem a expectativa de oposição e falta de bondade da família era vista como um alívio!

Conforme essas considerações lhe ocorriam em dolorosa sucessão, ela se entristeceu por ele, mais do que por si mesma. Apoiada pela convicção de que nada havia feito para merecer sua atual infelicidade, e consolada pela crença de que Edward nada havia feito para deixar de merecer sua estima, pensou que mesmo agora, sob o primeiro impacto de tão pesado golpe, seria capaz de controlar-se o bastante para evitar qualquer suspeita da verdade por parte da mãe e das irmãs. E conseguiu corresponder tanto às próprias expectativas, que quando se uniu a elas para o jantar, apenas duas horas depois de primeiro sofrer a extinção de todas as suas mais preciosas esperanças, ninguém poderia supor, pela aparência das irmãs, que Elinor lamentasse em segredo os obstáculos que a separariam para sempre do objeto de seu amor, e que Marianne refletisse em seu íntimo sobre as perfeições de um homem, cujo coração ela sentia possuir por completo, e a quem esperava ver em toda carruagem que passava próximo à casa.

A necessidade de esconder tanto de sua mãe como de Marianne a revelação, embora cobrasse dela esforço constante, não agravava o sofrimento de Elinor. Pelo contrário, era um alívio ser poupada da necessidade de contar-lhes algo que lhes traria tanta angústia, e também evitava que ela tivesse de ouvir a condenação de Edward, que provavelmente adviria do excesso de amor que lhe dedicavam, que era mais do que se sentia capaz de suportar.

Sabia que não poderia receber nenhuma assistência dos conselhos ou conversas delas, sua ternura e tristeza apenas aumentariam sua dor, enquanto seu autodomínio não seria encorajado nem por seu exemplo, nem por seus louvores. Era mais forte sozinha, seu próprio bom senso a guiava tão bem, que sua firmeza continuou tão inabalável, sua aparência de bom humor tão invariável quanto seria possível continuarem diante de arrependimentos tão pungentes e recentes.

Por mais que tivesse sofrido devido à sua primeira conversa com Lucy sobre o assunto, logo sentiu um profundo desejo de renová-la. Tinha algumas razões para isso: desejava ouvir muitos detalhes sobre o relacionamento deles mais uma vez, queria entender melhor o que Lucy realmente sentia por Edward, se havia alguma sinceridade em sua declaração de terna afeição por ele em especial; queria convencer Lucy, por meio de sua disposição em tocar no assunto de novo e por sua calma ao falar sobre ele, que não tinha interesse nele além de como amiga, pois temia que sua agitação involuntária, na sua conversa pela manhã, tivesse gerado dúvidas. Parecia muito provável que Lucy estivesse inclinada a sentir ciúmes dela; estava claro que Edward havia sempre falado de modo muito elogioso a seu respeito, não apenas devido à declaração de Lucy, mas também por ter se arriscado a confiar a Elinor, conhecendo-a há tão pouco tempo, um segredo tão reconhecido e evidentemente importante. E mesmo as descrições bem-humoradas de sir John devem ter tido algum peso. Na verdade, enquanto Elinor continuasse convencida de que Edward realmente a amava, não precisava considerar outras probabilidades que explicassem os ciúmes de Lucy; a própria confidência que a moça lhe fizera era a prova. Que outra razão haveria para revelar-lhe o caso, além de informar Elinor sobre seus direitos superiores a Edward, e para avisá-la de que deveria evitá-lo no futuro? Teve pouca dificuldade para entender essa parte das intenções de sua rival e, ainda que estivesse decidida a agir para com ela conforme todos os princípios de honra e honestidade determinavam, a combater a própria afeição que sentia por Edward, e a vê-lo o menos possível; não podia se negar o conforto de tentar convencer Lucy de que seu coração não estava ferido. E como agora não poderia ouvir nada mais doloroso sobre o assunto, além do já havia sido dito, não duvidou da própria capacidade de repassar os detalhes com sua compostura intacta.

Contudo, não surgiu oportunidade de fazê-lo imediatamente, mesmo com Lucy estando tão disposta quanto ela de aproveitar qualquer uma que surgisse; pois o tempo não esteve bom o bastante para permitir que fossem caminhar juntas, quando poderiam se separar mais facilmente dos demais; e apesar de se encontrarem quase toda noite na mansão ou na casa, principalmente na primeira, não podiam esperar se encontrar apenas para conversar. Tal pensamento nunca entraria na cabeça de sir John e de lady Middleton; e, por isso, todo pouco tempo livre era reservado à conversação em grupo, não a colóquios em particular. Encontravam-se para comer, beber e rir juntos, jogando cartas ou outros jogos que fossem suficientemente barulhentos.

Um ou dois encontros desse tipo haviam ocorrido, sem dar a Elinor alguma chance de engajar Lucy em particular, quando sir John apareceu na casa uma manhã para implorar que, pelo amor de Deus, fossem todas jantar com lady Middleton naquela noite, pois ele seria obrigado a ir ao clube em Exeter e, assim, ela ficaria muito sozinha, exceto por sua mãe e as duas srtas. Steele. Elinor, ao perceber que teria uma abertura maior para o que tinha em mente, em uma reunião como essa, com mais liberdade entre elas, sob a tranquila e bem-educada direção de lady Middleton, do que quando o marido as reunia em uma atividade barulhenta, aceitou o convite de imediato; Margaret, com a permissão de sua mãe, também concordou, e Marianne, apesar de sempre indisposta para ir a qualquer uma de suas reuniões, foi persuadida pela mãe, que não podia suportar a privação da filha quanto a de qualquer oportunidade de diversão.

As moças foram, e lady Middleton foi poupada da triste solidão que a ameaçara. A insipidez da reunião foi exatamente como Elinor esperava; não produziu qualquer nova ideia ou expressão, e nada poderia ser menos interessante do que a conversa delas, tanto na sala de jantar quanto na de visitas; as crianças as acompanharam à segunda e, enquanto ali permaneceram, Elinor estava convencida de que seria impossível chamar a atenção de Lucy para tentar fazê-lo. As crianças saíram apenas quando o chá foi recolhido. A mesa de carteado foi trazida, e Elinor começou a se questionar por ter nutrido a esperança de encontrar tempo para conversar na mansão. Todas se prepararam para uma partida.

– Estou satisfeita – disse lady Middleton para Lucy –, que você não vai terminar a cesta para a pobre Annamaria esta noite; pois tenho certeza que deve cansar muito sua vista trabalhar em filigranas à luz de velas. E vamos compensar a pequenina pelo desapontamento amanhã, então creio que ela não vai sentir muito.

Essa deixa foi suficiente, Lucy imediatamente replicou:

– Está enganada, lady Middleton; estou apenas esperando para saber se podem jogar sem mim, senão já estava cuidando da tarefa. Jamais decepcionaria o anjinho por nada no mundo: e se a senhora deseja que eu jogue agora, estou decidida a terminar a cesta após o jantar.

– Você é muito bondosa, espero que não canse seus olhos... Pode tocar a campainha para que tragam mais velas? Minha pobre menininha ficaria tão decepcionada se a cesta não fosse finalizada amanhã, apesar de ter-lhe dito que não estaria, tenho certeza de que ela espera por isso.

Lucy puxou sua mesa de trabalho para perto de si e voltou a se sentar com tais alegria e entusiasmo que faziam crer que não encontraria maior prazer do que fazer um cesto de filigrana para uma criança mimada.

Lady Middleton propôs uma partida de cassino às demais. Ninguém fez objeção, a não ser Marianne, que, com sua habitual desatenção às normas da civilidade, exclamou:

– Vossa Senhoria terá a gentileza de desculpar-me... Acontece que detesto jogos de cartas. Vou para o pianoforte, não o toco desde que foi afinado. – E, sem mais cerimônia, deu-lhe as costas e se dirigiu ao instrumento.

Lady Middleton parecia estar agradecendo aos céus por *jamais* ter falado de maneira tão rude.

– Marianne não consegue ficar muito tempo longe daquele instrumento, entende, senhora? – disse Elinor, tentando suavizar a ofensa. – E não me surpreende, pois é o pianoforte mais afinado que já ouvi.

As cinco que restavam iam agora tirar suas cartas.

– Talvez – continuou Elinor –, se for eliminada, eu possa ajudar a srta. Steele, enrolando os papéis para ela; ainda tem tanto a fazer na cesta, que acho que será impossível terminar ainda esta noite caso trabalhe sozinha. Eu gostaria muito de ajudar, se me permitisse.

– Na verdade, ficaria extremamente agradecida pela ajuda – respondeu Lucy –, pois vejo que tenho muito mais trabalho a fazer do que pensava; e seria lamentável desapontar a querida Annamaria!

– Ah! Isso seria realmente terrível, é verdade – disse a srta. Steele. – Minha queridinha, como a adoro!

– É muita gentileza sua – respondeu lady Middleton para Elinor – já que gosta tanto da tarefa, talvez gostaria de esperar para participar apenas na próxima partida, ou vai tentar a sorte agora?

Elinor alegremente tirou proveito da primeira proposta, e assim, graças a um pouco da cortesia que Marianne jamais condescenderia em praticar, obteve o que queria e agradou lady Middleton ao mesmo tempo. Lucy abriu espaço para ela com prontidão, e as duas belas rivais sentaram-se lado a lado à mesma mesa, e na maior harmonia, puseram-se a continuar o mesmo trabalho. O pianoforte no qual Marianne estava perdida na sua música e nos próprios pensamentos, a ponto de já ter esquecido de todos na sala além de si mesma, por sorte, estava tão próximo das duas que a srta. Dashwood julgou que poderia, segura sob o abrigo do som, introduzir o assunto de seu interesse, sem correr qualquer risco de ser ouvida da mesa de carteado.

Capítulo 24

Em tom firme, porém cauteloso, Elinor começou:

– Não seria merecedora da confiança com que me honrou, caso não sentisse o desejo de que ela perdurasse, ou mais nenhuma curiosidade sobre o assunto. Portanto, não irei pedir desculpas por abordá-lo novamente.

– Eu lhe agradeço por quebrar o gelo – respondeu Lucy com ardor –, tranquilizou-me o coração com isso, pois estava de uma forma ou outra receosa de tê-la ofendido com o que lhe contei na segunda-feira.

– Ofendido? O que a levou a pensar isso? Acredite – e Elinor falava com a mais pura sinceridade –, nada poderia estar mais distante da minha intenção do que lhe passar essa impressão. Haveria por acaso algum motivo para a confiança, que não fosse honroso e elogioso para mim?

– Ainda assim, asseguro-lhe – respondeu Lucy, seus olhinhos espertos cheios de significado –, pareceu-me haver uma frieza e um desprazer em seus modos que me deixaram muito desconfortável. Tive certeza de que estava com raiva de mim; e estive brigando comigo mesma desde então, por ter tomado tanta liberdade a ponto de perturbá-la com meus problemas. Mas muito me alegra saber que era tudo coisa da minha imaginação e que, de verdade, não me censura por isso. Se soubesse o consolo que foi aliviar meu coração contando-lhe aquilo que penso em todos os momentos da minha vida, sua compaixão a faria relevar todo o restante, tenho certeza.

– De fato, é fácil imaginar como deve ter sido um alívio para você, revelar sua situação para mim, e tenha certeza de que nunca terá motivos para se arrepender. Seu caso é muito desafortunado; parece-me que está cercada de dificuldades, e você precisará de toda a sua afeição mútua para suportá-las. Pelo que sei o sr. Ferrars é completamente dependente da mãe.

– Possui apenas 2 mil libras; seria loucura casarmos apenas com isso, embora de minha parte, desistiria de toda perspectiva de mais sem titubear. Estou acostumada a ter uma renda muito pequena, e poderia suportar qualquer pobreza por ele; mas eu o amo demais para ser egoísta a ponto de privá-lo, talvez, de tudo que sua mãe possa dar-lhe se vier a se casar de forma a agradá-la. Devemos esperar, talvez por muitos anos. Com quase qualquer outro homem no mundo, essa seria uma perspectiva alarmante; mas nada pode me tomar o afeto e a constância de Edward, tenho certeza.

– Essa convicção deve ser tudo no mundo para você; e, sem dúvida, ele é amparado pela mesma confiança. Se a força de seu sentimento mútuo tivesse fraquejado, como ocorreria com muitas pessoas e naturalmente sob diversas circunstâncias durante um compromisso de quatro anos, sua situação seria desoladora de verdade.

Lucy nesse momento levantou os olhos; Elinor era cuidadosa e manteve longe do rosto qualquer expressão que pudesse dar às suas palavras alguma tendência suspeita.

– O amor de Edward por mim – disse Lucy – foi posto bastante à prova, por nossa longa, muito longa separação desde que nos comprometemos, e resistiu tão bem às provações, que eu não mereço perdão por duvidar dele agora. Posso dizer que ele nunca me deu um segundo de preocupação nesse aspecto, desde e primeira vez.

Elinor mal sabia se sorria ou suspirava diante dessa declaração.

Lucy continuou:

– Tenho um temperamento naturalmente ciumento, e devido à nossa diferença de posição na vida, a ele estar mais no mundo do que eu, e nossa separação contínua, estava bastante inclinada a suspeitar, a descobrir a verdade em um instante, se tivesse havido a menor alteração em sua atitude para comigo quando nos encontramos, ou qualquer desânimo que eu não pudesse explicar, ou se ele falasse de uma dama mais que de outra, ou caso parecesse em qualquer aspecto menos feliz em Longstaple do que costumava ficar. Não quero dizer que sou especialmente observadora ou sagaz em geral, mas nesse caso tenho certeza de que não poderia ser enganada.

Tudo isso, pensou Elinor, *é muito bonito; mas não convence nenhuma de nós duas.*

Após um breve silêncio, perguntou:

– Mas quais são seus planos? Ou não tem outros além de esperar pela morte da sra. Ferrars, o que é um extremo melancólico e perturbador? O filho está determinado a se submeter a isso, e ao tédio dos muitos anos de suspense nos quais você estará envolvida, a correr o risco de desgostá-la por um tempo admitindo a verdade?

– Se pudéssemos ter a certeza que seria apenas por algum tempo! Contudo, a sra. Ferrars é uma mulher muito obstinada e orgulhosa e, no primeiro acesso de raiva, saber de tudo, poderia muito bem legar todos os bens a Robert; e essa possibilidade, pelo bem de Edward, afugenta toda minha inclinação por medidas precipitadas.– E pelo seu próprio interesse, ou estará estendendo seu desapego além dos limites da razão.

Lucy encarou Elinor de novo e ficou em silêncio.

– Conhece o sr. Robert Ferrars? – perguntou Elinor.

– De maneira alguma... jamais o vi; mas imagino que seja muito diferente do irmão: tolo e um grande espalhafatoso.

– Um grande espalhafatoso! – repetiu a srta. Steele, cujo ouvido pegou essas palavras no ar em uma pausa repentina da música de Marianne. – Ah! Estão conversando sobre seus rapazes favoritos, posso apostar!

– Não, irmã – retorquiu Lucy – está errada, nossos rapazes favoritos *não* são grandes espalhafatosos.

– Eu posso garantir que o da srta. Dashwood não o é – acrescentou a sra. Jennings com uma gargalhada estrondosa. – Pois é um dos jovens mais modestos e bem-comportados que já conheci; mas quanto à Lucy, ela é uma criaturinha astuta, não há como descobrir de quem *ela* gosta.

– Ah, atrevo-me a afirmar que o favorito de Lucy é tão modesto e bem-comportado quanto o da srta. Dashwood – exclamou a srta. Steele, lançando olhares significativos para elas.

Elinor corou sem querer. Lucy mordiscou o lábio e olhou furiosa para a irmã. Ficaram em um silêncio mútuo por algum tempo. Lucy foi a primeira a interrompê-lo, dizendo em voz mais baixa, mesmo que Marianne as estivesse dando a proteção poderosa de um magnífico concerto.

– Vou lhe contar com honestidade a ideia que me ocorreu, para resolver tudo; na verdade, tenho a obrigação de colocá-la a par do segredo, pois você é parte interessada nele. Creio que esteve com Edward tempo suficiente para saber que ele preferiria a Igreja a qualquer outra profissão; meu plano é que ele se ordene assim que puder e, então, por sua influência, que estou certa que seria bondosa o suficiente para exercer, em nome de sua amizade com ele e, espero, alguma consideração por mim, que seu irmão pudesse ser convencido a torná-lo vigário da paróquia de Norland; que pelo que sei é muito boa, e cujo atual titular não deve viver por muito mais tempo. Isso seria suficiente para nos casarmos, e poderíamos confiar no tempo e na sorte para resolver todo o resto.

– Será sempre uma alegria demonstrar qualquer marca da minha estima e amizade pelo sr. Ferrars; mas não percebe que minha influência em tal ocasião seria completamente desnecessária? Ele é irmão da sra. John Dashwood – *isso* é recomendação suficiente para o marido.

– Mas a sra. Dashwood não aprovaria muito a decisão de Edward de tomar as ordens.

– Desconfio, então, que minha influência não faria muita diferença.

Ficaram em silêncio por mais alguns minutos. Por fim, Lucy declarou com um suspiro:

– Creio que seria mais sábio pôr um ponto-final em tudo de uma vez, desfazendo o compromisso. Estamos tão cercados de dificuldades por todos os lados, que mesmo que fiquemos infelizes por algum tempo, no final das contas acabaríamos mais felizes. Mas não vai me dar seu conselho, srta. Dashwood?

– Não – respondeu Elinor, com um sorriso que velava emoções muito agitadas. – Sobre esse assunto, com certeza não o farei. Você sabe muito bem que minha opinião não teria a menor importância para você, exceto é claro que fosse de acordo com seus próprios desejos.

– Não está sendo justa comigo – respondeu Lucy, com grande solenidade. – Não conheço mais ninguém cujo julgamento eu tenha em mais alta conta do que o seu; estou certa que se me dissesse "Aconselho que rompa em definitivo seu compromisso com Robert Ferrars, pois será mais proveitoso para a felicidade de ambos." Eu decidiria fazê-lo imediatamente.

Elinor corou pela insinceridade da futura esposa de Edward, e respondeu:

– Tal elogio efetivamente me faria temer dar qualquer opinião sobre o assunto caso eu tenha formado uma. Eleva demais minha influência; o poder de separar duas pessoas unidas de modo tão terno é demais para uma pessoa indiferente.

– É porque você é uma pessoa indiferente – disse Lucy, com certo ressentimento, e dando ênfase particular a essas palavras –, que seu julgamento pode ter algum valor para mim. Se você tivesse algum viés, guiada por seus próprios sentimentos, sua opinião não teria valor algum.

Elinor considerou mais sensato não responder a isso, para evitar que se provocassem uma à outra até um aumento inapropriado de intimidade e falta de reservas; além disso estava em parte determinada a nunca mais tocar no assunto. Outra pausa de vários minutos sucedeu essa declaração, e Lucy mais uma vez a interrompeu:

– Vai à cidade nesse inverno, srta. Dashwood? – perguntou com sua presunção de costume.

– Decerto não.

– É uma pena – retorquiu a outra, com os olhos se iluminando com a informação –, eu ficaria muito feliz de encontrá-la! Mas acho que vai acabar indo. Com certeza, seu irmão e sua cunhada vão pedir que vá se juntar a eles.

– Não estará em meu poder aceitar o convite se eles o fizerem.

– Mas que falta de sorte! Estava contando que iria encontrá-la! Anne e eu iremos no final de janeiro ficar com alguns parentes que há anos nos convidam para visitá-los! Mas vou apenas para poder ver Edward. Ele estará lá em fevereiro, de outra forma Londres não teria encantos para mim; não tenho interesse nela.

Elinor foi chamada à mesa de carteado pouco depois de finalizada a primeira partida, e a conversa confidencial entre as duas moças chegou, portanto, ao fim, ao que as duas se submeteram sem relutância, pois nada que havia sido dito de ambos os lados as fez desgostar menos uma da outra do que antes; e Elinor sentou-se à mesa de carteado com a melancólica certeza de que Edward não apenas não sentia nenhum afeto por aquela que seria sua esposa; mas também que não tinha a menor chance de ser razoavelmente feliz no casamento, o que uma sincera afeição por parte *dela* tornaria possível, porque apenas o interesse próprio poderia induzir uma mulher a prender um homem a um compromisso do qual ela parecia perfeitamente ciente de que ele estava farto.

Desde então, o assunto não foi mais abordado por Elinor, e quando Lucy, que raramente perdia a chance de fazê-lo, o introduzia, tinha o cuidado de sempre informar sua confidente sobre a própria felicidade, sempre que recebia uma carta de Edward, era tratado pela primeira com calma e cautela, e encerrado tão rapidamente quanto a educação permitisse; pois ela sentia que essas conversas eram uma indulgência que Lucy não merecia, e que eram perigosas para ela mesma.

A visita das srtas. Steele a Barton Park se estendeu muito mais do que o convite inicial implicava. O apreço da família por elas aumentou; não podiam passar sem elas; sir John não aceitava ouvi-las falar em partir; e a despeito de seus numerosos compromissos marcados há muito tempo em Exeter, e da necessidade absoluta de voltarem para cumpri-los imediatamente, o que vigorava ao final de cada semana, foram convencidas a ficar quase dois meses na mansão e a participar da celebração daquelas festividades que requerem um número maior que o normal de bailes particulares e grandes jantares para proclamar sua importância.

Capítulo 25

Embora a sra. Jennings tivesse o hábito de passar grande parte do ano nas casas de suas filhas e de seus amigos, tinha também a própria residência. Desde a morte do marido, que fora comerciante de sucesso em região menos elegante da cidade, ela passava todos os invernos nessa casa nas proximidades de Portman Square. Conforme janeiro se aproximava, voltou seus pensamentos para esta casa, e foi para lá que um dia, de modo abrupto e completamente inesperado por elas, convidou as duas srtas. Dashwood mais velhas para acompanhá. Elinor, sem perceber a mudança de cor nas faces da irmã e o olhar animado que demonstrava que não estava indiferente ao plano, imediatamente agradeceu, mas recusou em nome das duas, acreditando expressar a vontade de ambas. A razão alegada foi sua determinada resolução de não deixar a mãe sozinha naquela época do ano. A sra. Jennings recebeu a recusa com alguma surpresa e repetiu o convite imediatamente.

– Ah! Por Deus! Tenho certeza de que sua mãe pode passar muito bem sem vocês, e eu *imploro* que me deem o prazer de sua companhia, pois estou resolvida em tê-la. Nem pensem que serão uma inconveniência para mim, pois não irei mudar meus planos em nada por sua causa. Apenas precisarei mandar Betty pela diligência e creio que posso pagar por *isso*. Nós três vamos viajar muito confortáveis na minha carruagem; e quando estivermos na cidade, se não quiserem me acompanhar para onde eu for, não há problema, poderão sair acompanhadas por uma de minhas filhas.

Estou certa de que sua mãe não fará objeção; pois tive tanta sorte em me livrar das minhas próprias filhas que ela me considerará a pessoa mais adequada para cuidar de vocês; e se eu não conseguir que pelo menos uma de vocês faça um bom casamento nesse tempo, não será culpa minha. Falarei bem de vocês a todos os rapazes, podem contar com isso.

– Acredito que a srta. Marianne não faria objeção a esses planos, caso sua irmã mais velha também concordasse. Seria uma pena se ela fosse privada de um pouco de prazer, porque a srta. Dashwood não o deseja. Então, aconselho vocês duas a partirem para a cidade, quando estiverem fartas de Barton, sem dizer uma palavra para a srta. Dashwood.

– Bem, por mim, estou certa de que ficarei muito contente com a companhia da srta. Marianne, quer a srta. Dashwood venha ou não, mas seria mais divertido ter mais companhia, e creio que elas se sentiriam melhor juntas; porque, caso se cansem de mim, poderão conversar uma com a outra e rir dos meus hábitos antiquados pelas minhas costas. Mas uma ou outra, se não forem as duas, tenho que levar. Valha-me Deus! Como acham que vou aguentar ficar sozinha, eu que estava acostumada até este inverno a ter Charlotte sempre comigo? Venha, srta. Marianne, apertemos a mão e fechemos o negócio, e se a srta. Dashwood mudar de ideia depois, ora, melhor ainda.

– Muito obrigada, madame, sinceramente, muito obrigada – disse Marianne, calorosa – seu convite assegurou minha gratidão eterna, e me faria muito feliz, sim, seria quase a maior felicidade de que sou capaz, poder aceitá-lo. Contudo, minha mãe, minha queridíssima e bondosa mãe... Creio que Elinor está certa, e se ela fosse ficar menos feliz, menos confortável com nossa ausência... Ah! Não, nada me tentaria a deixá-la. Não pode, nem deve ser um conflito.

A sra. Jennings repetiu suas garantias de que a sra. Dashwood passaria perfeitamente bem sem elas; e Elinor, que agora entendia a irmã, e viu a que indiferença a todo o resto era levada por sua ânsia de estar com Willoughby de novo, não fez mais oposição direta ao plano, e apenas o submeteu à decisão de sua mãe, de quem, todavia, não esperava receber o menor apoio em seus esforços de impedir a visita, que ela não poderia aprovar para Marianne, e que para o próprio bem tinha razões específicas para evitar. Não importava o que fosse que Marianne quisesse, a mãe sempre estava disposta a conceder – não tinha expectativa de esperar influenciar a segunda a proceder com cautela em um assunto sobre o qual nunca foi capaz de lhe inspirar desconfiança; e não ousava lhe contar o motivo de sua própria relutância em ir a Londres. Marianne, melindrosa como era, conhecia bem os modos da sra. Jennings e invariavelmente desgostava delas que deveria ignorar toda inconveniência e desconsiderar tudo que mais feria suas sensibilidades irritáveis para perseguir um objetivo, uma prova tão forte e completa da importância desse objeto para ela era que Elinor, apesar de tudo que se passara, não estava pronta para testemunhar.

Ao ser informada do convite, a sra. Dashwood, persuadida que tal excursão proporcionaria muita diversão para ambas as filhas, e percebendo em toda a afetuosa atenção para consigo, o quanto o coração de Marianne ansiava ir, não admitiu que declinassem da oferta por sua causa; insistiu que as duas aceitassem imediatamente; e logo começou a imaginar, com sua alegria de sempre, a variedade de vantagens que adviriam para todas elas, dessa separação.

– Estou tão contente com esse plano – exclamou – é exatamente o que eu desejava. Margaret e eu vamos ser tão beneficiadas com isso quanto vocês, pois passaremos os dias tão quietas e contentes com nossos livros e nossa música! Vocês vão encontrar Margaret tão desenvolvida quando voltarem! Tenho um pequeno plano de fazer uma alteração nos seus quartos também, que agora poderá ser executado sem incomodá-las. Concordo que vocês *devam* ir a Londres; acredito que toda moça de sua condição social deveria conhecer os costumes e divertimentos de Londres. Estarão sob os cuidados de uma mulher muito boa e maternal, cuja gentileza para com vocês não podem duvidar. E com toda probabilidade vocês encontrarão seu irmão e, não importam quais sejam seus defeitos ou os de sua esposa, quando me recordo de quem é filho, não posso suportar a ideia de que vocês sejam tão distantes.

– Apesar de com sua costumeira ansiedade por nos ver feliz – respondeu Elinor – você esteja evitando todos os impedimentos ao presente plano que lhe ocorreu, há ainda uma objeção que, na minha opinião, não pode ser não facilmente removida.

A fisionomia de Marianne desmoronou.

– E o que – questionou a sra. Dashwood –, minha querida e prudente Elinor, irá sugerir? Que obstáculo formidável vai apontar agora? Deixe-me ouvir o quanto isso irá nos custar?

– Minha objeção é esta: apesar de ter grande consideração pela bondade do coração da sra. Jennings, ela não é uma mulher cuja companhia possa nos trazer prazer, ou cuja proteção possa nos beneficiar.

– Isso é bem verdade – respondeu a mãe –, mas raramente estarão na companhia dela, sem a companhia de outras pessoas, e quase sempre aparecerão em público com lady Middleton.

– Se Elinor quer desistir por não gostar da sra. Jennings – interviu Marianne –, pelo menos não precisa impedir que *eu* aceite o convite dela. Eu tenho tais escrúpulos, e estou certa de que aguento qualquer coisa desagradável do tipo com pouquíssimo esforço.

Elinor não conseguiu evitar um sorriso ante essa demonstração e indiferença para com as maneiras de uma pessoa a respeito da qual ela teve muitas dificuldades em persuadir Marianne a se comportar com razoável polidez; e decidiu em seu íntimo, que caso sua irmã persistisse em ir, ela a acompanharia, já que não considerava apropriado que Marianne fosse deixada sob a direção exclusiva de seu próprio julgamento, ou que a sra. Jennings fosse abandonada à mercê de Marianne durantes todas as suas horas de conforto doméstico. Reconciliou-se com essa determinação mais facilmente, por se lembrar que Edward Ferrars, conforme Lucy lhe dissera, não estaria na cidade antes de fevereiro; e que a visita delas, sem nenhum encurtamento, provavelmente estaria terminada antes disso.

– Decidi que as *duas* irão – declarou a sra. Dashwood – essas objeções são ilógicas. Vão adorar estar em Londres, especialmente juntas; e se Elinor puder condescender em antecipar o divertimento, iria antevê-lo em uma variedade de fontes; talvez o enxergue mediante a possibilidade de melhorar seu relacionamento com a família de sua cunhada.

Elinor muitas vezes desejara por uma oportunidade de tentar enfraquecer a confiança de sua mãe na sua conexão com Edward, para que o choque pudesse ser menor quando toda a verdade fosse revelada, e agora com essa investida, apesar de quase sem esperança de sucesso, ela se forçou a começar seu intento dizendo, tão calmamente quanto ela era capaz:

– Eu gosto muito de Edward Ferrars, e sempre ficarei contente em vê-lo; mas quanto ao restante da família, é perfeitamente indiferente para mim se em algum momento eu venha a conhecê-los ou não.

A sra. Dashwood sorriu e não disse nada. Marianne ergueu o olhar espantada, e Elinor conjecturou que talvez teria sido melhor não ter dito nada.

Após um pouco mais de discussão, foi finalmente decidido que o convite seria completamente aceito. A sra. Jennings recebeu a informação com imensa alegria, e muitas garantias de gentilezas e cuidados; e também não foi motivo de prazer apenas para ela. Sir John ficou contentíssimo; pois para um homem cuja maior ansiedade era o pavor de ficar sozinho, a adição de duas, para o número de habitantes de Londres, era uma maravilha. Até mesmo lady Middleton deu-se ao trabalho de ficar encantada, o que era um grande esforço da parte dela; as srtas. Steele, especialmente Lucy, nunca ficaram tão felizes em suas vidas quando receberam a notícia.

Elinor se submeteu ao arranjo, que contrariava seus desejos, com menor relutância do que esperava. Em relação a si mesma, não se importava se iria à cidade ou não, e ao ver a mãe tão plenamente contente com o plano, e a irmã entusiasmada, com olhar, voz, e gestos, restaurados à sua animação usual, e elevada a uma alegria fora do normal, não poderia ficar insatisfeita com a causa dificilmente se permitia desconfiar das consequências.

A alegria de Marianne era quase um grau além da felicidade, tão grandes eram sua perturbação de espírito e impaciência por partir. Sua relutância em deixar a mãe era a única coisa que lhe restaurava a calma; no momento da partida, seu pesar por isso era excessivo. A aflição de sua mãe dificilmente era menor; Elinor era a única das três que parecia encarar a separação como se não fosse eterna.

Partiram na primeira semana de janeiro. Os Middleton seguiriam algum dia na semana seguinte. As srtas. Steele continuaram na mansão, e partiriam apenas com o restante da família.

Capítulo 26

Elinor não conseguia estar em uma carruagem com a sra. Jennings, começando uma viagem a Londres sob sua proteção e como sua hóspede, sem refletir sobre a própria situação, sobre há quão pouco tempo conheciam aquela senhora, o quão completamente diferentes eram em idade e disposição e quantas tinham sido suas objeções contra essa medida apenas dias atrás! Mas essas objeções haviam sido todas, com aquele feliz ardor juvenil que Marianne e sua mãe compartilhavam igualmente, superadas ou ignoradas; e Elinor, contrariando toda dúvida ocasional quanto à constância de Willoughby, não podia testemunhar o êxtase de agradável expectativa que preenchia toda a alma e irradiava dos olhos de Marianne, sem sentir como sua própria perspectiva estava vazia, como seu estado de espírito era sombrio em comparação e como se envolveria alegremente com os cuidados da situação de Marianne, para ter o mesmo objetivo animador, a mesma possibilidade de esperança em vista. Entretanto, em breve, muito em breve agora, se esclareceriam as verdadeiras intenções de Willoughby; muito provavelmente ele já estava na cidade. A avidez de Marianne por partir indicava sua crença na possibilidade de o encontrar lá; e Elinor estava decidida a não apenas obter nova luz sobre o caráter dele, que a própria observação ou as informações que outras pessoas pudessem lhe dar, mas igualmente ao observar seu comportamento a respeito da irmã com zelosa atenção, de modo a descobrir o que ele era e quais eram suas intenções, antes que muitos encontros ocorressem. Caso o resultado de suas observações fosse desfavorável, ela estava determinada a de todas as formas abrir os olhos de sua irmã; se fosse o contrário, seus esforços seriam de outra natureza – ela deveria então aprender a evitar toda comparação egoísta e a banir todo arrependimento capaz de diminuir sua satisfação com a felicidade de Marianne.

Estavam viajando durante três dias, e o comportamento de Marianne durante o trajeto era uma feliz amostra do que se poderia esperar de sua futura complacência e companheirismo para com a sra. Jennings. Ficou calada a maior parte do tempo, entretida com as próprias meditações, e raramente falando por vontade própria, exceto quando algum objeto de beleza pitoresca na paisagem arrancava dela uma exclamação de deleite dirigida exclusivamente para sua irmã. Em consequência, para compensar essa conduta, Elinor imediatamente assumiu a função de civilidade que tinha atribuído a si mesma, comportou-se de maneira bastante atenciosa para com a sra. Jennings, conversava com ela, ria com ela, e a escutava sempre que podia; a sra. Jennings por sua vez, tratava as duas com toda delicadeza possível, era solícita em todos os momentos para seu conforto e prazer, e perturbou-se apenas por não conseguir fazê-las escolher as próprias refeições na estalagem, nem fazê-las confessar se preferiam salmão a bacalhau, ou galinhas cozidas a costeletas de vitela. Chegaram à cidade por volta às três da tarde do terceiro dia, felizes por se livrarem, depois de tal jornada, do confinamento da carruagem, estavam prontas para desfrutar de todo o luxo de um bom fogo.

A casa era bonita, e lindamente mobiliada, e as moças foram de imediato colocadas em um apartamento muito confortável. Havia anteriormente pertencido a Charlotte, e acima do consolo da lareira ainda estava pendurada uma paisagem de sedas coloridas, feita por ela, como prova de que ela passara sete anos em uma excelente escola na cidade com algum resultado.

Como o jantar não estaria pronto antes de duas horas após sua chegada, Elinor decidiu empregar o intervalo escrevendo para a mãe e sentou-se com esse propósito. Após alguns momentos, Marianne fez o mesmo.

– Estou escrevendo para casa, Marianne – disse Elinor –, não acha melhor deixar para escrever sua carta daqui a um ou dois dias?

– Eu *não* vou escrever para mamãe – respondeu Marianne, rapidamente, como se quisesse evitar mais perguntas.

Elinor não disse mais nada; na mesma hora entendeu que ela estava escrevendo para Willoughby; e logo concluiu que, não importava o quanto quisessem conduzir as coisas em sigilo, com certeza deviam estar comprometidos. Essa convicção, apesar de não inteiramente satisfatória, deixou-a satisfeita e ela continuou a carta com mais vivacidade. Marianne terminou a sua em poucos minutos; em extensão não podia passar de um bilhete;

então a dobrou, selou e endereçou muito rapidamente. Elinor pensou ter identificado um grande W no destinatário; e mal havia terminado, Marianne tocando o sino, pediu ao empregado que a atendeu para a carta pelo correio rápido. Isso resolveu a questão.

Sua disposição continuava muito boa; mas havia nela uma agitação que impedia que sua irmã ficasse muito satisfeita, e essa agitação aumentou conforme a noite passava. Ela mal pôde comer durante o jantar, e depois quando retornaram para a sala de visitas, parecia que estava ansiosamente prestando atenção ao som de todas as carruagens.

Para grande satisfação de Elinor, a sra. Jennings estava ocupada demais em seus aposentos, por isso pôde ver pouco do que se passava. O chá foi servido; Marianne já havia se desapontado mais de uma vez com uma batida à porta de um vizinho, quando, de repente, ouviram uma mais alta, que não podia ser confundida como sendo em nenhuma outra casa, Elinor teve certeza de que se tratava de Willoughby; Marianne, sobressaltando-se, foi até a porta. Tudo estava em silêncio; não suportou isso por mais que uns segundos; abriu a porta e avançou alguns passos na direção das escadas, depois de escutar por meio minuto, retornou à sala com toda a agitação que a convicção de ter ouvido a voz dele naturalmente produzia; na efusividade de seus sentimentos naquele instante não conseguiu se conter e exclamou:

– Ah, Elinor, é Willoughby, é ele mesmo! – ela parecia prestes a se jogar nos braços dele quando coronel Brandon apareceu.

Isto foi um choque grande demais para ser suportado com calma, então ela deixou a sala imediatamente. Elinor também ficou desapontada; mas ao mesmo tempo sua consideração pelo coronel Brandon assegurou que lhe desse suas boas-vindas; ela ficou especialmente triste que um homem que demonstrava tão claramente ter interesse em sua irmã, percebesse que ela não sentia nada além de pesar e decepção ao vê-lo. Ela notou no mesmo instante que isso não passou despercebido por ele, e que ele observava Marianne enquanto ela deixava o aposento com tamanha surpresa e preocupação, que quase o fizeram esquecer a atenção que a boa educação exigia em relação a Elinor.

– Sua irmã está se sentindo mal? – perguntou ele.

Elinor respondeu com certa aflição que sim, mencionando dores de cabeça, desânimo e excesso de fadigas; e tudo o que podia decentemente explicar a atitude de sua irmã.

Ele a escutou com total atenção, mas parecia ter se recomposto, não comentou mais nada sobre o assunto e começou a falar de sua alegria por vê-las em Londres, fazendo as perguntas costumeiras sobre a viagem e os amigos que haviam deixado para trás.

Dessa forma tranquila, com muito pouco interesse de ambas as partes, continuaram a falar, os dois desanimados e com os pensamentos em outro lugar. Elinor queria muito perguntar se Willoughby estava na cidade, mas tinha medo de magoá-lo perguntando sobre o rival; e, depois de certo tempo, para ter algo a dizer, perguntou se ele estava em Londres desde que o vira a última vez.

– Estive quase todo o tempo – replicou ele, com algum constrangimento. – Estive uma vez ou outra em Delaford por alguns dias, mas nunca pude voltar a Barton.

Isso, e a maneira como foi dito, imediatamente a fez relembrar todas as circunstâncias de sua partida do lugar, com a inquietação e as suspeitas que haviam causado na sra. Jennings, e temeu que sua pergunta sugerisse que tinha muito mais curiosidade sobre o assunto do que ela sentia.

A sra. Jennings logo apareceu.

– Ah! Coronel! – disse ela, com sua ruidosa alegria de costume – Estou felicíssima por vê-lo... Sinto muito por não ter vindo logo... Perdoe-me, mas fui obrigada a me arrumar um pouco, cuidar dos meus assuntos; pois já faz muito tempo que desde que estive em casa, e o senhor sabe que sempre há um mundo de pequenas tarefas a se fazer depois de que se passou algum tempo longe; depois tive que me acertar com Cartwright. Deus, tenho estado ocupada como uma abelha desde o jantar! Mas, diga-me, coronel, como descobriu que estaria na cidade hoje?

– Tive o prazer de ouvir a notícia na casa do sr. Palmer, onde estive jantando.

– Esteve mesmo? Bem, e como estão todos eles? Como está Charlotte? Garanto que já deve estar com um bom tamanho a esta altura.

– A sra. Palmer me pareceu muito bem, e fui encarregado de dizer-lhe que, com certeza, a verá amanhã.

– Sim, é claro, eu já esperava. Bem, coronel, trouxe duas moças comigo, como vê... Quer dizer, pode ver apenas uma delas agora, mas a outra está em algum lugar. Sua amiga, srta. Marianne, também... que não lamentará saber. Não sei o que você e o sr. Willoughby farão a respeito dela. Sim, é muito bom ser jovem e bela. Bem! Eu já fui jovem, porém nunca fui muito formosa, falta de sorte a minha. No entanto, consegui um marido muito bom, e não sei o que mais uma grande beleza poderia fazer. Ah! Pobre homem! Já faz mais de oito anos que morreu. Mas, coronel, onde tem estado desde que partiu? Como andam seus negócios? Vamos, vamos, nada de segredos entre amigos.

Ele respondeu com sua costumeira brandura a todas as perguntas dela, mas sem satisfazê-la em nenhuma. Elinor começava a preparar o chá, e Marianne foi obrigada a reaparecer.

Após a entrada dela, coronel Brandon ficou mais pensativo e silencioso do que estivera antes, e a sra. Jennings não conseguiu convencê-lo a ficar por muito mais tempo. Nenhum outro visitante apareceu naquela noite, e as senhoras foram unânimes em sua decisão de ir cedo para a cama.

Marianne levantou na manhã seguinte com espírito renovado e uma aparência feliz. A decepção da noite anterior parecia ter sido esquecida na expectativa do que poderia acontecer naquele dia. Não tinham terminado o desjejum, quando a caleche da sra. Palmer estacionou na frente da porta, e em poucos minutos ela entrou na sala rindo, tão encantada em vê-las, que era difícil dizer se sentia mais prazer por rever a mãe ou as srtas. Dashwood. Estava tão surpresa por sua vinda à cidade, embora fosse o que ela acreditava que aconteceria o tempo todo; estava tão zangada por terem aceitado o convite de sua mãe e depois de terem recusado o dela, e ao mesmo tempo ela nunca iria perdoá-las se não tivessem vindo!

– Sr. Palmer vai ficar tão feliz em vê-las – disse ela – o que acham que ele disse quando soube que estavam vindo com mamãe? Não lembro mais o que foi agora, mas foi algo muito divertido!

Depois de uma ou duas horas passadas no que a mãe chamava de uma boa prosa, ou em outras palavras, em toda sorte de questionamentos sobre todos os seus conhecidos por parte da sra. Jennings, e em gargalhadas sem motivo por parte da sra. Palmer, esta propôs que todas a acompanhassem a algumas lojas por onde ela precisava ir nessa manhã, com o que a sra. Jennings e Elinor concordaram imediatamente, pois também tinham algumas compras a fazer; e Marianne, apesar de a princípio recusar, foi convencida a ir também.

Não importava onde fossem, ela estava evidentemente alerta. Em Bond Street em especial, onde ficava a maioria das lojas, seus olhos permaneceram em constante investigação; e em qualquer loja que paravam, sua mente estava igualmente abstraída de tudo o que estava de fato diante de si, de tudo o que interessava e ocupava as outras. Inquieta e descontente, a irmã não conseguiu obter sua opinião sobre qualquer item comprado, não importava o quanto dissesse respeito a ambas: não sentia prazer em nada; estava apenas impaciente para estar de volta em casa, e podia controlar com dificuldade sua irritação com o tédio da companhia da sra. Palmer, cujo olhar era atraído por tudo que era bonito, caro ou novo; estava doida para comprar tudo, não podia escolher nada, e perdia tempo em arrebatamentos e indecisões.

Já era quase o final da manhã antes que voltassem para casa; mal haviam entrado e Marianne correu ansiosa escada acima, e quando Elinor a seguiu, encontrou-a se afastando da mesa com uma fisionomia entristecida que demonstrava que Willoughby não havia estado lá.

– Não foi entregue nenhuma carta para mim, desde que saímos? – perguntou ao criado que entrara com os pacotes. Recebeu resposta negativa. – Tem mesmo certeza? – ela replicou – Está certo de que nenhum empregado, nenhum portador entregou uma carta ou bilhete?

O homem respondeu que ninguém viera.

– Mas que estranho! – disse ela, em uma voz baixa e desapontada, dando as costas para a janela.

– Realmente, muito estranho! – repetiu Elinor consigo mesma, observando sua irmã com preocupação. – Se ela não soubesse que ele estava na cidade, não teria lhe enviado um bilhete, como fez; teria escrito para Combe Magna; e se ele está na cidade, é estranho que não tenha vindo nem escrito! Ah! Minha querida, mamãe está errada ao permitir que um compromisso entre uma filha tão jovem e um homem tão pouco conhecido prosseguisse adiante de maneira tão duvidosa e tão misteriosa! Gostaria tanto perguntar; mas como a *minha* interferência seria recebida?

Decidiu depois de alguma consideração, que se as contingências parecessem por muitos dias tão ruins quanto estavam agora, ela iria escrever para a mãe, nos termos mais incisivos, sobre a necessidade de investigação séria do assunto.

A sra. Palmer e duas senhoras idosas, amigas íntimas da sra. Jennings, a quem ela havia encontrado e convidado durante a manhã, vieram jantar com elas. A primeira as deixou logo após o chá para cumprir seus compromissos noturnos; e Elinor foi obrigada a participar de uma mesa de uíste com as outras. Marianne não era de nenhuma ajuda em tais ocasiões, já que nunca aprenderia o jogo; porém, apesar de ter o seu tempo à sua disposição, a noite não foi de maneira alguma mais prazerosa para ela do que para Elinor, pois foi passada em toda ansiedade da expectativa e na dor do desapontamento. Às vezes, tentava ler por alguns minutos; mas o livro foi logo deixado de lado, e ela retornou à ocupação mais interessante de andar de um lado para o outro, atravessando a sala, parando por um momento sempre que chegava perto da janela, na esperança de distinguir a tão esperada batida à porta.

Capítulo 27

– Caso esse tempo aberto continue por mais alguns dias – disse a sra. Jennings, quando se uniram para o desjejum na manhã seguinte –, sir John não irá gostar de deixar Barton na semana que vem; é triste para desportistas perder um dia de bom tempo. Coitados! Sempre tenho pena deles quando isso acontece; parecem levar isso tão a sério!

– É verdade – exclamou Marianne, com um tom alegre, e andando até a janela enquanto falava, para observar o dia. – Não tinha pensado sobre o assunto. Esse tempo deve manter vários desportistas no campo.

Era uma lembrança afortunada, seu ânimo foi restaurado por ela.

– Para eles, é um excelente tempo mesmo – continuou enquanto se sentava à mesa de desjejum com uma expressão alegre. – Como devem aproveitar! Mas – prosseguiu, com um pequeno retorno de sua ansiedade – não se pode esperar que dure muito. Nesta época do ano, e depois de tanta chuva, por certo ficará pouquíssimo tempo assim. As geadas logo virão e, com toda probabilidade, serão severas. Em um dia ou dois talvez; esse clima tão ameno não pode durar muito mais... não, talvez, geie ainda essa noite!

– De qualquer modo – disse Elinor, desejando impedir que a sra. Jennings entendesse os pensamentos da irmã tão claramente quanto entendia –, creio que teremos sir John e lady Middleton na cidade pelo final da semana.

– Sim, minha querida, garanto que teremos. Mary sempre consegue o que quer.

E agora, conjeturou Elinor em silencio, *ela vai escrever uma carta para Combe, para enviar no correio de hoje.*

Mas se ela o *fez*, a carta foi escrita e enviada com uma privacidade que se esquivou à sua vigilância para confirmar o fato. Não importava qual fosse a verdade, e por mais distante que Elinor estivesse de sentir contentamento com aquilo, pelo menos enquanto visse Marianne animada, ela não conseguia ficar descontente. E Marianne estava animada; feliz com o tempo ameno, e ainda mais feliz pela expectativa de uma geada.

A maior parte da manhã foi passada deixando cartões nas casas dos conhecidos da sra. Jennings para informá-los de sua chegada à cidade; e Marianne passou o tempo todo ocupada em observar a direção do vento, vigiando as mudanças no céu e imaginando uma alteração no ar.

– Não acha que está mais frio do que pela manhã, Elinor? Parece-me que há uma diferença clara. Quase não consigo manter minhas mãos aquecidas mesmo em meu regalo. Não estava assim, ontem. Parece que as nuvens estão indo embora e que teremos uma tarde clara.

Elinor se alternava entre diversão e preocupação; mas Marianne perseverava, e via toda noite na luminosidade do fogo e, toda manhã na aparência da atmosfera, os sintomas certos da aproximação de uma geada.

As srtas. Dashwood não tinham mais razões para estarem insatisfeitas com o estilo de vida da sra. Jennings, e seu círculo de amizades, do que com seu comportamento para com elas mesmas, que era invariavelmente gentil. Tudo nos arranjos domésticos eram conduzidos da maneira mais liberal, exceto por alguns velhos amigos da cidade, a quem, para a infelicidade de lady Middleton, ela nunca havia deixado de lado, a sra. Jennings não visitava ninguém cuja apresentação poderia ofender as sensibilidades de suas jovens companheiras. Satisfeita por ver-se em situação mais agradável nesse quesito do que havia esperado, Elinor estava mais do que disposta a se contentar com a falta de verdadeiro divertimento nos eventos noturnos, que, fosse em casa ou fora dela, consistiam apenas em jogos de cartas, pouco poderiam entretê-la.

Coronel Brandon, que tinha um convite permanente para frequentar a casa, estava com elas quase todos os dias; vinha para contemplar Marianne e conversar com Elinor, que em geral ficava mais satisfeita em conversar com ele do que em qualquer outro evento diário, mas que ao mesmo tempo via com grande preocupação a continuidade da afeição dele por sua irmã. Ela temia que o sentimento estivesse se fortalecendo. Dava-lhe pesar perceber o fervor com que ele quase sempre observava Marianne, e seu humor estava certamente pior do que em Barton.

Cerca de uma semana depois de sua chegada, ficou provado que Willoughby também havia chegado à cidade. Seu cartão estava na mesa quando voltaram do passeio matinal.

– Meu Deus! – exclamou Marianne – Ele esteve aqui enquanto estávamos fora.

Elinor rejubilou-se com a certeza de que ele estava em Londres, se arriscou a dizer:

– Fique tranquila, ele virá novamente amanhã.

Entretanto, Marianne parecia que quase não a escutava e, na entrada da sra. Jennings, escapou com o precioso cartão.

Esse evento, apesar de elevar os ânimos de Elinor, restaurou em todos os de sua irmã, e ainda acrescentou sua antiga agitação. A partir daquele momento sua mente não se aquietou; a expectativa de vê-lo todas as horas do dia, tornaram-na incapaz de fazer qualquer coisa. Ela insistia em ser deixada para trás, na manhã seguinte, quando as outras saíram.

Os pensamentos de Elinor estavam ocupados com o que poderia estar se passando em Berkeley Street durante sua ausência; mas um breve olhar para sua irmã quando retornaram foi suficiente para informá-la que Willoughby não fizera uma segunda visita. Nesse momento chegou um recado, que foi depositado na mesa.

– É para mim? – perguntou Marianne, aproximando-se impetuosamente.

– Não, madame, é para minha patroa.

Mas Marianne, não convencida, tomou o envelope no mesmo momento.

– Realmente é para a sra. Jennings; que estranho!

– Então está esperando uma carta? – questionou Elinor, incapaz de continuar em silêncio.

– Sim; eu acho... não muito.

– Não confia em mim, Marianne – acrescentou Elinor, depois de uma breve pausa.

– Por favor, Elinor, essa crítica vinda de *você*... você, que não confia em ninguém!

– Eu? – replicou Elinor, um pouco confusa. – Na verdade, Marianne, não tenho nada para dizer.

– Nem eu – respondeu Marianne, enérgica –, nossas situações então são iguais. Nenhuma de nós tem nada para dizer; você, porque nunca se abre, e eu, pois não escondo nada.

Perturbada por essa acusação de reserva, que não estava em condições de desdizer, Elinor não sabia como pressionar Marianne para que se abrisse mais nessas circunstâncias.

A sra. Jennings logo apareceu e leu o bilhete que lhe foi entregue em voz alta. Era de lady Middleton, anunciando sua chegada à Conduit Street na noite anterior, e solicitando a companhia da mãe e das primas na noite seguinte. Negócios da parte de sir John e uma gripe forte da sua os impediam de visitar Berkeley Street. O convite foi aceito; mas quando a hora do compromisso se aproximou, mesmo sendo necessário por questão de cortesia para com a sra. Jennings que ambas a acompanhassem nessa visita, Elinor teve alguma dificuldade para convencer a irmã a ir, porque ela ainda não vira nada de Willoughby e, portanto, não estava mais indisposta para divertimentos fora de casa, do que para correr o risco de ele aparecer de novo durante sua ausência.

Elinor entendeu, ao final da noite, que a disposição não foi alterada substancialmente por uma mudança de localidade, pois apesar de recém-chegado à cidade, sir John havia conseguido reunir ao seu redor quase vinte jovens e entretê-los com um baile. No entanto, esse era um evento que lady Middleton desaprovava. No interior, um baile não planejado era muito admissível; em Londres, porém, onde a reputação de elegância era mais importante e conquistada com menos facilidade, era muito arriscado para a satisfação de poucas moças saber que lady Middleton havia dado um pequeno baile com oito ou nove casais, dois violinos e um modesto bufê.

O sr. e a sra. Palmer estavam presentes; da parte dele, que não haviam encontrado antes desde que chegaram à cidade, pois evitava com diligência parecer atencioso para com a sogra e, portanto, mantinha distância dela, não receberam qualquer sinal de reconhecimento quando entraram. Lançou um breve olhar em sua direção, parecendo não saber quem eram, e apenas acenou com a cabeça para a sra. Jennings do outro lado da sala. Marianne relanceou o olhar pelo apartamento ao entrar; foi suficiente... *ele* não estava presente. Ela se sentou, igualmente indisposta a sentir ou propiciar alegria. Depois de cerca de uma hora, o sr. Palmer passeou pela sala indo até as srtas. Dashwood para exprimir sua surpresa por vê-las na cidade, apesar de ter sido na casa dele que coronel Brandon soube da chegada delas, e de ele próprio ter dito alguma coisa muito engraçada ao saber que estavam vindo.

– Pensei que ambas estivessem em Devonshire – disse ele.

– Pensou? – respondeu Elinor.

– Quando retornam?

– Não tenho ideia – e dessa forma terminou sua conversa.

Marianne nunca esteve tão indisposta a dançar em sua vida como esteve naquela noite, e nem tão fatigada com o exercício. Queixou-se enquanto retornavam a Berkeley Street.

– Ah, sim – disse a sra. Jennings –, sabemos muito bem a razão desse cansaço; se uma certa pessoa, cujo nome não será mencionado, estivesse presente, você não ficaria nem um pouco cansada: e para dizer a verdade não foi muito bonito da parte dele não ter ido ao seu encontro, já que foi convidado.

– Convidado? – surpreendeu-se Marianne.

– Assim minha filha Middleton me contou, pois parece que sir John o encontrou na rua pela manhã.

Marianne não disse mais nada, mas pareceu extremamente magoada. Impaciente nessa situação para fazer algo em prol do alívio da irmã, Elinor resolveu escrever na manhã seguinte para sua mãe, na esperança de despertar seus medos pelo bem de Marianne, para que providenciasse as investigações que haviam sido adiadas por tanto tempo; e estava ainda mais decidida a fazê-lo ao ver durante o desjejum pela manhã, que Marianne mais uma vez escrevia para Willoughby, pois não podia imaginar que fosse para qualquer outra pessoa.

Por volta do meio-dia, a sra. Jennings saiu sozinha a negócios, e Elinor começou sua carta imediatamente, enquanto Marianne, inquieta demais para se ocupar com qualquer atividade, ansiosa demais para conversar, andava de uma janela para a outra, ou se sentava diante da lareira em melancólica meditação. Elinor foi muito eloquente em seu pedido à mãe, relatando tudo o que havia se passado, suas suspeitas sobre a inconstância de Willoughby, exortando-a, com apelos ao seu dever e afeto maternais, a exigir de Marianne um relato de sua verdadeira situação em relação a ele.

Mal havia terminado a carta, quando uma batida à porta anunciou uma visita, e coronel Brandon foi anunciado. Marianne, que o havia visto pela janela e que odiava companhia de qualquer tipo, deixou a sala antes que ele entrasse. Ele parecia mais sério que de costume, e apesar de demonstrar satisfação por encontrar a srta. Dashwood sozinha, como se tivesse uma coisa de algum modo particular a lhe dizer, sentou-se por um tempo sem proferir uma palavra. Elinor, convencida de que ele tinha algum comunicado a fazer relacionado à irmã, esperou impacientemente que ele começasse. Não era a primeira vez que sentia o mesmo tipo de convicção; pois, mais de uma vez antes, começando com observações como "sua irmã não parece bem hoje", ou "sua irmã parece desanimada", ele pareceu estar prestes a, ou expor ou indagar sobre algum assunto em particular sobre ela. Após uma pausa de vários minutos, rompeu seu silêncio, perguntando-lhe, com alguma agitação na voz, quando deveria parabenizá-la por ganhar um irmão. Elinor não estava preparada para tal pergunta e não tendo uma resposta pronta, adotou o expediente simples e comum de perguntar o que ele queria dizer. Ele tentou sorrir enquanto respondia:

– O compromisso da sua irmã com o sr. Willoughby já é conhecido por todos.

– Não pode ser, pois a família dela não tem conhecimento disso – replicou Elinor.

Ele pareceu surpreso ao responder:

– Peço perdão. Temo que minha pergunta tenha sido impertinente; mas não pensei que mantinham segredo sobre isso, já que se correspondem abertamente e todos falam sobre o casamento.

– Como é possível? Quem o senhor ouviu mencioná-lo?

– Muitas pessoas... Algumas que você não conhece, outras com as quais tem intimidade, a sra. Jennings, a sra. Palmer, e os Middleton. Mas ainda assim não teria acreditado, pois quando a mente não deseja ser convencida sempre encontrará algo para sustentar suas dúvidas; se eu não tivesse, quando o criado me deixou entrar essa manhã, acidentalmente visto uma carta em sua mão, endereçada ao sr. Willoughby com a letra da sua irmã? Vim para perguntar, mas fui convencido antes mesmo de poder questionar. Está tudo finalmente decidido? Seria impossível...? Mas eu não tenho o direito nem chance de sucesso. Perdoe-me, srta. Dashwood. Creio que errei em falar tanto, mas não tenho certeza do que fazer, e confio muito na sua sensatez. Diga-me que está tudo completamente decidido, que qualquer tentativa, que o encobrimento, se encobrimento for possível, é a única atitude que me resta.

Essas palavras, que transmitiam a Elinor uma declaração direta do seu amor por sua irmã, a afetavam muito. Ela não foi capaz de responder imediatamente, e mesmo quando seus ânimos haviam se recuperado, ela deliberou por algum tempo, sobre qual seria a resposta mais apropriada a dar. Sabia tão pouco sobre o verdadeiro estado da situação entre Willoughby e sua irmã, que na tentativa de explicá-la, se arriscava tanto a falar demais ou muito pouco.

Ainda assim, convencida como estava de que o afeto de Marianne por Willoughby era tal a não deixar esperanças de sucesso para coronel Brandon, não importando qual fosse a resolução desse afeto, e ao mesmo tempo desejava defender de censura a conduta da irmã, depois de alguma deliberação, considerou ser mais prudente e gentil dizer mais do que conhecia ou acreditava. Reconheceu, portanto, que apesar de não ter sido informada pelos dois quanto aos termos de seu relacionamento, não tinha dúvida da afeição mútua entre eles, e que não se surpreendia ao saber de sua correspondência.

Ele a escutou em atenção silenciosa, depois que ela terminou, imediatamente levantou-se e, após dizer em uma voz emocionada: "Desejo à sua irmã toda a felicidade possível; para Willoughby que ele se esforce para ser digno dela", pediu licença e retirou-se.

Elinor não obteve dessa conversa nenhum conforto que minimizasse sua inquietação quanto a outros pontos; pelo contrário, ficou com uma melancólica impressão da infelicidade do coronel Brandon, e não conseguiu nem sequer desejar que desaparecesse, devido a ansiedade que sentia pelo acontecimento que iria confirmá-la.

Capítulo 28

Nada ocorreu durante os três ou quatro dias subsequentes que levasse Elinor a se arrepender do que havia feito, ao recorrer à mãe; pois Willoughby não apareceu, nem escreveu. Estavam comprometidas, ao final desse período, a acompanhar lady Middleton a uma festa, a qual a sra. Jennings não poderia ir devido à indisposição de sua filha mais nova; e para essa festa, Marianne, completamente desanimada, descuidada com sua aparência, e parecendo igualmente indiferente a ir ou a ficar, se preparou sem um olhar de esperança ou uma expressão de prazer. Após o chá, sentou-se perto da lareira da sala de visitas, sem se levantar ou mudar de posição, perdida em seus pensamentos e insensível à presença de sua irmã; e quando enfim anunciaram que lady Middleton estava esperando à porta, ela se assustou como se houvesse esquecido que estavam esperando alguém.

Chegaram no horário marcado ao seu destino, e assim que a fila de carruagens à sua frente permitiu, desembarcaram, subiram as escadas, ouviram seus nomes anunciados de um patamar ao outro em voz audível, e entraram em um salão esplendidamente iluminado, bastante cheio e insuportavelmente abafado. Depois de cumprirem os deveres de polidez fazendo uma mesura para a senhora da casa, puderam se misturar à multidão de convidados, sofrendo a sua cota de calor e incômodo, aos quais sua chegada necessariamente acrescentaria. Após algum tempo falando pouco e fazendo menos, lady Middleton sentou-se para jogar cassino, e como

Marianne não estava com ânimo para ficar circulando pelo salão, ela e Elinor, ao conseguirem cadeiras, sentaram-se à pouca distância da mesa.

Não estiveram dessa forma por muito tempo, antes que Elinor avistasse Willoughby, parado a alguns metros de distância delas, em uma conversa entusiasmada com uma jovem muito elegante. Logo seus olhares se encontraram, ele imediatamente a cumprimentou com uma reverência, mas sem tentar ir falar com ela, nem se aproximar de Marianne, ainda que fosse impossível não a ter visto; e continuou a conversar com a mesma moça. Elinor se virou de modo involuntário na direção de Marianne, para saber se isso havia passado despercebido por ela. Nesse momento, ela o viu pela primeira vez, toda sua fisionomia se iluminou com repentino deleite, ela teria ido até ele no mesmo instante se a irmã não a tivesse detido.

– Ó céus! – exclamou – Ele está aqui! Ele está aqui! Ah! Por que ele não olha para mim? Por que não posso ir falar com ele?

– Por favor! Recomponha-se – suplicou Elinor – e não denuncie o que sente para todos que estão presentes. Ele pode não a ter visto ainda.

Isso, entretanto, era mais do que era capaz de acreditar; e manter a compostura em um momento do tipo não apenas estava além da capacidade de Marianne, como estava longe de seus desejos. Permaneceu sentada em uma agonia de impaciência que afetava toda a sua aparência.

Por fim ele se virou de novo e olhou para as duas; ela ergueu-se de súbito, e falando seu nome em um tom afetuoso, estendeu a mão para ele. Ele se aproximou, e se dirigindo antes a Elinor que a Marianne, como se desejasse evitar seu olhar, e estivesse determinado a ignorar sua atitude, indagou de modo apressado sobre a sra. Dashwood e há quanto tempo estavam na cidade. Elinor perdeu toda presença de espírito diante de tal tratamento e foi incapaz de formular uma resposta. Mas os sentimentos de sua irmã foram expressos em um instante. Sua face estava ruborizada, e ela exclamou, a voz cheia de emoção:

– Santo Deus! Willoughby, qual é o significado disso? Não recebeu minhas cartas? Não vai apertar minha mão?

Ele não pôde mais evitá-lo, mas o toque dela pareceu doloroso para ele, que segurou sua mão apenas um instante. Durante todo esse tempo era evidente que Willoughby lutava para manter a compostura. Elinor observava sua fisionomia e viu sua expressão se tranquilizar. Depois de uma pausa, falou calmamente.

– Dei-me a honra de passar por Berkeley Street na terça-feira passada, e muito lamentei por não ter tido a sorte de encontrá-las e à sra. Jennings em casa. Espero que meu cartão não tenha sido extraviado.

– Mas não recebeu meus recados? – indagou Marianne na mais selvagem ansiedade. – Deve haver algum equívoco... algum terrível engano.

Qual é o significado disso tudo? Diga-me, Willoughby; pelo amor de Deus, diga-me, o que está acontecendo?

Ele nada respondeu; sua coloração se alterou e todo o seu constrangimento retornou; mas como se, ao cruzar o olhar com a moça com quem estivera previamente conversando, ele sentisse a necessidade de fazer um esforço imediato, ele se recompôs mais uma vez, e depois de dizer: "Sim, tive o prazer de receber o aviso de sua chegada à cidade, que a senhorita teve a bondade de me enviar", virou-se rapidamente com uma leve mesura e retornou à amiga.

Marianne, agora com as faces pavorosamente pálidas, incapaz de se manter de pé, desabou em sua cadeira, e Elinor, esperando que ela desmaiasse a qualquer momento, tentou protegê-la da observação dos outros, enquanto tentava revivê-la com água de lavanda.

– Vá até ele, Elinor –, exclamou assim que foi capaz de falar – e faça com que venha falar comigo. Diga-lhe que tenho que vê-lo de novo... tenho que falar com ele imediatamente. Não posso me acalmar... Não terei um momento de paz até que isso seja explicado... algum terrível mal-entendido ou outro. Ah! Vá até ele agora!

– Como poderia fazer isso? Não, minha querida Marianne, você precisa esperar. Este não é o lugar para explicações. Espere até amanhã.

Apesar da dificuldade, ela conseguiu impedir que a irmã o seguisse ela mesma; mas persuadi-la a conter sua agitação, a esperar, ao menos com aparência de compostura, até que pudesse falar com ele com mais privacidade e mais propriedade, era impossível; pois Marianne não parou de dar vazão em voz baixa à agonia de seus sentimentos, com exclamações de miséria. Pouco tempo depois, Elinor viu Willoughby deixar o salão pela porta que conduzia às escadas, e dizendo para Marianne que ele havia ido embora, reforçou a impossibilidade de falar com ele mais uma vez naquela noite, como um novo argumento para acalmá-la. Marianne, no mesmo instante, implorou que a irmã pedisse a lady Middleton para levá-las para casa, pois estava infeliz demais para continuar ali mais um minuto.

Lady Middleton, apesar de no meio de uma rodada de dança, ao ser informada que Marianne não estava bem, era bem-educada demais para fazer a menor objeção ao seu desejo de ir embora, e passando suas cartas para uma amiga, partiram assim que a carruagem foi encontrada. Mal falaram uma palavra durante seu retorno a Berkeley Street. Marianne estava em uma silenciosa agonia, oprimida demais até para chorar; mas como, por sorte, a sra. Jennings estava fora de casa, elas puderam ir diretamente para seu quarto, onde sais de cheiro a recompuseram um pouco. Logo estava trocada e na cama, e como parecia desejar ficar sozinha, sua irmã deixou-a, e enquanto esperava o retorno da sra. Jennings, teve tempo suficiente para pensar sobre o passado.

Que algum tipo de compromisso havia existido entre Willoughby e Marianne, não podia duvidar, e que Willoughby estava farto disso, parecia igualmente claro; pois não importava como Marianne ainda alimentasse seus próprios desejos, não teria como não atribuir tal comportamento a um erro ou mal-entendido de algum tipo. Nada além de uma completa mudança de sentimentos o explicaria. Sua indignação teria sido muito maior, caso não tivesse testemunhado o embaraço que pareceu indicar que ele tinha consciência da própria má conduta, e a impedia de acreditar que ele era tão sem escrúpulos a ponto de ter brincado com o afeto de sua irmã desde o começo, sem qualquer desígnio que merecesse investigação. A distância devia ter enfraquecido seu interesse, e a conveniência, o convencido a superá-lo, mas que tal interesse havia existido anteriormente ela não tinha como duvidar.

Quanto a Marianne, sobre as dores que aquele encontro tão infeliz já devia lhe causar e sobre aquelas ainda mais severas que estavam à espera em sua provável consequência, não podia refletir sem a mais profunda preocupação. Sua própria contingência pareceu melhor em comparação; pois enquanto ela ainda podia estimar Edward como antes, não importava o quanto estivessem separados no futuro, sua mente sempre teria um arrimo. Toda circunstância que poderia amargar esse mal parecia se unir para aumentar a miséria de Marianne por sua separação final de Willoughby, com uma imediata e irreconciliável ruptura com ele.

Capítulo 29

Antes que a criada acendesse o fogo na lareira de seu quarto no dia seguinte, ou que o Sol ganhasse qualquer poder sobre uma manhã fria e sombria de janeiro, Marianne, apenas meio vestida, estava ajoelhada contra um dos assentos da janela tentando aproveitar a pouca luz que poderia obter ali, e escrevia tão rápido quanto um fluxo contínuo de lágrimas lhe permitia. Foi nessa situação que Elinor, despertada pela agitação e soluços da irmã, a encontrou; e depois de observá-la por alguns momentos com ansiedade silenciosa, disse, em um tom da mais atenciosa gentileza:

– Marianne, posso perguntar...

– Não, Elinor – replicou ela –, não pergunte nada; você logo saberá tudo.

O tom de calma aflitiva com que disse isso durou apenas enquanto falava, e foi imediatamente seguido pelo retorno da aflição excessiva anterior. Minutos se passaram antes que pudesse continuar a carta, e as frequentes explosões de tristeza que ainda a obrigavam, a intervalos, a deter sua pena, eram provas suficientes de que sentia ser muito provável que estava escrevendo pela última vez para Willoughby.

Elinor dedicou-lhe toda a silenciosa e discreta atenção que podia lhe oferecer; e teria tentado acalmá-la e tranquilizá-la ainda mais, se Marianne não lhe tivesse suplicado, com toda a ânsia da irritabilidade mais nervosa, que não falasse com ela por nada no mundo. Em tais circunstâncias, era melhor para ambas que não ficassem juntas por muito tempo; e o estado inquieto da mente de Marianne não só a impedia de permanecer no quarto um minuto a mais depois de estar vestida, mas ao exigir ao mesmo tempo solidão e mudança contínua de lugar, a obrigou a vagar pela casa até a hora do desjejum, evitando encontrar-se com qualquer pessoa.

Durante o café da manhã, não comeu, nem sequer tentou; e a atenção de Elinor foi então empregada, não em tentar convencê-la, não em se apiedar dela, nem em mostrar sua dedicação para com ela, mas sim no esforço de atrair a atenção da sra. Jennings inteiramente para si.

Como era a refeição favorita da sra. Jennings, durou um tempo considerável; depois estavam ainda se acomodando ao redor da mesa de trabalho, quando chegou uma carta endereçada a Marianne, que ela recebeu ansiosamente do criado e, ficando mortalmente pálida, no mesmo instante saiu correndo da sala. Elinor, que compreendeu com tanta clareza, como se tivesse lido o remetente, que devia ser de Willoughby, sentiu de imediato um aperto no coração, tal que mal podia manter a cabeça erguida, e tremia tanto que teve receio de não passar despercebida pela sra. Jennings. A boa senhora, no entanto, viu apenas que Marianne havia recebido uma carta de Willoughby, o que lhe pareceu uma piada muito boa, e assim a tratou, dizendo, com uma risada, que esperava que a moça ficasse satisfeita. Quanto à angústia de Elinor, a senhora estava ocupada demais com a medição de pedaços de estambre para seu bordado, a ponto de perceber qualquer coisa. Continuando com tranquilidade a conversa, assim que Marianne desapareceu, ela disse:

– Juro que eu nunca vi uma jovem tão desesperadamente apaixonada na minha vida! *Minhas* meninas não eram nada perto dela, e ainda assim costumavam ser tolas o bastante; mas, quanto à senhorita Marianne, está bastante alterada, a criatura. Espero, do fundo do coração, que ele não a faça esperar por muito mais tempo, pois é muito triste vê-la tão doente e deprimida. Me diga, quando eles vão se casar?

Elinor, embora nunca tenha estado menos disposta a falar do que naquele momento, obrigou-se a responder a um ataque como esse, portanto, tentando sorrir, respondeu:

– A senhora de fato se convenceu que minha irmã está noiva do sr. Willoughby? Eu pensei que era apenas uma piada, mas uma pergunta tão séria parece implicar mais; devo implorar, portanto, que não se engane mais. Asseguro-lhe que nada me surpreenderia mais do que a notícia de que eles irão se casar.

– Mas que vergonha, srta. Dashwood! Como pode dizer isso? Não sabemos todos que a união é evento certo? Que estão perdidamente apaixonados um pelo outro desde o primeiro momento em que se viram? Não os vi juntos em Devonshire todos os dias, o tempo inteiro? E eu não sabia que sua irmã veio à cidade comigo com o propósito de comprar o enxoval? Ora, vamos, isso não vai funcionar. Só porque você dissimula bem, acha que ninguém mais percebe nada; contudo, não é assim, posso garantir que toda a cidade já sabe há muito tempo. Conto a todo mundo e Charlotte faz o mesmo.

– É verdade, senhora – disse Elinor, com muita seriedade –, está enganada. De fato, está fazendo uma coisa muito indelicada ao espalhar essa informação e logo terá a confirmação, apesar de não acreditar em mim agora.

A Sra. Jennings riu de novo, mas Elinor não tinha ânimo para falar mais nada, e, em todo caso, ansiosa para saber o que Willoughby tinha escrito, correu para o quarto, onde, ao abrir a porta, viu Marianne jogada na cama, quase sufocada pela tristeza, uma carta em sua mão e mais duas ou três ao seu redor. Elinor se aproximou, sem dizer palavra; sentando-se à beira da cama, pegou-lhe a mão, beijou-a com carinho várias vezes e depois, entregou-se a uma torrente de lágrimas, que a princípio era pouco menos violenta que a de Marianne. Esta, embora incapaz de falar, parecia sentir toda a ternura desse comportamento, depois de algum tempo passado nessa aflição mútua, pôs todas as cartas nas mãos de Elinor. Então, cobrindo o rosto com o lenço, quase gritou de agonia. Elinor sabia que tal dor, por mais tortuosa que fosse de testemunhar, devia seguir seu curso, e ficou com ela até que esse excesso de sofrimento tivesse se esgotado um pouco, então, voltando-se ansiosamente para a carta de Willoughby, leu o seguinte:

Bond Street, janeiro.
Prezada senhora,

Acabo de ter a honra de receber a sua carta, pela qual peço que aceite meus sinceros agradecimentos. Estou muito preocupado por saber que houve algo em meu comportamento na noite passada que não mereceu sua aprovação; e embora não consiga descobrir o que pudesse ter feito para ter a infelicidade de ofendê-la, suplico seu perdão e asseguro-lhe que foi perfeitamente involuntário. Jamais me recordarei de minha relação com sua família em Devonshire sem o mais grato prazer e me orgulho de que não será rompido por nenhum erro ou mal-entendido gerado por minhas ações. Minha estima por toda a sua família é muito sincera; no entanto, se tive a infelicidade de ter dado motivo para que acreditasse em algo além do que eu sentia, ou tinha intenção de expressar, me censurarei por não ter sido mais comedido em minhas declarações da referida estima.

Que eu tivesse tal intenção acreditará ser impossível, quando souber que minhas afeições estão há muito tempo dedicadas a outra pessoa, e não passarão muitas semanas, acredito eu, antes que esse compromisso seja selado. É com grande pesar que obedeço às suas ordens ao devolver as cartas com as quais me honrou, e a mecha de cabelo, que me concedeu tão amavelmente.

Cara senhora,
Seu mais obediente e humilde servo,
John Willoughby

Com que indignação uma carta como essa deve ter sido lida pela srta. Dashwood, pode-se imaginar. Embora ciente, antes de começar a ler, que deveria conter uma confissão da inconstância de Willoughby e a confirmação definitiva de sua separação, não era capaz de entender como podia anunciá-lo com tais palavras; nem poderia supor que Willoughby seria capaz de afastar-se tanto da aparência de todo sentimento honroso e delicado... que iria tão longe do decoro comum de um cavalheiro, a ponto de enviar uma carta tão insolentemente cruel: carta esta que, em lugar de trazer com seu desejo de liberação alguma profissão de arrependimento, não reconhecia nenhuma quebra de confiança, negava qualquer afeto em especial que fosse; uma carta na qual cada linha era um insulto, e que demonstrava estar seu autor afundado na mais inveterada vilania.

Elinor contemplou a carta por algum tempo com perplexa indignação; em seguida, voltou a lê-la diversas vezes; mas cada releitura serviu apenas para aumentar sua aversão ao homem, e tão amargos eram seus sentimentos contra ele, que não se atreveu a falar, para que não ferisse Marianne ainda mais profundamente, por tratar seu rompimento não como a perda de um possível bem, mas como uma chance de escapar do pior e mais irremediável de todos os males – uma conexão, para a vida toda, com um homem sem princípios – como a mais verdadeira libertação, a maior das bênçãos.

Em suas intensas meditações sobre o conteúdo da carta, sobre a depravação da mente que foi capaz de escrevê-la, e provavelmente, sobre a mente muito diferente de uma pessoa muito diferente, que não tinha nenhuma conexão com o caso além daquela que seu coração lhe atribuía diante de tudo que se passava, Elinor esqueceu o presente sofrimento de sua irmã, esqueceu que ainda tinha três cartas em seu colo a serem lidas, e esqueceu tão completamente por quanto tempo havia estado no quarto, que ao ouvir uma carruagem se aproximar da porta, foi até a janela para ver quem teria vindo tão inexplicavelmente cedo, e surpreendeu-se ao se deparar com a carruagem da sra. Jennings, que sabia ter sido solicitada apenas para uma da tarde. Determinada a não deixar Marianne sozinha, embora não tinha esperanças de contribuir, no momento, para seu consolo, correu para se desculpar por não acompanhar a sra. Jennings, devido à indisposição de sua irmã. A sra. Jennings, com uma bem-humorada preocupação em relação à causa, aceitou as desculpas de imediato. Após acompanhar sua partida, Elinor voltou para junto de Marianne, a quem encontrou tentando se levantar da cama e alcançou-a bem a tempo de impedir que desfalecesse pela fraqueza e vertigem causadas pela longa falta de descanso adequado e de alimento; pois há muitos dias não tinha apetite, e muitas noites desde que dormira conforme o necessário; e agora, quando sua mente não era mais movida pela febre do suspense, a consequência de tudo isso fez-se sentir dolorida na cabeça, fraca no estômago e em um estado generalizado de debilidade e nervosismo. Uma taça de vinho, que Elinor lhe trouxe imediatamente, deixou-a mais confortável, e ela por fim foi capaz de expressar reconhecimento por sua bondade, dizendo:

– Pobre Elinor! Como a faço infeliz!

– Meu único desejo é de houvesse alguma coisa que *eu* pudesse fazer para lhe fornecer algum consolo – replicou a irmã.

Essa declaração, como tudo mais o seria, foi demais para Marianne, que apenas conseguiu exclamar, na angústia de seu coração, antes que sua voz sumisse por completo entre soluços:

– Ah, Elinor, realmente estou infeliz!

Elinor não aguentou mais testemunhar essa torrente de desenfreada de sofrimento em silêncio.

– Faça um esforço, querida Marianne – exortou ela –, senão acabará matando a si e a todos que a amam. Pense em sua mãe, na tristeza que ela sentirá por ver *você* sofrer: pelo bem dela deve se esforçar.

– Não consigo, eu não consigo – gritou Marianne – Deixe-me, saia daqui se a aflijo. Deixe-me, odeie-me, esqueça-me! Apenas não me torture assim. Ah, como é fácil para quem não tem nenhuma tristeza própria falar de esforço! Feliz, feliz Elinor, *você* não pode imaginar o quanto sofro.

– Você *me* chama de feliz, Marianne? Ah! Se soubesse! E é capaz de pensar que o sou enquanto a vejo assim tão miserável!

– Perdoe-me, perdoe-me – implorou Marianne, jogando os braços em volta do pescoço da irmã. – Sei que você sente muito por mim; conheço o coração que tem; mas, ainda assim, você é... você precisa ser feliz; Edward a ama. O que, me diga, o que poderia acabar com felicidade como essa?

– Muitas, diversas circunstâncias – respondeu Elinor solenemente.

– Não, não, não! – exclamou Marianne de modo descontrolado. – Ele a ama e apenas a você. Você não *pode* ter qualquer pesar.

– Não posso ter nenhum prazer enquanto a vejo neste estado.

– E nunca mais irá me ver de outra forma. Meu sofrimento é tal que nada poderá dar-lhe um fim.

– Não deve falar dessa maneira, Marianne. Acaso não tem nenhum conforto? Não tem amigos? Sua perda é tal que não deixa brecha para consolo? Por mais que sofra agora, pense no que teria sofrido caso a descoberta de seu caráter tivesse ocorrido mais tarde; se seu compromisso tivesse se estendido por meses e meses, como podia ter acontecido, antes que ele escolhesse acabar com tudo. Cada dia a mais de infeliz confiança, de sua parte, tornaria o golpe mais terrível.

– Compromisso! Nunca houve um compromisso! – exclamou Marianne.

– Não havia compromisso?

– Não, ele não é tão indigno quanto o considera. Não quebrou nenhuma promessa que me tivesse feito.

– Mas ele disse que a amava.

– Sim... não... Nunca por completo. Todos os dias deixava implícito, mas nunca o declarou abertamente. Às vezes, pensei que tivesse feito..., mas nunca o fez.

– Ainda assim, escreveu para ele?

– Escrevi. Como poderia ser um erro depois de tudo o que se passara? Mas não posso falar.

Elinor não disse mais nada, e voltando outra vez sua atenção para as três cartas, que agora lhe provocavam uma curiosidade muito mais forte do que antes, leu-as imediatamente. A primeira, aquela enviada por sua irmã quando de sua chegada à cidade, dizia:

> *Berkeley Street, janeiro.*
>
> *Como ficará surpreso, Willoughby, ao receber esta carta; e creio que irá sentir algo além de surpresa, quando souber que estou na cidade. A oportunidade de vir, embora com a sra. Jennings, era uma tentação à qual não podíamos resistir. Espero que receba esta a tempo de vir aqui ainda hoje à noite, mas não vou contar com isso. De qualquer forma, espero vê-lo amanhã. Por enquanto,* adieu.

Seu segundo recado, escrito na manhã seguinte ao baile na residência dos Middleton, continha as seguintes palavras:

> *Não posso expressar minha decepção por não o ter encontrado anteontem, nem meu espanto por não ter recebido nenhuma resposta para o bilhete que lhe enviei há mais de*

uma semana. Estive esperando notícias suas, e ainda mais sua visita, todas as horas do dia. Por favor, venha novamente, o mais rápido possível, explique a razão de eu ter esperado em vão. É melhor que venha mais cedo da próxima vez, porque geralmente já estamos fora à uma hora. Estávamos ontem à noite na casa de lady Middleton, onde houve um baile. Disseram-me que o convidaram para a festa. É verdade? Deve ter mudado muito desde que nos separamos, se for o caso e você não foi. Mas não irei supor que seja possível, e espero muito em breve receber pessoalmente sua garantia de que não foi nada disso.

O conteúdo de sua última carta para ele era esse:

Willoughby, o que posso pensar do seu comportamento na noite passada? Mais uma vez exijo uma explicação. Estava preparada para reencontrá-lo com o prazer que nossa separação naturalmente produziria, com a familiaridade que nossa intimidade em Barton me parecia justificar. Senti verdadeira repulsa! Passei uma noite miserável, tentando justificar uma conduta que não posso chamar de nada menos que insultante. Mas embora ainda não tenha sido capaz de encontrar qualquer desculpa razoável para o seu comportamento, estou perfeitamente preparada para escutar sua justificativa. Talvez tenha sido mal informado, ou enganado de propósito, quanto a algo relacionado a mim, a ponto de ter prejudicado sua opinião sobre mim. Diga-me o que é, explique os motivos pelos quais agiu dessa forma, e ficarei satisfeita por poder satisfazê-lo. Ficaria realmente triste ser obrigada a pensar mal de você; mas se tiver que fazê-lo, se vier a descobrir que você não é o que até então acreditávamos ser, que seu respeito por todos nós era insincero, que seu comportamento para comigo tinha apenas a intenção de enganar, quero que me diga o mais rápido possível. Neste momento, meus sentimentos estão em um terrível estado de indecisão. Desejo absolvê-lo, mas a certeza, seja ela qual for, será um alívio se comparada ao que agora sofro. Caso seus sentimentos não sejam mais os mesmos, devolva minhas anotações, e a mecha do meu cabelo que está em sua posse.

Que tais cartas, tão cheias de afeto e confiança, pudessem ter sido respondidas desse modo, Elinor, para mérito de Willoughby, não estaria disposta a acreditar. Entretanto, condená-lo não a cegava para a impropriedade que havia em terem sido escritas; e se lamentava silenciosamente pela imprudência que havia arriscado produzir tais provas não solicitadas de ternura, não provocadas por nada anterior, e mais severamente condenada pelo ocorrido; quando Marianne, percebendo que ela tinha terminado de ler as cartas, observou-lhe que não continham nada além do que qualquer pessoa teria escrito na mesma situação.

– Sentia-me – acrescentou ela –, comprometida de modo solene com ele, como se o mais rigoroso pacto legal tivesse nos unido um ao outro.

– Posso acreditar – disse Elinor –; mas infelizmente ele não sentia o mesmo.

– Ele *sentiu* o mesmo, Elinor... Por semanas e semanas ele sentiu. Sei que sentiu. Seja o que for que o tenha modificado (e apenas a magia mais maligna empregada contra mim pode tê-lo feito), eu já fui tão querida por ele quanto minha própria alma poderia desejar. Esta mecha de cabelo, da qual desiste com tanta prontidão agora, foi implorada a mim com a súplica mais séria. Se tivesse visto seu olhar, sua maneira, se tivesse ouvido sua voz naquele momento! Esqueceu a última noite de passamos juntos em Barton? Na manhã em que nos separamos também! Quando ele me disse que poderia demorar muitas semanas antes de nos encontrarmos novamente - sua angústia – como posso esquecer sua angústia?

Por um momento ou dois, não conseguiu dizer mais nada; mas quando essa emoção passou, acrescentou, em um tom mais firme:

– Elinor, fui cruelmente usada, mas não por Willoughby.

– Amada Marianne, por quem mais, se não por ele? Quem o teria instigado a fazê-lo?

– Pelo mundo inteiro, em vez de por seu próprio coração. Estou mais inclinada a acreditar que todos os meus conhecidos se uniram para me arruinar aos olhos dele, a acreditar que sua natureza é capaz de tal crueldade. Essa mulher sobre a qual ele escreve – seja ela quem for – ou qualquer pessoa, em suma, com exceção de você, mamãe e Edward, seriam tão cruéis. Além de vocês três, há alguma criatura no mundo de quem eu nunca suspeitaria, fora Willoughby, cujo coração eu conheço tão bem?

Elinor não podia contestar isso, e apenas respondeu:

– Não importa quem possa ter sido seu inimigo de modo tão detestável, faça com que seja roubado de seu triunfo maligno, minha querida irmã, ao ver como a nobre consciência de sua própria inocência e boas intenções apoia seu ânimo. É um orgulho razoável e louvável que resiste a tal malevolência.

– Não, não – exaltou-se Marianne –, miséria como a minha não tem orgulho. Não me importa quem saiba que estou infeliz. O triunfo de me ver assim está aberto a todo o mundo. Elinor, Elinor, aqueles que sofrem pouco podem ser orgulhosos e independentes o quanto quiserem – podem resistir a insultos ou revidar humilhações – mas eu não posso. Devo sentir – devo ser infeliz – e todos são bem-vindos para desfrutar do conhecimento de meu sofrimento.

– Mas pelo bem de mamãe e meu...

– Eu faria mais do que pelo meu. Mas fingir felicidade quando estou tão miserável... Ah! Como pode pedir isso de mim?

Ficaram mais uma em silêncio. Elinor caminhava pensativa da lareira até a janela, da janela até a lareira, sem perceber que era aquecida por uma nem discernir objetos através da outra; e Marianne, sentada ao pé da cama, a cabeça encostada em uma das colunas, novamente pegou a carta de Willoughby, e, depois de estremecer com cada frase, exclamou:

– É demais! Ah, Willoughby, Willoughby, pode esta carta ser sua? Cruel, cruel! Nada pode absolvê-lo, Elinor, nada pode. Não importa o que ele tenha ouvido contra mim, não deveria ter suspendido sua crença? Não deveria ter falado comigo, ter me dado o poder de me defender? "A mecha de cabelo" – repetiu, lendo da carta – "que concedeu tão amavelmente." É imperdoável. Willoughby, onde estava seu coração quando escreveu essas palavras? Oh, cruelmente insolente! Elinor, há justificativa para isso?

– Não, Marianne, de modo algum.

– E ainda assim essa mulher – quem sabe quais foram suas artimanhas? Por quanto tempo as terá premeditado e quanto planejou! Quem é ela? Quem pode ser? Quem eu o ouvira descrever como jovem e atraente entre suas conhecidas? Ah! Ninguém, ninguém, comigo ele falava apenas de mim mesma.

Outra pausa se seguiu; Marianne estava agitadíssima, e terminou assim:

– Elinor, eu tenho que ir para casa. Preciso ir e confortar mamãe. Não podemos ir amanhã?

– Amanhã, Marianne!

– Sim, por que deveria continuar aqui? Vim apenas por causa de Willoughby e agora quem se importa comigo? Quem me estima?

– Seria impossível ir amanhã. Devemos à sra. Jennings muito mais do que civilidade; e a mínima civilidade impediria uma remoção tão apressada assim.

– Bem, então, mais um dia ou dois, talvez; mas não posso ficar aqui por mais tempo, não posso ficar para suportar as perguntas e observações de todas essas pessoas. Os Middleton e os Palmer – como posso suportar a pena deles? A pena de uma mulher como lady Middleton! Ah, o que *ele* diria disso!

Elinor a aconselhou a se deitar novamente, o que Marianne fez por um momento, mas nenhuma posição era capaz de tranquilizá-la; com a mente e o corpo dolorosamente inquietos, passava de uma posição para outra, até ficar cada vez mais exaltada, sua irmã mal conseguia mantê-la na cama e, por algum tempo, temeu ser obrigada a pedir ajuda. No entanto, algumas gotas de lavanda, que finalmente conseguiu persuadi-la a tomar, fizeram efeito; e a partir desse momento até que a sra. Jennings voltou, continuou na cama quieta e imóvel.

Capítulo 30

A sra. Jennings foi imediatamente ao quarto quando retornou à casa, e sem esperar resposta para seu pedido, abriu a porta e entrou com um olhar de verdadeira preocupação.

– Como você está, minha querida? – disse com um tom de grande compaixão para Marianne, que virou o rosto sem tentar responder.

– Como ela está, srta. Dashwood? Coitada! Parece tão mal. Não é de se admirar. Sim, é verdade. Ele está para se casar muito em breve… Sujeito desclassificado! Não tenho paciência para ele. A sra. Taylor me contou há meia hora, ela soube por um amigo particular da própria srta. Grey, não fosse isso tenho certeza de que eu não teria acreditado; e ainda assim quase desmaiei. Bem, disse, tudo o que posso dizer é que, se isso for verdade, ele usou uma jovem minha conhecida da maneira mais abominável, e desejo com toda a minha alma que sua esposa o atormente. E assim direi sempre, minha querida, pode confiar. Não entendo como os homens podem proceder dessa forma; e se algum dia o encontrar novamente, lhe darei um sermão como ele nunca ouviu. Mas há um conforto, minha querida srta. Marianne; ele não é o único jovem no mundo que vale a pena, e com seu lindo rosto nunca lhe faltarão admiradores. Bem, coitadinha! Não vou incomodá-la mais, pois é melhor que chore tudo logo de uma vez. Os Parry e os Sanderson felizmente estão vindo esta noite, sabe, o que vai distraí-la.

Então foi embora, andando na ponta dos pés, como se pensasse que a aflição de sua jovem amiga pudesse ser agravada pelo barulho.

Marianne, para a surpresa de sua irmã, decidiu jantar com eles. Elinor até a aconselhou contra isso. Mas "não, ela desceria; conseguiria aguentar muito bem, e a agitação por conta dela diminuiria". Elinor, satisfeita por vê-la, por um momento, guiada por tal motivo, embora acreditando que dificilmente ela aguentaria todo o jantar, não disse mais nada; e ajustando o vestido para ela o melhor que conseguia, enquanto Marianne ainda permanecia na cama, estava pronta para ajudá-la ir até a sala de jantar assim que foram chamadas.

Uma vez ali, apesar de sua aparência miserável, Marianne comeu mais e estava mais calma do que a irmã esperava. Se tivesse tentado falar, ou se tivesse consciência de metade das bem-intencionadas, porém mal calculadas, atenções da Sra. Jennings para com ela, essa calma não teria sido mantida; mas nem uma sílaba escapou de seus lábios; e a abstração de seus pensamentos preservou-a na ignorância de tudo que se passava diante de si.

Elinor, que fez jus à bondade da sra. Jennings, embora suas efusões fossem muitas vezes aflitivas e, às vezes, quase ridículas, fez-lhe os agradecimentos e retribuiu-lhe as civilidades que a irmã não podia fazer ou retribuir por si mesma. Sua boa amiga percebeu que Marianne estava infeliz, e sentiu que deveria fazer tudo que pudesse para diminuir-lhe a dor. Tratou-a, portanto, com toda a indulgente afeição de uma mãe para com uma filha favorita no último dia de férias. Marianne teria o melhor lugar perto do fogo, deveria ser tentada a comer todas as iguarias da casa, e divertir-se com o relato de todas as notícias do dia. Se Elinor não tivesse visto, no triste semblante da irmã, um obstáculo a toda alegria, teria sido entretida pelos esforços da sra. Jennings de curar uma decepção amorosa com uma variedade de doces, azeitonas e um bom fogo. Todavia, assim que Marianne foi afetada pela percepção de tudo isso, não pôde mais ficar. Com uma súbita exclamação de aflição, e um sinal para que a irmã não a seguisse, levantou-se de imediato e correu para fora da sala.

– Pobre alma! – exclamou a sra. Jennings, assim que ela saiu. – Como me entristece vê-la assim! E nem sequer terminou seu vinho! E nem as cerejas secas! Senhor! Nada parece fazer bem a ela. Por certo, se eu soubesse de algo que ela gostasse, mandaria procurá-lo por toda a cidade. Bem, para mim é a coisa mais absurda, que um homem engane desse modo uma moça tão bonita! Mas quando há muito dinheiro de um lado, e quase nenhum do outro, valha-me Deus! Não se importam mais com essas coisas!

– Então, a moça... Srta. Grey, creio que a convidou, é muito rica?

– Cinquenta mil libras, minha querida. Você já a viu? Dizem ser uma moça inteligente e elegante, mas não bonita. Lembro-me muito bem de sua tia, Biddy Henshawe; casou-se com um homem muito rico. Mas toda a família é rica. Cinquenta mil libras! E, segundo o que dizem, vieram em boa hora; pois dizem que ele está quebrado. Não é de se admirar! Exibindo-se por aí com suas carruagens e cães de caça! Bem, não quero falar, mas quando um jovem, seja ele quem for, chega, se enamora de uma moça bonita e lhe promete casamento, não tem o direito de voltar atrás em sua palavra, somente porque ficou pobre e uma garota mais rica está pronta para tê-lo. Porque, nesse caso, não vende seus cavalos, aluga sua casa, dispensa seus criados, e se reforma por completo? Garanto, que a srta. Marianne estaria pronta para esperar até que estivesse tudo resolvido. Mas nos dias de hoje isso não basta; os rapazes agora não podem mais abrir mão de nada que lhes dê prazer.

– Sabe o tipo de moça que a srta. Grey é? Dizem que é amável?

– Nunca ouvi nada de mal a respeito dela; na verdade, quase nunca ouvi falar a seu respeito, exceto o que a sra. Taylor me disse esta manhã: um dia a srta. Walker lhe insinuou acreditar que o sr. e a sra. Ellison não lamentariam ver a srta. Grey casada, pois ela e a sra. Ellison nunca concordavam.

– Quem são os Ellison?

– Os tutores dela, minha querida. Mas agora ela é maior de idade e pode escolher por si mesma; e que bela escolha ela fez! E agora – pausou por um momento – sua pobre irmã foi para seu quarto, suponho, para se lamentar sozinha. Não há nada que alguém possa fazer para confortá-la? Pobre querida, parece muito cruel deixá-la sozinha. Bem, logo mais teremos alguns amigos aqui e isso vai distraí-la um pouco. O que vamos jogar? Sei que ela odeia o uíste; mas não há outro jogo de que ela goste?

– Querida senhora, essa bondade é bastante desnecessária. Marianne, ouso dizer, não vai sair de seu quarto novamente esta noite. Vou persuadi-la, se puder, a ir cedo para a cama, pois tenho certeza de que ela precisa descansar.

– Sim, acredito que isso será melhor para ela. Deixe-a dizer o que quer cear, e ir para a cama. Senhor! Não me admira que parecesse tão mal e desanimada nessas últimas semanas, suponho que o assunto em questão estivesse em sua cabeça esse tempo todo. E assim a carta que veio hoje o encerrou! Pobrezinha! Se eu soubesse disso, certamente não teria brincado com ela por nada no mundo. Mas como poderia imaginar tal coisa? Tinha certeza de que não era nada além de uma carta de amor comum, e você sabe que os jovens gostam de ser ridicularizados sobre elas. Senhor! Como sir John e minhas filhas ficarão preocupados quando ouvirem a respeito! Se eu estivesse pensando direito na hora, poderia ter parado em Conduit Street, no caminho para casa, e lhes contado. Mas vou vê-los amanhã.

– Seria desnecessário, tenho certeza, alertar a sra. Palmer e sir John para que nunca mencionem o nome do sr. Willoughby ou façam a menor alusão ao que aconteceu na frente de minha irmã. Sua própria boa natureza deve lhes indicar a verdadeira crueldade de demonstrar saber qualquer coisa sobre o caso na presença dela; e quanto menos puder ser dito a mim mesma acerca do assunto, mais meus sentimentos serão poupados, conforme você, minha cara senhora, facilmente acreditará.

– Oh! Deus! Sim, de fato, acredito. Deve ser terrível para você ouvir falar disso; e quanto à sua irmã, tenha certeza que não mencionaria uma palavra sobre isso para ela por nada no mundo. Você viu que eu não toquei no assunto durante todo o jantar. E da mesma forma farão sir John e minhas filhas, pois todos eles são muito atenciosos e cuidadosos; especialmente se eu lhes der uma indicação, como certamente farei. De minha parte, creio que quanto menos for dito sobre essas coisas, melhor, mais cedo passam e são esquecidas. E de que adianta falar alguma coisa?

– Nesse caso, só pode fazer mal; talvez até mais do que em muitos casos semelhantes, pois ocorreu em circunstâncias que, para o bem de todos os envolvidos, o tornam inadequado para se tornar assunto de conversa pública. Devo ser justa com o sr. Willoughby nesse ponto: ele não rompeu nenhum compromisso de fato com minha irmã.

– Ora, minha querida! Não finja defendê-lo. Nenhum compromisso de fato?! Depois de levá-la até Allenham para visitarem todos os cômodos, escolherem os aposentos onde depois iriam viver!

Elinor, pelo bem da irmã, não prolongou o assunto, e esperava que não fosse obrigada a fazê-lo por Willoughby; uma vez que, embora Marianne pudesse perder muito, ele ganharia muito pouco com o conhecimento da verdade. Depois de um breve silêncio de ambos os lados, a sra. Jennings, com toda a sua alegria natural, falou novamente.

– Bem, minha querida, há muita verdade no ditado que diz que há males que vêm para o bem, pois isso será melhor para o coronel Brandon. Há de conquistá-la, afinal, sim, ele vai. Ouça o que eu digo, aposto que se casam até o meio do verão. Deus! Como ele vai ficar satisfeito com essa notícia! Espero que ele venha hoje à noite. Será em tudo uma união muito melhor para sua irmã. Dois mil por ano sem dívidas ou encargos – exceto pela filha ilegítima, é claro; sim, tinha me esquecido dela; mas ela pode ser colocada em alguma escola a um custo pequeno, e então que importância tem? Delaford é um belo lugar, posso te dizer; exatamente o que chamo de um lugar belo e antiquado, cheio de confortos e conveniências; bastante protegido com as grandes paredes dos jardins que são cobertas com as melhores árvores frutíferas da região; e uma amoreira em um canto! Senhor! Como Charlotte e eu nos fartamos na única vez em que estivemos lá! E também há um columbário, algumas belas lagoas de pesca, e um canal muito bonito; em suma, tudo o que se pode desejar; e, além disso, fica perto da igreja e apenas cerca de meio quilômetro da estrada principal, então nunca é tedioso, pois é preciso apenas sentar-se sob um velho caramanchão atrás da casa, é possível ver todas as carruagens que passam pela estrada. Ah, é um bom lugar! Um açougueiro perto da vila, e a casa paroquial a pouca distância. Ao meu ver, mil vezes mais bonita do que Barton Park, onde são forçados a mandar buscar sua carne a mais de quatro quilômetros de distância, e não têm um vizinho mais próximo do que sua mãe. Bem, eu vou animar o coronel assim que puder. E você sabe, uma coisa puxa a outra. Se apenas conseguíssemos fazê-la tirar Willoughby da cabeça!

– Sim, se conseguirmos fazer isso, senhora – disse Elinor –, ficaremos muito bem com ou sem coronel Brandon.

Então, se levantando, foi se juntar a Marianne, a quem encontrou, como esperava, no quarto, em tristeza silenciosa, inclinada sobre o que restava do fogo na lareira, que, até a entrada de Elinor, tinha sido sua única luz.

– É melhor que me deixe – foi toda a atenção que recebeu da irmã.

– Vou deixá-la – disse Elinor – se você for para a cama.

Contudo, movida pela perversidade momentânea do impaciente sofrimento, ela a princípio se recusou a fazer isso. A determinada, mas gentil, persuasão de sua irmã, no entanto, logo a convenceu, e Elinor viu-a colocar a cabeça dolorida no travesseiro, e como esperava, prestes a obter um descanso tranquilo antes de deixá-la.

Na sala de visitas, para onde ela então retornou, logo a sra. Jennings veio se juntar a ela, com uma taça na mão, cheia de alguma coisa.

– Minha querida – disse ela, entrando –, acabei de lembrar que tenho em casa uma garrafa de um dos melhores vinhos de Constantia, então eu trouxe uma taça dele para sua irmã. Meu pobre marido! Como gostava desse vinho! Sempre que sua velha gota atacava, ele dizia que lhe fazia mais bem do que qualquer outra coisa no mundo. Leve para sua irmã.

– Querida senhora – respondeu Elinor, sorrindo de seu conselho tendo em vista a diferença entre as queixas – como é bondosa! Mas acabei de deixar Marianne na cama e, assim espero, quase dormindo; e como acho que nada será melhor para ela do que o descanso, se me permitir, eu mesma beberei o vinho.

A sra. Jennings, embora lamentando que não tivesse vindo cinco minutos antes, ficou satisfeita com a proposta; e Elinor, ao tomar a maior parte de um gole, refletiu que, embora seus efeitos sobre um ataque de gota eram, no momento, de pouca importância para ela, seus poderes de cura para um coração decepcionado poderia ser tão razoavelmente experimentado em si mesma como em sua irmã.

Coronel Brandon chegou quando elas estavam tomando o chá, e por sua maneira de olhar ao redor da sala procurando por Marianne, Elinor imediatamente imaginou que ele não esperava nem queria vê-la ali e que, em suma, já estava ciente do que ocasionou sua ausência. A sra. Jennings não teve o mesmo pensamento, pois logo após sua entrada, ela atravessou a sala até a mesa de chá onde Elinor servia, e sussurrou:

– O coronel parece tão sério quanto de costume. Ele não sabe de nada; conte para ele, minha querida.

Pouco depois ele puxou uma cadeira para perto de Elinor e, com um olhar que lhe assegurou perfeitamente que ele já estava informado de tudo, perguntou por sua irmã.

– Marianne não está bem, – disse ela – ficou indisposta o dia todo e nós a persuadimos a ir para a cama.

– Talvez, então – respondeu ele, hesitante –, o que ouvi esta manhã pode ser... pode haver mais verdade nisso do que acreditei a princípio.

– O que o senhor ouviu?

– Que um cavalheiro, sobre o qual eu tinha razões para pensar... em suma, que um homem, que eu *sabia* estar comprometido... como devo lhe dizer isso? Se você já sabe, como certamente deve saber, posso ser poupado.

– O senhor está tentando se referir – respondeu Elinor, com calma forçada – ao casamento do sr. Willoughby com a srta. Grey. Sim, nós *já* sabemos de tudo. Este parece ter sido um dia de elucidação geral, pois esta manhã tudo nos foi revelado. O sr. Willoughby é incompreensivel! Onde soube disso?

– Em uma papelaria em Pall Mall, onde eu tinha negócios a tratar. Duas senhoras estavam esperando por sua carruagem e uma delas fazia à outra um relato da futura união em um tom voz tão pouco disfarçado, que era impossível não ouvir tudo. O nome de Willoughby, John Willoughby, frequentemente repetido, foi o que primeiro chamou minha atenção; e o que se seguiu foi uma afirmação positiva de que cada coisa estava finalmente resolvida a respeito de seu casamento com a Srta. Grey... não era mais segredo... ocorreria dentro de algumas semanas, com muitos detalhes sobre os preparativos e outros assuntos. Lembro-me de um detalhe em especial, porque serviu para que eu identificasse o homem ainda mais: assim que a cerimônia acabasse, iriam para Combe Magna, sua propriedade em Somersetshire. Meu espanto! Seria impossível descrever o que senti. A senhora comunicativa, descobri, perguntando depois, pois fiquei na loja até que se foram, era uma sra. Ellison, e que, como eu fui informado desde então, é o nome da guardiã da srta. Grey.

– É mesmo. Ouviu dizer também que a srta. Grey tem cinquenta mil libras? Nisso, se em alguma coisa, podemos encontrar uma explicação.

– Pode ser assim; mas Willoughby é capaz, pelo menos eu acho... – parou por um momento e, em seguida, acrescentou em uma voz que parecia desconfiar de si mesma – e sua irmã, como ela...

– Seus sofrimentos têm sido muito severos. Só posso esperar que sejam proporcionalmente curtos. Isso tem sido e é uma aflição muito cruel. Até ontem, eu acredito, nunca duvidou da estima dele; e mesmo agora, talvez... mas estou quase convencida de que ele nunca foi realmente ligado a ela. Foi muito dissimulado! E, em alguns pontos, parece haver uma dureza de coração nele.

– Sim! De fato, há! – disse coronel Brandon – Mas sua irmã não... Penso que você mencionou isso... Ela não pensa da mesma forma que você?

– O senhor sabe como é o temperamento dela e pode imaginar com que ansiedade ela ainda o justificaria se pudesse.

Ele não respondeu; e logo depois, com a remoção do serviço de chá e a organização dos grupos para jogar, o assunto foi necessariamente deixado de lado. A sra. Jennings, que os observava com prazer enquanto conversavam e, que esperava ver como efeito da comunicação da srta. Dashwood uma alegria instantânea da parte do coronel Brandon, como a que se esperaria de um homem na flor da juventude, da esperança e da felicidade, viu-o, perplexa, permanecer a noite inteira mais sério e pensativo do que o habitual.

Capítulo 31

Depois de uma noite em que dormiu mais do que esperava, Marianne acordou na manhã seguinte com a mesma consciência de sofrimento com a qual tinha fechado os olhos.

Elinor encorajou-a, tanto quanto possível, a falar do que sentia; e antes que o café da manhã estivesse pronto, elas tinham discutido o assunto de novo e de novo; e com a mesma firme convicção e conselhos afetuosos da parte de Elinor, os mesmos sentimentos impetuosos e opiniões inconstantes da parte de Marianne, como antes. Em certos momentos, acreditava que Willoughby era tão infeliz e inocente quanto ela mesma, e em outros, ficava desconsolada pela impossibilidade de absolvê-lo. Em um momento era absolutamente indiferente à observação do mundo, em outro, se isolaria dele para sempre e, em um terceiro, seria capaz de resistir com energia. No entanto, quando se tratava disso, era constante em uma coisa: em evitar, onde era possível, a presença da Sra. Jennings, e em manter um silêncio determinado quando obrigada a suportá-la. Seu coração estava endurecido contra a ideia de a Sra. Jennings ter qualquer compaixão por suas tristezas.

– Não, não, não, não pode ser – exclamou. – Ela não é capaz de sentir. Sua bondade não é simpatia; seu bom coração não é ternura. Tudo o que ela quer é fofoca, e só gosta de mim agora porque a forneço.

Elinor não precisava disso para ter certeza da injustiça, à qual sua irmã era frequentemente levada em sua opinião sobre os outros, pelo refinamento irritável de sua própria mente, e a excessiva importância que dava às delicadezas de uma forte sensibilidade, e as graças de uma maneira polida. Tal como meio mundo, se mais da metade for inteligente e boa, Marianne, com suas excelentes habilidades e uma excelente disposição, não era razoável nem sincera. Esperava que as outras pessoas tivessem as mesmas opiniões e sentimentos que os seus, e julgava os motivos alheios conforme o efeito imediato de suas ações sobre si mesma. Assim, ocorreu uma circunstância, enquanto as irmãs estavam juntas em seu quarto após o café da manhã, que rebaixou o coração da Sra. Jennings ainda mais em sua opinião; porque, por meio de sua própria fraqueza, acabou sendo uma fonte de renovada dor para si mesma, embora a Sra. Jennings tivesse sido guiada por um impulso de extrema boa vontade.

Com uma carta em sua mão estendida, e um semblante alegremente sorridente, com a intenção de trazer conforto, entrou no quarto, dizendo:

– Agora, minha querida, trago-lhe algo que tenho certeza que vai fazer lhe bem.

Marianne ouviu o suficiente. Em um instante, sua imaginação colocou diante dela uma carta de Willoughby, repleta de ternura e remorso, esclarecendo tudo o que havia se passado, satisfatória e convincente; e seguida de imediato pelo próprio Willoughby, entrando ansiosamente no quarto para reforçar, aos seus pés, pela eloquência de seus olhos, as garantias de sua carta. O trabalho de um momento foi destruído pelo seguinte. A letra de sua mãe, até então jamais indesejada, estava diante de seus olhos; e, na intensidade da decepção que seguiu tal êxtase do que fora mais do que esperança, ela se sentiu como se, até aquele instante, nunca tivesse sofrido.

Nenhuma linguagem, que em momentos de eloquência mais feliz estava ao alcance da sra. Jennings, poderia ter expressado sua crueldade; e agora poderia repreendê-la apenas pelas lágrimas que brotaram de seus olhos com apaixonada violência – uma reprovação, no entanto, tão inteiramente perdida em seu alvo, que depois de muitas expressões de piedade, se retirou, ainda apontando-lhe a carta de consolo. Mas a carta, quando estava calma o suficiente para lê-la, trouxe pouco conforto. Willoughby preenchia todas as páginas. Sua mãe, ainda confiante quanto ao seu compromisso e contando tão calorosamente quanto sempre em sua constância, só tinha sido movida pelo pedido de Elinor, a suplicar de Marianne maior abertura para com ambas; e isso, com tanta ternura para com ela, tal afeto por Willoughby, e tamanha convicção da felicidade futura de ambos, que Marianne chorou de agonia durante toda a sua leitura.

Toda a sua impaciência para estar de volta em casa retornou nesse momento; sua mãe era mais cara para ela do que nunca; mais querida pelo mesmo excesso de sua equivocada confiança em Willoughby, e tinha extrema urgência para ter ido embora. Elinor, incapaz de determinar se era melhor para Marianne estar em Londres ou em Barton, não lhe ofereceu nenhum conselho próprio, apenas pediu paciência até que os desejos de sua mãe pudessem ser conhecidos; e finalmente ela obteve a concordância da irmã.

Mrs. Jennings deixou-as mais cedo do que o habitual, pois não conseguiria sossegar até que os Middleton e os Palmer pudessem sofrer tanto quanto ela mesma; e recusando com veemência a oferta de Elinor para acompanhá-la, saiu sozinha pelo restante da manhã. Elinor, com o coração muito pesado, ciente da dor que iria comunicar, e percebendo, pela carta de Marianne, o quão mal tinha conseguido estabelecer qualquer base para isso, sentou-se, então, para escrever para sua mãe um relato do que tinha se passado e pedir suas orientações para o futuro; enquanto Marianne, que veio para a sala de visitas quando a sra. Jennings saiu, permaneceu à mesa onde Elinor escrevia, observando o avanço de sua pena, sofrendo por ela em razão da dificuldade de tal tarefa, e sofrendo ainda mais carinhosamente por seu efeito sobre sua mãe.

Continuaram dessa maneira por mais de vinte minutos, quando Marianne, cujos nervos não podiam suportar qualquer ruído repentino, foi assustada por uma batida na porta.

– Quem pode ser? – exclamou Elinor – E também tão cedo! Eu pensei que *estávamos* livres.

Marianne foi até a janela...

– É o coronel Brandon! – disse ela, com irritação – Nós nunca estamos a salvo *dele*.

– Ele não vai entrar, pois a sra. Jennings não está em casa.

– Eu não vou contar com *isso* – resmungou, retirando-se para o quarto – Um homem que não tem nada a fazer com seu próprio tempo não tem consciência de sua intromissão sobre o dos outros.

O evento provou sua suposição correta, embora tenha sido baseado em injustiça e erro; pois coronel Brandon *de fato* entrou; e Elinor, que estava convencida de que preocupação com Marianne o levou até lá, e que viu *essa* solicitude em seu olhar perturbado e melancólico e em sua indagação ansiosa embora breve sobre ela, não poderia perdoar a irmã por estimá-lo tão pouco.

– Encontrei a sra. Jennings em Bond Street – anunciou ele, após a primeira saudação –, e ela me encorajou a vir; e fui mais facilmente encorajado, porque pensei que era provável que a encontrasse sozinha, o que eu estava muito desejoso de fazer. Meu objetivo... meu único desejo em querer isso... espero, acredito que seja... é ser um meio de dar conforto... não, não devo dizer conforto... não conforto imediato... mas convicção, convicção duradoura para o espírito de sua irmã. Minha consideração por ela, por você mesma, por sua mãe... me permitirá prová-la, relacionando algumas circunstâncias que nada além de uma consideração *muito* sincera... nada além de um desejo sério de ser útil... Creio que estou justificado... Embora onde tantas horas tenham sido gastas para me convencer de que estou certo, não há alguma razão para temer que esteja errado?

Ele parou.

– Eu o entendo – respondeu Elinor. – Tem algo a me dizer sobre o sr. Willoughby, que vai elucidar seu caráter. Contá-lo será o maior ato de amizade que pode ser mostrado a Marianne. *Minha* gratidão estará imediatamente assegurada por qualquer informação relacionada a isso, e a *dela* deve ser adquirida por isso em tempo. Peço-lhe, por favor, me conte.

– Eu contarei; e, para ser breve, quando deixei Barton no outubro passado... mas isso não lhe fará entender, devo ir mais longe. Você vai me achar um narrador muito estranho, srta. Dashwood; mal sei por onde começar. Um relato curto de mim mesmo, creio eu, será necessário, e *será* curto. Sobre tal assunto – disse com um forte suspiro –, estou pouco tentado a me prolongar.

Ele parou um momento em buscar de se recompor, e então, com outro suspiro, continuou.

– Provavelmente esqueceu por completo uma conversa, não é de se supor que poderia causar qualquer impressão em você, uma conversa entre nós uma noite em Barton Park, foi a noite de um baile, na qual eu aludi a uma senhora que eu conheci, que se assemelhava, em alguma medida, à sua irmã Marianne.

– De fato – respondeu Elinor –, eu *não* esqueci.

Ele pareceu satisfeito com esta lembrança, e acrescentou:

– Se não estou enganado pela incerteza, pela parcialidade de uma doce recordação, há uma semelhança muito forte entre elas, tanto mental quanto física. O mesmo coração caloroso, a mesma imaginação e espírito entusiasmados. Esta dama era uma das minhas relações mais próximas, órfã desde a infância, sob a tutela do meu pai. Éramos quase da mesma idade, e desde os nossos primeiros anos fomos companheiros de brincadeiras e amigos. Não me lembro da época em que não amava Eliza; e minha afeição por ela, enquanto crescíamos, era tal, que talvez, observando minha atual desolada e desconsolada gravidade, poderia considerar-me incapaz de já haver sentido. A dela por mim era, acredito, fervorosa como o apego de sua irmã ao sr. Willoughby e foi, embora por razão diferente, não menos infeliz. Aos dezessete anos, perdi-a para sempre. Casaram-na... casaram-na contra sua vontade com meu irmão. Sua fortuna era muito grande, e as propriedades de nossa família estavam muito endividadas. E isso, temo, é tudo o que pode ser dito sobre a conduta daquele que era ao mesmo tempo seu tio e guardião. Meu irmão não a merecia; nem a amava. Tive a esperança que seu sentimento por mim pudesse ajudá-la a suportar qualquer dificuldade e, por algum tempo, ajudou; mas, finalmente, a miséria de sua situação, pois sofreu grande crueldade, superou toda a sua determinação e, embora tivesse me prometido que nada... mas estou contando a história de modo muito confuso! Não expliquei como tudo ocorreu. Estávamos a poucas horas de fugir juntos para a Escócia. A perfídia, ou a tolice, da criada da minha prima nos traiu. Fui banido para longe, para a casa de parentes, e ela não teve liberdade, nem companhia, nem diversão, até que a vontade do meu pai fosse feita. Confiei demais em sua força, e o golpe foi severo; porém, caso seu casamento tivesse sido feliz, jovem como eu era na época, alguns meses teriam me feito aceitar, ou pelo menos, não lamentaria o ocorrido até hoje. No entanto, este não foi o caso. Meu irmão não tinha consideração por ela; seus prazeres não eram o que deviam ser e, desde o princípio, tratou-a com crueldade. A consequência disso sobre uma mente tão jovem, tão vivaz, tão inexperiente quanto a da sra. Brandon foi muito natural. A princípio resignou-se à miséria de sua situação; mas feliz teria sido se não tivesse vivido para superar os arrependimentos que a minha lembrança provocava. Mas é de surpreender que, com tal marido a provocar inconstância e sem uma pessoa amiga para aconselhá-la ou detê-la (pois meu pai faleceu meses após o casamento, e eu estava com meu regimento nas Índias Orientais) ela tenha se perdido? Se eu tivesse permanecido na Inglaterra, talvez... mas eu tinha a intenção de promover a felicidade de ambos, afastando-me dela por anos, e com esse propósito obtive minha remoção. O choque que seu casamento me deu – continuou ele, em voz de grande agitação –, não era nada perto do que senti quando soube, cerca de dois anos depois, de seu divórcio. Foi isso *que* me afundou nessa melancolia, mesmo agora, a lembrança do quanto sofri...

Não conseguia mais falar e, levantando-se abruptamente, caminhou por alguns minutos pela sala. Elinor, afetada por seu relato, e ainda mais por sua angústia, não era capaz de falar. Ele viu sua preocupação e, aproximando-se, pegou sua mão, pressionou-a e beijou-a com grato respeito. Mais alguns minutos de esforço silencioso permitiram-lhe prosseguir com compostura.

– Haviam se passado quase três anos depois deste período infeliz antes que eu voltasse para a Inglaterra. Minha primeira preocupação, quando *enfim* cheguei, é claro, foi procurar por ela; mas a busca foi tão infrutífera quanto melancólica. Não foi possível rastreá-la além de seu primeiro sedutor e havia todas as razões para temer que o tivesse deixado apenas para afundar mais fundo em uma vida de pecado. A pensão que lhe havia sido concedida não era proporcional à sua fortuna, nem suficiente para que se mantivesse confortavelmente e, descobri com meu irmão, que o direito de a receber tinha sido transferido meses antes para outra pessoa. Ele imaginou, e com que calma conseguia imaginá-lo, que sua extravagância e consequente dificuldade, ti nham-na obrigado a descartá-la para obter algum alívio imediato. Finalmente, no entanto, depois de seis meses na Inglaterra, eu *enfim* a encontrei. A consideração por antigo criado meu, que desde então havia caído em desgraça, me levou a visitá-lo em uma casa de detenção, onde estava confinado por dívidas; e lá, na mesma casa, em semelhante confinamento, estava minha infeliz cunhada. Tão alterada, tão envelhecida e desgastada por sofrimento todos os tipos! Mal pude acreditar que a melancólica e doentia figura diante de mim, era que restava da menina amável, florescente, saudável, a quem eu havia adorado. O quanto sofri ao vê-la, mas não tenho o direito de ferir sua sensibilidade ao tentar descrevê-lo, pois já a fiz aguentar demais. Que estivesse, pelo que tudo indicava, no último estágio de uma tuberculose, foi... sim, dada a situação, foi o meu maior conforto. A vida não podia fazer nada por ela, além de dar-lhe tempo para se preparar melhor para a morte; e isso era certo. Cuidei para que fosse colocada em acomodações confortáveis e com os cuidados adequados; visitei-a todos os dias pelo resto de sua curta vida, estive com ela em seus últimos momentos.

Mais uma vez ele fez uma pausa para se recuperar; e Elinor expressou seus sentimentos com uma exclamação de preocupação terna, pelo destino de sua infeliz amiga.

– Espero que sua irmã não pôde se ofenda – disse ele – pela semelhança que imaginei existir entre ela e minha pobre parenta desonrada. Seus destinos, suas sortes, não podem ser os mesmos; e se a doce disposição natural de uma tivesse sido protegida por uma mente mais firme ou um casamento mais feliz, ela pudesse ter sido tudo o que você viverá para ver a outra ser. Mas por que contei tudo isso? Parece que a perturbo por nada. Ah! Srta. Dashwood, um assunto como este... intocado por catorze anos... é perigoso trazer à tona! Serei mais comedido... mais conciso. Deixou aos meus cuidados sua única filha, uma garotinha, fruto de sua primeira relação culpada, que tinha então cerca de três anos. Ela amava a criança e sempre a manteve com ela. Era uma confiança valiosa, preciosa para mim; e com prazer a teria honrado no sentido mais estrito, cuidando de sua educação pessoalmente, caso a natureza de nossas situações permitisse; mas eu não tinha família, nem casa; e minha pequena Eliza foi, portanto, colocada em uma escola. Eu a visitava sempre que podia, e depois da morte do meu irmão, (que aconteceu há cerca de cinco anos, deixando-me a posse das propriedades da família), ela me visitou em Delaford. Disse a todos que era uma parenta distante; mas sei bem que todos suspeitam que tenho uma conexão muito mais próxima com ela. Já faz agora três anos (ela tinha acabado de completar catorze) que eu a tirei da escola, para colocá-la sob os cuidados de uma mulher muito respeitável, residente em Dorsetshire, responsável pelos cuidados de quatro ou cinco outras meninas da mesma idade; e por dois anos, tive todos os motivos para estar satisfeito com sua situação. Contudo em fevereiro passado, quase doze meses atrás, ela desapareceu de repente. Dei-lhe permissão, (imprudentemente, como se provou depois) atendendo a seus desejos, para ir a Bath com uma de suas jovens amigas, que acompanharia o pai em um tratamento de saúde. Sabia que ele era um homem muito bom e tinha sua filha em alta conta – melhor do que ela merecia, pois, mantendo o mais obstinado e impensado sigilo, ela não contou nada, não deu nenhuma pista, embora certamente soubesse de tudo. O pai, um homem bem-intencionado, mas pouco observador, acredito, que de fato não seria capaz de dar nenhuma informação; pois tinha ficado em geral confinado à casa, enquanto as meninas passeavam pela cidade e faziam contato com quem quisessem; tentou me convencer, tão completamente quanto estava convencido, de que sua filha não tinha nenhum envolvimento no assunto. Resumindo, não consegui descobrir nada, além de que ela havia fugido; todo o restante, por oito longos meses, foi deixado para a imaginação. Pode imaginar o que pensei, o que temi e, também, o que sofri.

– Deus do céu! – exclamou Elinor – Será possível... teria Willoughby!

– As primeiras notícias que recebi dela – continuou ele – vieram por uma carta dela mesma, que recebi em outubro. Foi encaminhada para mim de Delaford e a recebi na manhã em que pretendíamos ir a Whitwell; e esta foi a razão de minha partida tão repentina de Barton, que, tenho certeza, pareceu estranha a todos, e ofendeu alguns. Suponho que mal podia imaginar o sr. Willoughby, enquanto seu olhar me censurava pela grosseria de acabar com o passeio, que eu estava sendo chamado ao auxílio de alguém a quem ele tornara pobre e miserável; mas *se* ele soubesse, de que adiantaria? Teria estado menos alegre ou menos feliz com os sorrisos de sua irmã? Não, já havia feito algo que nenhum homem capaz de se compadecer com os outros faria. Havia deixado a menina cuja juventude e inocência havia seduzido, em uma situação de grande angústia, sem casa respeitável, sem auxílio, sem amigos, sem saber onde encontrá-lo! Deixara-a, prometendo retornar; não voltou, nem escreveu, nem enviou auxílio.

– Isso está além de tudo que poderia imaginar! – exclamou Elinor.

– Agora conhece-lhe o caráter. Esbanjador, devasso, e ainda pior. Sabendo de tudo isso, como eu já sabia há muitas semanas, imagine o que senti ao ver sua irmã tão afeiçoada a ele como sempre, e ao ser assegurado de que ia se casar com ele; imagine o que devo ter sentido pelo bem de vocês todas. Quando vim visitá-las semana passada e a encontrei sozinha, estava determinado a saber a verdade; embora sem saber o que fazer *quando* a soubesse. Meu comportamento deve ter-lhe parecido estranho, mas agora pode compreendê-lo. Suportar vê-las todas tão enganadas; ver sua irmã... mas o que eu poderia fazer? Não tinha esperança de interferir com sucesso; e, às vezes, pensei que a influência de sua irmã ainda poderia recuperá-lo. Mas agora, depois de atitude tão desonrada, quem pode dizer quais eram intenções dele para com ela? Sejam quais tenham sido, porém, ela agora pode e, sem dúvida o *fará,* pensar com gratidão na sua própria situação, ao compará-la com a da minha pobre Eliza, e quando considerar a situação terrível e desesperançada desta pobre garota, e a imaginar, sentindo uma afeição por ele tão forte quanto a própria, e com uma mente atormentada pela autocensura que irá persegui-la pelo resto da vida. Certamente esta comparação deve lhe ser útil. Sentirá que seus próprios sofrimentos serão nada. Não procedem de uma má conduta e não podem trazer desgraça. Pelo contrário, todos os amigos devem se tornar ainda mais seus amigos por isso. A preocupação por sua infelicidade e o respeito por sua força, deve fortalecer todos os laços. Use sua própria discrição, no entanto, em lhe comunicar o que lhe disse. Deve saber melhor qual será o efeito do caso nela, mas se não acreditasse, seriamente de todo meu coração, que poderia lhe ser útil, que poderia diminuir seus arrependimentos, não teria suportado perturbá-la com este relato das aflições da minha família, com uma revelação que pode parecer ter sido destinada a me elevar às custas dos outros.

Os agradecimentos de Elinor seguiram essas palavras com profundo reconhecimento; acompanhados da garantia de que ela também acreditava que o relato do que tinha se passado, seria vantajoso para Marianne.

– Tenho sofrido mais – disse ela –, por seus esforços para absolvê-lo do que por todo o restante; pois perturba sua mente mais do que a perfeita convicção de sua indignidade poderia fazer. Agora, embora no início ela vá sofrer muito, tenho certeza que logo se tornará mais fácil. O senhor – continuou ela, depois de um breve silêncio – já encontrou com o Sr. Willoughby desde que o deixou em Barton?

– Sim – ele respondeu gravemente –, apenas uma vez. Um encontro foi inevitável.

Elinor, assustada com seu tom, observou-o de modo ansioso, dizendo:

– O quê? O senhor encontrou-o para...

– Não seria capaz de fazê-lo de outra maneira. Eliza havia me confessado, embora com relutância, o nome de seu amante; quando regressou à cidade, o que fez quinze dias depois de mim, nos encontramos na hora marcada, ele para defender, eu para punir sua conduta. Saímos feridos, e o duelo, portanto, nunca chegou a ser do conhecimento de alguém.

Elinor suspirou pela necessidade imaginada disso; mas, sendo um homem e um soldado, ela decidiu não o censurar.

– Tal – disse coronel Brandon, depois de uma pausa –, tem sido a infeliz semelhança entre o destino da mãe e da filha! E cumpri meu dever de maneira tão imperfeita!

– Ela ainda está na cidade?

– Não, não. Assim que se recuperou do parto, pois eu a encontrei prestes a dar à luz, a enviei com seu filho para o campo, e lá ela permanece.

Lembrando-se, logo depois, que era provável que estivesse separando Elinor de sua irmã, pôs um fim à visita, novamente, recebendo dela as mesmas expressões de sua gratidão e deixando-a cheia de compaixão e estima por ele.

Capítulo 32

Quando os detalhes dessa conversa foram repetidos pela srta. Dashwood para sua irmã, o que ocorreu muito em breve, o efeito sobre ela não foi exatamente o que a primeira esperava ver. Não que Marianne aparentasse desconfiar da verdade de qualquer parte do relato, pois ouviu tudo com a atenção mais constante e submissa, não fez objeção nem observação, não tentou defender Willoughby, e considerando suas lágrimas, parecia considerar impossível fazê-lo. Embora este comportamento assegurasse a Elinor que a convicção dessa culpa *havia* penetrado em sua mente, embora visse com satisfação seu efeito: Marianne não evitava mais coronel Brandon quando ele visitava a casa, falava com ele, até mesmo voluntariamente, com uma espécie de compassivo respeito e, embora Elinor visse seus espíritos menos violentamente agitados do que antes, não a via menos infeliz. Sua mente de fato se acalmou, mas repousou em um desânimo sombrio. Sofria pela perda do caráter de Willoughby com ainda mais intensidade do que havia sofrido pela perda de seu amor; sua sedução e abandono da srta. Williams, a miséria daquela pobre garota, e a dúvida sobre quais teriam sido suas intenções em relação a *ela* mesma, atormentava tão profundamente seu espírito, que não conseguia falar o que sentia nem mesmo para Elinor; e, remoendo suas tristezas em silêncio, causou mais dor à sua irmã do que poderia ter feito com a confissão mais aberta e frequente deles.

Relatar os sentimentos ou a linguagem da sra. Dashwood ao receber e responder a carta de Elinor seria apenas repetir o que suas filhas já haviam sentido e dito; uma decepção pouco menos dolorosa do que a de Marianne e uma indignação ainda maior do que a de Elinor. Longas cartas chegando em rápida sucessão descreviam tudo o que ela sofria e pensava; para expressar sua ansiosa preocupação para com Marianne e para suplicar que ela suportasse com força esse infortúnio. De fato, terrível devia ser a natureza da aflição de Marianne, quando sua mãe era capaz de falar em fortaleza! Mortificante e humilhante devia ser a origem desse desgosto, para que *ela* a aconselhasse a não ceder!

Indo contra as próprias necessidades de consolo, a sra. Dashwood considerou que seria melhor para Marianne estar em qualquer outro lugar, naquele momento, do que em Barton, onde cada coisa que visse traria lembranças do passado do modo mais forte e aflitivo, pondo constantemente Willoughby diante de si, dado que sempre o tinha visto lá. Portanto, recomendou a suas filhas que de forma alguma encurtassem sua visita à sra. Jennings; cuja duração, embora nunca exatamente fixada, todos esperavam ser de pelo menos cinco ou seis semanas. Uma variedade de ocupações, de objetivos e de companhias, que não poderia ser adquirida em Barton, era inevitável lá, e talvez pudesse, ela esperava, às vezes, até engajar Marianne com algum interesse além de si, e até com um pouco de diversão, do mesmo modo que a simples ideia de ambos era agora rejeitada por ela.

Do perigo de rever Willoughby, sua mãe considerava que ela estaria, pelo menos, igualmente segura na cidade como no campo; já que o contato com ele deveria agora ser abandonado por todos que o consideravam um amigo. A intenção nunca os colocaria no caminho um do outro; a negligência nunca os deixaria expostos a uma surpresa; e o acaso tinha menos a seu favor na multidão de Londres do que mesmo no isolamento de Barton, onde talvez pudesse colocá-lo diante da moça enquanto fazia aquela visita a Allenham após seu casamento, que a Sra. Dashwood, a princípio, previra como um evento provável, e agora já tinha como certo.

Tinha ainda mais uma razão para desejar que suas filhas permanecessem onde estavam: uma carta de seu enteado lhe informara que ele e a esposa estariam na cidade antes de meados de fevereiro, e achava justo que elas de vez em quando encontrassem o irmão.

Marianne prometera guiar-se pela opinião da mãe e, portanto, submeteu-se a ela sem oposição, embora fosse completamente diferente do que desejava e esperava, e apesar de considerá-la totalmente errada, baseada em motivos equivocados e que ao exigir que continuasse por mais tempo em Londres, a privava do único alívio possível para sua tristeza, a empatia de sua mãe, condenando-a a um convívio social e tantas situações que a impediria de apreciar um momento de descanso.

Contudo, era questão de grande consolo para ela, que aquilo que lhe trouxe o mal traria o bem para sua irmã; e Elinor, por outro lado, suspeitando que não estaria em seu poder evitar Edward por completo, consolou-se pensando, que embora sua estadia mais longa prejudicaria, portanto, sua própria felicidade, seria melhor para Marianne do que um retorno imediato a Devonshire.

Seu cuidado em proteger a irmã para que jamais ouvisse menção ao nome de Willoughby, não foi em vão. Marianne, embora sem saber, colheu todos os seus frutos; pois nem a sra. Jennings, nem sir John, nem mesmo a sra. Palmer, falaram do rapaz na frente dela. Elinor desejava que a mesma abstenção se estendesse para si mesma, mas isso era impossível, e foi obrigada a ouvir dia após dia aindignação de todos eles.

Sir John não conseguia acreditar. Um homem de quem sempre teve razões para pensar bem! Um sujeito tão bem-humorado! Não acreditava que houvesse um cavaleiro mais ousado na Inglaterra! Era um negócio inexplicável. Desejou de todo o coração que fosse para o inferno. Nunca mais lhe dirigiria a palavra, não importava onde o encontrasse, por tudo no mundo! Não, nem mesmo se estivessem no abrigo de caça de Barton e ficassem esperando por duas horas juntos. Um tremendo patife! Um cão traiçoeiro! E, na última vez em que se encontraram ele lhe ofereceu um dos filhotes de Folly! E este foi o final de tudo!

A sra. Palmer, à sua maneira, estava igualmente furiosa. Estava determinada a romper relações imediatamente e estava muito agradecida por nunca o ter conhecido de fato. Ela desejava do fundo do coração que Combe Magna não fosse tão perto de Cleveland, mas não importava, pois era longe demais para visitar; mas o odiava tanto que estava decidida a nunca mencionar seu nome novamente e diria a todos que encontrasse, o quanto ele era mau-caráter.

O restante da solidariedade da Sra. Palmer foi demonstrado ao descobrir todos os detalhes do casamento a se realizar que podia, e a comunicá-los a Elinor. Em pouco tempo, sabia onde a nova carruagem estava sendo construída, por quem o retrato do sr. Willoughby estava sendo pintado e em que loja as roupas da srta. Grey foram compradas.

A despreocupação calma e educada de lady Middleton na ocasião foi um feliz alívio para o ânimo de Elinor, oprimido como estava pela bondade barulhenta dos outros. Foi um grande conforto para ela ter certeza de não gerar interesse em pelo menos *uma* pessoa de seu círculo de amigos; era muito confortante saber que havia *alguém* que a encontraria sem a mínima curiosidade pelos detalhes ou qualquer ansiedade pela saúde de sua irmã.

Algumas vezes, toda qualidade é elevada pelas circunstâncias do momento, a mais do que seu real valor; e, às vezes, ela era levada pelas invasivas condolências a classificar a boa educação como mais indispensável para o conforto do que a boa vontade.

Lady Middleton expressava sua opinião sobre o caso cerca de uma vez, ou duas por dia, se o assunto surgisse com muita frequência, dizendo: "É muito chocante, de fato!" e por meio desse contínuo embora suave desabafo, foi capaz de não apenas encontrar as srtas. Dashwood desde o primeiro momento sem a menor emoção, como também de logo vê-las sem lembrar uma palavra sobre a questão. Tendo, assim, defendido a dignidade de seu próprio sexo e expressado sua firme censura do que havia de errado no outro, considerou-se livre para cuidar dos interesses de suas próprias reuniões, e, por isso, decidiu (embora indo contra a opinião de sir John) que como a sra. Willoughby seria ao mesmo tempo uma mulher de elegância e fortuna, deixar seu cartão com ela assim que se casasse.

As delicadas e discretas indagações do coronel Brandon nunca eram inoportunas para srta. Dashwood. Ele conquistara abundantemente o privilégio de discutir com intimidade a decepção de sua irmã, pelo zelo amigável com o qual tinha se esforçado para suavizar, e sempre conversavam em grande confidência. Sua principal recompensa pelo esforço doloroso de divulgar tristezas passadas e humilhações atuais, foi o olhar piedoso com o qual Marianne às vezes o observava, e a gentileza de sua voz sempre que (embora não acontecesse muitas vezes) ela era obrigada, ou se forçava a falar com ele. *Isto* lhe assegurou que seu esforço produzira um aumento de boa vontade em relação a si mesmo, e dera a Elinor esperanças de que esta aumentasse com o tempo. Mas a sra. Jennings, que nada sabia acerca do ocorrido, ciente apenas de que o coronel continuava sisudo como sempre, e que não poderia convencê-lo a fazer a oferta ele mesmo, nem a autorizá-la a fazê-la por ele, após dois dias, começou a pensar que, em vez de meados do verão, não estariam casados até a festa de São Miguel e, ao fim de uma semana, que não haveria casamento. O bom entendimento entre o coronel e a srta. Dashwood parecia declarar que, na verdade, as honras da amoreira, do canal e do teixo, seriam todas dadas para *Elinor;* e a sra. Jennings deixara, há algum tempo, de pensar nela como sra. Ferrars.

No início de fevereiro, quinze dias após o recebimento da carta de Willoughby, Elinor teve a dolorosa tarefa de informar à irmã que ele havia se casado. Ela tinha o cuidado de receber a informação, assim que se soube que a cerimônia havia acabado, pois não queria que Marianne recebesse a notícia primeiro pelos jornais públicos, que vinha examinando ansiosamente todas as manhãs.

Recebeu a notícia com absoluta compostura; não fez nenhum comentário e, a princípio, não derramou nenhuma lágrima, mas depois de pouco tempo elas brotaram, e ela passou o resto do dia em um estado pouco menos lamentável do que quando soube, de início, esperar pelo evento.

Os Willoughby deixaram a cidade logo após o casamento; e Elinor agora esperava que, como não havia mais perigo de que Marianne visse qualquer um deles, conseguisse convencer a irmã, que não tinha saído de casa desde que recebera o golpe, a aos poucos voltar a sair, como fazia antes.

Nessa época, as duas srtas. Steele, recém-chegadas à casa de seu primo em Bartlett's Buildings, em Holborn, apresentaram-se novamente perante suas relações mais importantes em Conduit e Berkeley Street; e foram recebidas por todos com grande cordialidade.

Somente Elinor estava triste em vê-las. A presença delas sempre lhe causou irritação e ela mal sabia como retribuir de modo gracioso ao prazer avassalador de Lucy por encontrá-la *ainda* na cidade.

– Teria ficado tão decepcionada se não tivesse encontrado você aqui *ainda* – disse ela repetidamente, com uma forte ênfase na palavra. – Mas sempre acreditei que *iria*, estava quase certa de que você não iria deixar Londres ainda por um tempo; mesmo você tendo me dito em Barton, que não deveria ficar mais de um mês. Mas na época, imaginei que você provavelmente mudaria de ideia quando chegasse a hora. Seria uma pena ter ido embora antes que seu irmão e sua cunhada chegassem. E agora, com certeza não terá pressa nenhuma para ir. Estou incrivelmente feliz que você não tenha cumprido sua *palavra*.

Elinor a entendia perfeitamente, e foi forçada a usar todo o seu autocontrole para fingir que não.

– Bem, minha querida – disse a Sra. Jennings – como foi a viagem?

– Não de diligência, eu lhe asseguro – respondeu a srta. Steele, com exultação rápida – Viemos em uma carruagem de aluguel todo o caminho e na companhia de um belo e elegante rapaz. Dr. Davies estava vindo para a cidade; então, nós decidimos dividir com ele uma carruagem; ele se comportou muito gentilmente, e pagou dez ou doze xelins a mais do que nós.

– Ah! Ah! – exclamou a Sra. Jennings – Muito bem! E o doutor é um homem solteiro, eu suponho.

– Aí está! – disse a srta. Steele, com um sorriso afetado. – Todo mundo ri de mim por causa do doutor e não consigo entender o porquê. Meus primos dizem que têm certeza que fiz uma conquista; mas juro que nunca penso nele em momento algum. "Céus! Aí vem seu pretendente, Nancy." minha prima disse outro dia, quando ela o viu atravessando a rua para a casa. "Meu pretendente?", eu disse, "não sei de quem você está falando. O Doutor não é meu namorado."

– Mas é claro, tudo isso soa muito bem, mas não vai adiantar. O doutor é o homem, eu sei.

– Não, eu juro! – respondeu sua prima, com afetada seriedade. – E imploro que desminta, se ouvir alguém falar isso.

A sra. Jennings, na mesma hora, deu-lhe a gratificante garantia de que ela certamente *não* o faria, e a srta. Steele ficou perfeitamente feliz.

– Suponho que irá ficar com seu irmão e sua cunhada, srta. Dashwood, quando eles vierem à cidade – disse Lucy, voltando ao ataque, após uma pausa nas insinuações hostis.

– Acredito que não.

– Ah, sim, ouso dizer que irão.

Elinor não lhe daria a satisfação de contradizê-la novamente.

– Que ótimo que a sra. Dashwood possa ficar sem vocês duas por tanto tempo.

– Bastante tempo mesmo! – interpelou a sra. Jennings – Ora, a visita delas mal começou!

Lucy calou-se.

– É uma pena que não possamos ver sua irmã, srta. Dashwood – disse a srta. Steele – Lamento muito que ela não esteja bem.

Marianne havia deixado a sala assim que elas chegaram.

– É muita bondade sua. Minha irmã ficará igualmente triste por não ter o prazer de vê-las, mas ultimamente tem sofrido muito com dores de cabeça de fundo nervoso, que a tornam incapaz de receber visitas ou conversar.

– Oh, querida! É lamentável! Mas para velhas amigas como Lucy e eu! Creio que pode *nos* ver; tenha certeza de que não diremos uma palavra.

Elinor, com grande polidez, recusou a proposta. Sua irmã talvez estivesse deitada, ou em seu robe, e por isso impossibilitada de vê-las.

– Ah, se isso é tudo – exclamou a srta. Steele –, nós podemos ir *vê-la.*

Elinor começou a considerar essa impertinência demais para seu temperamento, mas foi poupada do trabalho de detê-la, pela incisiva reprimenda de Lucy, que agora, como em muitas ocasiões, apesar de não conferir muita doçura aos modos de uma irmã, tinha a vantagem de governar os da outra.

Capítulo 33

Depois de alguma oposição, Marianne cedeu às súplicas de sua irmã, e consentiu em sair com ela e com a sra. Jennings uma manhã por meia hora. No entanto, estabeleceu a condição de não fazerem visitas e as acompanharia apenas até o Gray's em Sackville Street, onde Elinor negociava a troca de algumas joias antiquadas da mãe.

Quando pararam à porta, a sra. Jennings se lembrou que havia uma senhora do outro lado da rua, a quem deveria visitar; e já que não tinha negócios no Gray's, resolveu que, enquanto as moças tratavam de seu assunto, faria sua visita e depois se encontraria com as duas.

Ao subir as escadas, as srtas. Dashwood encontraram tantas pessoas lá dentro, que não havia um funcionário disponível para atendê-las; e foram obrigadas a esperar. Tudo o que puderam fazer foi sentarem-se à ponta do balcão que parecia ter o atendimento mais rápido; havia apenas um cavalheiro lá, e é provável que Elinor não deixasse de ter a esperança de despertar sua polidez para que se despachasse mais rápido. Mas a precisão de seu olhar e a elegância de seu gosto provaram-se maiores do que sua polidez. Encomendava um paliteiro para si e, até que suas dimensões, forma e adornos fossem definidos – todos os quais, depois de examinar e discutir por cerca de vinte minutos sobre cada paliteiro da loja, foram finalmente combinados por sua própria imaginação inventiva – ele não tinha tempo para prestar a menor atenção às damas, além de três ou quatro olhares muito impudentes; um tipo de observação que serviu para imprimir em Elinor a imagem de uma pessoa e rosto de forte, natural e genuína insignificância, embora revestida do rigor da moda.

Marianne foi poupada dos sentimentos incômodos de desdém e ressentimento, diante do julgamento impertinente que ele fazia de suas figuras e da presunção com a qual deliberava sobre os horrores dos diferentes paliteiros apresentados à sua inspeção, por permanecer alheia a tudo; era tão capaz de se recolher em seus pensamentos, ignorando tudo que se passava ao seu redor, tanto naquela loja como em seu próprio quarto.

Por fim, o assunto foi resolvido. O marfim, o ouro e as pérolas, todos foram aprovados, e o cavalheiro, tendo informado o último dia em que sua existência poderia continuar sem a posse do paliteiro, vestiu suas luvas com vagaroso cuidado, e lançando outra olhadela sobre as srtas. Dashwood, com um ar que parecia exigir em vez de expressar admiração, saiu com um ar feliz de presunção real e indiferença fingida.

Elinor não perdeu tempo em abordar seus negócios, estava a ponto de concluí-los, quando outro cavalheiro se apresentou ao seu lado. Dirigiu o olhar para seu rosto e, com alguma surpresa, descobriu que era seu irmão.

O afeto e o prazer que demonstraram por se encontrarem foram suficientes para manterem as aparências diante das pessoas na loja. John Dashwood de fato estava longe de lamentar reencontrar-se com suas irmãs; na verdade, os três ficaram satisfeitos; e suas perguntas a respeito da mãe delas foram respeitosas e atenciosas.

Elinor descobriu que ele e Fanny estavam na cidade há dois dias.

– Quis muito visitá-las ontem – disse ele –, mas foi impossível, pois fomos obrigados a levar Harry para ver os animais selvagens em Exeter Exchange; e passamos o resto do dia com a sra. Ferrars. Harry ficou muito feliz. *Esta* manhã tive toda a intenção de visitá-las, se eu tivesse encontrado meia hora livre, mas há sempre tanto a se fazer quando se chega à cidade. Vim encomendar um sinete para Fanny. Creio que amanhã certamente conseguirei ir até Berkeley Street e quero ser apresentado à sua amiga sra. Jennings. Soube que é uma senhora de grande fortuna. E os Middleton também, precisam me apresentar a *eles*. Como parentes da minha sogra, ficarei feliz em apresentar-lhes todo o respeito. Soube que são excelentes vizinhos para vocês na região.

– De fato, são pessoas excelentes. A atenção que têm pelo nosso conforto, sua amizade em cada aspecto, é maior do que posso expressar.

– Fico extremamente feliz em ouvir isso, asseguro-lhes; realmente muito feliz. Mas é assim que deve ser; eles são pessoas de grande fortuna, são seus parentes; é natural esperar que lhes ofereçam todas as demonstrações de delicadeza e as atenções que possam tornar sua situação mais agradável. Então, estão bastante confortavelmente instaladas em sua casinha e não lhes falta nada! Edward nos fez um relato encantador do lugar: a mais completa casa de seu tipo que se pode imaginar, ele disse, e todas parecem apreciá-la acima de tudo. Garanto-lhes que saber disso foi uma grande satisfação para nós.

Elinor sentiu um pouco de vergonha do irmão, e não lamentou ter sido poupada da necessidade de respondê-lo, em razão da chegada do criado da sra. Jennings, que veio lhes avisar que sua senhora esperava por elas na porta.

O Sr. Dashwood acompanhou-as até a saída, foi apresentado à sra. Jennings na porta de sua carruagem, e reiterando sua esperança de poder visitá-las no dia seguinte, despediu-se.

De fato, sua visita ocorreu no dia seguinte. Ele chegou com um pretexto em um pedido de desculpas por parte da esposa, por não o ter acompanhado; "mas ela estava tão ocupada com a mãe, que não tinha realmente tempo livre para ir a qualquer lugar." A sra. Jennings, no entanto, assegurou-lhe imediatamente, que não precisavam fazer cerimônia, pois eram todos primos, ou algo do gênero, e que certamente iria visitar a sra. John Dashwood muito em breve, levando suas cunhadas para vê-la. Os modos dele para com *elas*, embora calmos, eram perfeitamente gentis; para com a sra. Jennings, mais cuidadosamente delicados; quanto ao coronel Brandon, que chegou logo em seguida, olhou-o com uma curiosidade que parecia dizer que só estava esperando saber se *ele* era rico para tratá-lo com igual cortesia.

Depois de permanecer por meia hora, pediu a Elinor para caminhar com ele até Conduit Street e apresentá-lo a sir John e lady Middleton. O tempo estava notavelmente bom, e ela consentiu com prontidão. Assim que saíram da casa, ele começou seu inquérito.

– Quem é o coronel Brandon? É um homem de posses?

– Sim; ele tem uma propriedade muito boa em Dorsetshire.

– Fico feliz em saber. Parece-me um verdadeiro cavalheiro; e creio, Elinor, que posso parabenizá-la pela perspectiva de uma posição muito respeitável na vida.

– Eu, meu irmão? O que quer dizer com isso?

– Ele gosta de você. Observei-o com atenção, e estou certo disso. Qual é o tamanho de sua fortuna?

– Creio que seja de cerca de dois mil por ano.

– Dois mil por ano – e depois esforçando-se para ter um tom de generosidade entusiasmada, acrescentou: – Elinor, desejo de todo o coração que fosse *duas vezes* mais, para o seu bem.

– De fato, acredito em você – respondeu Elinor – mas tenho certeza de que coronel Brandon não tem o menor desejo de se casar *comigo*.

– Está enganada, Elinor; está muito enganada. Um pequeno esforço de sua parte o conquistará. Talvez neste momento esteja apenas indeciso; a insignificância de sua fortuna pode fazê-lo hesitar; seus amigos talvez o aconselhem contra isso. Mas algumas das pequenas atenções e encorajamentos que as damas concedem com tanta facilidade deverão bastar, apesar de sua indecisão. E não há razão para que não tente conquistá-lo. Não se pode supor que qualquer apego anterior da sua parte... quero dizer, você sabe que, quanto a um apego assim, está completamente fora de cogitação, as objeções são insuperáveis... você é sensata o suficiente para não enxergar isso. Coronel Brandon deve ser o homem; e não pouparei delicadezas para que fiquem contentes você e sua família. É uma união que deve satisfazer a todos. Em suma, é o tipo de coisa que – baixando sua voz para um sussurro cheio de importância – será extremamente bem-vinda por *todas* as partes. – Parecendo recordar-se de algo, no entanto, acrescentou: – Isto é, quero dizer... seus amigos estão mesmo ansiosos para vê-la bem estabelecida na vida; Fanny em especial, pois tem grande interesse em sua felicidade, eu garanto. E a mãe dela também, a sra. Ferrars, uma mulher muito bondosa, tenho certeza que daria a ela grande alegria; ela mesma disse isso outro dia.

Elinor não se dignou a responder.

– Seria algo notável – continuou ele –, algo bem divertido, se Fanny ganhasse uma cunhada e eu um cunhado ao mesmo tempo. E isso não é muito improvável.

– O sr. Edward Ferrars – disse Elinor, com firmeza – está para se casar?

– Não há nada de fato decidido, mas está em cogitação. Sua mãe é uma mulher excelente. A sra. Ferrars, com grande generosidade, intervirá e irá provê-lo com mil libras por ano, se a união acontecer. A dama é a honorável srta. Morton, única filha do falecido lorde Morton, proprietária de trinta mil libras. Uma união muito desejável de ambos os lados, e não tenho nenhuma dúvida de que está para acontecer. Mil por ano é uma quantia significativa para uma mãe conceder. Contudo, a sra. Ferrars tem um espírito nobre. Para lhe dar outro exemplo de sua bondade: outro dia, assim que chegamos à cidade, ciente de que não dispúnhamos de muito dinheiro naquele momento, entregou nas mãos de Fanny algumas notas na quantia de duzentas libras. E foram muito bem-vindas, pois devemos viver a um grande custo enquanto estamos aqui.

Ele fez uma pausa, esperando que Elinor concordasse e se compadecesse; e ela se forçou a dizer:

– Suas despesas tanto na cidade quanto no campo certamente devem ser consideráveis; mas sua renda é alta.

– Não tão alta, ouso dizer, quanto muitas pessoas supõem. Não que esteja reclamando; sem dúvida, estou em uma situação confortável, a qual espero que melhore com o tempo. O cercamento das terras de Norland Common, em curso agora, toma muito dinheiro. E também fiz uma pequena aquisição no último semestre; a fazenda de East Kingham; deve se lembrar do lugar, onde o velho Gibson morava. A propriedade era tão desejável para mim em todos os aspectos, imediatamente contígua à minha, que senti que era meu dever comprá-la. Eu não teria me perdoado se a deixasse cair em outras mãos. Um homem deve pagar por sua comodidade; e isso me *custou* uma quantia considerável.

– Mais do que pensa que real e intrinsecamente vale.

– Ora, espero que não. Poderia tê-la revendido, no dia seguinte, por mais do que paguei; mas, no que diz respeito ao dinheiro da compra, corri um grande risco, de fato; pois o valor das ações naquela época estava tão baixo que, se eu não tivesse a soma necessária no banco, seria obrigado a vendê-las com prejuízo.

Elinor pôde apenas sorrir.

– Tivemos outras grandes e inevitáveis despesas quando chegamos a Norland. Nosso respeitado pai, como bem sabe, legou todos os bens de Stanhill que permaneceram em Norland (e eram muito valiosos) para sua mãe. Longe de mim lamentar-me de novo por isso; ele tinha o direito inquestionável de dispor de sua propriedade como quisesse, mas, em consequência disso, fomos obrigados a fazer grandes compras de roupas de cama, louças, etc. para substituir o que foi levado. Pode imaginar que, depois de todas essas despesas, o quanto estamos longe de ser ricos, e como a bondade da sra. Ferrars é aceitável.

– Certamente – concordou Elinor. – E assistidos por sua generosidade, espero que ainda possam viver em circunstâncias confortáveis.

– Mais um ano ou dois e as coisas estarão melhores – respondeu ele gravemente – entretanto, ainda há muito a ser feito. Ainda não começamos a construção da estufa de Fanny, e do jardim de flores temos apenas o plano.

– Onde vai ser a estufa?

– Sobre a colina atrás da casa. As velhas nogueiras serão todas derrubadas para abrir espaço. Será uma bela construção que poderá ser vista de muitas partes da propriedade, e o jardim de flores vai começar pouco abaixo e será extremamente bonito. Limpamos todos os velhos espinheiros que cresciam ali.

Elinor guardou sua preocupação e sua censura para si mesma; e ficou muito grata por Marianne não estar presente, para sofrer a mesma provocação.

Tendo dito o suficiente para deixar clara a própria pobreza e para acabar com a necessidade, em sua próxima visita à joalheria, de comprar um par de brincos para cada uma de suas irmãs, seus pensamentos tomaram um rumo mais alegre, e ele parabenizou Elinor por ter uma amiga como a sra. Jennings.

– Parece de fato uma mulher de muito valor. Sua casa, seu estilo de vida, todos evidenciam uma renda altíssima; e é uma conexão que não só tem sido de grande utilidade para você até agora, mas no final pode se provar materialmente vantajosa. Esse convite para que a acompanhassem à cidade decerto lhes será muito benéfico; de fato, demonstra grande consideração pelas duas e, é bem provável, que quando ela morra, vocês não sejam esquecidas. Ela deve ter muitos bens a deixar.

– Pelo contrário, eu suponho, pois ela tem apenas o usufruto de seus bens, que reverterão às suas filhas.

– Mas não é de se imaginar que gaste toda sua renda. Poucas pessoas de bom senso fariam *isso*; e o que ela economizar, poderá dispor como desejar.

– E não acha mais provável que ela deixe tudo para suas filhas, e não para nós?

– Ambas as filhas estão muitíssimo bem casadas, e, portanto, não vejo a necessidade de que lhes conceda mais nada. Ao passo que, na minha opinião, por ser tão atenciosa com vocês e tratá-las assim tão bem, lhes concede uma espécie de direito sobre seus planos futuros, que uma mulher consciencoisa não desconsideraria. Nada pode ser mais gentil do que seu comportamento; e ela mal pode fazer tudo isso sem estar ciente da expectativa que desperta.

– Mas não desperta nenhuma nas maiores interessadas. Na verdade, irmão, sua ansiedade pelo nosso bem-estar e prosperidade fazem com que vá longe demais.

– Ora, com certeza – disse ele, parecendo se recompor – as pessoas têm pouco, muito pouco em seu poder. Mas, minha querida Elinor, qual é o problema com Marianne? Ela parece muito mal, perdeu a cor e emagreceu tanto. Ela está doente?

– Ela não está bem, há várias semanas está sofrendo dos nervos.

– Lamento muito. Na idade dela, qualquer uma doença destrói o viço da beleza para sempre! O dela durou muito pouco! Era uma moça tão linda setembro passado, como nunca vi; e era provável que atraísse o homem. Havia algo em seu estilo de beleza, que era especialmente agradável. Lembro-me que Fanny costumava dizer que ela iria se casar mais cedo e melhor do que você; não que ela não seja extremamente afeiçoada a *você*, mas isso lhe veio à mente. No entanto, está enganada. Duvido se Marianne, como está *agora*, irá se casar com um homem que vale mais de quinhentas ou seiscentas libras por ano, no máximo, e eu estou muito enganado se *você* não fizer melhor. Dorsetshire! Conheço muito pouco de Dorsetshire;

mas, minha querida Elinor, ficarei extremamente feliz de conhecer mais; e creio poder garantir que Fanny e eu estaremos entre os primeiros e mais satisfeitos de seus visitantes.

Elinor tentou muito seriamente convencê-lo de que não havia a possibilidade de ela vir a se casar com o coronel Brandon; mas era uma expectativa que o agradava demais para ser abandonada, e ele estava decidido a criar intimidade com o cavalheiro, e a promover o casamento por toda atenção possível. Sentia remorso suficiente por não ter feito nada pelas irmãs para ficar extremamente ansioso para que os outros fizessem muito por elas; e um pedido de casamento feito pelo coronel Brandon ou uma herança da sra. Jennings, era o meio mais fácil de expiar a própria negligência.

Tiveram a sorte de encontrarem lady Middleton em casa, e sir John chegou antes de sua visita terminar. Uma abundância de gentilezas foi trocada por ambas as partes. Sir John estava pronto para gostar de qualquer pessoa e, embora o Sr. Dashwood não parecesse saber muito sobre cavalos, logo decidiu que era um sujeito muito bom; enquanto lady Middleton considerou-o elegante o bastante para pensar que sua amizade valesse a pena; e o Sr. Dashwood foi embora encantado com ambos.

– Terei um relato muito encantador para fazer a Fanny – anunciou ele, enquanto voltava com a irmã. – Lady Middleton é realmente uma mulher muito elegante! Uma mulher, tenho certeza, que Fanny ficará feliz em conhecer. E a sra. Jennings também, uma mulher extremamente bem-educada, embora não tão elegante quanto a filha. Sua cunhada não precisa ter nenhum receio de *visitá-la*, o que, para dizer a verdade, tem sido um pouco o caso, o que é muito natural; pois só sabíamos que a sra. Jennings era viúva de um homem que tinha conseguido todo o seu dinheiro de maneira vulgar; e Fanny e a sra. Ferrars estavam ambas fortemente convencidas de que nem ela nem suas filhas eram o tipo de mulher com quem Fanny gostaria de se associar. Agora, porém, posso dar-lhe um relato muito satisfatório de ambas.

Capítulo 34

A sra. John Dashwood tinha tanta confiança no julgamento de seu marido, que logo no dia seguinte visitou tanto a sra. Jennings quanto sua filha; e sua confiança foi recompensada ao constatar que até a primeira, mesmo a mulher com quem suas irmãs estavam hospedadas, de forma alguma era indigna de sua atenção; e quanto a lady Middleton, considerou-a uma das mulheres mais encantadoras do mundo!

Lady Middleton ficou igualmente satisfeita com a sra. Dashwood. Havia uma espécie de egoísmo frio em ambas que as atraiu mutuamente; e simpatizaram uma com a outra em uma insípida adequação de comportamento e em uma carência geral de entendimento.

Entretanto, os mesmos modos que recomendaram a sra. John Dashwood à boa opinião de lady Middleton não se adequaram à imaginação da sra. Jennings, e para *ela* a sra. John Dashwood não passava de uma mulherzinha de aparência orgulhosa e de maneiras rudes, que encontrou as irmãs do marido sem qualquer afeto e com quase nada a lhes dizer; durante vinte e poucos minutos da visita à Berkeley Street, sentou-se pelo menos sete minutos e meio em silêncio.

Elinor queria muito saber, embora tivesse decidido não perguntar, se Edward estava na cidade; mas nada teria induzido Fanny a mencionar de modo voluntário o nome dele na frente dela, até que pudesse lhe dizer que seu casamento com a srta. Morton estava decidido, ou até que as expectativas de seu marido sobre o coronel Brandon fossem confirmadas; pois acreditava que eles ainda eram muito apegados um ao outro e que deviam ser diligentemente afastados em palavras e atos em todas as ocasiões. Entretanto, a informação que *ela* não daria, logo fluiu de outra fonte. Lucy apareceu pouco depois para reivindicar a compaixão de Elinor por ser incapaz de ver Edward, embora ele tivesse chegado à cidade com o sr. e a sra. Dashwood. Ele não se atreveria a ir à Bartlett's Buildings por medo de ser visto, e apesar de sua impaciência mútua em encontrarem-se não poder ser descrita, nada podiam fazer por enquanto, além de se corresponderem.

Edward assegurou-lhes de que estava na cidade por si mesmo, em pouco tempo, visitando Berkeley Street duas vezes. Por duas vezes encontraram o cartão dele na mesa, quando voltaram dos compromissos matinais. Elinor ficou contente que ele as tivesse procurado e ainda mais satisfeita por não o ter encontrado.

Os Dashwood estavam tão prodigiosamente encantados com os Middleton que, embora não tivessem o hábito de oferecer nada, decidiram lhes oferecer um jantar; e pouco depois que começaram sua amizade, convidaram-nos para jantar em Harley Street, onde tinham alugado uma casa muito boa por três meses. Suas irmãs e a sra. Jennings também foram convidadas, e John Dashwood teve o cuidado de assegurar a presença do coronel Brandon, que, sempre feliz por estar onde estavam as srtas. Dashwood, recebeu suas ansiosas cortesias com alguma surpresa, mas muito mais prazer. Elas iriam conhecer a Sra. Ferrars; mas Elinor não conseguiu descobrir se seus filhos estariam presentes. A expectativa de *encontrá-la*, porém, foi suficiente para deixá-la interessada no compromisso; pois apesar de agora poder conhecer a mãe de Edward sem aquela ansiedade que uma vez experimentara, seu desejo de estar na companhia da sra. Ferrars, sua curiosidade em saber como ela era, eram tão fortes como sempre.

O interesse com que ela antecipou o jantar, foi logo aumentado, de modo mais intenso do que agradável, por saber que as srtas. Steele também iriam participar.

Haviam se recomendado tão bem a lady Middleton, foram tão agradáveis em suas atenções para com ela, que embora Lucy certamente não fosse tão elegante, e sua irmã nem mesmo bem-educada, ela estava tão disposta quanto sir John a convidá-las a passar uma ou duas semanas em Conduit Street; e aconteceu de ser especialmente conveniente para a srtas. Steele, assim que souberam do convite dos Dashwood, que sua visita começasse dias antes de a festa acontecer.

Suas tentativas à atenção da sra. John Dashwood, como sobrinhas do cavalheiro que por muitos anos fora tutor de seu irmão, não teria feito muito, porém, para obter-lhes assentos à sua mesa; mas como convidadas de lady Middleton, deveriam ser bem-vindas; e Lucy, que há muito queria conhecer pessoalmente a família, conhecer melhor o caráter deles e as próprias dificuldades, e ter a oportunidade de tentar agradar-lhes, poucas vezes havia sido mais feliz, do que quando recebeu o cartão da sra. John Dashwood.

Em Elinor seu efeito foi muito diferente. Começou logo a imaginar que Edward, que morava com a mãe, teria que ser convidado com ela, para um jantar dado por sua irmã; e ela o veria pela primeira vez, depois de tudo o que passou, na companhia de Lucy! – ela mal sabia como conseguiria suportar isso!

Essas apreensões, talvez, não fossem inteiramente baseadas na razão, e por certo não na verdade. Foram amenizadas, no entanto, não por sua própria lembrança, mas pela boa vontade de Lucy, que acreditava estar infligindo uma severa decepção quando ela lhe disse que Edward de fato não estaria em Harley Street na terça-feira, e também pensava estar aumentando ainda mais a dor, persuadindo-a de que ele havia decidido se manter longe pela extrema afeição que sentia por ela e que não conseguia esconder quando estavam juntos.

Por fim, chegou a importante terça-feira na qual as duas moças conheceriam essa formidável sogra.

– Tenha pena de mim, querida srta. Dashwood! – exclamou Lucy, ao subirem as escadas juntas (os Middleton chegaram tão pouco tempo depois da sra. Jennings, que todas seguiram o criado ao mesmo tempo) – Não há ninguém aqui além de você que possa sentir por mim. Juro que mal consigo ficar em pé. Meu Deus! Em poucos instantes conhecerei a pessoa de quem toda a minha felicidade depende... aquela que há ser minha mãe!

Elinor poderia ter-lhe oferecido alívio imediato sugerindo que a pessoa que estavam prestes a conhecer seria mais provavelmente sogra da srta. Morton em vez de sua; mas em vez de fazer isso, assegurou-lhe, e com grande sinceridade, que sentia pena dela, para o espanto completo de Lucy, que, embora realmente desconfortável, esperava pelo menos ser alvo da inveja irreprimível de Elinor.

A sra. Ferrars era uma mulher de aparência pequena, magra e empertigada ao ponto da formalidade, e de expressão séria, até mesmo azeda. Sua pele era pálida; e suas feições pequenas, sem beleza e, naturalmente, sem expressão; mas uma feliz contração da testa tinha resgatado seu semblante da desgraça da insipidez, dando-lhe as fortes características do orgulho e do mau humor. Não era uma mulher de muitas palavras; pois, ao contrário das pessoas em geral, as usava apenas conforme o número de ideias que tinha; e das poucas sílabas que escaparam dela, nenhuma foi dirigida à srta. Dashwood, a quem ela observava com a forte determinação de não gostar dela em todas as circunstâncias.

Agora, Elinor não ficaria mais infeliz por este comportamento. Alguns meses atrás, isso a teria machucado profundamente, mas a sra. Ferrars não tinha mais poder para afligi-la, e a diferença de seus modos para com as srtas. Steele, diferença esta que parecia propositalmente feita para humilhá-la mais, apenas divertiu-a. Não podia deixar de sorrir ao ver a graciosidade da mãe e da filha em relação à mesma pessoa – pois Lucy era particularmente distinguida – a quem, entre todas, se soubessem tanto quanto ela, estariam mais ansiosas para atormentar; enquanto ela mesma, que em comparação não tinha qualquer poder para feri-las, recebia o acentuado desprezo de ambas. Mas enquanto sorria diante dessa benevolência tão mal aplicada, não conseguia refletir sobre a loucura mesquinha de onde surgiu, nem observar as estudadas atenções com as quais as srtas. Steele cortejaram sua continuidade, sem completamente desprezar todas as quatro.

Lucy estava exultante por ser tão honrosamente distinguida; e ela e a srta. Steele só precisavam ser provocadas sobre o Dr. Davies para ficarem perfeitamente felizes.

O jantar foi grandioso, os criados eram numerosos, e cada coisa demonstrava a inclinação da senhora para o exibicionismo, e a capacidade do Mestre de sustentá-lo. Apesar das melhorias e adições que estavam fazendo à propriedade de Norland, e apesar de seu proprietário ter estado, por algumas milhares de libras, a ponto de ser obrigado a vender suas ações com prejuízo, nada demonstrava sinais da indigência que ele tentara indicar a Elinor; nenhuma pobreza de qualquer tipo, exceto de assunto, apareceu; mas nisso, a deficiência era considerável. John Dashwood não tinha muito a dizer que valesse a pena ouvir, e sua esposa, ainda menos. Mas não havia desgraça peculiar nisso, pois esse era exatamente o caso da maior parte das suas visitas, que quase todas se esforçavam em uma ou outra das seguintes desqualificações para serem agradáveis: falta de bom senso, natural ou melhorado; falta de elegância; falta de espírito, ou falta de temperamento.

Quando as senhoras se retiraram para a sala após o jantar, essa pobreza ficou particularmente evidente, pois os cavalheiros *haviam* fornecido alguma variedade ao discurso – discutindo política, cercamento de terras e amansamento de cavalos – mas então isso acabou; e as senhoras se ocuparam de apenas um assunto até a hora do café: comparar as alturas de Harry Dashwood e do segundo filho de lady Middleton, William, que tinham quase a mesma idade.

Se ambas as crianças estivessem lá, o problema poderia ter sido resolvido com facilidade, medindo-os; mas como apenas Harry estava presente, tudo não passava de conjecturas de ambos os lados; e cada uma tinha o direito de se considerar igualmente certa em sua opinião, e repeti-la quantas vezes quisesse.

Os lados se dividiam assim:

As duas mães, embora cada uma convencidade de verdade de que seu próprio filho era o mais alto, educadamente decidido a favor do outro.

As duas avós, com não menos parcialidade, mas mais sinceridade, foram igualmente sinceras ao apoiar o próprio descendente.

Lucy, que estava tão ansiosa para agradar uma das mães quanto a outra, afirmou que os meninos eram ambos notavelmente altos para sua idade, e não podia conceber que havia a menor diferença no mundo entre eles; e a srta. Steele, com ainda mais deferência decidiu, o mais rápido que pôde, em favor de ambos.

Elinor, uma vez tento dado sua opinião a favor de William, ofendendo assim a sra. Ferrars e Fanny ainda mais, não viu a necessidade de reforçá-la com qualquer repetição; e Marianne, quando perguntada acerca da sua, ofendeu a todas, declarando que não tinha opinião para dar, por nunca ter pensado no assunto.

Antes de sua partida de Norland, Elinor havia pintado um par de belas telas para a cunhada, que, recém emoldurada e trazida para casa, ornamentavam a sala de visitas. Essas telas chamaram a atenção de John Dashwood quando ele acompanhava os outros cavalheiros para a sala, e ele as entregou de modo solene ao coronel Brandon para sua apreciação.

– Foram pintadas pela minha irmã mais velha – disse ele –; e ouso dizer que você, como homem de bom gosto, irá apreciá-los. Não sei se já viu alguma de suas obras antes, mas em geral todos a consideram uma excelente artista.

O coronel, embora negando todas as pretensões a especialista, admirou calorosamente as telas, como teria feito a qualquer coisa pintada pela srta. Dashwood; e como a curiosidade dos outros foi, naturalmente, despertada, elas foram passadas de mão em mão para apreciação geral. A sra. Ferrars, sem saber que o trabalho era de Elinor, pediu para ver; depois que receberam um testemunho gratificante da aprovação de lady Middleton, Fanny apresentou-as à sua mãe, informando-a, ao mesmo tempo, que haviam sido feitos pela srta. Dashwood.

– Hum – disse a sra. Ferrars –, muito bonitas. – E olhar mais para elas, devolveu-as para a filha.

Talvez Fanny tenha considerado por um momento que sua mãe havia sido rude o suficiente, pois, corando um pouco, imediatamente falou:

– São muito bonitas, senhora, não acha? – Mas, então, provavelmente, temeu ter sido gentil e encorajadora demais, pois logo acrescentou:

– Não acha que têm algo do estilo de pintura da srta. Morton, senhora? Ela *pinta* maravilhosamente! Como é esplêndida sua última paisagem!

– Lindamente, de fato! Mas *ela* faz todas as coisas bem.

Marianne não podia suportar isso. Já estava extremamente descontente com a sra. Ferrars; e tais elogios inoportunos de outra, às custas de Elinor, embora não soubesse o que de fato queriam dizer por ele, provocaram-na de imediato a anunciar com veemência:

– Que admiração peculiar! Quem é a srta. Morton para nós? Quem a conhece ou se importa com ela? É sobre o trabalho de Elinor que estamos pensando e falando.

E assim dizendo, tirou as telas das mãos da cunhada, para admirá-las como deveriam ser admiradas.

A sra. Ferrars parecia extremamente irritada e empertigando-se de modo mais rígido do que nunca, pronunciou em réplica a esta amarga filípica:

– A srta. Morton é filha de lorde Morton.

Fanny parecia muito irritada também, e seu marido assustou-se com a audácia de sua irmã. Elinor foi muito mais ferida pelo ardor de Marianne do que tinha sido pelo motivo que o causou; mas os olhos do coronel Brandon, como estavam fixos em Marianne, declaravam que notou apenas o que havia de amável nele: um coração afetuoso que não podia suportar ver uma irmã desprezada no menor aspecto.

Os sentimentos de Marianne não pararam por aí. A fria insolência do comportamento geral da sra. Ferrars para com sua irmã, pareceu-lhe indicar tais dificuldades e angústias para Elinor, que seu próprio coração ferido a ensinou a considerar com horror; e instigada por um forte impulso de sensibilidade afetuosa, se dirigiu depois de um momento, para a cadeira de sua irmã, e colocando um braço em volta do pescoço, e uma bochecha perto da dela, disse em uma voz baixa, mas ansiosa:

– Querida, amada Elinor, não se importe com elas. Não deixe que façam *você* infeliz.

Não pôde dizer mais nada; seu espírito ficou muito abalado e, escondendo o rosto no ombro de Elinor, desatou a chorar. Aquilo chamou a atenção de todos e quase todos se preocuparam. O coronel Brandon levantou-se e foi até elas, sem saber o que fazer. A sra. Jennings, com um muito inteligente "Ah! pobre querida", no mesmo momento deu-lhe seus sais; e sir John ficou tão desesperadamente enfurecido contra o autor dessa crise nervosa, que instantaneamente mudou para um assento perto de Lucy Steele, e fez-lhe, sussurrando, um breve relato de todo o caso chocante.

Todavia, em poucos minutos, Marianne havia se recuperado o suficiente para pôr um fim à agitação, e sentar-se entre os outros; embora seu ânimo mantivesse a impressão do que se passara, por toda a noite.

– Pobre Marianne! – disse seu irmão ao coronel Brandon, em voz baixa, assim que pôde garantir sua atenção – Não tem uma saúde tão boa como a da irmã… é muito nervosa… não tem o temperamento de Elinor… e devemos permitir que é muito perturbador para uma moça que *já foi* uma beldade na perda de seus atrativos pessoais. Talvez não seja capaz de acreditar, mas Marianne *era* notavelmente bonita alguns meses atrás; tão bonita quanto Elinor. Agora, como vê, tudo se foi.

Capítulo 35

A curiosidade de Elinor sobre a sra. Ferrars estava satisfeita. Havia encontrado nela tudo o que poderia tornar indesejável uma conexão mais profunda entre as famílias. Havia visto o suficiente de seu orgulho, de sua maldade, e de seu determinado preconceito contra Elinor, para compreender todas as objeções que teriam dificultado o compromisso e retardado o casamento, entre Edward e ela, caso o rapaz tivesse liberdade para isso; viu quase o suficiente para ficar grata, pelo próprio bem, que outro obstáculo maior a preservou de sofrer sob qualquer outra das concepções da sra. Ferrars, de toda dependência aos seus caprichos, ou de qualquer solicitude para obter sua boa opinião. Pelo menos, apesar de não se alegrar com o fato de Edward estar preso a Lucy, decidiu, que se Lucy tivesse sido mais amável, ela *deveria* ter se alegrado.

Surpreendia-a que o ânimo de Lucy pudesse ficar tão elevado pela civilidade da sra. Ferrars, que seu interesse e sua vaidade a cegassem tanto a ponto de fazer a atenção que parecia ter sido prestada a ela apenas porque ela *não era Elinor,* parecer um elogio a si mesma – ou que lhe permitisse derivar encorajamento de uma preferência que só lhe era dada porque sua real situação era desconhecida. Mas era isso mesmo, não só tinha sido declarado pelo olhar de Lucy naquela noite, mas foi declarado de novo na manhã seguinte mais abertamente, pois a seu pedido, Lady Middleton deixou-a em Berkeley Street na tentativa de ver Elinor sozinha, para dizer-lhe o quão feliz estava.

Ela estava com sorte, pois uma mensagem da sra. Palmer, logo depois que chegara, levou a sra. Jennings a sair.

– Minha querida amiga – exclamou Lucy, assim que estavam sozinhas. – Eu vim falar com você da minha felicidade. Pode haver algo tão lisonjeiro quanto a maneira que a sra. Ferrars me tratou ontem? Tão excepcionalmente afável como ela era! Você sabe como eu temia a ideia de conhecê-la; mas no momento em que fui apresentada, seu comportamento foi tão amável que parecia mesmo dizer que ela tinha gostado de mim. Não foi assim? Você, que viu tudo, não ficou surpresa?

– Certamente, ela foi muito educada com você.

– Educada! Não viu nada além de apenas educação? Eu vi muito mais. Tanta gentileza que não dedicou para ninguém além de mim! Sem orgulho nem arrogância, e sua cunhada da mesma forma: pura doçura e afabilidade!

Elinor queria falar de outra coisa, mas Lucy a pressionou mais para que dissesse que tinha razão para sua felicidade; e Elinor foi obrigada a continuar:

– Sem dúvida, se elas soubessem do seu noivado – disse ela – nada seria mais lisonjeiro do que o tratamento que deram a você; mas como esse não foi o caso...

– Eu imaginei que você diria isso – respondeu Lucy rapidamente. – Mas não havia razão no mundo para que a Sra. Ferrars parecesse gostar de mim, se não o fizesse, e ter gostado de mim é o mais importante. Você não vai tirar minha satisfação. Tenho certeza que tudo vai acabar bem e, não haverá nenhuma dificuldade, para o que eu costumava pensar. A sra. Ferrars é uma mulher encantadora, bem como sua cunhada. Ambas são mulheres maravilhosas, de verdade! Surpreende-me que eu nunca tenha ouvido falar de quão agradável a Sra. Dashwood é!

Elinor não tinha nenhuma resposta para isso, e não tentou dar alguma.

– Está se sentido mal, srta. Dashwood? Parece cabisbaixa... não fala nada... Tem certeza de que está bem?

– Nunca estive melhor de saúde.

– Fico feliz por isso, de todo o coração; mas realmente você não pareceu bem. Eu ficaria triste por *vê-la* doente; você, que tem sido o maior conforto para mim no mundo! Sabe lá Deus o que eu faria sem sua amizade.

Elinor deu uma resposta educada, embora duvidando que tivesse sucesso. Mas pareceu satisfazer Lucy, pois ela respondeu logo em seguida:

– De fato, estou perfeitamente convencida de sua consideração por mim e, ao lado do amor de Edward, é o maior conforto que tenho. Pobre Edward! Mas agora há uma coisa boa: poderemos nos encontrar, e com muita frequência, pois lady Middleton está encantada com a sra. Dashwood, então iremos muitas vezes a Harley Street, ouso dizer, e Edward passa metade do seu tempo com a irmã. Além disso, lady Middleton e a sra. Ferrars vão se visitar agora; e a sra. Ferrars e sua cunhada foram tão boas em dizer, mais de uma vez, que sempre estariam felizes em me ver. Elas são mulheres tão encantadoras! Tenho certeza que se algum dia você contar à sua irmã o que penso dela, nunca conseguirá dizer o suficiente.

Elinor, porém, não lhe daria qualquer esperança de que um dia ela diria isso à cunhada. Lucy continuou:

– Tenho certeza que perceberia em um instante se a Sra. Ferrars sentisse antipatia por mim. Se tivesse apenas me dado um cumprimento formal, por exemplo, sem me dizer uma palavra e depois não tivesse mais me dado atenção, se nunca tivesse me olhado de maneira agradável... Você sabe o que quero dizer. Se eu tivesse sido tratada dessa maneira desagradável, eu teria desistido de tudo, desesperada. Não teria aguentado. Pois quando ela *não* gosta, sei que é do modo mais violento.

Elinor foi impedida de dar qualquer resposta a esse gentil triunfo, pois a porta se abriu, o servo anunciou o Sr. Ferrars, e Edward imediatamente entrou.

Foi um momento muito constrangedor; e o semblante de cada um demonstrava isso. Todos pareciam extremamente tolos; e Edward parecia tão inclinado a sair da sala outra vez como a avançar mais para dentro. A própria circunstância, em sua forma mais desagradável, que cada um ansiosamente queria evitar, caíra sobre eles. Não estavam apenas os três juntos, mas estavam juntos sem o alívio da presença de qualquer outra pessoa. As damas se recuperaram primeiro. Não cabia a Lucy se adiantar, e a aparência de sigilo ainda deveria ser mantida. Ela podia apenas *aparentar* sua ternura, e depois de um cumprimento ligeiro, não disse mais nada.

Mas Elinor tinha mais a fazer; e estava tão ansiosa, para o bem dele e o próprio, a fazê-lo bem, que se forçou, depois de um momento para se recompor, a recebê-lo com olhar e maneira que eram quase tranquilos e espontâneos; e mais um esforço, mais um empenho os tornaram ainda melhores. Não permitiria que a presença de Lucy, nem que a consciência de alguma injustiça contra si mesma, a impedisse de dizer que estava feliz em vê-lo, e que tinha sentido muito estar fora de casa quando ele viera antes a Berkeley Street. Não teria medo de lhe dar aquelas atenções que, como amigo e quase um parente, lhe eram devidas, por causa dos olhos observadores de Lucy, embora logo percebera que ela a estava observando com diligência.

Seus modos deram alguma segurança para Edward, e ele teve coragem suficiente para se sentar; mas seu constrangimento ainda excedia o das moças em uma proporção, que o caso tornava razoável, embora seu sexo pudesse torná-lo raro; pois seu coração não era indiferente, como o de Lucy, nem sua consciência podia estar tão tranquila quanto a de Elinor.

Lucy, com um ar recatado e tranquilo, parecia determinada a não contribuir para o conforto dos outros e não disse uma palavra; e quase tudo o que *foi* dito, procedeu de Elinor, obrigada a oferecer todas as informações sobre a saúde de sua mãe, sua vinda para a cidade, etc., que Edward deveria ter perguntado, mas não o fez.

Seus esforços não terminaram aí; pois logo depois, sentiu-se tão heroicamente disposto, que decidiu, sob o pretexto de buscar Marianne, deixar os outros a sós; e realmente fez *isso* do modo mais elegante, pois demorou-se vários minutos no patamar, com a mais nobre fortaleza, antes de ir buscar a irmã. Quando isso havia sido feito, no entanto, era hora dos enlevos de Edward cessarem; pois a alegria de Marianne a fez correr até a sala no mesmo instante. Seu prazer em vê-lo era como todos os seus outros sentimentos, forte em si mesmo e expresso com intensidade. Encontrou-o com uma mão estendida e uma voz que expressava o afeto de uma irmã.

Caro Edward! – exclamou – Este é um momento de grande felicidade! Isso quase compensa todo o restante!

Edward tentou devolver sua bondade como merecia, mas diante de tais testemunhas ele não se atrevia a dizer metade do que de fato sentia. Mais uma vez todos eles se sentaram e, por um momento ou dois, todos ficaram em silêncio; enquanto Marianne olhava com a mais expressiva ternura, às vezes para Edward e às vezes para Elinor, lamentando apenas que o deleite de um pelo outro fosse prejudicado pela presença indesejada de Lucy. Edward foi o primeiro a falar, reparando na aparência alterada de Marianne e expressando seu medo de que Londres não estivesse lhe fazendo bem.

– Ah, não se preocupe comigo! – Respondeu ela, com espirituosa seriedade, embora seus olhos estivessem cheios de lágrimas enquanto falava. – Não pense na *minha* saúde. Elinor está bem, como vê. Isso deve ser suficiente para nós dois.

Esta observação não foi calculada para deixar Edward ou Elinor mais à vontade, nem para conciliar a boa vontade de Lucy, que olhou para Marianne com uma expressão nada benigna.

– Estão gostando de Londres? – perguntou Edward, disposto a falar qualquer coisa que pudesse introduzir outro assunto.

– De jeito nenhum. Eu esperava ter muito prazer aqui, mas não encontrei nenhum. A visão de você, Edward, é o único conforto que proporcionou; e graças a Deus! Você é o que sempre foi!

Ela fez uma pausa – ninguém falou.

– Creio, Elinor – por fim, acrescentou ela – que devemos pedir a Edward para cuidar de nós em nosso retorno a Barton. Em uma ou duas semanas, suponho, vamos embora; e, acredito, Edward não se incomodaria com esse encargo.

O pobre Edward murmurou algo, mas o que fora, ninguém sabia, nem mesmo ele. Mas Marianne, que viu sua agitação, e poderia facilmente relacioná-la com qualquer causa que melhor lhe agradasse, ficou muito satisfeita, e logo falou de outro tópico.

– Que dia passamos em Harley Street ontem, Edward! Tão cansativo, tão miseravelmente cansativo!... Mas tenho muito a dizer para você sobre isso, o que não pode ser dito agora.

E com essa discrição admirável, adiou até que estivessem em particular, a certeza de que considerara suas parentas mais desagradáveis do que nunca, e de que estava particularmente enojada com sua mãe.

– Mas por que não estava lá, Edward? Por que não veio?

– Eu tinha compromisso em outro lugar.

– Compromisso! Mas o que poderia ser, quando tantos amigos o esperavam?

– Talvez, srta. Marianne – exclamou Lucy, ansiosa para se vingar dela – você ache que os rapazes nunca cumprem seus compromissos, se não têm vontade de mantê-los, sejam pequenos ou grandes.

Elinor ficou muito irritada, mas Marianne parecia inteiramente insensível à ferroada, pois respondeu com tranquilidade:

– Na verdade, não; pois, falando com seriedade, tenho certeza de que apenas a consciência manteve Edward longe de Harley Street. E realmente acredito que ele *tem* a consciência mais delicada do mundo; é o mais escrupuloso na realização de cada compromisso, por menor que seja, por mais que vá contra seus interesses ou prazer. É a pessoa mais temerosa de causar mágoa, de trair as expectativas, e a menos capaz de ser egoísta que já conheci. Edward, é assim e vou dizer. O que foi? Nunca ouviu elogios a si mesmo? Então, não deve ser meu amigo; pois aqueles que aceitarão meu amor e estima, devem submeter-se à minha franca admiração.

A natureza de sua admiração, no presente caso, no entanto, era particularmente inadequada aos sentimentos de dois terços de seus ouvintes, e foi tão pouco revigorante para Edward, que ele logo se levantou para ir embora.

– Indo embora tão cedo! – observou Marianne– Meu caro Edward, não pode ser.

E puxando-o um pouco de lado, sussurrou sua convicção de que Lucy não poderia ficar por muito mais tempo. Mas mesmo este incentivo falhou, pois ele iria embora; Lucy, que teria ficado mais tempo do que ele, se sua visita tivesse durado duas horas, logo depois foi embora.

– O que pode trazê-la aqui tantas vezes? – disse Marianne, depois que ela saiu. – Não percebia que queríamos que ela fosse embora? Como provocava Edward!

– Por quê?... Somos todas suas amigas, e Lucy o conhece há mais tempo. É mais que natural que ele ficasse feliz em vê-la, tanto quanto a nós.

Marianne encarou-a fixamente e disse:

– Elinor, você sabe que este é o tipo de conversa que não posso suportar. Se você só espera ter sua afirmação contestada, como suponho ser o caso, deve lembrar que sou a última pessoa no mundo que irá fazê-lo. Não posso me rebaixar a ser enganada com garantias, que não são desejadas de verdade.

Então, saiu da sala; e Elinor não se atreveu a segui-la para dizer mais, por comprometida como estava por sua promessa de manter o segredo de Lucy, não poderia dar nenhuma informação que convenceria Marianne; e dolorosas como as consequências de ela ainda continuar em um erro pudessem ser, era obrigada a submeter-se a isso. Tudo o que poderia esperar era que Edward não a expusesse e nem a si à angústia de ouvir o caloroso equívoco de Marianne com muita frequência, nem à repetição de qualquer outra parte da dor que integrara seu recente encontro – e isso ela tinha todos os motivos para esperar.

Capítulo 36

Poucos dias após esse encontro, os jornais anunciaram ao mundo que a senhora do cavalheiro Thomas Palmer havia dado à luz um filho e herdeiro e ambos passavam bem; um parágrafo muito interessante e satisfatório, pelo menos para todas os parentes mais íntimos que sabiam disso antes.

Este evento, altamente importante para a felicidade da sra. Jennings, produziu uma alteração temporária na utilização de seu tempo, e influenciou, em um grau semelhante, os compromissos de suas jovens amigas; pois, como ela queria estar tanto quanto possível com Charlotte, ela ia para lá todas as manhãs, assim que estava vestida, e não voltava até tarde da noite; e as srtas. Dashwood, por um pedido especial dos Middleton, passavam todo o dia em Conduit Street. Para seu próprio conforto, teriam preferido muito mais permanecer, pelo menos as manhãs inteiras, na casa da sra. Jennings; mas não era algo em que pudessem insistir, contrariando a vontade de todos. Suas horas foram, portanto, passadas com lady Middleton e as duas srtas. Steele, por quem sua companhia, na verdade, era tão pouco valorizada quanto era aparentemente procurada.

Tinham bom senso demais para serem companheiras desejáveis para a primeira; e pelas outras duas eram consideradas com um olhar ciumento, como se estivessem se intrometendo em *seu* território, e dividissem a bondade que queriam monopolizar. Embora nada pudesse ser mais educado do que o comportamento de lady Middleton para com

Elinor e Marianne, ela na verdade não gostava delas de fato. Como elas não a bajulavam, nem às crianças, não acreditava que tivessem boa índole; porque elas gostavam de ler, imaginava que fossem satíricas: talvez sem saber exatamente o que era ser satírico; mas *isso* não importava. Era uma censura que muitos usavam facilmente.

Sua presença era uma restrição tanto para ela quanto para Lucy. Interrompia a ociosidade de uma e as ocupações da outra Lady Middleton ficava envergonhada de não fazer nada na frente delas, e Lucy temia que a desprezassem pelas lisonjas que tinha orgulho de pensar e oferecer em outros momentos. Dentre as três, a srta. Steele foi a menos incomodada por sua presença; e poderiam fazer com que ela a aceitasse por completo. Se qualquer uma delas tivesse oferecido um relato completo e minucioso de todo o caso entre Marianne e o Sr. Willoughby, ela teria se considerado amplamente compensada pelo sacrifício do melhor lugar perto do fogo após o jantar, ocasionado por sua chegada. Mas essa conciliação não foi concedida; pois, embora muitas vezes dirigisse a Elinor expressões de compaixão por sua irmã, e mais de uma vez tivesse deixado escapar reflexões sobre a inconstância dos rapazes na presença de Marianne, nenhum efeito foi produzido, além de um olhar de indiferença da primeira, ou de nojo da segunda. Um esforço ainda menor poderia tê-la tornado sua amiga. Precisavam apenas ter rido dela sobre o doutor! Mas elas estavam tão pouco inclinadas a isso, tal como as outras, que caso sir John jantasse fora de casa, ela passaria um dia inteiro sem ouvir qualquer outra piada sobre o assunto, além daquelas que ela foi gentil o bastante para conceder a si mesma.

Todos esses ciúmes e descontentamentos, entretanto, passavam tão totalmente despercebidos para a sra. Jennings, que achou uma beleza que as moças ficassem juntas; e em geral parabenizava suas jovens amigas todas as noites, por terem escapado da companhia de uma velha tola por tanto tempo. Juntou-se a elas, às vezes, na casa de sir John, às vezes na própria; mas onde quer que fosse, sempre vinha com excelente humor, cheia de prazer e importância, atribuindo o bem-estar de Charlotte aos próprios cuidados, e pronta para dar um relato tão exato, tão minucioso, tão detalhado de sua situação, como apenas a srta. Steele tinha curiosidade suficiente para desejar. Uma coisa *a* perturbou, e fez disso sua queixa diária. O sr. Palmer manteve a opinião comum, mas pouco paternal, entre os homens ali presentes, de que todos os bebês eram iguais; e embora ela percebesse com nitidez, em diferentes momentos, a semelhança marcante entre este bebê e cada um de seus parentes de ambos os lados, não havia como convencer seu pai disso; não conseguia persuadi-lo a acreditar que não era exatamente como qualquer outro bebê da mesma idade; nem sequer podia fazê-lo reconhecer a simples declaração de que era a criança mais bonita do mundo.

Chego agora ao relato de um infortúnio, que por volta dessa época, se abateu sobre a sra. John Dashwood. Aconteceu que enquanto suas duas cunhadas e a sra. Jennings a visitavam pela primeira vez em Harley Street, outra conhecida veio visitá-la também – uma circunstância que por si só era provável que não lhe causaria mal. Mas enquanto a imaginação de outras pessoas as levará a formar julgamentos errôneos sobre nossa conduta baseando-se apenas nas aparências, nossa felicidade está, em alguma medida, sempre à mercê do acaso. No presente caso, esta senhora recém chegada permitiu que sua imaginação se afastasse tanto da verdade e da probabilidade, que apenas de ouvir o nome das srtas. Dashwood e entender que eram irmãs do sr. Dashwood, imediatamente concluiu que estavam hospedadas em Harley Street; e esse equívoco resultou, um ou dois dias depois, no envio de convites para elas, bem como para seu irmão e cunhada, para uma pequena festa musical em sua casa. A consequência disso foi que a sra. John Dashwood foi obrigada a submeter-se não apenas ao inconveniente imenso de enviar sua carruagem para buscar as srtas. Dashwood, mas, o que era ainda pior, teve de se sujeitar a todo o desgosto de parecer tratá-las com atenção: e quem poderia dizer que não esperariam sair com ela uma segunda vez? O poder de desapontá-las, era verdade, seria sempre dela. Mas isso não foi suficiente; pois quando as pessoas estão determinadas a seguir uma conduta que sabem ser errada, se sentem feridas pela expectativa de qualquer atitude melhor de sua parte.

Marianne havia gradualmente se acostumado com o hábito de sair todos os dias, ainda que isso tenha se tornado indiferente para ela, fosse ela ou não: se preparava calmamente e mecanicamente para o compromisso de cada noite, embora sem esperar a menor diversão de qualquer um deles, e muitas vezes sem saber, até o último momento, para onde a levariam.

Tornara-se tão indiferente às roupas e à aparência, a ponto de não lhe conceder metade da atenção, durante todo o tempo de sua toalete, que recebia da srta. Steele nos primeiros cinco minutos de seus encontros, depois de pronta. Nada escapava de *sua* observação minuciosa e curiosidade generalizada; ela via tudo e perguntava tudo; não sossegava até que soubesse o preço de cada peça do vestuário de Marianne; teria adivinhado o número dos vestidos de Marianne com mais facilidade do que a própria e não deixava de ter esperanças de descobrir antes de se separarem, quanto lhe custava a lavagem de roupa por semana, e quanto ela tinha todos os anos para seus gastos pessoais. A impertinência desse tipo de observação, aliás, costumava ser concluída com um elogio, que embora feito para agradar, era considerado por Marianne como a impertinência máxima; pois depois de passar por uma inspeção sobre o valor e o feitio de seu vestido, da cor de seus sapatos, e do arranjo de seu penteado, ela estava quase certa que iria escutar "eu juro, você está muito elegante, ouso dizer que fará muitas conquistas."

Com tal encorajamento, foi mandada nessa ocasião, para a carruagem de seu irmão; na qual estavam prontas para entrar cinco minutos depois que parou à porta, uma pontualidade não muito agradável para sua cunhada, que as havia precedido para a casa de sua conhecida, e lá estava esperando por algum atraso de sua parte que provocasse qualquer inconveniente a si ou ao seu cocheiro.

Os eventos da noite não foram muito notáveis. A festa, como outras festas musicais, compreendia muitas pessoas que tinham verdadeiro interesse pela performance, e muitos mais que não tinham interesse nenhum; e os próprios executantes eram, como de costume, em sua própria estimativa, bem como na de seus amigos mais chegados, os melhores artistas privados na Inglaterra.

Como Elinor não era nem musical, nem aparentava ser assim, não tinha nenhum escrúpulo de retirar os olhos do grande pianoforte, sempre que lhe convinha, e sem se constranger até mesmo pela presença de uma harpa e um violoncelo, os fixava com prazer em qualquer outro objeto da sala. Em um desses olhares excursivos, avistou entre um grupo de jovens, o próprio rapaz, que lhes tinha dado uma palestra sobre paliteiros no Gray's. Logo depois, percebeu que ele olhava para ela, e falava intimamente com seu irmão; tinha acabado de decidir que descobriria seu nome com o último, quando ambos vieram em sua direção, e o sr. Dashwood apresentou-o a ela como o sr. Robert Ferrars.

Ele se dirigiu a ela com fácil cortesia e fez uma mesura com a cabeça que assegurou a Elinor, tão claramente como as palavras poderiam ter feito, que era exatamente o espalhafatoso que ela tinha ouvido Lucy descrever. Feliz teria sido para ela, se seu respeito por Edward dependesse menos de seu próprio mérito, do que do mérito de suas relações mais próximas! Pois então, a mesura de seu irmão teria dado o golpe final do que o mau humor de sua mãe e irmã teria começado. Enquanto se questionava sobre a diferença dos dois jovens, porém, ela percebeu que o vazio da presunção de um, não a indisporia contra a com a modéstia e valor do outro. Por que eles *eram diferentes,* o próprio Robert exclamou para ela no curso de mais de vinte minutos de conversa; pois, falando de seu irmão, e lamentando o extremo *acanhamento* que de fato acreditava impedi-lo de se misturar à boa sociedade ele cândida e generosamente atribuiu-o muito menos a qualquer deficiência natural, do que ao infortúnio de uma educação privada; enquanto ele próprio, embora provavelmente sem qualquer superioridade especial ou material por natureza, apenas pela vantagem de ter ido para uma escola pública, foi tão bem equipado para se misturar no mundo como qualquer outro homem.

– Juro por minha alma – acrescentou –, acredito que não é nada mais que isso, e assim costumo dizer para minha mãe, quando ela está se lamentando sobre isso. "Minha querida senhora", eu sempre digo a ela, "você deve se conformar. O mal agora é irremediável e é sua culpa, é inteiramente sua. Por que se deixou persuadir pelo meu tio, Sir Robert, contra o seu próprio julgamento, a deixar Edward aos cuidados de um tutor particular, no momento mais crítico de sua vida? Se o tivesse apenas enviado para Westminster, bem fez comigo, em vez de enviá-lo para o sr. Pratt, tudo isso teria sido evitado." Esta é a maneira que sempre considero a questão, e minha mãe está perfeitamente convencida de seu erro.

Elinor não se oporia à sua opinião, porque, não importando qual fosse sua estimativa geral sobre a vantagem de uma escola pública, não conseguia pensar com qualquer satisfação na estadia de Edward com a família do sr. Pratt.

– Você reside em Devonshire, eu acho – foi sua próxima observação – em uma casa perto de Dawlish.

Elinor o corrigiu quanto à localização; e pareceu-lhe bastante surpreendente que qualquer um vivesse em Devonshire, sem viver perto de Dawlish. No entanto, concedeu sua aprovação calorosa à sua espécie de casa.

– De minha parte – disse ele –, aprecio muito uma casa de campo; há sempre tanto conforto, tanta elegância nelas. E garanto que se tivesse algum dinheiro de sobra, compraria um pouco de terra e construiria uma eu mesmo, a uma curta distância de Londres, para onde eu poderia ir a qualquer momento, reunir alguns amigos e ser feliz. Eu aconselho a todos que vão construir, para que construam uma casa de campo. Meu amigo lorde Courtland veio a mim outro dia para pedir meu conselho, e colocou diante de mim três plantas de Bonomi. Eu deveria decidir qual era a melhor. "Meu querido Courtland", disse eu, imediatamente jogando todas no fogo, "não escolha nenhuma delas, mas use todos os meios para construir uma casa de campo." E imagino, será o fim da questão.

– Algumas pessoas imaginam que não pode haver acomodações, nenhum espaço em uma casa de campo; mas é um erro. Estive mês passado na casa de meu amigo Elliott, perto de Dartford. Lady Elliott queria dar um baile. "Mas como pode ser feito?", disse ela, "meu caro Ferrars, diga-me como podemos fazer. Não há um quarto nesta casa que acomode dez casais e onde fazer a ceia?. Imediatamente vi que não haveria dificuldade, então disse: 'Minha cara lady Elliott, não fique preocupada. A sala de jantar vai admitir dezoito casais com facilidade; as mesas de carteado podem ser colocadas na sala de visitas; a biblioteca pode ser aberta para o chá e outros refrescos; e a ceia pode ser servida no salão. Lady Elliott ficou encantada com a ideia. Nós medimos a sala de jantar, e descobrimos que caberia exatamente dezoito casais, e o tudo foi organizado precisamente conforme meu plano. De modo que, de fato, veja bem, se as pessoas apenas souberem como fazer as coisas, todo conforto pode ser tão bem apreciado em uma casa como na moradia mais espaçosa.

Elinor concordou com tudo, pois ela não achava que ele merecia o elogio de uma oposição racional.

Como John Dashwood não tinha mais prazer na música do que sua irmã mais velha, sua mente estava igualmente livre para se fixar em qualquer outra coisa; e um pensamento o atingiu durante a noite, que ele comunicou à esposa, para sua aprovação, quando chegaram em casa. A consideração do erro da sra. Dennison, ao supor suas irmãs suas convidadas, sugeriu que seria apropriado que elas fossem realmente convidadas, enquanto os compromissos da sra. Jennings a mantinham longe de casa. A despesa não seria nada, o inconveniente, nenhum; e foi uma atenção que a delicadeza de sua consciência apontou ser necessária para sua completa liberação de sua promessa ao pai. Fanny ficou espantada com a proposta.

– Não vejo como seria possível – disse ela– , sem ofender lady Middleton, pois passam todos os dias com ela; não fosse isso, ficaria extremamente feliz em recebê-las. Sabe que estou sempre disposta a fazer por elas tudo o que esteja ao meu alcance, como demonstra o fato de ter saído com elas esta noite. Porém, são convidadas de lady Middleton. Como posso pedir que a abandonem?

O marido, com muita humildade, não entendeu que suas objeções fossem realmente convincentes.

– Elas já passaram uma semana como hóspedes em Conduit Street, e lady Middleton não ficará ofendida se passarem o mesmo número de dias com parentes tão próximos como nós.

Fanny parou um momento, e então, com renovado vigor, disse:

– Meu amor, eu as convidaria de todo o meu coração, se estivesse ao meu alcance. Mas tinha decidido comigo mesma convidar as srtas. Steele para passarem alguns dias conosco. São boas moças, muito bem-comportadas; e creio que a atenção lhes é devida, já que seu tio fez tanto por Edward. Podemos convidar suas irmãs em qualquer outro ano, sabe; mas as srtas. Steele podem nunca mais estar cidade. Tenho certeza que você vai gostar deles; na verdade, *você* já gosta muito delas, entende, bem como minha mãe; e Harry as adora!

O sr. Dashwood se convenceu. Viu a necessidade de convidar as srtas. Steele imediatamente, e sua consciência ficou em paz com a decisão de convidar as irmãs em outra oportunidade; no entanto, ao mesmo tempo suspeitava que outro ano tornaria o convite desnecessário, trazendo Elinor para a cidade como esposa do coronel Brandon, e Marianne como *sua* hóspede.

Fanny, regozijando-se por ter escapado e orgulhosa da sagacidade que a permitiu fazê-lo, escreveu na manhã seguinte para Lucy, solicitando sua companhia e a de sua irmã, por alguns dias, em Harley Street, assim que lady Middleton pudesse dispensá-la. Isso foi o suficiente para deixar Lucy verdadeira e razoavelmente feliz. A sra. Dashwood parecia realmente estar trabalhando a seu favor; acalentando todas as suas esperanças e promovendo todos os seus interesses! Tal oportunidade de estar com Edward e sua família era, mais que qualquer outra, a mais crucial para seu objetivo, e tal convite o mais gratificante para seus sentimentos! Era uma vantagem para qual não havia excessiva gratidão, nem fazer uso com demasiada rapidez; e a visita a lady Middleton, que antes não tinha duração exata, imediatamente descobriu ter sido sempre planejada para terminar em dois dias.

Quando o recado foi mostrado a Elinor, por volta de dez minutos após sua chegada, fez com que ela, pela primeira vez, compartilhasse um pouco as expectativas de Lucy; pois tal marca de incomum bondade, baseada em tão pouco tempo de conhecimento, parecia revelar que a boa vontade para com Lucy surgira de algo mais que mera malícia contra si mesma; e talvez pudesse ser levada, com tempo e intimidade, a realizar tudo o que Lucy desejava. Sua bajulação já havia subjugado o orgulho de lady Middleton e penetrou o coração fechado da sra. John Dashwood; e esses resultados indicavam a possibilidade outros ainda maiores.

As srtas. Steele mudaram para Harley Street, e tudo o que Elinor soube de sua influência lá, fortaleceu sua expectativa do evento. Sir John, que as visitou mais de uma vez, trouxe para casa tais relatos do favoritismo de que desfrutavam, considerado impressionante por todos. A sra. Dashwood nunca havia ficado tão satisfeita com quaisquer moças em sua vida, como ela estava com aquelas, e tinha dado a cada uma um estojo de costura feito por alguma imigrante; chamado Lucy pelo primeiro nome; e não sabia se algum dia seria capaz de se separar delas.

Capítulo 37

A sra. Palmer estava tão bem ao final de uma quinzena, que sua mãe sentiu que não era msais necessário passar todo o tempo com ela; e, contentando-se em visitá-la uma ou duas vezes ao dia, voltou desse período para sua própria casa e seus próprios hábitos, encontrando as srtas. Dashwood muito dispostas a retomar a sua antiga convivência.

Por volta da terceira ou quarta manhã depois de terem retornado a Berkeley Street, a sra. Jennings, ao voltar de sua visita diária à sra. Palmer, entrou na sala, onde Elinor estava sozinha, com um ar de tão urgente importância, que a moça se preparou para ouvir algo maravilhoso; e dando-lhe tempo apenas para formar essa ideia, começou diretamente a legitimá-la, dizendo:

– Senhor! Minha querida miss Dashwood! Já soube da notícia?

– Não, senhora. O que houve?

– Algo tão estranho! Mas vou lhe contar tudo. Quando cheguei à casa do sr. Palmer, encontrei Charlotte muito agitada por causa do bebê. Ela tinha certeza que ele estava muito doente – ele chorava, esperneava, e estava cheio de brotoejas. Então, olhei para ele e logo disse, "Por Deus! Minha querida", disse eu, "não é nada demais, são só os dentes nascendo", e a ama disse o mesmo. Mas Charlotte não ficou satisfeita, então o sr. Donavan foi chamado; e por sorte, ele tinha acabado de vir de Harley Street, então foi diretamente para lá, e, assim que viu a criança, disse a mesma coisa que nós, que não era nada além dos dentes de leite, então, Charlotte se acalmou. E assim, quando ele estava quase indo embora, me veio à mente, juro que não sei como pensei nisso, mas me veio a ideia de perguntar--lhe se havia alguma notícia. Ao ouvir isso, ele sorriu, afetadamente, fez uma expressão séria, e parecia saber alguma coisa, finalmente, ele disse em um sussurro: "Por receio de que qualquer notícia desagradável alcance as moças sob seus cuidados quanto à indisposição de sua cunhada, considero aconselhável dizer, que creio não haver nenhuma razão para alarme; acredito que a sra. Dashwood vai ficar muito bem.

– O quê? Fanny está doente?

– Foi exatamente isso que eu disse, minha querida. "Meu Deus!", disse eu, "A sra. Dashwood está doente?". Então, ele contou tudo; e resumindo a história, conforme tudo que consegui descobrir, parece que o sr. Edward Ferrars, o jovem sobre quem brinquei com você (mas, como se vê, estou monstruosamente feliz por nunca ter havido nada na verdade), ao que parece, o sr. Edward Ferrars, esteve comprometido há mais de um ano com minha prima Lucy! Imagine, minha querida! E ninguém sabia de nada, exceto por Nancy! Acreditar que uma coisa dessas seja possível? Não é de admirar que se gostem; mas que as coisas estivessem tão avançadas entre eles sem ninguém suspeitar! *Isso* é estranho! Nunca os vi juntos, pois se os tivesse visto tenho certeza de que teria descoberto na mesma hora. Bem, tudo foi mantido em grande sigilo, por medo da sra. Ferrars; e nem ela, nem seu irmão, nem sua cunhada suspeitaram de nada, até esta manhã; a pobre Nancy que, como você sabe, é uma criatura bem-intencionada, mas nada esperta, revelou tudo. "Meu Deus!", pensou ela para si mesma, "todos gostam tanto de Lucy, tenho certeza de que não vão criar nenhuma dificuldade quanto a isso"; e assim, ela foi falar com a sua cunhada, que estava sozinha bordando, sem suspeitar o que estava por vir, pois havia acabado de dizer ao seu irmão, apenas cinco minutos antes, que estava pensando em arranjar o casamento entre Edward e a filha algum de lorde, esqueci quem era. Então, você deve imaginar o golpe que isso foi para toda sua vaidade e orgulho. No mesmo instante, ela ficou violentamente histérica, gritava tão alto que chegou aos ouvidos de seu irmão, que estava em seu quarto de vestir, no andar de baixo, pensando em escrever uma carta para seu administrador no campo. Então, ele subiu correndo, e uma cena terrível aconteceu, pois Lucy nesse tempo havia ido até elas, sem sequer imaginar o que estava acontecendo. Pobre moça! Tenho pena *dela*. E devo dizer, creio que ela foi usada muito mal; pois sua cunhada a repreendeu com tamanha fúria, que logo fez desmaiar. Nancy caiu de joelhos, chorando amargamente; e seu irmão, andava pela sala, dizendo que não sabia o que fazer. A sra. Dashwood declarou que elas não deveriam permanecer nem mais um minuto na casa, e seu *irmão* foi forçado a se pôr de joelhos aos pés dela para tentar convencê-la a deixá-las ficar até que tivessem feito as malas. *Então* ela teve um novo ataque histérico, e ele ficou tão assustado que mandou chamar o sr. Donavan, que encontrou a casa nesse alvoroço todo. A carruagem estava na porta, preparada para levar minhas pobres primas embora, e elas estavam embarcando quando ele saiu; a pobrezinha da Lucy, em tal condição, disse ele, mal podia andar; e Nancy estava quase tão mal quanto a irmã. Juro, não tenho a menor paciência com sua irmã; espero que, de todo o meu coração, eles se casem apesar dela. Meu Deus! Como o pobre sr. Edward vai ficar chocado ao saber de tudo! Ver sua noiva tão desprezada! Pois dizem que é apaixonadíssimo por ela, como deve ser. Não me surpreende, que ele esteja no auge da paixão! E o Sr. Donavan pensa o mesmo. Tivemos uma conversa longa sobre isso; e o melhor de tudo é que ele voltou para Harley Street, para estar por perto quando a sra. Ferrars for informada, pois ela foi chamada assim que minhas primas deixaram a casa, porque sua irmã tinha certeza que *ela* ficaria histérica também; e que fique, não me importo. Não tenho pena de nenhuma das duas. Não entendo como as pessoas possam fazer tal estardalhaço por dinheiro ou grandeza. Não há razão no mundo para que o sr. Edward e Lucy não devam se casar; pois tenho certeza que a sra. Ferrars pode muito bem dar uma boa situação para o filho, e embora Lucy não tenha quase nada, sabe melhor do que qualquer outra pessoa como aproveitar ao máximo de cada coisa; me atrevo a dizer que se a sra. Ferrars desse a ele apenas quinhentas libras por ano, Lucy seria capaz de manter uma boa figura com esse valor como qualquer outra faria com oitoscentas. Por Deus! Poderiam viver confortavelmente em uma casa como a sua, ou um pouco maior, com duas criadas, e dois empregados; e acredito que poderia ajudá-los a encontrar uma criada, pois minha Betty tem uma irmã sem trabalho, que serviria muito bem a eles.

Então, a sra. Jennings parou de falar e, como Elinor tivera tempo suficiente para controlar seus pensamentos, conseguiu responder e fazer as observações, que a notícia naturalmente provocaria. Feliz em saber que não havia suspeita de que tivesse qualquer interesse extraordinário no assunto, que a sra. Jennings (como ultimamente muitas vezes esperara ser o caso) tinha deixado de imaginá-la ligada a Edward; e feliz acima de tudo, pela ausência de Marianne, ela se sentiu muito capaz de conversar sobre o caso sem constrangimento, e dar sua opinião, acreditava, com imparcialidade sobre a conduta de cada um dos envolvidos.

Mal podia determinar qual era realmente a própria expectativa sobre esse evento, apesar de sinceramente tentar afastar a ideia da possibilidade de que por fim terminasse de outra forma que não no casamento de Edward e Lucy. O que a sra. Ferrars diria e faria, embora não houvesse dúvida de sua natureza, estava ansiosa para saber; e estava ainda mais ansiosa para saber como Edward se comportaria. Por *ele,* ela sentiu muita compaixão; por Lucy, muito pouca; e custou-lhe muito conseguir esse pouco; e pelo restante, não sentia nenhuma.

Como a sra. Jennings não conseguia falar sobre nenhum outro assunto, Elinor logo viu a necessidade de preparar Marianne para sua discussão. Não poderia perder tempo em desiludi-la, em contar-lhe a verdade e em torná-la capaz de ouvir os outros falando do assunto, sem trair que sentia qualquer constrangimento pela irmã, ou qualquer ressentimento contra Edward.

A tarefa de Elinor era penosa. Removeria o que realmente acreditava ser o principal consolo de sua irmã, ao revelar tais detalhes sobre Edward, que temia que iriam arruinar para sempre a boa opinião da irmã sobre ele; fazendo Marianne, devido à semelhança em suas situações, que para a imaginação *dela* pareceria forte, sentir toda a própria decepção novamente. Contudo, por mais indesejada que fosse essa tarefa, precisava ser feita; Elinor, portanto, apressou-se a executá-la.

Estava muito longe de querer se debruçar sobre os próprios sentimentos, ou de mostrar o quanto sofria ou qualquer coisa diferente do autocontrole que praticara desde que soube do noivado de Edward, que poderia sugerir a Marianne algo que seria praticável. Sua narrativa foi clara e simples; e embora não pudesse ser dada sem emoção, não foi acompanhada por agitação violenta, nem tristeza impetuosa. *Isso* foi feito pela ouvinte, pois Marianne ouviu horrorizada e chorou em excesso. Elinor teria de consolar os outros em sua própria dor, tal como fazia nas deles; e todo o consolo que poderia ser dado por garantias de sua própria tranquilidade de espírito e uma defesa muito ardorosa de Edward contra toda acusação, exceto a de imprudência, foi prontamente oferecido.

Por algum tempo, no entanto, Marianne não daria crédito a nenhum dos dois. Edward parecia um segundo Willoughby; e reconhecendo como Elinor fez, que *o amava* sinceramente, como sofreria menos do que ela! Quanto a Lucy Steele, a considerava tão antipática, tão absolutamente incapaz de conquistar um homem sensato, que não pode ser persuadida a acreditar, e depois perdoar, qualquer sentimento anterior de Edward por ela. Sequer admitiria que fosse algo natural; e Elinor deixou que fosse convencida de que era assim, pela única coisa que podia fazê-lo: um melhor conhecimento da humanidade.

Seu primeiro relato não passou de declarar o noivado e por quanto tempo ele existia. Os sentimentos de Marianne tinham então emergido, e colocaram um fim a toda a regularidade de detalhes; e por algum tempo tudo o que podia ser feito era aliviar sua angústia, diminuir seu alarme e combater seu ressentimento. A primeira pergunta que fez, que levou a mais detalhes, foi:

– Há quanto tempo sabe disso, Elinor? Ele escreveu para você?

– Já sei de tudo há uns quatro meses. Quando Lucy esteve pela primeira vez em Barton Park, em novembro passado, me segredou seu compromisso.

Diante destas palavras, os olhos de Marianne expressaram o espanto que seus lábios não conseguiam proferir. Depois de uma pausa de perplexidade, exclamou:

– Quatro meses! Você sabe disso há quatro meses?

Elinor confirmou.

– O quê?! Enquanto cuidava de mim em toda a minha dor, guardava isso no coração? E eu a repreendi por ser feliz!

– Não era conveniente que você soubesse então o quanto eu sentia o contrário!

– Quatro meses – gritou Marianne novamente. – Tão calma! Tão alegre! Como conseguiu suportar?

– Sentindo que estava cumprindo meu dever. Minha promessa a Lucy me obrigava a manter segredo. Devia a ela, portanto, para evitar dar qualquer indício da verdade; e devia à minha família e amigos, não gerar neles preocupação sobre mim, que não estaria ao meu alcance dissipar.

Marianne parecia muito impressionada.

– Muitas vezes desejei desenganar você e minha mãe – acrescentou Elinor –, e uma ou duas vezes tentei, mas sem trair a confiança que me foi dada, nunca poderia ter convencido vocês.

– Quatro meses! E ainda assim você o amava!

– Sim, mas não amava apenas ele; e como o conforto dos outros era importante para mim, fiquei feliz em poupá-los de saber o quanto sofria. Agora, posso pensar e falar sobre isso com pouca emoção. Não quero que sofra por minha causa; pois lhe asseguro que não sofro mais por isso. Tenho muitas coisas para me amparar. Tenho consciência de não ter provocado a decepção por qualquer imprudência minha, a tenho suportado tanto quanto possível sem espalhá-la. Absolvo Edward de qualquer má conduta. Desejo-lhe muita felicidade; e tenho tanta certeza de que ele sempre cumpriu seu dever, que embora agora ele possa ter algum arrependimento, no final deverá ser assim. Não falta bom senso a Lucy, e esse é o alicerce sobre o qual algo de bom pode ser construído. E afinal de contas, Marianne, tudo que é encantador na ideia de uma única e constante relação, e tudo que pode ser dito sobre a felicidade de alguém depender inteiramente de determinada pessoa, não significa... não corresponde... não é possível que seja assim. Edward se casará com Lucy; se casará com uma mulher superior em pessoa e compreensiva com metade dos homens; e o tempo e o hábito vão ensiná-lo a esquecer ter pensado alguma vez que outra era superior a *ela*.

– Se é assim que pensa – disse Marianne – se a perda do que é mais valioso é tão facilmente superada, sua resolução, seu autocontrole, são, talvez, um pouco menos surpreendentes. E se tornam mais compreensíveis para mim.

*

– Entendo-a. Supõe que eu nunca tenha sentido muito. Por quatro meses, Marianne, eu tive tudo isso perturbando minha mente, sem ter a liberdade de contar para uma única criatura; sabendo que isso faria você e minha mãe mais infelizes quando soubessem, mas incapaz de pelo menos prepará-las para isso. Foi-me dito, fui de certa maneira forçada a saber pela própria pessoa, cujo compromisso anterior ao meu arruinou todas as minhas perspectivas; e que me contou, como pensei, com triunfo. As suspeitas dessa pessoa, portanto, eu tive de contestar, esforçando-me para parecer indiferente aquilo em que estava profundamente interessada... e não foi apenas uma vez... Tive de escutar suas esperanças e exultação repetidamente. Já sabia que seria separada de Edward para sempre, sem saber de uma circunstância que poderia me fazer desejar menos a conexão. Nada o provou indigno nem o declarou indiferente a mim. Tive de lutar contra a indelicadeza de sua irmã e a insolência de sua mãe; sofri a punição por um apego, sem desfrutar de de suas vantagens. E tudo isso aconteceu em um momento no qual, como sabe muito bem, não era minha única infelicidade. Se pode me considerar capaz de sentir, certamente pode supor que sofri *agora.* A tranquilidade mental com a qual posso agora considerar o assunto, a consolação que quis aceitar, tem sido o efeito de um esforço constante e doloroso; eles não surgiram por si mesmos; não aliviaram meu espírito no início. Não, Marianne. Se *então* não estivesse obrigada ao silêncio, talvez nada tivesse me mantido inteiramente... nem mesmo o que devia aos meus queridos amigos... de mostrar abertamente que estava *muito* infeliz.

Marianne ficou bastante quieta.

– Ah, Elinor! – exclamou – Você me fez odiar a mim mesma para sempre. Como fui cruel com você! Você, que tem sido meu único conforto, que suportou comigo toda a minha tristeza, que parecia sofrer apenas por mim! Essa é a minha gratidão? É essa a única coisa que posso fazer em retribuição? Porque seu mérito fala por si mesmo, e tenho tentado não lhe dar ouvidos.

Os carinhos mais ternos seguiram esta confissão. No estado de espírito que Marianne estava no momento, Elinor não teve dificuldade em obter dela qualquer promessa de que precisava; e a seu pedido, Marianne se comprometeu a nunca falar do caso para qualquer um com a menor aparência de amargura; a encontrar Lucy sem trair o menor aumento de antipatia por ela; e até mesmo a encontrar o próprio Edward, se o acaso os aproximasse, sem qualquer diminuição de sua cordialidade habitual. Eram grandes concessões, mas quando Marianne sentia ter causado mágoa, nenhuma reparação seria demais para ela.

Ela cumpriu sua promessa de ser discreta admiravelmente. Escutou tudo o que a sra. Jennings tinha a dizer sobre o assunto, com expressão imutável, não discordou dela em nada e falou apenas três vezes para dizer: "Sim, senhora" Escutou-a louvar Lucy apenas mudando de uma cadeira para outra e quando a Sra. Jennings falou da afeição de Edward, ela apenas engoliu em seco. Tais atos de heroísmo de sua irmã, fizeram com que Elinor se sentisse igualmente capaz de enfrentar qualquer coisa.

A manhã seguinte trouxe uma provação ainda maior, com uma visita de seu irmão, que apareceu com uma expressão muito séria para contar o terrível caso, e trazer-lhes notícias de sua esposa.

– Suponho que já saibam – disse ele com grande solenidade assim que estava sentado – da descoberta muito chocante que ocorreu sob o nosso teto ontem.

Todas elas assentiram com o olhar, parecia um momento terrível demais para falar.

– Sua irmã – continuou ele –, sofreu terrivelmente. A sra. Ferrars também; em suma, foi uma cena de extremo sofrimento, mas espero que a tempestade seja superada sem que nenhum de nós fique completamente abalado. Pobre Fanny! Ela passou todo o dia de ontem histérica. Mas eu não quero alarmá-las demais. Donavan disse que não há nada de concreto que cause preocupação; sua constituição é boa e sua vontade é capaz de enfrentar qualquer adversidade. Ela suportou tudo, com a força de um anjo! Ela diz que nunca pensará bem de ninguém novamente, e não é de surpreender, depois de ter sido tão enganada! Recebendo tanta ingratidão, quando demonstrara tanta bondade, colocara tanta confiança! Foi devido à benevolência de seu coração, que convidara essas jovens para sua casa; apenas porque pensou que mereciam alguma atenção, que eram meninas inofensivas e bem-comportadas e que seriam companheiras agradáveis; pois caso contrário, nós dois desejávamos muito ter convidado você e Marianne para estarem conosco, enquanto sua gentil amiga cuidava de sua filha. E tudo isso para agora sermos recompensados desse modo! "Eu desejo, de todo o meu coração", diz a pobre Fanny em seu jeito afetuoso, "que tivéssemos convidado suas irmãs em vez delas."

Aqui fez uma pausa para receber os agradecimentos; depois, continuou.

– Como a pobre sra. Ferrars sofreu, quando Fanny contou para ela, não dá para descrever. Enquanto ela, com o afeto mais verdadeiro planejava uma união mais aceitável para ele, quem pensaria que ele pudesse estar o tempo todo secretamente noivo de outra! Tal suspeita nunca poderia ter lhe passado pela cabeça! Se ela suspeitasse de *qualquer* inclinação prévia dele, nunca imaginaria vir *dali*. "*Dali* tenho certeza", disse ela, "eu teria me pensado segura." Ela estava agoniada. Nós discutimos, no entanto, sobre o que deve ser feito, e finalmente ela decidiu chamar Edward. Ele veio. Mas lamento relatar o que se seguiu. Tudo o que a sra. Ferrars pôde dizer para fazê-lo pôr fim ao compromisso, acompanhado também, como podem muito bem supor, pelos meus argumentos e pelas súplicas de Fanny, foi em vão. Dever, afeto, tudo foi desconsiderado. Nunca imaginei que Edward fosse tão teimoso, tão insensível. Sua mãe explicou-lhe seus generosos planos, no caso de sua união com a srta. Morton; disse-lhe que iria conceder a ele a propriedade de Norfolk, que, descontados os impostos, gera umas boas mil libras por ano; até mesmo ofereceu, quando ficou desesperada, a conceder-lhe mil e duzentas e, em contrapartida, se ele ainda persistisse nesta união inferior, explicou a ele a penúria que certamente se abateria sobre a união. Declarou que ele teria apenas suas duas mil libras; que nunca mais iria vê-lo novamente; e que além de não lhe dar a menor assistência, se ele entrasse em qualquer profissão com a intenção de melhorar sua situação, ela faria tudo ao seu alcance para impedi-lo de avançar nela.

Nesse ponto, Marianne, em um arroubo de indignação, juntou as mãos, e exclamou:

– Deus gracioso! Como isso pode ser possível?!

– Bem, você pode se surpreender, Marianne – respondeu o irmão – com a obstinação que é capaz de resistir a argumentos como estes. Seu questionamento é muito natural.

Marianne ia retrucar, mas ela se lembrou de suas promessas, e se absteve.

– Tudo isso, no entanto – continuou ele – foi em vão. Edward falou muito pouco; mas o que ele disse, foi da maneira mais determinada. Nada o convenceria a desistir de seu compromisso. Ele iria cumpri-lo, custasse-lhe o que fosse.

– Então – exclamou a sra. Jennings com sinceridade contundente, incapaz de continuar em silêncio –, ele agiu como um homem honesto! Perdoe-me, sr. Dashwood, mas se ele tivesse feito o contrário, eu o consideraria um canalha. Tenho um pequeno interesse no negócio, assim como você, pois Lucy Steele é minha prima, e acredito que não há melhor moça no mundo, nem uma que mais mereça um bom marido.

John Dashwood ficou muito surpreso; mas sua natureza era calma, não era aberta à provocação, e ele nunca queria ofender ninguém, especialmente alguém de fortuna. Portanto, respondeu, sem qualquer ressentimento:

– Nunca falaria de forma desrespeitosa de qualquer parenta sua, senhora. A srta. Lucy Steele é, ouso dizer, uma jovem muito merecedora, mas nesse caso, como sabe, a conexão é impossível. E ter firmado um compromisso secreto com um jovem sob os cuidados de seu tio, filho de uma mulher de fortuna tão grande como a sra. Ferrars, é talvez, considerando tudo um pouco extraordinário. Resumindo, não quero refletir sobre o comportamento de qualquer pessoa de sua estima, Sra. Jennings. Todos desejamos que ela seja extremamente feliz; e a conduta da sra. Ferrars em tudo, tem sido como a que toda mãe consciencíosa e boa, em circunstâncias como essas, adotaria; tem sido digna e generosa. Edward escolheu o próprio destino, e temo que tenha sido uma escolha ruim.

Marianne suspirou com apreensão semelhante; e o coração de Elinor se contorceu pelos sentimentos de Edward, enquanto enfrentava as ameaças de sua mãe, por uma mulher que não poderia recompensá-lo.

– Bem, senhor – disse a Sra. Jennings –, e como tudo acabou?

– Lamento dizer, senhora, que tudo acabou em uma ruptura muito infeliz. Edward deve ficar afastado para sempre da vista de sua mãe. Deixou a casa ontem mesmo, mas para onde foi, ou se ainda está na cidade, não sei; pois, naturalmente, *nós* não podemos fazer nenhuma investigação.

– Pobre rapaz! O que será dele?

– De fato, minha senhora! É uma consideração melancólica. Nascido com a perspectiva de tanta abundância! Não consigo conceber situação mais deplorável. A renda de duas mil libras, como pode um homem viver apenas com isso? E quando a isso é acrescentada a lembrança de que ele poderia, não fosse sua própria loucura, dentro de três meses passar a receber duas mil e quinhentas por ano (pois a srta. Morton tem trinta mil libras) não consigo imaginar condição mais miserável. Devemos todos lamentar por ele; e mais ainda, porque está totalmente fora do nosso alcance ajudá-lo.

– Pobre rapaz! – exclamou a sra. Jennings. – Garanto que será muito bem-vindo para se hospedar em minha casa; eu mesma lhe diria se eu pudesse vê-lo. Não é adequado que viva por sua própria conta agora, em hospedarias e tavernas.

O coração de Elinor ficou grato por tanta bondade para com Edward, embora ela não pudesse evitar sorrir quanto à maneira como foi dita.

– Se apenas ele tivesse feito tão bem por si mesmo – disse John Dashwood –, como todos os seus amigos estavam dispostos a fazer por ele, poderia estar agora em uma situação adequada, e nada lhe faltaria. Mas dessa forma, ajudá-lo está fora do alcance de qualquer um. E há mais uma coisa se preparando contra ele, que deve ser pior do que tudo: sua mãe decidiu, em um estado de espírito bastante natural, passar imediatamente para Robert, *aquela* propriedade que teria sido de Edward, nas condições adequadas. Eu a deixei esta manhã com seu advogado, falando sobre o negócio.

– Bem! – disse a sra. Jennings – Essa é *sua* vingança. Todo mundo tem um jeito próprio. Mas não acho que faria o mesmo, para tornar um filho independente, porque outro havia me atormentado.

Marianne se levantou e caminhou pela sala.

– Há coisa mais mortificante para o espírito de um homem – continuou John – do que ver seu irmão mais novo em posse de uma propriedade que poderia ter sido sua? Pobre Edward! Sinto sinceramente por ele.

Mais alguns minutos passados no mesmo tipo de efusão, concluíram sua visita; e, com repetidas garantias para suas irmãs de que ele realmente acreditava que a indisposição de Fanny não representava perigo de fato e que, portanto, elas não precisavam ficar muito preocupadas; foi embora, deixando as três damas unânimes em seus sentimentos na ocasião, pelo menos quanto a conduta da sra. Ferrars, dos Dashwood e de Edward.

A indignação Marianne explodiu assim que ele havia saído da sala; e como sua veemência tornou a reserva impossível para Elinor e desnecessária para a sra. Jennings, todas se uniram em uma crítica muito enérgica do grupo.

Capítulo 38

A sra. Jennings foi muito calorosa em seu louvor da conduta de Edward, mas apenas Elinor e Marianne entendiam seu verdadeiro mérito. Apenas *elas* sabiam o quão pouco tentador lhe era ser desobediente e quão pequeno era o consolo, além da consciência de fazer o correto, que permaneceria consigo pela perda de amigos e fortuna. Elinor exultava com sua integridade; Marianne perdoou todas as suas ofensas em compaixão por sua punição. Entretanto, embora a confiança entre eles estivesse, por esta descoberta pública, restaurada ao seu estado apropriado, não era um assunto sobre o qual qualquer uma delas gostava de abordar quando estavam sozinhas. Elinor o evitava por princípio, como se tendesse a se fixar ainda mais em seus pensamentos, pelas garantias calorosas e positivas em demasia de Marianne, na crença de que Edward ainda gostasse dela, e que preferia abandonar; e a coragem de Marianne logo arrefeceu ao abordar um tema que sempre a deixava insatisfeita consigo mesma, pela comparação que necessariamente fazia entre a conduta de Elinor e a própria.

Sentia toda a força dessa comparação; mas não como sua irmã esperava, para incentivá-la ao esforço; sentiu toda a dor da contínua autocensura, lamentou amargamente não ter se reagido antes; mas isso trouxe apenas a tortura da penitência, sem esperança de aperfeiçoamento. Sua mente estava tão enfraquecida que ainda imaginava ser impossível reagir e, portanto, só ficava mais desanimada.

Nada de novo ficaram sabendo por um ou dois dias sobre o que acontecia em Harley Street ou em Bartlett's Buildings. Mas embora já soubessem muito sobre o assunto e fosse o suficiente para a sra. Jennings espalhar esse conhecimento, sem precisar procurar saber mais, desde o início ela decidira visitar seus primos para confortá-las e saber mais assim que pudesse; e nada, além do obstáculo de mais visitantes do que o habitual, tinha impedido que fosse vê-las nesse tempo.

O terceiro dia após saberem dos detalhes, foi um domingo tão agradável, tão bonito, a ponto de atrair muitas pessoas para Kensington Gardens, embora fosse apenas a segunda semana de março. A sra. Jennings e Elinor estavam entre elas; mas Marianne, que sabia que os Willoughby estavam de volta à cidade e tinha um medo constante de encontrá-los, optou por ficar em casa, a se aventurar em um lugar tão público.

Um amiga íntimo da Sra. Jennings juntou-se a elas logo depois que entraram nos jardins, e Elinor não lamentou que a dama as acompanhasse e engajasse toda a conversa da Sra. Jennings, de modo que ela mesma foi deixada para reflexão tranquila. Ela não viu os Willoughby, nem Edward e, por algum tempo, não viu ninguém que pudesse de alguma forma, grave ou alegre, ser-lhe interessante. Finalmente, porém, viu-se com alguma surpresa, abordada pela srta. Steele, que, embora parecendo bastante tímida, expressou grande satisfação em vê-las e, ao ser encorajada pela bondade especial da sra. Jennings, deixou seu próprio grupo por um curto tempo, para se juntar ao delas. A sra. Jennings imediatamente sussurrou para Elinor...

– Tire tudo dela, minha querida. Ela lhe dirá qualquer coisa se você perguntar. Como vê não posso deixar a sra. Clarke.

No entanto, para a sorte da curiosidade da sra. Jennings e de Elinor também, ela diria qualquer coisa *sem* que lhe perguntassem; pois de outra forma não saberiam de nada.

– Estou tão feliz por encontrá-la – disse a srta. Steele, tomando-a intimamente pelo braço – pois queria vê-la mais que tudo no mundo. – Em seguida, baixando a voz: – Suponho que a sra. Jennings já saiba de tudo. Ela está com raiva?

– Acredito, que não direcionada a você.

– Que bom. E lady Middleton, *ela* está com raiva?

– Não consigo imaginar que isso seja possível.

– Fico terrivelmente contente em saber disso. Graças a Deus! Passei por momentos tão difíceis! Nunca vi Lucy tão furiosa na minha vida. No início, ela jurou que nunca mais iria adornar meus chapéus novos, nem fazer qualquer outra coisa para mim novamente, enquanto vivesse; mas agora já fez as pazes comigo e nós somos tão boas amigas como sempre.

Veja, ela me fez este laço para o meu chapéu, e colocou a pena ontem à noite. E agora, *você* vai rir de mim também. Mas por que não usaria fitas cor-de-rosa? Não me importa se é a cor favorita do doutor. Por certo, de minha parte, nunca saberia que ele *gostava* dela mais do que de qualquer outra cor, se ele não tivesse dito isso. Minhas primas têm me atormentado tanto! Eu declaro que às vezes eu não sei para onde olhar diante delas.

Havia se desviado para um assunto sobre o qual Elinor não tinha nada a dizer e, portanto, logo julgou conveniente encontrar o caminho de volta para o primeiro.

– Bem, srta. Dashwood – disse triunfante –, as pessoas podem dizer o que quiserem sobre o sr. Ferrars declarar que não se casaria com Lucy, pois não é verdade, posso lhe dizer; e é uma vergonha que tais relatórios mal-humorados sejam espalhados. Seja o que for que Lucy pense a respeito, sabe, ninguém tem o direito de falar isso como se fosse certeza.

– Nunca ouvi nada do tipo sugerido antes, eu lhe asseguro – disse Elinor.

– Não ouviu mesmo? Mas *foi* dito, sei muito bem, e por mais de uma pessoa; a srta. Godby disse para a srta. Sparks, que ninguém em sã consciência poderia esperar que o sr. Ferrars desistisse de uma mulher como a srta. Morton, com uma fortuna de trinta mil libras, por Lucy Steele, que não tinha nada; e ouvi isso da própria srta. Sparks. E além disso, meu primo Richard disse, que quando chegasse a hora, temia que o sr. Ferrars desistisse; e quando Edward não nos visitou por três dias, eu mesma não sabia o que pensar, e acredito em meu coração que Lucy havia dado tudo como perdido, pois saímos na quarta-feira da casa de seu irmão, e não vimos sombra dele durante toda a quinta, a sexta e o sábado, e não sabíamos o que era feito dele. Por um momento, Lucy pensou em escrever para ele, mas então seu espírito se revoltou contra isso. No entanto, esta manhã, ele apareceu, no momento em que chegávamos da igreja e, então, nos contou tudo: havia sido chamado na quarta-feira à Harley Street, e conversado com sua mãe e os outros; havia declarado diante deles que não amava ninguém além de Lucy e que não se casaria com ninguém além de Lucy. E que ele ficara tão preocupado com o que se passara, que tão logo saíra da casa de sua mãe, montado seu cavalo e cavalgado sem rumo para o interior e onde havia ficado em uma pousada durante toda a quinta e a sexta-feira, de propósito para refletir sobre tudo. E, depois de pensar sobre tudo várias vezes, ele disse, pareceu-lhe que, agora não tinha fortuna, nem nada, seria muito cruel mantê-la no noivado, porque ela sairia perdendo, pois não tinha nada além de duas mil libras, e nenhuma esperança de obter mais; e caso ele se ordenasse, como já vinha pensando em fazer, não receberia nada além de um presbitério; como poderiam viver apenas daquilo? Não suportava pensar que ela não teria nada melhor, e então implorou, que se ela tivesse a menor inclinação a isso, para que ela pusesse um fim a tudo imediatamente e o deixasse seguir sozinho. Ouvi-o dizer tudo isso da forma mais clara possível. E foi inteiramente para o bem *dela*, e por conta *dela*, que ele disse uma palavra sobre romper o compromisso, e não por causa própria. Dou minha palavra de que ele nunca falou uma sílaba sobre estar cansado dela, ou querer se casar com a Srta. Morton, ou qualquer coisa assim. Mas, é óbvio, Lucy não daria ouvidos a esse tipo de conversa, então, disse-lhe na mesma hora (com muita coisa sobre ternura e amor, você sabe, isso tudo. Ora! Não se pode repetir esse tipo de coisas, você entende) disse-lhe na mesma hora, que não tinha a menor intenção no mundo de romper com ele, pois poderia viver ao lado dele com muito pouco, e não importava quão pouco viesse a ter, ela estaria muito feliz em ter tudo, você sabe, ou algo do tipo. Ele ficou imensamente feliz, e então, conversaram por algum tempo sobre o que deveriam fazer; concordaram que ele deveria se ordenar logo e que esperariam para se casar quando ele tivesse um sustento. Depois disso, não pude ouvir mais, pois minha prima chamou lá de baixo para dizer que a sra. Richardson chegara em sua carruagem e traria uma de nós para Kensington Gardens; então fui forçada a entrar na sala e interrompê-los, para perguntar a Lucy se ela gostaria de vir, mas ela não quis deixar Edward; então, eu subi, coloquei um par de meias de seda e saí com os Richardson.

– Não entendi o que quis dizer com interrompê-los – disse Elinor. – Não estavam todos juntos na mesma sala?

– Na verdade, não. Ah, ah! Srta. Dashwood, acha que as pessoas falam de amor quando mais alguém está por perto? Oh, seria uma vergonha! Tenho certeza que você deve saber muito bem disso – riu afetadamente. – Não, não; eles estavam trancados juntos na sala, e tudo o que ouvi foi porque escutei atrás da porta.

– Como? – exclamou Elinor – Contou para mim o que descobriu só porque estava ouvindo atrás da porta? Sinto muito por não saber antes, pois certamente não teria aceitado que me desse detalhes de uma conversa da qual nem você deveria ter conhecimento. Como você poderia se comportar de modo tão desleal com sua irmã?

– Ora! Não há nada de mais *nisso*. Eu só fiquei perto da porta, e ouvi o que pude. E tenho certeza que Lucy teria feito o mesmo por mim; pois há um ou dois anos, quando Martha Sharpe e eu tínhamos muitos segredos, ela nunca teve escrúpulos de se esconder em um armário, ou atrás da tábua da lareira, para ouvir o que dizíamos.

Elinor tentou mudar de assunto; porém, a srta. Steele não podia se desviar mais que um ou dois minutos do assunto que dominava sua mente.

– Edward falou em ir para Oxford em breve – disse ela –, mas por enquanto está hospedado no número... de Pall Mall. Que mulher mal-humorada é a mãe dele, não é? E seu irmão e sua cunhada não foram muito gentis! No entanto, não direi nada contra *eles* para você; e é claro, eles nos mandaram para casa em sua própria carruagem, que era mais do que eu esperava. E de minha parte, estava com muito medo de que sua irmã nos pedisse de volta os estojos de costura que tinha nos dado um ou dois dias antes; mas nada foi dito sobre eles, e eu tomei o cuidado de manter o meu fora de vista. Edward tem negócios em Oxford, segundo diz; então, deve ir para lá por um tempo; e depois *disso*, assim que conseguir falar com um bispo, se ordenará. Pergunto-me qual presbitério ele vai receber! Deus do céu! – continuou dando risadinhas enquanto falava. – Apostaria minha vida que sei o que minhas primas dirão, quando souberem disso. Vão me dizer que eu deveria escrever ao doutor, a fim de obter para Edward o presbitério de sua propriedade. Sei que vão; mas com certeza que não farei tal coisa, por nada no mundo. "Ora!" Vou dizer no mesmo instante: "Admira-me que possa pensar em tal coisa? Eu escrever para o Doutor, francamente!".

– Bem – disse Elinor –, é um conforto estar preparada para o pior. Já tem sua resposta pronta.

A srta. Steele ia responder sobre o mesmo assunto, mas a aproximação de seu próprio grupo fez outro mais necessário.

– Ah! Aí vêm os Richardson. Tinha muito mais a dizer-lhe, mas não devo ficar longe deles por mais tempo. Garanto que são pessoas muito finas. Ele ganha uma quantidade monstruosa de dinheiro e eles mantêm sua própria carruagem. Não terei tempo para falar com a sra. Jennings eu mesma, mas peço, por favor, que lhe diga que estou muito feliz em saber que ela não está com raiva de nós, e o mesmo a lady Middleton; e que se algo acontecer que leve você e sua irmã embora, e a sra. Jennings deseje companhia, com certeza, ficaríamos felizes de ficar com ela pelo tempo que ela quisesse. Suponho que lady Middleton não nos convidará mais nessa temporada. Adeus; lamento muito que a srta. Marianne não tenha vindo. Dê-lhe minhas carinhosas lembranças a ela. Ah! Está usando seu vestido de musselina de bolinhas! Imagino se você não tem medo de rasgá-lo.

Tal foi sua preocupação ao se despedir; depois disso, teve tempo apenas para se despedir da sra. Jennings, antes de sua companhia fosse reivindicada pela sra. Richardson; e Elinor foi deixada em posse de um conhecimento que alimentaria suas reflexões por determinado tempo, embora tivesse aprendido muito pouco além do que já havia previsto e inferido. O casamento de Edward com Lucy estava tão firmemente determinado e a data do acontecimento permanecia tão absolutamente incerta, como havia concluído que seria; tudo dependia, exatamente como esperava, da obtenção da posição eclesiástica, possibilidade que, no momento, parecia muito distante.

Assim que voltaram para a carruagem, a sra. Jennings estava ansiosa por novidades, mas, como Elinor queria espalhar o mínimo possível de informações que foram tão injustamente obtidas, limitou-se à breve repetição de detalhes simples, que se sentiu assegurada de que Lucy, por seu próprio interesse, desejaria divulgar. A continuidade de seu compromisso e os meios que poderiam ser usados para promover o seu fim, foi tudo o que falou; e isso fez brotar da sra. Jennings a seguinte observação natural:

– Esperar até que ele consiga um presbitério! Ora, todos nós sabemos como *isso* vai acabar: vão esperar um ano, vendo que nada de bom aparece, vão aceitar um presbitério de cinquenta libras por ano, com a renda de suas duas mil libras, e o pouco que o sr. Steele e o sr. Pratt conseguirem dar a ela. Então, terão um filho a cada ano! E que Deus os ajude! Como serão pobres! Preciso ver o que posso lhes dar para mobiliar a casa. Duas criadas e dois homens, de fato! Como eu disse outro dia. Não, não, precisarão de uma garota forte para todos os trabalhos. A irmã da Betty não lhes serve *agora*.

A manhã seguinte trouxe uma carta para Elinor pelo correio rápido, enviada pela própria Lucy. Dizia o seguinte:

Bartlett's Building, março

Espero que minha querida srta. Dashwood perdoe a liberdade que estou tomando ao lhe escrever, mas sei que pela sua amizade por mim ficará feliz em ouvir um relato tão bom sobre mim e meu querido Edward, depois de todos os problemas pelos quais passamos ultimamente, portanto, não pedirei mais desculpas, mas procederei a dizer que, graças a Deus, embora tenhamos sofrido terrivelmente, nós dois estamos muito bem agora, e tão felizes como devemos sempre estar no amor um do outro. Sofremos grandes atribulações e grandes perseguições, mas, ao mesmo tempo, reconhecemos agradecidos os muitos amigos, você não menos importante entre eles, de cuja grande bondade sempre lembrarei, bem como Edward, a quem contei tudo. Tenho certeza que ficará feliz, como também a querida sra. Jennings, em saber que passei duas horas felizes com ele ontem à tarde, ele não aceitava ouvir falar de nossa separação, embora eu, com toda a sinceridade, como considerei que meu dever exigia, tentei instigá-lo a isso por prudência, e teria me separado para sempre na mesma hora, caso ele concordasse; mas ele disse que isso nunca aconteceria, que não dava importância para a raiva da mãe, enquanto tivesse meu afeto; nossas perspectivas não são muito brilhantes, é verdade, mas devemos esperar e torcer pelo melhor; ele será ordenado em breve; e, se alguma vez estiver em seu poder recomendá-lo a qualquer pessoa que tenha uma paróquia para conceder, tenho certeza que não nos esquecerá, e a querida sra. Jennings também, confio que falará bem de nós para sir John, ou para o sr. Palmer, ou para qualquer amigo que seja capaz de nos ajudar. A pobre Anne merecia muitas repreensões pelo que fez, mas fez com a melhor das intenções, por isso não falo nada. Espero que a sra. Jennings não pense que é muito trabalho nos visitar, se passar por aqui alguma manhã, seria uma grande bondade, e meus primos ficariam orgulhosos em conhecê-la. Minha folha me lembra que devo concluir; e implorando para que lhe dê minhas mais agradecidas e respeitosas lembranças a ela, e a sir John, e a lady Middleton, e às queridas crianças, quando os vir, e meu amor à srta. Marianne,

De sua amiga etc., etc.

Assim que terminou de ler, Elinor fez o que concluiu ser o verdadeiro objetivo de sua autora, colocando-a nas mãos da sra. Jennings, que leu em voz alta com muitos comentários de satisfação e elogios.

– Muito bem, de fato! Como ela escreve bem! Sim, foi muito apropriado deixá-lo livre do compromisso se ele o quisesse. É mesmo típico de Lucy. Pobrezinha! Gostaria de *poder* nomeá-lo para uma paróquia, de todo o meu coração. Ela me chama de querida sra. Jennings, sabe. Ela é uma garota de bom coração como poucas neste mundo. Juro que é. Essa frase está muito bem escrita. Sim, sim, irei vê-la, com certeza. Como ela é atenciosa, para pensar em cada um! Obrigado, minha querida, por me mostrar. É uma carta tão bonita como nunca vi, faz jus à mente e ao coração de Lucy.

Capítulo 39

As srtas. Dashwood já estavam há mais de dois meses na cidade, e a impaciência de Marianne para partir aumentava a cada dia. Ansiava pelo ar, pela liberdade e pelo silêncio do campo; e imaginava que, se houvesse um lugar onde pudesse aquietar seu coração, seria Barton. Elinor não estava menos ansiosa do que a irmã pela partida, apenas menos empenhada em partir de imediato, pois estava consciente das dificuldades de uma jornada tão longa, as quais Marianne não aceitava reconhecer. Apesar disso, Elinor começava a voltar seriamente seus pensamentos para sua realização, e já havia mencionado seus desejos para sua gentil anfitriã, que os resistiu com toda a eloquência de sua boa vontade, quando um plano foi sugerido, que, embora as detivesse longe de casa ainda mais algumas semanas, parecia a Elinor muito mais elegível do que qualquer outro. Os Palmer iriam para Cleveland no final de março, para as férias de Páscoa; e a sra. Jennings e suas duas amigas receberam um convite muito caloroso de Charlotte para os acompanharem. Esse convite não seria suficiente para as sensibilidades da srta. Dashwood, mas foi reforçado com tamanha e verdadeira polidez pelo próprio sr. Palmer, que, junto à grande alteração de seus modos em relação a elas, uma vez soube da infelicidade de sua irmã, induziu-a a aceitá-lo com prazer.

Quando contou Marianne o que havia feito, no entanto, a primeira resposta dela não foi muito auspiciosa:

– Cleveland! – exclamou ela, com grande agitação. – Não, não posso ir para Cleveland!

– Esqueceu-se – respondeu Elinor, gentilmente – que sua localização… que não é vizinha a…

– Mas é em Somersetshire. Não posso ir para Somersetshire. Lá, onde estava ansiosa para ir; não, Elinor, não pode esperar que eu vá para lá.

Elinor não argumentaria sobre a conveniência de superar tais sentimentos; apenas se esforçou para combatê-los trabalhando em outros; descreveu-o, portanto, como uma medida que diminuiria o seu tempo de retorno à querida mãe, a quem tanto desejava ver, de um modo mais elegível e confortável, do que qualquer outro plano poderia fazer e, talvez, sem qualquer atraso maior. Partindo de Cleveland, que ficava a poucos quilômetros de Bristol, a distância para Barton não passava de um dia, embora longo, de viagem; e o criado de sua mãe poderia facilmente ir até lá a fim de acompanhá-las; e como não haveria nenhum motivo para ficarem mais de uma semana em Cleveland, poderiam agora estar em casa em pouco mais de três semanas. Como a afeição de Marianne pela mãe era sincera, triunfaria com pouca dificuldade sobre os males imaginários que havia criado.

A sra. Jennings estava tão longe de se cansar de suas convidadas, que as pressionou de modo muito entusiasmado para que retornassem com ela novamente até Cleveland. Elinor estava grata pela atenção, mas não podia alterar seu projeto; e, como conseguiram a concordância da mãe prontamente, tudo relativo ao seu retorno foi arranjado tanto quanto poderia ser; e Marianne encontrou algum alívio em calcular as horas que ainda a separavam de Barton.

– Ah! Coronel, não sei o que você e eu faremos sem as srtas. Dashwood! – foi como a sra. Jennings o cumprimentou em sua primeira visita, depois que a partida delas havia sido decidida. – Pois estão bastante resolvidas a voltar para casa partindo da residência dos Palmer; e quão desolados ficaremos, quando eu voltar! Senhor! Vamos nos sentar e encarar um ao outro entediados como dois gatos.

Talvez a Sra. Jennings tivesse a esperança de que esse esboço vigoroso de seu futuro tédio o provocasse a fazer a proposta, que poderia fazê-lo escapar dele; e sendo assim, logo depois teve boa razão para pensar que alcançara seu objetivo, pois, quando Elinor se dirigiu à janela para tomar mais rapidamente as dimensões de uma gravura, que ela copiaria para sua amiga, ele a seguiu com um olhar particularmente expressivo e conversou com ela por vários minutos. O efeito de seu discurso sobre a moça também não podia escapar à sua observação, pois embora fosse honrada demais para ouvir, e tivesse até mudado de lugar de propósito, de modo ela *não* pudesse ouvir, para perto do pianoforte que Marianne estava tocando, não pôde evitar ver que Elinor mudou de cor, escutou com agitação, e estava muito atenta ao que ele disse para continuar sua ocupação. Para confirmar ainda mais suas esperanças, no intervalo em que Marianne passava de uma lição para outra, algumas palavras do coronel inevitavelmente chegaram aos seus ouvidos, com as quais ele parecia estar se desculpando pelas más condições de sua casa. Isso confirmava a questão sem dúvidas. Ela se perguntou, de fato, por que ele considerara necessário fazê-lo, mas supunha que fosse a etiqueta adequada. O que Elinor disse em resposta, não pôde distinguir, mas julgou, a partir do movimento de seus lábios, que ela não achava *ser* essa uma objeção concreta; e a sra. Jennings a elogiou em seu coração por ser tão honesta. Então, falaram por mais alguns minutos sem que ela entreouvisse uma sílaba, quando outra fortuita parada na performance de Marianne lhe trouxe estas palavras na voz calma do coronel:

– Temo que não possa acontecer muito em breve.

Atônita e chocada com um discurso tão inadequado para um enamorado, estava quase pronta para questionar: "Deus! O que deve dificultá-lo?", mas contendo sua vontade, limitou-se a essa questionar em silêncio.

– Isso é muito estranho! Claro que não precisa esperar ficar mais velho.

Este atraso por parte do coronel, entretanto, não parecia ofender ou mortificar sua bela companheira nem um pouco, pois ao terminarem a conversa pouco depois e, dirigindo-se para lados diferentes, a sra. Jennings ouviu, muito claramente, Elinor dizer, em um tom de voz que demonstrava que sentia o que disse:

– Sempre serei muito grata ao senhor.

A sra. Jennings ficou encantada com a gratidão da moça, e apenas se surpreendeu que, depois de ouvir tal frase, o coronel conseguisse se despedir delas, como imediatamente fez, com o máximo sangue frio, e ir embora sem dar-lhe qualquer resposta! Nunca imaginara que seu velho amigo poderia ser um pretendente tão indiferente.

O que de fato se passou entre eles foi o seguinte:

– Soube – disse ele, com grande compaixão – da injustiça que seu amigo sr. Ferrars sofreu de sua família; pois se entendo a situação da maneira correta, foi totalmente expulso por eles por perseverar em seu compromisso com uma jovem muito merecedora. Fui corretamente informado? É isso mesmo?

Elinor disse a ele que sim.

– É terrível a crueldade, a crueldade irrefletida – respondeu ele, com grande sentimento – de dividir, ou tentar dividir, dois jovens há muito ligados um ao outro. Ferrars não sabe o que pode estar fazendo – a que ponto ela pode levar seu filho. Vi o sr. Ferrars duas ou três vezes em Harley Street, e gostei muito dele. Não é um rapaz que se pode conhecer intimamente em pouco tempo, mas já vi o suficiente dele para desejar-lhe bem, e como seu amigo, desejo-lhe ainda mais. Eu entendo que ele pretende se ordenar. A senhorita pode fazer a gentileza de avisá-lo que o presbitério de Delaford, que acaba de ficar vago, como fui informado pelo correio de hoje, é dele, se ele considerar que vale a pena aceitá-lo – mas *isso*, talvez, possa ser absurdo duvidar devido às infelizes circunstâncias nas quais está agora. Gostaria apenas que fosse mais valioso. É uma reitoria pequena; o falecido titular não recebia mais de duzentas libras por ano, creio eu, e embora certamente seja possível melhorá-la, temo que não trará a quantia que lhe daria uma renda muito confortável. Tal como é, no entanto, meu prazer em oferecê-lo, é muito grande. Por favor, assegure-lhe disso.

O espanto de Elinor ante tal incumbência dificilmente teria sido maior, caso o coronel estivesse realmente pedindo de sua mão em casamento. A nomeação, que apenas dois dias antes havia considerado como sem esperança para Edward, já estava concedida para permitir que ele se casasse; e *ela,* de todas as pessoas do mundo, havia sido escolhida para concedê-la! Sua emoção foi tal como a sra. Jennings atribuiu a uma causa muito diferente; mas quaisquer sentimentos menores, menos puros, menos agradáveis, podem participar dessa emoção, sua estima pela benevolência em geral, e sua gratidão pela amizade em particular, que juntas levaram coronel Brandon a este ato, foram fortemente sentidas, e calorosamente expressas. Ela agradeceu-lhe de todo o coração, falou dos princípios e disposição de Edward com o louvor que sabia que mereciam; e prometeu cumprir sua missão com prazer, se fosse realmente seu desejo dar a outra pessoa uma tarefa tão agradável. Mas, ao mesmo tempo, não conseguiu deixar de pensar que ninguém poderia executá-la melhor do que ele. Em suma, era uma tarefa da qual teria ficado muito feliz de ser poupada, relutante em causar a Edward o constrangimento de receber um favor vindo *dela*; mas coronel Brandon, motivado por semelhante delicadeza, declinando da mesma forma, parecia ainda tão desejoso de que fosse comunicado por meio dela, que Elinor não fez mais qualquer oposição. Edward, ela acreditava, ainda estava na cidade, e felizmente ouvira seu endereço da srta. Steele. Poderia cumprir sua missão, portanto, e informá-lo no decorrer do dia. Depois que isso foi resolvido, coronel Brandon começou a falar das vantagens que teria ao assegurar um vizinho tão respeitável e agradável e foi, *então,* que ele mencionou com pesar, que a casa era pequena e insignificante; um defeito ao qual Elinor, como a sra. Jennings imaginara, não deu muita importância, pelo menos no que dizia respeito ao seu tamanho.

– Não consigo imaginar que a pequenez da casa lhes seja qualquer inconveniente, pois será proporcional à sua família e renda. – respondeu ela.

Com isso o coronel ficou surpreso ao descobrir que *ela* considerava o casamento do sr. Ferrars como consequência inevitável da indicação; pois não achava que fosse possível que o presbitério de Delaford fornecesse tal renda, para que alguém acostumado com seu estilo de vida se arriscasse a se estabelecer, e disse isso:

– Esse pequeno presbitério fará apenas com que o sr. Ferrars viva confortável como solteiro, não tornará possível que se case. Lamento dizer que meu patrocínio termina com isso e meu interesse não vai mais além. Se, no entanto, graças a uma oportunidade inesperada estiver ao meu alcance ser-lhe de mais ajuda, teria que ter uma opinião muito diferente dele do que tenho agora, se não estiver tão disposta a lhe ser útil, então, como sinceramente gostaria de poder fazer agora. O que faço agora, não parece nada, já pouco o ajuda a alcançar o que deve ser seu principal, e único objetivo de felicidade. Seu casamento deve ser ainda um bem distante; ou pelo menos, temo que não possa acontecer muito em breve.

Esta foi a frase que, quando mal interpretada, tão justamente ofendeu os delicados sentimentos da sra. Jennings; mas após esta narrativa do que realmente se passou entre coronel Brandon e Elinor, enquanto estavam à janela, a gratidão que ela expressou em sua despedida, possa talvez parecer, afinal, não menos razoavelmente justificada, nem menos devidamente formulada do que se tivesse sido provocada por uma proposta de casamento.

Capítulo 40

– Bem, srta. Dashwood – disse a sra. Jennings, sorrindo sagazmente, assim que o cavalheiro se retirou – Não lhe perguntarei o que o coronel disse a você; pois apesar de, eu juro, ter *tentado* não escutar, não pude deixar de captar o suficiente para entender o assunto. Asseguro-lhe que nunca estive tão satisfeita em toda a minha vida, e desejo-lhe do fundo do meu coração que seja feliz.

– Obrigada, senhora – disse Elinor. – É uma questão de grande alegria para mim; e sinto a bondade do coronel Brandon intensamente. Não há muitos homens que agiriam como ele fez. Poucas pessoas que têm um coração tão compassivo! Nunca fiquei tão surpresa em toda a minha vida.

– Senhor! Minha querida, você é muito modesta. Eu não estou nem um pouco surpresa, pois ultimamente tenho pensado que não havia nada mais provável de acontecer.

– A senhora julgou a partir de seu conhecimento da benevolência do coronel; mas, pelo menos, não poderia prever que a oportunidade ocorreria tão em breve.

– Oportunidade! – repetiu a sra. Jennings. – Ora! Quanto a isso, quando um homem já se decidiu sobre essas coisas, de alguma forma ou de outra, ele logo encontrará uma oportunidade. Bem, minha querida, desejo-lhe alegria de novo e de novo, e se alguma vez houve um casal feliz no mundo, creio que logo saberei onde procurá-los.

– Tem intenção de ir a Delaford visitá-los, suponho – disse Elinor, com um leve sorriso.

– Sim, minha querida, de fato, pretendo fazer isso mesmo. E quanto às más condições da casa, não sei o que o coronel queria dizer, pois é tão boa quanto qualquer outra.

– Ele afirmou que precisava de reparos.

– Bem, e de quem é a culpa? Por que ele não conserta? Quem deve fazê-lo, além dele mesmo?

Foram interrompidas pela entrada do servo para avisar que a carruagem estava à porta; e a sra. Jennings se preparando para sair no mesmo instante, despediu-se:

– Bem, minha querida, preciso ir antes de falar metade do que tenho a dizer. No entanto, poderemos conversar tudo à noite, pois estaremos sozinhas. Não peço que me acompanhe, pois ouso dizer que sua mente está muito ocupada com o assunto para querer companhia; e, além disso, deve ansiar para contar sobre tudo à sua irmã.

Marianne tinha deixado a sala antes de a conversa começar.

– Certamente, senhora, vou contar a Marianne sobre isso, mas, no momento, não vou mencioná-lo para qualquer outra pessoa.

– Ah! Muito bem! – disse a sra. Jennings, bastante decepcionada. – Então, não quer que conte para Lucy, pois tenho a intenção de ir tão longe quanto Holborn hoje.

– Não, senhora, nem mesmo para Lucy, por favor. Um dia de atraso não fará diferença; e até que eu tenha escrito ao sr. Ferrars, eu acho que não deve ser mencionado a qualquer outra pessoa. Farei *isso* imediatamente. É importante que não perca tempo em dizê-lo, pois ele terá muito a fazer em relação à sua ordenação.

A princípio, essas palavras intrigaram a sra. Jennings em excesso. Por que o sr. Ferrars deveria ser avisado com tanta pressa, não pôde compreender imediatamente. Alguns instantes de reflexão, no entanto, produziram uma ideia muito feliz, e ela exclamou:

– Ah, ha! Eu entendo você. Ferrars será o celebrante. Bem, melhor para ele. Sim, com certeza, deve se ordenado prontamente; e estou muito feliz em descobrir que as coisas estão tão avançadas entre vocês. Mas, minha querida, isso não é um pouco estranho? O coronel não deveria escrever ele mesmo? Com certeza, é mais adequado.

Elinor não entendeu muito bem o início do que a sra. Jennings disse, nem achou que valesse a pena perguntar; e, portanto, apenas respondeu à sua conclusão.

– Coronel Brandon é um homem tão delicado, que deseja que qualquer outra pessoa anuncie suas intenções ao sr. Ferrars do que ele próprio.

– E assim *você* é forçada a fazê-lo. Bem, *esse* é um tipo estranho de delicadeza! No entanto, não vou perturbá-la – vendo-a se preparar para escrever. – Você conhece melhor suas próprias preocupações. Bem até logo, minha querida. Nenhuma notícia me agradou tanto desde que Charlotte teve o bebê.

E foi embora, mas voltando por um momento, disse:

– Estive pensando ainda há pouco na irmã de Betty, minha querida. Ficaria muito feliz em encontrar tão boa senhora para ela. Mas se ela serviria para ser criada de uma dama, não estou certa que posso lhe dizer. É uma excelente empregada doméstica e trabalha muito bem em sua agulha. No entanto, você vai pensar em tudo isso a seu tempo.

– Certamente, senhora – respondeu Elinor, sem ouvir muito do que ela disse, mais ansiosa para ficar sozinha do que dominar o assunto.

Como deveria começar, como deveria se expressar em seu bilhete para Edward – isso era tudo que a preocupava agora. As circunstâncias particulares entre eles tornavam uma dificuldade aquilo que, para qualquer outra pessoa, teria sido a tarefa mais fácil do mundo; mas ela temia igualmente dizer demais ou muito pouco, e sentou-se deliberando diante do papel, com a caneta na mão, até que foi interrompida pela entrada do próprio Edward.

Ele havia encontrado a sra. Jennings na porta, a caminho da carruagem, ao chegar para deixar seu cartão de despedida, e ela depois de se desculpar por não o receber, o obrigou a entrar, dizendo que a srta. Dashwood estava em casa, e queria falar com ele sobre assuntos muito particulares.

Elinor tinha acabado de se consolar, em meio à sua perplexidade, que por mais difícil que fosse se expressar adequadamente por escrito, pelo menos era melhor do que dar a informação pessoalmente, quando seu visitante entrou, para forçá-la ao maior esforço de todos. Seu espanto e confusão foram muito grandes diante de sua aparição tão repentina. Ela não o tinha visto desde que seu compromisso se tornou público, portanto, desde o momento em que ele soube que ela estava ciente do caso; o que, com a consciência do que ela que estivera pensando, e do que tinha a dizer a ele, fez com que se sentisse especialmente desconfortável por alguns minutos. Ele também estava muito embaraçado; e sentaram-se em um estado de constrangimento promissor. Ele não conseguia se lembrar se havia se desculpado por sua intromissão ao entrar na sala; mas por garantia, pediu desculpas formais assim que foi capaz de dizer alguma coisa, depois de escolher uma cadeira.

– A sra. Jennings me contou – disse ele – que você queria falar comigo, pelo menos foi o que entendi, caso contrário, certamente não a teria incomodado desta maneira; embora, ao mesmo tempo, teria ficado extremamente triste por deixar Londres sem ver você e sua irmã; especialmente porque tudo indica que demore algum tempo... é provável que não tenha o prazer de revê-las tão cedo. Vou para Oxford amanhã.

– Você não teria ido, no entanto – disse Elinor, recuperando-se, e determinada a fazer o que tanto temia o mais rápido possível – sem receber nossos votos de felicidade, mesmo que não pudéssemos oferecê-los pessoalmente. A sra. Jennings estava certa no que disse. Tenho que lhe informar sobre algo muito importante e estava a ponto de escrever. Fui incumbida de uma tarefa muito agradável – disse ela, respirando um pouco mais rápido do que o habitual. – O coronel Brandon, que esteve aqui há apenas dez minutos, pediu-me para lhe dizer que entendendo sua intenção de se ordenar, ele tem grande satisfação em oferecer-lhe o presbitério de Delaford, que acaba de vagar, desejando apenas que rendesse mais. Permita-me parabenizá-lo por ter um amigo tão respeitável e prudente, e de juntar ao dele o meu desejo de que a renda – cerca de duzentos por ano – fosse muito mais considerável, e tal que lhe permitisse... que pudesse ser mais do que uma acomodação temporária para si mesmo... tal, em suma, que possibilitasse todas as suas visões de felicidade.

O que Edward sentiu, como não podia dizer ele mesmo, não se pode esperar que mais alguém o comunique por ele. *Demonstrou* todo o espanto que tal informação tão inesperada e impensável não poderia deixar de causar; mas disse apenas estas duas palavras:

– Coronel Brandon!

– Sim – continuou Elinor, munindo-se de mais confiança, agora que o pior havia passado. – Coronel Brandon deseja com isso dar testemunho de sua preocupação com o que se passou recentemente: a situação cruel em que a conduta injustificável de sua família o colocou; uma preocupação que tenho certeza de que Marianne, eu, e todos os seus amigos compartilhamos; e também como uma prova de sua alta estima sobre o seu caráter em geral, e de sua aprovação em especial de seu comportamento no caso atual.

– Coronel Brandon *me* dando um presbitério! Como é possível?

– A crueldade de sua própria família faz com que se espante ao encontrar amizade em outro lugar.

– Não – respondeu ele, com súbita consciência. – Não por encontrá-la em *você;* pois não ignorar que a você, à sua bondade, devo tudo. Sinto que... eu expressaria se pudesse... mas como você bem sabe, não sou nenhum orador.

– Está muito enganado. Garanto que deve isso inteiramente, pelo menos quase inteiramente, ao próprio mérito, e ao discernimento do coronel Brandon. Não tive nada a ver com isso. Nem sabia, até que entendi a intenção dele, que o presbitério estava vago, nem nunca me ocorreu que ele tivesse algum para conceder. Como amigo meu, de minha família, talvez ele tenha, de fato eu sei que ele *tem*, ainda maior prazer em concedê-lo; mas, dou-lhe a minha palavra, não deve nada a uma solicitação minha.

A verdade a obrigava a reconhecer alguma pequena participação na decisão, mas, ao mesmo tempo, relutava tanto em parecer como a benfeitora de Edward, que a reconheceu com hesitação; o que provavelmente contribuiu para aumentar a suspeita que recentemente havia entrado na mente dele. Por um curto período, sentou-se profundamente pensativo, depois que Elinor terminou de falar; por fim, e como se fosse um grande esforço, ele disse:

– Coronel Brandon parece um homem de grande valor e respeitabilidade. Sempre falaram isso sobre ele e, seu irmão, eu sei, o tem em alta conta. É, sem dúvida, um homem sensato e, em seus modos, um perfeito cavalheiro.

– De fato – respondeu Elinor –, acredito que o conhecendo melhor irá descobrir que tudo o que ouviu sobre ele é verdade e, como serão vizinhos tão próximos, pois pelo que entendi a paróquia fica perto da mansão, é particularmente importante que ele *seja* tudo isso.

Edward não respondeu; mas quando ela virou a cabeça, deu-lhe um olhar tão sério, tão sincero e tão triste, como se dissesse, que neste momento preferia que a distância entre a casa paroquial e a mansão fosse muito maior.

– Creio que coronel Brandon, está hospedado em St. James Street – disse ele, logo depois, levantando-se.

Elinor disse-lhe o número da casa.

– Devo, portanto, me apressar para dar-lhe os agradecimentos que você não me permite dar; para assegurar-lhe de que me fez um homem muito feliz.

Elinor não tentou detê-lo; e eles se separaram, com uma repetição calorosa da parte dela, de seus constantes bons votos de felicidade em cada situação que pudesse lhe acontecer; da parte dele, com uma tentativa de retornar a mesma boa vontade, mais do que a capacidade de expressá-la.

Quando eu o vir novamente, disse Elinor para si mesma, quando a porta fechou atrás dele. *Será como marido de Lucy.*

E com essa agradável expectativa, sentou-se para reconsiderar o passado, recordar todas as palavras e se esforçar para compreender todos os sentimentos de Edward; e, é claro, para refletir sobre o próprio descontentamento.

Quando a sra. Jennings voltou para casa, embora estivesse voltando de um encontro com pessoas que nunca tinha visto antes, e de quem, portanto, deveria ter muito a dizer, sua mente estava tão ocupada pelo importante segredo em sua posse, do que por qualquer outro assunto, que o retomou assim que Elinor apareceu.

– Bem, minha querida – exclamou –, eu lhe mandei o jovem. Não agi da maneira certa? E suponho que você não teve grande dificuldade... Não o achou muito indisposto a aceitar sua proposta?

– Não, senhora; *isso* não era muito provável.

– Bem, e em quanto tempo ele estará pronto? Pois parece que tudo depende disso.

– Realmente – disse Elinor – Eu sei tão pouco desse tipo de formalidade, que eu mal posso sequer imaginar quanto tempo leve, ou qual a preparação necessária; mas suponho que em dois ou três meses completará sua ordenação.

– Dois ou três meses! – exclamou a sra. Jennings – Deus do céu! Minha querida, como consegue falar com tanta calma; e o coronel pode esperar dois ou três meses! Deus me abençoe! Tenho certeza que isso *me* deixaria sem paciência! E embora ficasse muito feliz em fazer uma gentileza ao pobre sr. Ferrars, acho que não vale a pena esperar dois ou três meses por ele. Com certeza outro poderia ser encontrado que serviria; alguém que é ordenado.

– Minha cara senhora – disse Elinor – no que está pensando? Ora, o único objetivo do coronel Brandon é ser útil ao sr. Ferrars.

– Deus a abençoe, minha querida! Certamente não quer me convencer de que o coronel só vai se casar com você para dar dez guinéus ao sr. Ferrars!

O engano não poderia continuar depois disso; e uma explicação foi dada imediatamente, com a qual ambas se divertiram bastante no momento, sem qualquer perda real de felicidade para qualquer uma, a sra. Jennings apenas trocou uma forma de prazer por outra, e ainda sem abrir mão de sua expectativa pela primeira.

– Sim, sim, a casa paroquial é pequena – disse ela, após a primeira ebulição de surpresa e satisfação acabar – e muito provavelmente *pode* precisar de reparos; mas ouvir um homem se desculpando, como eu pensava, por uma casa que, pelo meu conhecimento, tem cinco salas de estar no térreo, e que, segundo a governanta me disse, pode abrigar cerca de quinze leitos! E, ainda mais, a você, que está acostumada a morar na casa de Barton! Pareceu ridículo. Mas, minha querida, devemos incentivar o coronel a fazer alguma coisa pela casa paroquial, tornando-a confortável, antes de Lucy se mudar para lá.

– Mas o coronel Brandon não parece considerar a renda suficiente para permitir que se casem.

– O coronel é um tolo, minha querida; como tem dois mil por ano, pensa que ninguém pode se casar com menos. Dou-lhe minha palavra que, se estiver viva, irei visitar a paróquia de Delaford antes da festa de São Miguel; e asseguro-lhe de que não irei se Lucy não estiver lá.

Elinor concordou com a opinião dela quanto à probabilidade de eles não esperarem por mais nada.

Capítulo 41

Edward, tendo levado seus agradecimentos ao coronel Brandon, prosseguiu com sua felicidade para Lucy; e tal foi o excesso dela no momento em que ele chegou em Bartlett's Buildings, que Lucy foi capaz de assegurar à sra. Jennings, que a visitou novamente no dia seguinte com seus parabéns, que nunca o tinha visto tão animado antes em toda a sua vida.

Sua própria felicidade, e seu próprio ânimo, eram pelo menos muito certos; e ela se uniu-se à sra. Jennings com entusiasmo à sua expectativa de estarem todos confortavelmente juntos na paróquia de Delaford antes da festa de São Miguel. Ao mesmo tempo, estava tão longe de negar a Elinor o crédito que Edward a *concederia*, que falou da amizade desta por ambos com a mais calorosa gratidão, e estava a admitir tudo que devia a ela e declarou abertamente que nenhum esforço para o seu bem por parte da Srta. Dashwood, presente ou futuro, jamais iria surpreendê-la, pois acreditava que ela era capaz de fazer qualquer coisa no mundo para aqueles que realmente valorizava. Quanto ao coronel Brandon, não só estava pronta para venerá-lo como a um santo, mas, além disso, estava verdadeiramente ansiosa para que ele fosse tratado como tal em todos os assuntos mundanos; também ansiava que os décimos que lhes eram pagos aumentassem ainda mais; e mal resolveu aproveitar-se, em Delaford, o quanto pudesse, de seus servos, sua carruagem, suas vacas e suas criações de aves.

Já havia se passado mais de uma semana desde que John Dashwood visitou Berkeley Street e, como desde então não receberam nenhuma informação sobre a indisposição de sua esposa, além de uma indagação verbal, Elinor começou a sentir que era necessário fazer uma visita a ela. Era uma obrigação, no entanto, que não só se opunha à sua própria inclinação, mas que não teve a ajuda de qualquer incentivo de suas companheiras. Marianne, não contente com absolutamente se recusar a ir ela mesma, estava muito empenhada em evitar que a irmã fosse; e a sra. Jennings, embora sua carruagem estivesse sempre a serviço de Elinor, detestava tanto a sra. John Dashwood, que nem mesmo sua curiosidade para ver como ela estava após a recente descoberta nem seu forte desejo de afrontá-la tomando partido de Edward poderiam superar sua relutância em estar na companhia dela novamente. A consequência foi que Elinor partiu sozinha para fazer uma visita, para a qual ninguém poderia realmente ter menos inclinação, e para correr o risco de um tête-à-tête com uma mulher a quem nenhum dos outros tinha tanta razão para desgostar.

A sra. Dashwood se negou a recebê-la; mas antes que a carruagem desse a volta, seu marido acidentalmente apareceu. Expressou grande prazer em ver Elinor, disse a ela que acabara de visitar Berkeley Street, e, assegurando-lhe que Fanny ficaria muito feliz em vê-la, convidou-a para entrar.

Subiram escadas até a sala de visitas. Não havia ninguém lá.

– Suponho que Fanny está em seu quarto – disse ele – Vou chamá-la agora mesmo, pois tenho certeza que ela não fará a menor objeção no mundo em *vê-la*. Muito pelo contrário, de fato. *Agora,* especialmente, não pode haver... mas, de qualquer modo, você e Marianne sempre foram grandes favoritas. Por que Marianne não veio?

Elinor desculpou-se como pôde.

– Não lamento por ter vindo sozinha – respondeu ele – pois tenho muito sobre o que falar com você. Essa paróquia do coronel Brandon... pode ser verdade? Ele realmente a cedeu a Edward? Ouvi isso ontem por acaso, e estava indo vê-la de propósito para perguntar mais sobre isso.

– É a mais pura verdade. Coronel Brandon cedeu o presbitério de Delaford para Edward.

– É mesmo?! Bem, isso é muito surpreendente! Sem relação alguma! Nenhuma conexão entre eles! E agora que presbitérios valem tanto! Qual era o valor desse?

– Por volta de duzentas libras ao ano.

– Muito bem... e na transferência de um presbitério desse valor, supondo que o falecido titular fosse velho e doente, e que fosse desocupá-lo em breve, ele poderia ter conseguido mil e quatrocentas libras. E como é que não havia resolvido esse assunto antes da morte dessa pessoa? *Agora,* na verdade, seria tarde demais para vendê-lo, mas um homem do senso do coronel Brandon! Eu me pergunto se ele deveria ser tão descuidado em um ponto tão comum, tão natural! Bem, estou convencido de que há uma grande inconsistência em quase todas as pessoas. Suponho, no entanto, ao me lembrar... que o caso pode provavelmente ser *este*. Edward deverá manter o presbitério apenas até que a pessoa a quem o coronel realmente o vendeu, tenha idade suficiente para ocupá-lo. Sim, sim, essa é a verdade, pode acreditar.

Todavia, Elinor o contradisse com muita veemência; e ao relatar que ela mesma tinha sido empregada na transmissão da oferta do coronel Brandon para Edward, e, portanto, deveria entender os termos sob os quais foi dado, obrigou-o a submeter-se à sua autoridade.

– É verdadeiramente surpreendente! – exclamou ele, depois de ouvir o que ela disse – qual poderia ser o motivo do coronel?

– Um muito simples: para ser útil ao sr. Ferrars.

– Bem, bem; seja lá qual for o motivo do coronel Brandon, Edward é um homem de muita sorte. Não mencione o assunto para Fanny, no entanto, pois embora eu tenha dado a notícia a ela, e ela a tenha suportado muito bem, não vai gostar de falar muito disso.

Elinor teve alguma dificuldade aqui para se abster de observar, que pensava que Fanny suportaria com compostura, uma aquisição de riqueza pelo seu irmão, por meio da qual nem ela nem seu filho poderiam ser possivelmente empobrecidos.

– Sra. Ferrars – acrescentou ele, baixando a voz ao tom apropriado para falar de um assunto tão importante – não sabe nada sobre isso no momento, e acredito que será melhor mantê-lo inteiramente escondido dela enquanto for possível. Quando o casamento acontecer, temo que ela deverá saber de tudo.

– Mas por que tomar tamanha precaução? Embora não se deva supor que a sra. Ferrars tenha a menor satisfação em saber que seu filho tem dinheiro suficiente para viver, pois *isso* deve estar completamente fora de questão; no entanto, por que, conforme seu comportamento recente, ela sentiria alguma coisa? Ela rompeu com o filho, o expulsou para sempre e fez com que todos aqueles, sobre os quais tem alguma influência, expulsassem-no da mesma forma. Certamente, depois de fazê-lo, não se pode imaginar que seja capaz de sentir qualquer impressão de tristeza ou alegria por sua conta –não deve se interessar por nada que aconteça a ele. Não seria tão fraca a ponto de jogar fora o conforto de um filho, e ainda manter a ansiedade materna!

– Ah! Elinor – disse John – seu raciocínio é muito bom, mas é baseado na ignorância da natureza humana. Quando a infeliz união de Edward acontecer, tenha certeza sua mãe vai sentir como se nunca o tivesse repudiado; e, portanto, todas as circunstâncias que podem acelerar esse evento terrível, devem ser escondidas dela tanto quanto possível. Mrs. Ferrars nunca pode esquecer que Edward é seu filho.

– Isso me surpreende; eu pensava que ela já o tivesse apagado da memória a *esta* altura.

– Você está sendo excessivamente injusta com ela. A sra. Ferrars é uma das mães mais afetuosas do mundo.

Elinor ficou em silêncio.

– Agora estamos pensando – disse o sr. Dashwood, depois de uma breve pausa – que *Robert* pode se casar com a srta. Morton.

Elinor, sorrindo para o tom de seriedade e importância decisiva de seu irmão, respondeu calmamente:

– A senhora, suponho, não tem escolha no caso.

– Escolha! O que você quer dizer?

– Apenas quero dizer que suponho, a partir de sua maneira de falar, que deve dar no mesmo para a srta. Morton se ela se casar com Edward ou com Robert.

– Certamente, não pode haver diferença; pois Robert agora será considerado como o filho mais velho; e quanto a qualquer outra coisa, ambos são jovens muito agradáveis: eu não sei se um é superior ao outro.

Elinor não disse mais nada, e John também passou um curto período em silêncio. Suas reflexões terminaram assim:

– De *uma* coisa, minha querida irmã – disse gentilmente pegando sua mão, e falando em um sussurro terrível – posso lhe assegurar; e *vou* fazê-lo, porque eu sei que deve gratificar você. Tenho boas razões para pensar... na verdade, sei de fonte segura, ou não iria repeti-lo, porque de outro modo, seria muito errado dizer qualquer coisa, mas sei de fonte segura, não que tenha ouvido a sra. Ferrars dizer isso ela mesma, sua filha *ouviu*, e ela me contou, que em suma, quaisquer objeções que possam haver contra uma certa... uma certa conexão, você me entende... teria sido muito preferível para ela, não teria lhe dado metade do desgosto que *essa* gera. Fiquei extremamente satisfeito ao ouvir que a sra. Ferrars pensava dessa forma, uma circunstância muito gratificante, você entende, para todos nós. "Não há comparação", disse ela, "de dois males o menor, ela ficaria feliz em se agravar agora pelo menor dos dois." Entretanto, tudo isso está completamente fora de questão, a não ser pensado nem mencionado. Quanto a qualquer apego, você sabe, nunca poderá acontecer, tudo já passou. Contudo, pensei em lhe contar isso, porque sabia o quanto a agradaria. Não que tenha motivos para se arrepender, minha querida Elinor. Não há dúvida de que você está indo muito bem, tão bem, ou melhor, talvez, considerando tudo. O coronel Brandon a tem visitado ultimamente?

Elinor já ouvira o suficiente, não para satisfazer sua vaidade, nem elevar sua autoestima, mas para agitar seus nervos e encher sua mente; estava, portanto, satisfeita por ser poupada da necessidade de dizer muito em resposta, e do perigo de ouvir mais de seu irmão, pela entrada do sr. Robert Ferrars. Após alguns momentos de conversa, John Dashwood, lembrando que Fanny ainda não estava informada da presença de sua irmã, saiu da sala em busca dela; e Elinor foi deixada para conhecer melhor Robert, que, pela alegria despreocupada, a feliz autocomplacência de seus modos enquanto desfrutava de de uma divisão tão injusta do amor e da liberalidade de sua mãe, para o prejuízo de seu irmão banido, conquistado apenas pelo próprio curso de vida dissipado, e à integridade desse irmão, confirmava sua opinião desfavorável de sua cabeça e coração.

Ficaram menos de dois minutos a sós, antes que ele começasse a falar de Edward, pois ele, também, tinha ouvido falar do presbitério, e estava muito curioso sobre o assunto. Elinor repetiu os detalhes, como já havia dito a John, e seu efeito sobre Robert, embora muito diferente, não foi menos forte do que havia sido sobre *ele*. Ele riu sem moderação. A ideia de Edward se tornar um clérigo e viver em uma pequena casa paroquial, o divertia demais; e a isso foi adicionada a imagem de Edward lendo orações em uma sobrepeliz branca, e publicando os anúncios do casamento entre John Smith e Mary Brown, ele não podia conceber nada mais ridículo.

Elinor, enquanto esperava em silêncio e imóvel seriedade, na conclusão de tal tolice, não podia se impedir de fixar os olhos nele com um olhar que demonstrava todo o desprezo que incitava. Foi um olhar, no entanto, muito bem concedido, pois aliviou seus próprios sentimentos, e não revelou nada a ele. Ele foi chamado de volta à razão, não por qualquer reprovação dela, mas por sua própria sensibilidade.

– Podemos tratá-lo como uma piada – disse ele, finalmente, recuperando-se da risada afetada que havia prolongado consideravelmente a alegria genuína do momento – juro, é um negócio muito sério. Pobre Edward! Está arruinado para sempre. Sinto muito por isso, pois o conheço e sei que é uma criatura de bom coração, um sujeito bem-intencionado, talvez, como nenhum outro no mundo. Você não deve julgá-lo, srta. Dashwood, baseando-se no pouco que conhece. Pobre Edward! Seus modos certamente não são os naturalmente mais felizes. Mas nem todos nascemos, você sabe, com os mesmos talentos, o mesmo porte. Coitado! Vê-lo em um círculo de estranhos! Era com certeza algo lamentável; mas juro pela minha alma, acredito que ele tem o melhor coração no reino; e lhe asseguro que nunca fiquei tão chocado na minha vida, como quando tudo veio à tona. Não pude acreditar. Minha mãe foi a primeira pessoa a me contar; e eu, sentindo-me chamado a agir com decisão, na mesma hora disse a ela, "Minha querida senhora, eu não sei o que pretende fazer nessa situação, mas quanto a mim, devo dizer, que se Edward se casar com esta jovem, eu nunca mais o verei." Foi o que disse imediatamente. Estava muito chocado, de fato! Pobre Edward! Prejudicou-se completamente, afastou-se para sempre de toda sociedade decente! Como eu disse com sinceridade à minha mãe, não estou nem um pouco surpreso com isso; considerando seu estilo de educação, era de se esperar. Minha pobre mãe estava meio frenética.

– Você já viu a dama?

– Sim, uma fez enquanto ela se hospedava nesta casa; vim para uma visita de dez minutos, e vi o suficiente dela. A garota do interior mais estranha, sem estilo, ou elegância, e quase sem beleza. Lembro-me perfeitamente dela. O tipo de garota que esperaria que cativasse o pobre Edward. Imediatamente me ofereci, assim que minha mãe relatou o caso para mim, para falar com ele e dissuadi-lo da união; mas já era tarde demais, então, descobri, para fazer qualquer coisa, por azar, eu não estava presente no início, e não sabia de nada disso até depois da ruptura ter ocorrido, quando já não era possível, você sabe, interferir. Mas se eu tivesse sido informado disso algumas horas antes, acho que é bem provável que algo pudesse ter sido feito. Certamente teria apresentado o caso para Edward com muita clareza. "Meu caro", eu teria dito, "reflita sobre o que está fazendo. Está entrando em uma união vergonhosa, tanto que todos em sua família são unânimes em desaprovar." Não posso deixar de pensar, em suma, que teríamos encontrado uma saída. Mas agora é tarde demais. Deve estar passando necessidade, sabe, isso é certo; enormes necessidades.

Ele tinha acabado de resolver este ponto com grande compostura, quando a entrada da Sra. John Dashwood pôs um fim ao assunto. Mas embora *ela* nunca tenha falado disso fora de sua própria família, Elinor podia ver sua influência em sua mente, em algo como confusão de semblante com que ela entrou, e uma tentativa de cordialidade em seu comportamento para si mesma. Ela até começou a se preocupar em descobrir que Elinor e sua irmã estavam tão cedo para deixar a cidade, como ela esperava ver mais deles; – um esforço no qual seu marido, que a frequentava na sala, e se arrastava apaixonado por seus sotaques, parecia distinguir cada coisa que era mais afetuosa e graciosa.

Capítulo 42

Uma outra visita curta a Harley Street, na qual Elinor recebeu os parabéns de seu irmão por viajar tão longe para Barton sem qualquer despesa, e pelo fato de o coronel Brandon ir encontrá-los em Cleveland em um dia ou dois, completou o contato entre o irmão e as irmãs na cidade; e um convite vago da parte de Fanny, para que fossem a Norland sempre que estivessem nas proximidades, o que era mais do que improvável de ocorrer, com uma garantia mais calorosa, embora menos pública, de John a Elinor, da prontidão com que iria vê-la em Delaford, foi tudo o que previu qualquer reunião no campo.

Elinor se divertia ao observar que todos os seus amigos pareciam determinados a mandá-la para Delaford; um lugar que, de todos os outros, tinha agora menos vontade de visitar, de residir; pois não só foi considerado como seu futuro lar por seu irmão e pela sra. Jennings, mas até mesmo Lucy, quando se separaram, fez-lhe um convite urgente para que a visitasse ali.

Bem no começo de abril, os dois gruposde Hanover Square e de Berkeley Street partiram de suas respectivas casas, para se encontrar, como combinado, na estrada. Para a conveniência de Charlotte e de seu filho, elas deveriam estar mais de dois dias em sua jornada, e o sr. Palmer, viajando mais rapidamente com coronel Brandon, se juntaria a elas em Cleveland logo após sua chegada.

Marianne, poucas como haviam sido suas horas de conforto em Londres, e ansiosa como estivera há muito tempo para partir, não poderia, chegada a hora, dizer adeus à casa em que ela tinha pela última vez acalentado aquelas esperanças e aquela confiança em Willoughby, que estavam agora extintas para sempre, sem grande dor. Nem poderia deixar o lugar em que Willoughby permanecia, ocupado com novos compromissos e com novos esquemas, nos quais *ela* não poderia ter parte sem derramar muitas lágrimas.

A satisfação de Elinor no momento da partida foi mais positiva. Não tinha objeto no qual seus pensamentos vagantes se fixassem, ela não deixou nenhuma criatura para trás, de quem ser separada para sempre lhe daria um momento de arrependimento, ela estava feliz por estar livre da perseguição da amizade de Lucy, estava grata por levar sua irmã embora sem ser vista por Willoughby desde seu casamento, e pensava no futuro com esperança pelo que alguns meses de tranquilidade em Barton poderiam fazer para restaurar a paz de espírito de Marianne, e confirmar a sua própria.

Sua jornada foi realizada com segurança. No segundo dia entraram no querido, ou proibido, condado de Somerset, como era classificado alternadamente na imaginação de Marianne; e na manhã do terceiro chegaram a Cleveland.

Cleveland havia uma casa espaçosa e moderna, situada em um gramado inclinado. Não tinha parque, mas os jardins eram razoavelmente amplos, e como qualquer outro lugar do mesmo grau de importância, tinha alamedas e trilhas, uma estrada de cascalho liso rodeando uma plantação, levava à frente, o gramado era pontilhado com troncos de madeira, a casa em si estava protegida por abetos, tramazeiras, acácias, e uma cerca grossa delas, intercaladas com altos álamos, rodeava as áreas de serviços.

Marianne entrou na casa com o coração cheio de emoção pela consciência de estar a cerca de cento e trinta quilômetros de distância de Barton, e não a trinta de Combe Magna; e, antes que passasse cinco minutos dentro de suas paredes, enquanto as outras estavam ocupadas ajudando Charlotte a mostrar seu filho para a governanta, ela saiu novamente, escapando às escondidas entre os arbustos sinuosos, agora apenas começando a revelar sua beleza, para alcançar uma elevação distante; onde, a partir de seu templo grego, seu olhar, vagando por uma vasta extensão do campo para o sudeste, poderia descansar afetuosamente na crista de colinas mais distante no horizonte, e fantasiar que Combe Magna pudesse ser vista de seus cumes.

Em tais momentos de preciosa e inestimável tristeza, ela se regozijou em lágrimas de agonia por estar em Cleveland; e, enquanto voltava para a casa por um circuito diferente, sentindo todo o feliz privilégio da liberdade do campo, de perambular em livre e luxuosa solidão, resolveu passar quase todas as horas de cada dia enquanto permanecesse com os Palmer, na indulgência de tais divagações solitárias.

Retornou bem a tempo de se juntar às outras quando saiam da casa, em uma excursão pelas suas instalações mais imediatas. O restante da manhã passou-se tranquilamente, em caminhadas pela horta, na observação dos brotos sobre suas paredes, ao ouvir as lamentações do jardineiro sobre as pragas, na passagem do tempo na estufa, onde a perda de suas plantas favoritas, incautamente expostas, e queimadas pela geada persistente, provocou o riso de Charlotte. Também visitou o aviário, onde, nas esperanças desapontadas da empregada, por galinhas abandonando seus ninhos, sendo roubadas por uma raposa ou na rápida perda de uma ninhada promissora, foram onde ela encontrou novas fontes de alegria.

A manhã estava agradável e seca, e Marianne, em seus planos ficar ao ar livre, não tinha calculado qualquer mudança de tempo durante sua estadia em Cleveland. Com grande surpresa, portanto, ela se viu impedida de sair novamente por uma chuva pesada após o jantar. Estivera contando com uma caminhada para o templo grego ao crepúsculo e talvez por todo o terreno e, numa noite meramente fria ou úmida não a teria dissuadido dele; mas numa chuva forte e pesada, nem mesmo *ela* não poderia fingir que era tempo seco ou agradável para caminhar.

Seu grupo era pequeno, e as horas transcorreram silenciosamente. A sra. Palmer cuidava do filho, e a Sra. Jennings de seu bordado, e elas falaram dos amigos que tinham deixado para trás, organizaram os compromissos de lady Middleton e se perguntaram se o sr. Palmer e o coronel Brandon viajariam para mais longe do que Reading naquela noite. Elinor, no entanto, mesmo que pouco interessada na conversa, juntou-se a ela; e Marianne, que tinha o dom de encontrar o caminho, em qualquer casa, para a biblioteca, não importando o quanto pudesse ser evitada pela família, logo conseguiu um livro.

A sra. Palmer não lhes deixava faltar nada que seu bom humor constante e amigável pudesse fazer, para fazê-las sentirem-se bem-vindas. A franqueza e a sinceridade de seus modos mais do que compensavam pela falta de compostura e elegância que a tornavam muitas vezes deficiente nas formas de polidez; sua bondade, recomendada por um rosto tão bonito, era envolvente, e sua tolice, embora evidente não era desagradável, porque não era arrogante; e Elinor poderia ter perdoado tudo, menos sua risada.

Os dois cavalheiros chegaram no dia seguinte para um jantar muito tardio, proporcionando um agradável aumento do grupo, e uma variedade muito bem-vinda para sua conversa, que uma longa manhã da mesma chuva contínua tinha reduzido muito.

Elinor tinha visto tão pouco do sr. Palmer, e naquele pouco havia sido tanta a variedade de seu trato para com sua irmã e para com ela mesma, que não sabia o que esperar ao encontrá-lo no seio de sua própria família. Encontrou-o, no entanto, um perfeito cavalheiro em seu comportamento para com todos os seus visitantes, e apenas ocasionalmente rude com sua esposa e sua sogra; descobriu-o muito capaz de ser um companheiro agradável, e apenas impedido de sê-lo sempre, por uma grande aptidão para imaginar-se muito superior às pessoas em geral, como deveria sentir-se diante da sra. Jennings e de Charlotte. Quanto ao restante de seu caráter e hábitos, não eram marcados, até onde Elinor podia perceber, por traços incomuns dos homens de modo geral e de seu tempo de vida. Se alimentava bem, não tinha horas regulares, era afeiçoado ao filho, embora fingisse não o ser, desperdiçava no bilhar, as manhãs que deveriam ser dedicadas aos negócios. No entanto, de modo geral, Elinor gostava dele muito mais do que esperava e, em seu coração, não lamentava não poder gostar mais; não lamentava ser impulsionada pela observação de seu epicurismo, seu egoísmo e sua presunção, a encarar com complacência a lembrança do temperamento generoso de Edward, seus gostos simples e sentimentos tímidos.

De Edward, ou pelo menos de algumas de suas preocupações, ela agora recebeu informações por meio de coronel Brandon, que estivera em Dorsetshire recentemente; e que, tratando-a de uma só vez como amiga desinteressada do sr. Ferrars, e sua gentil confidente, falou bastante com ela sobre a casa paroquial em Delaford, descreveu suas deficiências e disse-lhe o que pretendia fazer para removê-las. Seu comportamento para com ela nesse quesito,, bem como em todos os outros particulares, sua franca alegria em revê-la após uma ausência de apenas dez dias, sua prontidão para conversar e sua deferência para com sua opinião, poderiam muito bem justificar a convicção da sra. Jennings quanto ao seu apego e, talvez tivessem sido suficientes, caso Elinor não acreditasse, como fazia desde o início, que Marianne era sua verdadeira favorita, para fazê-la suspeitar também. Mas, como estavam as coisas, tal noção mal tinha passado por sua cabeça, exceto pela sugestão da sra. Jennings, e ela não podia deixar de acreditar que era a melhor observadora das duas: ela observava seus olhos, enquanto a sra. Jennings pensava apenas em seu comportamento; e enquanto seus olhares de ansiosa solicitude pelas sensações de Marianne, em sua cabeça e garganta, do início de um resfriado forte, como não eram expressados por palavras, escapavam inteiramente da observação da senhora, *Elinor* conseguia ver neles os sentimentos rápidos, e o indício desnecessário de um apaixonado.

Duas deliciosas caminhadas ao crepúsculo na terceira e na quarta noites de sua estadia lá, não apenas no cascalho seco das alamedas, mas em todo o terreno, especialmente em suas partes mais distantes, onde havia algo mais selvagem do que no restante, onde as árvores eram as mais antigas, e a grama era a mais longa e úmida, auxiliado pela imprudência ainda maior de ter permanecido tempo demais em seus sapatos e meias molhados, tinham dado a Marianne um resfriado tão violento que, embora por um dia ou dois ter negado ou menosprezado, forçou-se, preocupando todos e a si mesmo. Receitas caseiras surgiram de todos os lados e, como de costume, foram todas recusadas. Embora sentindo-se pesada e febril, com dor nos membros, tosse e dor de garganta, afirmava que uma boa noite de descanso seria suficiente para curá-la por completo; e foi com dificuldade que Elinor a convenceu, quando ela foi para a cama, a tentar um ou dois dos remédios mais simples.

Capítulo 43

Marianne levantou-se na manhã seguinte em seu horário habitual; respondeu a cada questionamento dizendo que estava melhor, e tentou prová-lo a si mesma, ocupando-se com suas atividades costumeiras. Mas passar um dia sentada tremendo diante do fogo com um livro na mão, que era incapaz de ler, ou deitada, cansada e lânguida, em um sofá, não falavam muito a favor de sua recuperação; e quando, finalmente, ela foi cedo para a cama, cada vez mais indisposta, o coronel Brandon ficou surpreso apenas com a compostura de sua irmã, que, apesar de passar o dia ao acompanhar e cuidar dela, contrariando os desejos de Marianne, e a forçando a tomar medicamentos adequados à noite, confiava, como Marianne, na certeza e eficácia do sono, e não sentia nenhum verdadeiro alarme.

*

Uma noite muito inquieta e febril, no entanto, decepcionou a expectativa de ambas; e quando Marianne, depois de persistir em se levantar, confessou-se incapaz de sentar-se, e voltou voluntariamente para sua cama, Elinor estava muito disposta a seguir o conselho da sra. Jennings, de chamar o boticário dos Palmer.

Ele veio, examinou sua paciente, e embora tivesse encorajado a srta. Dashwood a esperar que alguns dias restaurassem sua irmã à saúde, ao declarar que seu distúrbio apresentava uma tendência pútrida e permitindo que a palavra "infecção" escapasse de seus lábios, deu alarme instantâneo à sra. Palmer, por conta de seu bebê. A sra. Jennings, que desde o primeiro instante esteve mais inclinada a considerar a queixa de Marianne mais grave do que Elinor, agora escutava seriamente ao relatório do sr. Harris, e confirmando o medo e a cautela de Charlotte, instou a necessidade de sua remoção imediata com o bebê; e o sr. Palmer, embora tratando suas apreensões como vãs, considerou a ansiedade e importunação da esposa demais para aguentar. Sua partida, portanto, foi acertada, e dentro de uma hora após a chegada do sr. Harris, ela retirou-se, com seu menino e sua ama, para a casa de parentes próximos do sr. Palmer, que viviam a alguns quilômetros do outro lado de Bath; onde seu marido prometeu, diante de suas súplicas, se juntar a ela em um dia ou dois; e para onde ela pediu com quase igual urgência que sua mãe a acompanhasse. A sra. Jennings, no entanto, com uma bondade de coração que fez Elinor amá-la verdadeiramente, declarou sua decisão de não sair de Cleveland enquanto Marianne continuasse enferma, e de tentar com seus cuidados atenciosos, a suprir-lhe o papel da mãe de quem a afastara; e Elinor teve nela, em todos os momentos, uma auxiliar muito disposta e ativa, desejosa de compartilhar todas as suas fadigas, e muitas vezes, por sua melhor experiência em enfermagem, muito útil.

*

Pobre Marianne, lânguida e abatida pela natureza de sua doença, e sentindo-se completamente indisposta, não podia mais esperar que o amanhã a encontraria recuperada; e a ideia do que o amanhã teria trazido, não fosse essa infeliz doença, fez cada sintoma mais severo; pois naquele dia elas deveriam ter começado sua jornada para casa; e assistidas durante todo o caminho por um criado da sra. Jennings, teriam pego sua mãe de surpresa na manhã do dia seguinte. O pouco que ela disse foi tudo para lamentar esse atraso inevitável; embora Elinor tentasse levantar seu estado de ânimo, e fazê-la acreditar, como ela mesma realmente acreditava *então*, que seria muito curto.

No dia seguinte, houve pouca ou nenhuma alteração no estado da paciente; certamente não estava melhor e, exceto por não haver alteração, não parecia pior. Seu grupo agora estava mais reduzido; pois o sr. Palmer, embora muito relutante em ir tanto por verdadeira humanidade e boa-natureza, quanto por não querer parecer ter sido assustado pela esposa, foi finalmente persuadido pelo coronel Brandon a cumprir sua promessa de segui-la; e enquanto ele estava se preparando para ir, o próprio coronel Brandon, com um esforço muito maior, começou a falar em ir também. Nesse aspecto, no entanto, a bondade da Sra. Jennings interveio da maneira mais aceitável; pois mandar o coronel embora enquanto seu amor estava tão preocupado por conta de sua irmã, seria privar ambos, ela pensou, de todo conforto; e, portanto, dizendo-lhe imediatamente que sua estadia em Cleveland era necessária para si mesma, pois precisava dele para jogar piquet à noite, enquanto a srta. Dashwood cuidava de sua irmã e etc., pediu-lhe tão fortemente para permanecer, que ele, que estava atendendo ao desejo do próprio coração ao ceder, não poderia sequer fingir alguma objeção; especialmente porque o pedido da sra. Jennings foi calorosamente apoiado pelo sr. Palmer, que parecia aliviado, em deixar para trás uma pessoa capaz de ajudar ou aconselhar a srta. Dashwood em qualquer emergência.

Marianne foi, é claro, mantida na ignorância a respeito de todos esses arranjos. Não sabia que por sua causa os donos de Cleveland haviam ido embora, cerca de sete dias depois de sua chegada. Não ficou nada surpresa por não ver nada da sra. Palmer; bem como não ficou preocupada, por isso nunca mencionou seu nome.

Dois dias se passaram desde a partida do sr. Palmer, e o estado de Marianne continuou, com pouca variação, o mesmo. O sr. Harris, que a visitava todos os dias, ainda falava corajosamente de uma recuperação rápida, e a srta. Dashwood estava igualmente otimista; mas a expectativa dos outros não era de forma alguma tão alegre. A sra. Jennings tinha se convencido logo no início da enfermidade que Marianne nunca iria se recuperar, e coronel Brandon, cuja principal função era ouvir os presságios da sra. Jennings, não estava em um estado de espírito para resistir à sua influência. Tentou racionalmente dissipar seus medos, que o julgamento diferente do boticário parecia tornar absurdos; porém, as muitas horas de cada dia em que foi deixado completamente sozinho, eram favoráveis demais para a aceitação de toda ideia melancólica, e ele não conseguia expulsar de sua mente a persuasão de que nunca mais veria Marianne.

Na manhã do terceiro dia, no entanto, as antecipações sombrias de ambos desapareceram quase completamente; pois quando o sr. Harris chegou, declarou sua paciente visivelmente melhor. Seu pulso estava muito mais forte, e todos os sintomas mais favoráveis do que na visita anterior. Elinor, com todas as suas melhores esperanças confirmadas, era toda alegria; regozijando-se nas cartas para sua mãe, tinha seguido o próprio julgamento em vez do de sua amiga, em não dar muita ênfase à indisposição que as atrasou em Cleveland; e quase fixando o tempo em que Marianne seria capaz de viajar.

Mas o dia não terminou tão auspiciosamente quanto começara. Perto do anoitecer, Marianne piorou novamente, ficando mais letárgica, inquieta e desconfortável do que antes. Sua irmã, no entanto, ainda otimista, estava disposta a atribuir a mudança a nada mais do que a fadiga de ter sentado para ter sua cama feita; e administrando cuidadosamente os cordiais prescritos, viu-a, com satisfação, afundar finalmente em um sono, do qual ela esperava os efeitos mais benéficos. Seu sono, embora não tão calmo como Elinor desejava, durou um tempo considerável; e ansiosa para observar o resultado dele ela mesma, resolveu sentar-se com Marianne durante toda sua duração. A sra. Jennings, sem saber nada de qualquer mudança na paciente, foi extraordinariamente cedo para a cama, e sua criada, que era uma das principais enfermeiras, estava distraindo-se no quarto da governanta, e Elinor permaneceu sozinha com Marianne.

O repouso desta última tornou-se cada vez mais agitado; e sua irmã, que observava, com atenção incessante suas contínuas mudanças de posição, e ouvia os frequentes, mas inarticulados sons de queixa que saíam de seus lábios, estava quase querendo despertá-la desse sono tão doloroso, quando Marianne, subitamente despertada por algum barulho acidental na casa, sentou-se apressadamente, e, com selvageria febril, exclamou:

– Mamãe está vindo?

– Ainda não – exclamou a outra, escondendo seu terror, e ajudando Marianne a se deitar novamente. – Mas, espero, estará aqui logo. É uma longa distância, você sabe, daqui até Barton.

– Mas ela não deve dar a volta por Londres – exclamou Marianne, da mesma maneira apressada. – Nunca vou vê-la, se ela passar por Londres.

Elinor percebeu, alarmada, que Marianne não era bem ela mesma, e, enquanto tentava acalmá-la, tentou, ansiosamente, sentir seu pulso. Estava mais baixo e mais rápido do que nunca! E com Marianne, ainda falando descontroladamente da mãe, seu temor aumentou tanto, que decidiu chamar instantaneamente o sr. Harris, e despachar um mensageiro para Barton para avisar sua mãe. Consultar coronel Brandon sobre o melhor modo de fazê-lo, foi um pensamento que imediatamente seguiu a decisão; e assim que havia chamado a empregada para ficar com a irmã em seu lugar, apressou-se até a sala de visitas, onde sabia que ele geralmente poderia ser encontrado até bem mais tarde.

Não era momento para hesitação. Seus medos e suas dificuldades foram imediatamente expostos diante dele. Ele não tinha coragem, nenhuma confiança para tentar dissipar os medos dela; ele os ouviu em silencioso desânimo; mas os problemas dela foram imediatamente resolvidos, pois com uma prontidão que parecia dizer que a situação e o serviço já estavam planejados em sua mente, se ofereceu para ser o mensageiro que buscaria a sra. Dashwood. Elinor não fez nenhuma objeção que não fosse facilmente superada. Agradeceu-lhe com breve, embora fervorosa, gratidão, e enquanto ele foi apressar seu servo com uma mensagem para o sr. Harris, e uma ordem para prepararem seus cavalos imediatamente, ela escreveu algumas linhas para a mãe.

O conforto de ter um amigo como o coronel Brandon naquele momento, ou tal companheiro para sua mãe, como foi sentido com gratidão! Um companheiro cujo julgamento guiaria, cuja presença deveria aliviar e cuja amizade poderia ampará-la! O quanto o choque de tal convocação *pudesse* ser diminuído para ela, sua presença, seus modos, sua ajuda, o diminuiriam.

Ele, entretanto, o que quer que sentisse, agiu com toda a firmeza de uma mente controlada, fez todos os arranjos necessários com a máxima rapidez, e calculou com exatidão em quanto tempo ela poderia esperar seu retorno. Nenhum momento foi perdido em atraso de qualquer tipo. Os cavalos chegaram, mesmo antes do esperado, e coronel Brandon apenas pressionando sua mão com um olhar solene, e algumas palavras faladas muito baixo para alcançarem seu ouvido, correu para dentro da carruagem. Era então cerca de meia-noite, e ela voltou para o apartamento da irmã para esperar pela chegada do boticário, e para ficar ao lado dela pelo restante da noite. Foi uma noite de sofrimento quase igual para ambas. Hora após hora era passada em insone dor e delírio para Marianne, e na mais cruel ansiedade para Elinor, antes do sr. Harris aparecer. Suas apreensões uma vez despertadas, pagaram por seu excesso por toda sua segurança anterior; e a criada que se sentou com ela, pois não permitiria que a sra. Jennings fosse chamada, apenas torturou-a mais, sugerindo o que sua senhora sempre pensara.

Os pensamentos de Marianne ainda se fixavam, a intervalos, incoerentemente em sua mãe, e sempre que mencionava seu nome, a pobre Elinor sentia uma pontada no coração, que, repreendendo-se por não ter dado a devida importância a tantos dias de doença, e desesperada por algum alívio imediato, imaginava que todo o alívio poderia em breve ser em vão, que tudo havia sido adiado por tempo demais, e visualizou sua mãe aflita chegando tarde demais para ver essa criança querida, ou para vê-la lúcida.

Estava a ponto de chamar novamente o sr. Harris, ou se *ele* não pudesse vir, por algum outro conselho, quando o primeiro, mas apenas depois das cinco horas, chegou. Sua opinião, no entanto, fez algumas pequenas reparações por seu atraso, pois apesar de reconhecer uma alteração muito inesperada e desagradável em sua paciente, não considerava que o perigo fosse concreto, e mencionou o alívio que um novo tipo de tratamento poderia oferecer, com uma confiança que, em menor grau, foi comunicada a Elinor. Prometeu voltar no decorrer de três ou quatro horas, e deixou a paciente e sua ansiosa cuidadora de um jeito melhor do que as havia encontrado.

Com grande preocupação e com muitas reprovações por não ter sido chamada em seu auxílio, a sra. Jennings ouviu pela manhã o que tinha se passado. Suas apreensões anteriores, agora com maior razão restauradas, deixaram-na sem dúvida quanto ao evento; e embora tentasse falar palavras de consolo para Elinor, sua convicção do perigo de sua irmã não permitiria que oferecesse o conforto da esperança. Seu coração estava realmente entristecido. A rápida decadência, a morte precoce de uma garota tão jovem, tão adorável como Marianne, teria atingido uma pessoa menos envolvida com preocupação. Contudo, tinha direito a muito mais do que a compaixão da sra. Jennings. Ela tinha sido por três meses sua companheira, ainda estava sob seus cuidados e sabia-se que havia sido muito magoada e sofrido por longo tempo. A angústia de sua irmã, que em especial era uma das suas favoritas, também estava diante dela, e quanto à sua mãe, quando a sra. Jennings considerou que Marianne provavelmente poderia ser para *ela* o que Charlotte era para si mesma, sua empatia por *seus* sofrimentos era muito sincera.

O sr. Harris foi pontual em sua segunda visita, mas veio para ter frustradas as esperanças produzidas na visita anterior. Seus medicamentos tinham falhado; a febre continuou inabalável; e Marianne apenas mais quieta, não mais em sã consciência, permaneceu em um pesado estupor. Elinor, contaminada por todos os seus medos em um instante, e mais do que todos eles, propôs recorrer a uma segunda opinião. Mas ele julgou desnecessário: ainda tinha algo mais para tentar, uma aplicação mais recente, de cujo sucesso estava tão confiante quanto esteve do último, e sua visita foi concluída com garantias encorajadoras que chegaram ao ouvido, mas não entraram no coração da srta. Dashwood. Ela estava calma, exceto quando pensava em sua mãe; mas quase não tinha esperanças; e nesse estado continuou até o meio-dia, quase sem se afastar da cama da irmã, seus pensamentos vagando de uma imagem de luto, de um amigo sofrendo para outro, e seu espírito oprimido ao máximo pela conversa da sra. Jennings, que não hesitou em atribuir a gravidade e o perigo deste ataque às muitas semanas de indisposição anterior que a decepção de Marianne havia trazido. Elinor sentiu toda a razoabilidade da ideia, e renovou a miséria de suas reflexões.

Por volta do meio-dia, no entanto, ela começou, mas com cautela, um temor de decepção que por algum tempo a mantiveram em silêncio, até mesmo para sua amiga, a imaginar, a esperar que pudesse perceber uma pequena alteração no pulso da irmã; esperou, observou, e examinou-o diversas vezes e, finalmente, com uma agitação mais difícil de conter sob a calma exterior, do que toda sua angústia anterior, aventurou-se a comunicar suas esperanças. A sra. Jennings, embora forçada, depois de examiná-la, a reconhecer uma melhora momentânea, tentou impedir que sua jovem amiga confiasse na sua continuidade; e Elinor repassando cada argumento da descrença, disse a si mesma para alimentar esperanças. Contudo, era tarde demais. A esperança já tinha entrado em seu coração; e sentindo toda a sua ansiosa vibração, ela se inclinou sobre a irmã para observar... ela mal sabia o quê. Meia hora se passara, e o sintoma favorável ainda a abençoava. Outros até surgiram para confirmar. Sua respiração, sua pele, seus lábios, todos presenteavam Elinor com sinais de melhora; e Marianne fixou os olhos sobre ela com um olhar lúcido, embora lânguido. Ansiedade e esperança agora oprimiam-na em igual medida, e não lhe deixaram nenhum momento de tranquilidade até a chegada do sr. Harris às quatro horas; quando suas garantias, suas felicitações por uma recuperação de sua irmã mesmo superando suas expectativas, deram-lhe confiança, conforto e lágrimas de alegria.

Marianne estava em todos os aspectos visivelmente melhor, e ele a declarou fora de perigo por completo. A sra. Jennings, talvez satisfeita com a justificativa parcial de seus pressentimentos pelo recente alarme, permitiu-se confiar em seu julgamento, e admitiu, com alegria sincera, e logo com felicidade inequívoca, a probabilidade de uma recuperação completa.

Elinor não podia estar alegre. Sua alegria era de um tipo diferente, e levava a qualquer coisa em vez de alegria. Marianne de volta à vida, à saúde, aos amigos e à sua mãe devotada, era uma ideia que enchia seu coração de sensações de extraordinário conforto, e o expandia em fervorosa gratidão; mas não levava a demonstrações externas de alegria, nem palavras, nem sorrisos. Tudo dentro do peito de Elinor era satisfação, silenciosa e intensa.

Ela continuou ao lado de sua irmã, com poucos intervalos durante toda a tarde, acalmando cada medo, respondendo a cada questionamento de seu espírito enfraquecido, prestando-lhe todo auxílio, e observando quase todos os olhares e cada respiração. É claro que a possibilidade de uma recaída, lhe ocorria em alguns momentos para lembrá-la do que fora sua ansiedade; mas quando viu, em seus frequentes e minuciosos exames, que cada sintoma de recuperação continuava, e viu Marianne, às seis horas, afundar em um tranquilo, pesado e aparentemente confortável sono, ela silenciou todas as dúvidas.

O tempo se aproximava, quando coronel Brandon poderia estar de volta. Às dez horas, ela confiava, ou pelo menos não muito mais tarde, sua mãe seria aliviada do terrível suspense em que deveria estar viajando agora em direção a elas. O coronel, também! Talvez dificilmente um objeto de piedade! Ah, não! Quão lenta era a passagem do tempo que ainda os mantinha na ignorância!

Às sete horas, deixando Marianne ainda docemente adormecida, Elinor se juntou à sra. Jennings na sala de visitas para o chá. Não havia comido muito no desjejum devido aos seus medos, e nem no jantar por sua repentina reversão; e a presente refeição, portanto, acompanhada dos sentimentos que a ela trouxe, foi particularmente bem-vinda. A Sra. Jennings tentou persuadi-la, em sua conclusão, a descansar um pouco antes da chegada de sua mãe, e permitir que *ela* tomasse seu lugar ao lado de Marianne; mas Elinor não se sentia cansada, e nem era capaz de pegar no sono naquele momento, e não seria mantida longe de sua irmã nem por um desnecessário instante. A Sra. Jennings, portanto, subiu com ela para a câmara da enferma, para certificar-se que tudo continuava bem, e deixou--a lá novamente com sua tarefa e seus pensamentos, e retirou-se para seu próprio quarto para escrever cartas e dormir.

A noite estava fria e tempestuosa. O vento rugia em volta da casa, e a chuva batida contra as janelas; mas Elinor, toda felicidade, sequer notava. Marianne dormiu durante todas as rajadas; e os viajantes, teriam uma rica recompensa, para todo o presente inconveniente.

O relógio bateu as oito. Se fossem dez, Elinor teria se convencido de que naquele momento ouvira uma carruagem se aproximando da casa; e tão forte foi a impressão de que *tinha*, apesar de ser *quase* impossível que eles já estivessem chegando, que ela se dirigiu ao quarto de vestir adjacente e abriu uma veneziana da janela, para se satisfazer com a verdade. Imediatamente, viu que seus ouvidos não a haviam enganado. As lamparinas flamejantes de uma carruagem estavam bem à vista. Em sua luz oscilante, pensou que poderia discernir que era puxada por quatro cavalos; e isso, enquanto demonstrava o excesso do alarme de sua pobre mãe, dava alguma explicação para a inesperada rapidez.

Nunca em sua vida Elinor achou tão difícil ficar calma como naquele momento. Saber o que sua mãe devia estar sentindo quando a carruagem parou à porta; sua dúvida, seu pavor, talvez seu desespero! E sobre o que *ela* tinha a dizer! Tudo o que restou a ser feito foi ser rápida; e, portanto, ficando apenas até que ela deixasse a criada da sra. Jennings com sua irmã, correu escada abaixo.

A agitação no vestíbulo, enquanto ela passava ao longo de um saguão interno, assegurou-lhe que eles já estavam na casa. Ela correu para a sala de visitas, entrou nela, e viu apenas Willoughby.

Capítulo 44

Elinor, recuando com um olhar horrorizado ao vê-lo, obedeceu ao primeiro impulso de seu coração ao virar-se no mesmo instante para sair da sala, e sua mão já estava na fechadura, quando a ação foi interrompida pelo avanço dele às pressas, dizendo, em uma voz mais de comando do que de súplica:

– Srta. Dashwood, por meia hora, por dez minutos, peço-lhe que fique.

– Não, senhor – ela respondeu com firmeza – Eu *não* vou ficar. Seu assunto não pode ser comigo. Os criados, suponho, esqueceram-se de lhe dizer que o sr. Palmer não está na casa.

– Se tivessem me dito – exclamou com veemência – que o sr. Palmer e todas as suas relações estavam no inferno, não teriam me feito ir embora. Meu assunto é com você, e só você.

– Comigo! – disse ela, no maior espanto – Bem, senhor, seja rápido e, se puder, menos violento.

– Sente-se, e eu serei os dois.

Ela hesitou; não sabia o que fazer. A possibilidade de o coronel Brandon chegar e encontrá-lo ali, passou-lhe pela cabeça. Mas tinha prometido ouvi-lo, e sua curiosidade não menos do que sua honra foram engajadas. Depois de um momento para se recompor, portanto, concluindo que a prudência exigia rapidez, e que sua aquiescência iria melhor promovê-la, caminhou silenciosamente em direção à mesa, e sentou-se.

Ele tomou a cadeira oposta, e por meio minuto nenhuma palavra foi verbalizada por qualquer um.

– Por favor, seja rápido, senhor – disse Elinor, impaciente. – Não tenho tempo sobrando.

Ele estava sentado em uma atitude de profunda meditação, e parecia não a ouvir.

– Sua irmã – disse ele, abruptamente, um momento depois –, está fora de perigo. Ouvi do criado. Deus seja louvado! Mas é verdade? É verdade mesmo.

Elinor não respondeu. Ele repetiu a pergunta com ainda mais ansiedade.

– Pelo amor de Deus, diga-me, ela está fora de perigo, ou não?

– Esperamos que ela seja.

Ele se levantou e atravessou a sala.

– Se soubesse disso há meia hora... mas como *estou* aqui... – falava com uma vivacidade forçada quando voltou ao seu lugar – O que significa? Por uma vez, srta. Dashwood... Talvez, pela última vez... Vamos nos alegrar juntos. Estou muito disposto à alegria. Diga-me honestamente – um rubor mais profundo se espalhou por suas bochechas –, acha que sou mais um patife ou um tolo?

Elinor olhou para ele com mais espanto do que nunca. Começou a pensar que ele devia estarembriagado; a estranheza de tal visita, e de suas maneiras, não parecia compreensível de outra forma; e com essa impressão ela imediatamente se levantou, dizendo:

– Sr. Willoughby, aconselho-o a retornar a Combe, não tenho tempo para ficar mais com o senhor. Qualquer que possa ser o seu assunto comigo, será melhor discutido e explicado amanhã.

– Entendo você – respondeu ele, com um sorriso expressivo, e com a voz perfeitamente calma – Sim, estou muito bêbado. Meio litro de cerveja escura e uma porção de frios em Marlborough foram o suficiente para me embriagar.

– Em Marlborough! – exclamou Elinor, cada vez mais sem entender o que ele queria.

– Sim, deixei Londres esta manhã às oito horas, e os únicos dez minutos que passei fora da minha carruagem desde então foram para fazer um lanche em Marlborough.

A firmeza de sua maneira, e a inteligência de seu olhar enquanto falava, convenceram Elinor, de que qualquer outra imperdoável tolice o trouxera a Cleveland; ele não fora trazido até ali por embriaguez, ela disse, depois de um momento se recompondo:

– Sr. Willoughby, você *deve* sentir, e eu certamente *sinto*, que depois do que se passou, sua vinda aqui, desta maneira, e forçando-me a recebê-lo, requer uma desculpa muito particular. O que é, que você quer com isso?

– Quero – disse ele, com ar sério – se for capaz, fazer com que me odeie um pouco menos do que *agora.* Quero oferecer algum tipo de explicação, algum tipo de desculpas, para o passado; abrir todo o meu coração para você e, convencendo-a de que, embora eu sempre tenha sido um tolo, nem sempre fui um patife, possa obter algo como o perdão de Ma… de sua irmã.

– Esta é a verdadeira razão de sua vinda?

– Juro pela minha alma que é – foi sua resposta, com um ardor que trouxe o antigo Willoughby à sua lembrança, e apesar de si mesma a fez considerar que ele estava sendo sincero.

– Se isso é tudo, você já pode se dar por satisfeito; Marianne *já* perdoou, ela há *muito tempo* perdoou você.

– É verdade? – exclamou ele, no mesmo tom ansioso. – Então ela me perdoou antes que devesse fazer isso. Mas deve me perdoar novamente, e por razões mais razoáveis. *Agora,* você vai me ouvir?

Elinor concordou com um aceno.

– Eu não sei – disse ele, depois de uma pausa de expectativa da parte dela e de reflexão da parte dele –, como *você* pode ter explicado meu comportamento para com sua irmã, ou que motivo diabólico pode ter imputado a mim. Talvez, dificilmente pense o melhor de mim, mas vale a pena o julgamento e você saberá de tudo. Quando me tornei íntimo de sua família, não tinha outra intenção, nenhum outro objetivo na relação do que passar meu tempo agradavelmente enquanto era obrigado a permanecer em Devonshire, mais agradavelmente do que eu já tinha feito antes. A pessoa adorável de sua irmã e suas maneiras interessantes não podiam deixar de me encantar, e seu comportamento para comigo quase desde o início, foi de uma espécie… É surpreendente, quando reflito sobre o que era, e o que ela era, que meu coração tenha sido tão insensível! Mas no começo devo confessar, apenas minha vaidade foi exaltada por ela. Sem considerar sua felicidade, pensando apenas na minha própria diversão, dando vazão a sentimentos aos quais sempre tive o hábito de me entregar, eu me esforcei, por todos os meios em meu poder, para me fazer agradar a ela, sem qualquer projeto de retribuir sua afeição.

A srta. Dashwood, nesse momento, voltando os olhos para ele com o mais irritado desprezo, parou-o, dizendo:

– Não vale a pena, Sr. Willoughby, que você relate, ou que eu ouça por mais tempo. Um começo como este não pode ser seguido por nada bom. Não me faça sofrer tendo que ouvir mais alguma coisa sobre o assunto.

– Insisto que ouça tudo – ele respondeu – Minha fortuna nunca foi grande, e sempre gastei muito, sempre com o hábito de me associar a pessoas de melhor renda do que eu. Todos os anos desde a minha chegada à maioridade, e mesmo antes, creio, aumentavam minhas dívidas; e embora a morte da minha prima idosa, a sra. Smith, pudesse me libertar; sendo ainda um evento incerto, e possivelmente muito distante, tinha sido por algum tempo minha intenção de restabelecer minhas circunstâncias casando-me com uma mulher rica. Unir-me à sua irmã, portanto, não era uma coisa a ser considerada; e com uma maldade, um egoísmo, uma crueldade, que nenhum olhar de desdém, nem mesmo o seu, srta. Dashwood, poderá reprovar o bastante. Eu agia dessa maneira, tentando cativar sua afeição, sem pensar em retribuí-la. Mas uma coisa pode ser dita de mim: mesmo naquele estado horrível de vaidade egoísta, eu não sabia a extensão da ferida que causei, porque eu não sabia *então* o que era amar. Mas será que um dia eu já soube? Pode muito bem ser duvidado; pois, se realmente amei, teria sacrificado meus sentimentos à vaidade, à avareza? Ou, além disso, poderia ter sacrificado os dela? Mas sacrifiquei. Para evitar relativa pobreza, que seu afeto e sua companhia teriam livrado de todos os seus horrores, eu elevando-me à riqueza, perdi tudo o que poderia torná-la uma bênção.

– Então o senhor – disse Elinor, um pouco mais branda – acredita que em algum momento esteve apaixonado por ela?

– Resistir a tais atrativos, à tanta ternura! Há algum homem na Terra que poderia ter feito isso? Sim, eu me vi, aos pouquinhos, sinceramente afeiçoado a ela; as horas mais felizes da minha vida foram as que passei com ela, quando sentia que minhas intenções eram estritamente honrosas, e meus sentimentos irrepreensíveis. Mesmo *assim*, no entanto, quando estava totalmente determinado a me declarar para ela, me permiti muito indevidamente adiar, dia após dia, o momento de fazê-lo, pela relutância em entrar em um compromisso enquanto minhas circunstâncias eram tão constrangedoras. Não argumentarei aqui... nem vou parar para que *você* discorra sobre o absurdo, pior do que absurdo, de hesitar envolver minha fé onde minha honra já estava vinculada. O evento provou que eu era um tolo sorrateiro, fornecendo com grande cautela uma possível oportunidade de me tornar desprezível e miserável para sempre. Finalmente, no entanto, minha decisão foi tomada, e eu tinha determinado, assim que pudesse falar com ela sozinho, justificar as atenções que tinha tão invariavelmente lhe prestado, e assegurar-lhe abertamente de um afeto que eu já tinha feito tais esforços para demonstrar. Contudo, nesse meio tempo, o tempo das poucas horas que se passariam, antes que eu pudesse ter a oportunidade de falar com ela em particular – uma circunstância ocorreu – uma circunstância infeliz – para arruinar toda a minha determinação, e com isso todo o meu conforto. Uma descoberta ocorreu – aqui, ele hesitou e baixou o olhar. – A Sra. Smith tinha sido de alguma forma ou outra informada, imagino que por algum parente distante, cujo interesse era me privar de seu favor, de um caso, de uma conexão – mas não preciso me explicar mais – acrescentou, olhando para ela com maior rubor e um olhar inquiridor – sua intimidade particular... provavelmente já ouviu toda a história há muito tempo.

– Ouvi – devolveu Elinor, ruborizando-se da mesma forma, e endurecendo seu coração novamente contra qualquer compaixão por ele – Eu ouvi tudo. E como vai justificar qualquer parte de sua culpa nesse negócio terrível, confesso que está além da minha compreensão.

– Lembre-se – exclamou Willoughby – de quem lhe contou o relato. Poderia ser imparcial? Reconheço que sua situação e seu caráter deveriam ter sido respeitados por mim. Não quero me justificar, mas, ao mesmo tempo, não posso deixá-la supor que não tivesse meus motivos, que por ter sofrido, era irrepreensível, e porque *eu* era um libertino, *ela* deveria ser uma santa. Se a violência de suas paixões, a fraqueza de sua compreensão... não quero, no entanto, me defender. Sua afeição por mim merecia um tratamento melhor, e muitas vezes, com grande autocensura, recordo a ternura que, por muito pouco tempo, tinha o poder de despertar alguma correspondência. Eu desejo... Desejo de todo coração que nunca tivesse acontecido. Mas não feri apenas ela; e magoei alguém, cuja afeição por mim (posso dizer isso?) era pouco menos ardorosa do que a dela; e cuja mente... Ah! Quão infinitamente superior!

– No entanto, sua indiferença em relação a essa garota infeliz... Devo dizer, desagradável para mim como a discussão de tal assunto pode ser... Sua indiferença não é desculpa para sua cruel negligência para com ela. Não pense que é desculpado por qualquer fraqueza, qualquer defeito natural de compreensão da parte dela, da crueldade tão evidente da sua. Com certeza sabia, que enquanto estava se divertindo em Devonshire perseguindo novos esquemas, sempre alegre, sempre feliz, ela havia sido reduzida à indigência mais extrema.

– Juro pela minha alma, eu *não* sabia disso – respondeu calorosamente – Não me lembrava de que não havia lhe dado meu endereço, e o bom senso poderia ter dito a ela como descobri-lo.

– Bem, senhor, e o que disse a sra. Smith?

– Imediatamente me repreendeu pela ofensa, e pode imaginar minha confusão. A pureza de sua vida, a formalidade de seus conceitos, sua ignorância do mundo, tudo estava contra mim. O assunto em si eu não poderia negar, e em vão foi cada esforço para tentar suavizá-lo. Ela estava predisposta, creio eu, a duvidar da moralidade da minha conduta em geral, e estava, além disso, descontente com a pouca atenção, a pequena parte do meu tempo que eu tinha concedido a ela, na minha presente visita.

Em suma, terminou em um rompimento total. Por uma medida eu poderia ter me salvado. Do alto de sua moralidade, boa mulher! Se ofereceu para perdoar o passado, se eu me casasse com Eliza. Isso não poderia ser; e eu fui formalmente expulso de seu favor e de sua casa. A noite seguinte a este caso… Eu estava para ir na manhã seguinte… Foi passada por mim deliberando sobre qual deve ser minha futura conduta. A luta foi grande, mas terminou cedo demais. Minha afeição por Marianne, minha completa convicção de seu apego a mim; tudo era insuficiente para superar o temor da pobreza, ou superar as falsas ideias da necessidade de riquezas, que eu estava naturalmente inclinado a sentir, e a sociedade rica havia aumentado. Eu tinha razões para acreditar estar seguro com minha atual esposa, se eu escolhesse propor a ela, e me persuadi a pensar que não havia nada mais prudente a fazer. Uma cena pesada, no entanto, me esperava, antes que eu pudesse deixar Devonshire: eu havia me comprometido a jantar com vocês naquele mesmo dia; algumas desculpas eram, portanto, necessárias para a minha quebra deste compromisso. Mas se eu deveria escrever este pedido de desculpas, ou entregá-lo pessoalmente, foi um ponto de longo debate. Ver Marianne, eu senti, seria terrível, e até duvidei se poderia vê-la novamente e manter a minha resolução. Nesse ponto, no entanto, eu subestimei a minha própria magnanimidade, como o evento provou; pois eu fui, a vi, e a vi miserável, e a deixei infeliz, e a deixei esperando nunca mais vê-la.

– Por que foi, sr. Willoughby? – disse Elinor, em tom de censura – uma nota teria respondido a todos os propósitos. Por que era necessário ir?

– Era necessário para o meu próprio orgulho. Não podia suportar deixar a região de uma forma que pudesse levá-las, ou o restante da vizinhança, a suspeitar o que realmente tinha ocorrido entre a sra. Smith e eu, e resolvi, portanto, ir até a casa, no meu caminho para Honiton. A visão de sua querida irmã, no entanto, foi realmente terrível, e para piorar, eu a encontrei sozinha. Vocês tinham saído, não sei para onde. Na noite anterior, a deixei tão plenamente, tão firmemente decidido a fazer a coisa certa! Algumas horas a teriam ligado a mim para sempre, e eu me lembro como meu espírito estava feliz, enquanto caminhava da casa para Allenham, satisfeito comigo mesmo, encantado com tudo! Mas nesta nossa última entrevista de amizade, me aproximei dela com um sentimento de culpa que quase tirou de mim o poder de dissimular. Sua tristeza, sua decepção, seu profundo arrependimento, quando lhe disse que era obrigado a deixar Devonshire tão imediatamente, nunca esquecerei, unidos também com tamanha dependência, tanta confiança em mim! Meu Deus! Que patife sem coração eu fui!

Ambos ficaram em silêncio por alguns momentos. Elinor foi a primeira a falar.

– Você disse a ela que voltaria em breve?

– Eu não sei o que eu disse a ela – respondeu ele, impaciente – sem dúvida, menos do que merecia o passado, e com toda a probabilidade muito mais do que foi justificado pelo futuro. Não consigo pensar nisso. De nada adianta. Então, veio sua querida mãe para me torturar mais ainda, com toda sua bondade e confiança. Graças a Deus! Realmente me *torturou.* Eu estava infeliz. Srta. Dashwood, não pode imaginar o conforto que me dá recordar minha própria miséria. Tenho tanto rancor de mim mesmo pela tolice vil e estúpida do meu próprio coração, que todos os meus sofrimentos passados por causa dele, agora, são apenas triunfo e exultação para mim. Bem, parti, deixei tudo o que amava, e me voltei para aqueles a quem, na melhor das hipóteses, era apenas indiferente. Minha jornada para a cidade, viajando com meus próprios cavalos, e, portanto, tediosamente... nenhuma criatura para falar... minhas próprias reflexões tão alegres... quando olhei para a frente cada coisa tão convidativa!... quando olhei para trás, para Barton, a imagem tão reconfortante!... Oh, foi uma jornada abençoada!

Ele parou.

– Bem, senhor – disse Elinor, que, embora com pena dele, estava cada vez mais impaciente por sua partida – e isso é tudo?

– Ah! Não... você esqueceu o que passou na cidade? Aquela carta infame? Será que ela lhe mostrou?

– Sim, eu vi cada bilhete que foi enviado.

– Quando recebi o primeiro bilhete dela (o que aconteceu imediatamente, pois estava na cidade o tempo todo) o que eu senti foi, como dizem, não há palavras para descrever; dizendo de modo mais simples, talvez simples demais para despertar qualquer emoção, meus sentimentos eram muito, muito dolorosos. Cada linha, cada palavra era... na metáfora banal que seus mais queridos autores, se ela estivesse aqui, proibiria... Uma adaga ao meu coração. Saber que Marianne estava na cidade era, na mesma linguagem, um raio. Raios e punhais! Como teria me reprovado! Seu gosto, suas opiniões, acredito que eles são mais conhecidos por mim do que os meus, e tenho certeza que são mais queridos.

O coração de Elinor, que havia sofrido muitas mudanças no curso desta conversa extraordinária, foi agora suavizado novamente; no entanto, sentiu ser seu dever de restringir tais ideias em seu companheiro como sendo a última delas.

– Isso não está certo, sr. Willoughby. Lembre-se de que é casado. Descreva apenas o que em sua consciência considera necessário que eu saiba.

– O bilhete de Marianne, ao assegurar-me de que ainda era tão querido para ela como nos tempos anteriores, que apesar das muitas, muitas semanas em que estivemos separados, ela era tão constante em seus próprios sentimentos, e tão cheia de fé na minha constância como sempre, despertou todo o meu remorso. Digo "despertou", porque o tempo e Londres, ocupações e dissipação, tinha em alguma medida aquietado-o, e eu estava me tornando um vilão empedernido, imaginando-me indiferente a ela, e escolhendo fantasiar que ela também devia ter se tornado indiferente a mim; me dizendo que nosso apego passageiro como um mero passatempo e uma coisa insignificante, dando de ombros para provar que era só isso, e silenciando cada reprovação, superando cada escrúpulo, dizendo secretamente de vez em quando: "Ficarei feliz em saber que ela está bem casada." Mas esse bilhete fez com que eu entendesse a mim mesmo melhor. Senti que ela era infinitamente mais querida para mim do que qualquer outra mulher no mundo, e que eu a estava usando de modo infame. Mas tudo foi então resolvido entre a srta. Grey e eu. Recuar era impossível. Tudo o que eu tinha que fazer era evitar vocês duas. Não enviei nenhuma resposta para Marianne, com a intenção de evitar que continuasse me procurando, e por algum tempo estava determinado até mesmo a não visitar Berkeley Street; mas finalmente, julgando ser mais sábio adotar o ar de um conhecido indiferente e comum, do que qualquer outra coisa, vi todas vocês saírem de casa uma manhã, e deixei meu cartão.

– Nos viu sair de casa!

– Mesmo assim. Ficaria surpresa ao saber quantas vezes as observei, quantas vezes estive a ponto de me encontrar com vocês. Entrei em muitas lojas para evitar que me vissem, enquanto a carruagem passava. Hospedado como estava em Bond Street, quase não houve um dia em que não tivesse um vislumbre de uma ou outra de vocês; e nada além da vigilância mais constante do meu lado e um desejo invariavelmente predominante de manter-me fora de vista, poderia ter nos separado por tanto tempo. Evitei os Middleton o máximo possível, assim como todos os outros que provavelmente seriam conhecidos em comum. Não ciente de que eles estavam na cidade, no entanto, eu topei com sir John, acredito, no dia de sua chegada, e no dia seguinte à minha ida à casa da sra. Jennings. Ele me convidou para uma festa, um baile na casa dele à noite. Se ele *não* tivesse me dito como um incentivo que você e sua irmã estariam lá, eu teria considerado arriscado demais, me aproximar dele. A manhã seguinte trouxe outro breve bilhete de Marianne; ainda afetuosa, franca, sem artifícios, confidenciando... tudo o que poderia tornar minha conduta mais odiosa. Eu não poderia responder. Eu tentei, mas não consegui formular uma frase. Mas pensava nela, acredito, todos os momentos do dia. Se *é capaz* de ter pena de mim, srta. Dashwood, tenha pena da minha situação como era *então*. Com a cabeça e o coração cheios de sua irmã, fui forçado a bancar o amante feliz para outra mulher! Aquelas três ou quatro semanas foram as piores de todas. Bem, finalmente, como não preciso lhe dizer, fui forçado a vê-las, mas que bela figura eu fiz! Que noite de agonia foi! Marianne, linda como um anjo de um lado, me chamando de Willoughby em tal tom! Meu Deus! Estendendo a mão para mim, pedindo-me uma explicação, com aqueles olhos enfeitiçantes fixos em tão expressiva solicitude no meu rosto! E Sophia, ciumenta como o diabo, por outro lado, olhando tudo o que acontecia. Bem, isso não significa; acabou agora. Que noite! Fugi de vocês assim que pude; mas não antes de ver o rosto doce Marianne tão branco quanto a morte. *Esse* foi o último, o último olhar que eu tive dela, a maneira como a vi pela última vez. Foi uma visão horrível! No entanto, quando pensei nela hoje como realmente morrendo, foi uma espécie de conforto para mim, imaginar que eu sabia exatamente como ela apareceria para aqueles que a veriam pela última vez neste mundo. Ela estava diante de mim, constantemente diante de mim, enquanto eu viajava, no mesmo olhar e matiz.

Seguiu-se uma pequena pausa de reflexão mútua. Willoughby levantando-se, primeiro quebrou o silêncio:

– Bem, preciso ir embora depressa. Sua irmã está certamente melhor, fora de perigo de verdade?

– Estamos certos disso.

– Sua pobre mãe, também! Tão devotada a Marianne.

– Mas a carta, o Sr. Willoughby, sua própria carta; não tem alguma coisa a dizer sobre isso?

– Sim, sim, *aquela carta* em específico. Sua irmã me escreveu de novo, sabe, na manhã seguinte. Você viu o que ela disse. Eu estava tomando café da manhã com os Ellison, e sua carta, com algumas outras, foi trazida para mim, vindo de meus alojamentos. Aconteceu de chamar a atenção de Sophia antes que chamasse a minha; e seu tamanho, a elegância do papel, a caligrafia, tudo, imediatamente lhe deu uma suspeita. Algum relatório vago tinha chegado a ela antes, do meu apego a uma jovem dama em Devonshire, e o que tinha se passado sob sua observação na noite anterior tinha marcado quem a jovem era, e a deixou mais ciumenta do que nunca. Afetando esse ar de brincadeira, portanto, que é delicioso em uma mulher que se ama, ela abriu a carta diretamente, e leu seu conteúdo. Ela foi bem paga por seu cinismo. Ela leu o que a tornou miserável. Sua miséria eu poderia ter suportado, mas sua paixão, sua malícia, em todos os eventos deve ser apaziguada. E, em suma, o que você acha do estilo de escrita da minha esposa? Delicado, terno, verdadeiramente feminino, não era?

– Sua esposa! A carta estava em sua própria caligrafia.

– Sim, mas tive apenas o crédito de copiar servilmente quelas frases que tive vergonha de assinar como minhas. O original era todo dela, seus próprios pensamentos felizes e dicção gentil. Mas o que eu poderia fazer! Estávamos noivos, tudo sendo preparado, o dia quase fixo, mas estou falando como um tolo. Preparação! Dia! Em palavras honestas, o dinheiro dela era necessário para mim, e em uma situação como a minha, qualquer coisa deveria ser feita para evitar uma ruptura. E afinal, o que significava para meu caráter na opinião de Marianne e de seus amigos, em que linguagem minha resposta fosse dada? Precisava servir a só um fim. Meu objetivo era me declarar um canalha, e se fiz isso com polidez ou com grosseria era de pouca importância. "Estou arruinado para sempre na opinião deles", disse para mim mesmo, mas "Estou fora para sempre de sua sociedade, eles já me acham um sujeito sem princípios, esta carta só vai fazê-los pensar que sou um vilão. Tais foram meus raciocínios, enquanto, em uma espécie de descuido desesperado, copiei as palavras da minha esposa, e me separei das últimas relíquias de Marianne. Seus três bilhetes, infelizmente, estavam todos no meu bolso, ou eu teria negado sua existência, e os teria guardado para sempre, fui forçado a colocá-los, e não podia nem os beijar. E a mecha de cabelo que eu também sempre carreguei comigo na mesma carteira, que agora era revistada por Madame com a virulência mais agradável, a querida mecha... Tudo, cada lembrança foi arrancada de mim.

– Está muito errado, Sr. Willoughby, é muito culpado – disse Elinor, enquanto sua voz, apesar de si mesma, traiu sua emoção compassiva – Não deve falar desta forma, seja da sra. Willoughby ou de minha irmã. Havia feito sua própria escolha. Não foi forçada a você. Sua esposa tem direito à sua educação, ao seu respeito, pelo menos. Ela deve ser apegada ao senhor, ou não teria se casado com você. Tratá-la com indelicadeza, falar de sua leve expiação a Marianne, nem posso supor que seja um alívio para sua própria consciência.

– Não fale comigo da minha esposa – disse ele com um suspiro pesado. – Ela não merece sua compaixão. Ela sabia que eu não tinha afeto por ela quando nos casamos. Bem, nos casamos e viemos para Combe Magna para ser felizes, e depois voltamos para a cidade para sermos alegres. E agora tem pena de mim, srta. Dashwood? Ou eu disse tudo isso em vão? Eu sou, ao menos um pouco... sou menos culpado na sua opinião do que era antes? Minhas intenções nem sempre foram erradas. Justifiquei alguma parte da minha culpa?

– Sim, você certamente removeu algo, um pouco. Provou a si mesmo, no geral, menos culpado do que eu tinha acreditado ser. Provou que seu coração é menos perverso, muito menos perverso. Mas eu mal sei, a miséria que você infligiu, eu mal sei o que poderia ter piorado as coisas.

– Você vai repetir para sua irmã quando ela estiver recuperada, o que eu disse a você? Deixe-me ser um pouco menos culpado também na opinião dela, bem como na sua. Disse-me que ela já me perdoou. Permita-me poder imaginar que um melhor conhecimento do meu coração e dos meus sentimentos atuais, irá tirar dela um perdão mais espontâneo, mais natural, mais gentil, menos digno. Conte a ela sobre minha miséria e minha penitência – diga a ela que meu coração nunca foi inconstante para ela, e se você quiser, que neste momento ela é mais querida para mim do que nunca.

– Contarei a ela tudo o que for necessário para o que pode comparativamente ser chamado, sua justificativa. Mas você não me explicou a razão particular de sua vinda agora, nem como você soube de sua doença.

– Ontem à noite, no saguão de Drury Lane, esbarrei em sir John Middleton, e quando ele viu quem eu era, pela primeira vez nestes dois meses, falou comigo. O fato de ele ter cortado relações comigo desde o meu casamento encarei sem surpresa ou ressentimento. Agora, no entanto, sua alma bem-humorada, honesta, estúpida, cheia de indignação contra mim, e preocupação com sua irmã, não pôde resistir à tentação de me dizer o que ele sabia que deveria, embora provavelmente não achasse que *iria* me incomodar horrivelmente. O mais diretamente possível, portanto, me disse que Marianne Dashwood estava morrendo de febre pútrida em Cleveland - uma carta que a sra. Jennings declarou seu perigo iminente; os Palmer tinham ido embora apavorados, etc. Fiquei muito chocado por poder me passar como insensível até mesmo para o tolo sir John. Seu coração foi suavizado em ver o meu sofrer; e muito de sua má vontade foi quase desfeita, tanto que, quando nos separamos, quase me apertou a mão enquanto me lembrava de uma velha promessa sobre um filhote de perdigueiro. O que senti ao ouvir que sua irmã estava morrendo, e, além disso, morrendo acreditando que eu era o maior vilão sobre a face da Terra, me desprezando, me odiando em seus últimos momentos. Como eu poderia dizer que projetos horríveis não me teriam sido imputados? *Uma* pessoa que eu tinha certeza me consideraria como capaz de qualquer coisa. O que eu senti foi terrível! Minha resolução foi logo feita, e às oito horas desta manhã eu estava na minha carruagem. Agora você sabe tudo.

Elinor não respondeu. Seus pensamentos se fixaram silenciosamente na lesão irreparável que uma independência prematura e seus consequentes hábitos de ociosidade, dissipação e luxo, tinham feito na mente, no caráter, na felicidade de um homem que, a todas as vantagens de pessoa e dos talentos, uniu uma disposição naturalmente aberta e honesta, e um temperamento afetuoso. O mundo o tornou extravagante e vaidoso – extravagância e vaidade o tornaram frio e egoísta. A vaidade, enquanto buscava seu próprio triunfo culpado às custas de outro, envolveu-o em um apego real, que a extravagância, ou ao menos sua filha, a necessidade, tinha exigido ser sacrificado. Cada propensão defeituosa em levando-o ao mal, o tinha levado da mesma forma à punição. O apego, do qual contra a honra, contra o sentimento, contra cada interesse melhor ele tinha externamente se afastado, agora, quando não mais permitido, governava todos os seus pensamentos; e a conexão, pela qual ele tinha, com poucos escrúpulos, deixou sua irmã à miséria, era provável que se provasse uma fonte de infelicidade para si mesmo de uma natureza muito mais incurável. De um devaneio deste tipo, ela foi lembrada no final de alguns minutos por Willoughby, que, despertando-se de um devaneio pelo menos igualmente doloroso, começou a se preparar para ir, e disse:

– Não adianta ficar aqui; devo ir embora.

– Você vai voltar para a cidade?

– Não, para Combe Magna. Eu tenho negócios lá; de dali para a cidade em um dia ou dois. Adeus.

Ele estendeu a mão. Ela não podia se recusar a dar-lhe o dela, ele pressionou-a com carinho.

– E você *pensa* melhor de mim do que pensava? – disse ele, deixando-a cair, e encostando-se na lareira como se esquecesse que ele estava para ir.

Elinor assegurou-lhe de que ela pensava, de que ela perdoara, de que sentia pena e desejou-lhe bem, que estava até interessada em sua felicidade, e acrescentou alguns conselhos gentis sobre o comportamento mais provável para promovê-lo. Sua resposta não foi muito encorajadora.

– Quanto a isso – disse ele –, Eu devo vagar pelo mundo o melhor que eu posso. A felicidade doméstica está fora de questão. Se, no entanto, eu puder pensar que você e os seus sentem interesse no meu destino e ações, pode ser o meio... pode me colocar em guarda... pelo menos, pode ser algo pelo que viver. Marianne para ter certeza está perdida para mim para sempre. Mesmo que eu fosse por qualquer chance abençoada de livre novamente...

Elinor o parou com uma reprovação.

– Bem – ele respondeu – mais uma vez adeus. Agora vou embora e viver com medo de apenas um evento.

– O que quer dizer?

– O casamento de sua irmã.

– Você está muito errado. Ela nunca pode estar mais perdida para você do que está agora.

– Mas terá sido ganha por alguém. E se esse alguém for aquele que, de todos os outros, eu menos poderia suportar... mas não vou ficar para roubar-me toda a sua compassiva boa vontade, mostrando que onde mais feri, menos posso perdoar. Adeus, Deus a abençoe!

E com essas palavras, ele quase saiu correndo da sala.

Capítulo 45

Elinor, por algum tempo depois que ele a deixou, após o som de sua carruagem desaparecer, permaneceu muito oprimida por uma vastidão de ideias, amplamente diferentes entre si, mas da qual a tristeza foi o resultado geral, para pensar até mesmo em sua irmã.

Willoughby, ele, a quem há apenas meia hora ela abominava como o mais indigno dos homens, Willoughby, apesar de todos os seus defeitos, despertou-lhe um grau de comiseração, que a fez pensar nele agora como desvinculado para sempre de sua família, com uma ternura, um arrependimento, em vez de grandeza, como ela logo reconheceu dentro de si mesma - mais aos desejos dele do que aos seus méritos. Sentiu que a influência dele sobre sua mente foi aumentada por circunstâncias que racionalmente não deveriam ter importância: a aparência de atrativos incomuns, os modos francos, afetuosos e animados que não constituía mérito possuir; e esse amor ainda ardente por Marianne, que nem mesmo era inocente para permitir-se. Mas sentiu que estava longe, muito, muito longe antes que pudesse sentir sua influência diminuir.

Quando finalmente ela voltou para a inconsciente Marianne, encontrou-a acordando, renovada pelo longo e doce sono na extensão, conforme havia esperado. O coração de Elinor estava pesado. O passado, o presente, o futuro, a visita de Willoughby, a segurança de Marianne, e a chegada esperada de sua mãe, a deixaram em tal agitação de espírito que manteve fora todos os indícios de fadiga, e fez com que ela apenas temesse se trair pela irmã. Curto foi o tempo, no entanto, em que esse medo poderia afetá-la, pois dentro de meia hora depois de Willoughby sair da casa, ela foi novamente chamada escada abaixo pelo som de outra carruagem. Ansiosa para poupar sua mãe de cada momento desnecessário de suspense, correu imediatamente para o corredor, e estendeu a porta de fora bem a tempo de recebê-la e apoiá-la quando ela entrou.

A sra. Dashwood, cujo terror conforme eles se aproximaram da casa quase despertara a convicção de que Marianne já não vivia, não tinha voz para perguntar por ela, nem mesmo para falar com Elinor; mas *ela*, sem esperar por saudação, nem por indagação, imediatamente deu-lhe a alegre notícia; e sua mãe, recebendo-a com todo o seu entusiasmo habitual, estava no momento seguinte transbordando de felicidade, como tinha sido antes sufocada por seus medos. Ela foi acompanhada à sala de visitas entre sua filha e seu amigo; e lá, derramando lágrimas de alegria, embora ainda incapaz de falar, abraçou Elinor várias vezes, voltando-se dela de tempos em tempos para pressionar a mão do coronel Brandon, com um olhar que expressava ao mesmo tempo sua gratidão e sua convicção de sua partilha com ela mesma da felicidade do momento. Ele compartilhou, no entanto, em um silêncio ainda maior do que o dela.

Assim que a sra. Dashwood tinha se recuperado, ver Marianne foi seu primeiro desejo e, em dois minutos ela estava com sua amada filha, a quem a ausência, a infelicidade e o perigo tornaram ainda mais querida. O prazer de Elinor, ao ver o que cada uma sentia com a reunião, só foi atenuado por sua apreensão de que Marianne não dormisse mais um pouco; mas a sra. Dashwood podia ser calma, até prudente, quando a vida de uma filha estava em jogo, e Marianne, satisfeita em saber que a mãe estava perto dela, e consciente de estar fraca demais para conversar, submeteu-se prontamente ao silêncio e à tranquilidade prescritos por cada enfermeira ao seu redor. A sra. Dashwood ficaria com ela a noite toda; e Elinor, atendendo à súplica de sua mãe, foi para a cama. Mas o descanso, que uma noite inteiramente insone, e muitas horas da mais desgastante ansiedade pareciam fazer necessário, foi mantido fora pela agitação do espírito. Willoughby, "pobre Willoughby", como agora se permitia chamá-lo, estava constantemente em seus pensamentos; ela não queria ter ouvido sua defesa por nada no mundo, e ora se culpava, ora absolvia-se por tê-lo julgado com tamanha rigidez antes. Mas a promessa de contar tudo para sua irmã era invariavelmente dolorosa. Ela temia o efeito que poderia exercer sobre Marianne, e duvidava se depois de tal explicação ela poderia ser feliz com outro, e por um momento desejou que Willoughby fosse viúvo. Então, lembrando-se do coronel Brandon, reprovou-se, sentiu que para os sofrimentos e a constância *dele*, muito mais do que para seu rival, a recompensa de sua irmã era devida, e desejou qualquer coisa em vez da morte da sra. Willoughby.

O choque da missão de coronel Brandon em Barton tinha sido muito suavizado para a sra. Dashwood por seu próprio alarme anterior; pois tão grande foi sua inquietação por causa de Marianne, que ela já tinha decidido partir para Cleveland naquele mesmo dia, sem esperar por qualquer informação adicional, e já estava tão adiantada nos preparativos para a jornada antes da chegada dele, que os Carey eram então esperados a qualquer momento para buscar Margaret, já que sua mãe não estava disposta a levá-la para onde poderia haver infecção.

Marianne continuou a melhorar dia após dia, e a alegria brilhante da sra. Dashwood, em aparência e espíritos, provou que ela era, como repetidamente se declarava, uma das mulheres mais felizes do mundo. Elinor não podia ouvir a declaração, nem testemunhar suas provas sem, às vezes, se perguntar se sua mãe alguma vez se lembrou de Edward. Mas a sra. Dashwood, confiando no relato comedido de sua própria decepção que Elinor havia enviado, foi levada pela exuberância de sua alegria a pensar apenas no que iria aumentá-la. Marianne foi restaurada a ela de um perigo no qual, como ela começava a sentir, seu próprio julgamento equivocado em encorajar o apego infeliz a Willoughby, havia contribuído para colocá-la; e em sua recuperação, ela tinha mais uma fonte de alegria impensada por Elinor. Foi assim transmitida a ela, assim que qualquer oportunidade de conferência privada entre eles ocorreu:

– Enfim estamos sozinhas. Minha Elinor, você ainda não sabe toda a minha felicidade. Coronel Brandon ama Marianne. Ele mesmo me disse isso.

Sua filha, alternando-se entre satisfeita e incomodada, surpresa e nada surpresa, ficou em silenciosa atenção.

– Você nunca é como eu, querida Elinor, ou eu me questionaria por sua compostura agora. Se eu tivesse parado para desejar qualquer bem possível à minha família, teria escolhido o casamento do coronel Brandon com uma de vocês como a melhor coisa. E eu acredito que Marianne será a mais feliz com ele dentre as duas.

Elinor estava meio inclinada a perguntar-lhe por que pensava assim, já que sabia que nenhuma razão fundada em uma consideração imparcial de suas idades, personalidades ou sentimentos, poderia ser dada; mas sua mãe sempre se deixava levar por sua imaginação sobre qualquer assunto interessante, e, portanto, no lugar de perguntas, respondeu apenas um sorriso.

– Ele abriu todo o seu coração para mim ontem enquanto viajávamos. Saiu de surpresa, sem sinal. Eu, você pode muito bem imaginar, não conseguia falar sobre nada além da minha filha, e ele não conseguia esconder sua angústia; percebi que se igualava à minha, e ele talvez, pensando que a mera amizade, como anda o mundo agora, não justificaria uma simpatia tão calorosa - ou melhor, não pensando em tudo, eu suponho, dando lugar a sentimentos irresistíveis, me fez conhecer sua afeição séria, terna e constante por Marianne. Ele a amou, minha Elinor, desde o primeiro momento em que a viu.

Neste ponto, no entanto, Elinor percebeu, não a linguagem, nem as profissões de coronel Brandon, mas os enfeites naturais da fantasia ativa de sua mãe, que embelezava tudo para agradá-la como escolhesse.

– Seu respeito por ela, superando infinitamente qualquer coisa que Willoughby já sentiu ou fingiu sentir, do modo mais caloroso, mais sincero ou constante, não importa como o descrevamos, persistiu por todo o conhecimento da predisposição infeliz de Marianne por aquele jovem inútil! Sem egoísmo, sem encorajar uma esperança! Ele poderia tê-la visto feliz com outro. Uma mente tão nobre! Tanta transparência, tanta sinceridade! Ninguém pode se enganado *nele*.

– O caráter do coronel Brandon – disse Elinor – como um excelente homem, está bem estabelecido.

– Eu sei disso – respondeu sua mãe seriamente – ou depois de tal aviso, eu seria a última a encorajar tal afeto, ou mesmo a ficar satisfeita com isso. Mas sua vinda até mim como ele fez, com uma amizade tão ativa, tão prestativa, é suficiente para provar que ele é um dos homens mais dignos.

– Seu caráter, no entanto – respondeu Elinor –, não se baseia em *um* ato de bondade, ao qual sua afeição por Marianne, se a humanidade estivesse fora do caso, o teria levado. Para a sra. Jennings, para os Middleton, ele é um conhecido íntimo e de longa data, e eles igualmente o amam e o respeitam; e mesmo o meu próprio conhecimento dele, embora recém-adquirido, é muito considerável; e tão altamente *eu* o valorizo e o estimo, que se Marianne pode ser feliz com ele, estarei tão pronta quanto a senhora para considerar a nossa conexão como a maior bênção para nós no mundo. Que resposta você deu a ele? Deu-lhe esperanças?

– Oh! Meu amor, eu não poderia então falar de esperança para ele ou para mim mesma. Marianne poderia estar morrendo naquele momento. Mas ele não pediu esperança ou encorajamento. De sua parte, havia uma confiança involuntária, uma fluidez irreprimível a um amigo reconfortante, não uma apresentação a uma mãe. No entanto, depois de um tempo *eu* disse, pois no início eu estava bastante surpresa, que se ela vivesse, como eu confiava que ela poderia, minha maior felicidade estaria em promover seu casamento; e desde a nossa chegada, desde a nossa deliciosa segurança, eu repeti-o mais plenamente, deram-lhe todos os incentivos em meu poder. Tempo, muito pouco tempo, eu digo a ele, vai resolver tudo. O coração de Marianne não deve ser desperdiçado para sempre em um homem como Willoughby. Seus próprios méritos devem em breve conquistá-lo.

– A julgar pelo ânimo do coronel, no entanto, você ainda não o deixou igualmente otimista.

– Não, não. Ele considera que a afeição de Marianne está muito profundamente enraizada para que sofra qualquer mudança em um longo tempo e, mesmo supondo que seu coração esteja livre de novo, é muito modesto para acreditar, que com tal diferença de idade e disposição ele poderia conquistá-la. Nisso, porém, está bastante enganado. É mais velho que ela o bastante para ser uma vantagem, pois seu caráter e princípios estão fixados, e sua disposição, estou convencida, é exatamente a necessária para fazer sua irmã feliz. E sua pessoa, seus modos também, estão todos a seu favor. Minha parcialidade não me cega; certamente não é tão bonito quanto Willoughby, mas, ao mesmo tempo, há algo muito mais agradável em seu semblante. Havia sempre algo, se você se lembra, nos olhos de Willoughby às vezes, que eu não gostava.

*

Elinor *não* conseguia se lembrar, mas sua mãe, sem esperar por sua concordância, continuou...

– E seus modos, as maneiras do coronel não são apenas mais agradáveis para mim do que as de Willoughby jamais foram, mas são de um tipo que serão mais solidamente cativantes para Marianne. Sua gentileza, sua atenção genuína aos outros, e sua simplicidade não estudada estão muito mais de acordo com sua disposição real, do que a vivacidade, muitas vezes artificial, e muitas vezes inoportuna do outro. Tenho certeza, que, se Willoughby tivesse se tornado realmente amável, como provou o contrário, Marianne ainda assim nunca teria sido tão feliz com *ele* como será com coronel Brandon.

Ela fez uma pausa. Sua filha não podia concordar com ela, mas sua discordância não foi ouvida e, portanto, não ofendeu.

– Em Delaford, ela estará mais perto de mim – acrescentou a sra. Dashwood – mesmo que eu permaneça em Barton; e com toda a probabilidade... pelo que ouvi dizer, é uma grande vila; na *verdade,* certamente deve haver alguma pequena casa ou chalé por perto, que nos sirva tão bem quanto nossa situação atual.

Pobre Elinor! – Aqui estava um novo esquema para levá-la a Delaford! – mas seu espírito era teimoso.

– Sua fortuna também! Pois na minha idade, você sabe, todo mundo se preocupa com *isso*; e embora eu não saiba nem deseje saber, de quanto realmente é, tenho certeza que deve ser boa.

Aqui elas foram interrompidas pela entrada de uma terceira pessoa, e Elinor se retirou para pensar em tudo em particular, para desejar sucesso ao seu amigo e, mesmo desejando-o, sentir uma pontada por Willoughby.

Capítulo 46

A doença de Marianne, embora debilitante, não havia sido longa o suficiente para tornar sua recuperação lenta; e com a juventude, a força natural e a presença de sua mãe auxiliando, prosseguiu tão suavemente a ponto de permitir que ela se instalasse, quatro dias após a chegada desta última, no quarto de vestir da sra. Palmer. Uma vez ali, a pedido dela própria, pois estava impaciente para agradecê-lo por buscar sua mãe, coronel Brandon foi convidado a visitá-la.

A emoção do cavalheiro ao entrar no aposento, ao ver a aparência debilitada, ao receber a mão pálida que ela imediatamente lhe estendeu, foi tal que, conforme as conjecturas de Elinor, devia surgir de algo mais do que sua afeição por Marianne, ou da consciência de que esta era conhecida pelas outras; e logo descobriu em seu olhar melancólico e nas faces pálidas quando ele fitou sua irmã, a provável recorrência de muitas cenas passadas de miséria em sua mente, trazidas de volta por essa já reconhecida semelhança entre Marianne e Eliza, e agora reforçada pelos olhos fundos, a pele doentia, a postura inclinada de fraqueza, e o caloroso reconhecimento de obrigação peculiar.

A sra. Dashwood, não menos atenta ao que se passou do que sua filha, mas com uma mente influenciada de modo muito diferente, e, portanto, observando para um efeito muito diverso, não notou nada no comportamento do coronel, mas o que surgiu das sensações mais simples e evidentes, enquanto nas ações e palavras de Marianne, convenceu-se que algo além de gratidão já brotava.

No final de mais um dia ou dois, Marianne tornando-se visivelmente mais forte a cada doze horas, a sra. Dashwood, instigada igualmente pelos desejos dela e de sua filha, começou a falar em retornar para Barton. De *suas* decisões dependiam as de seus dois amigos; a sra. Jennings não poderia deixar Cleveland durante a estadia das Dashwood, e coronel Brandon foi logo convencido, a pedido de ambas, a considerar sua própria permanência ali como igualmente determinada, se não indispensável. A pedido dele e da sra. Jennings, a sra. Dashwood foi convencida a aceitar o uso da carruagem dele em sua viagem de volta, para a melhor acomodação de sua filha enferma; e o coronel, a convite conjunto da sra. Dashwood e sra. Jennings, cuja bondade ativa a tornava amigável e hospitaleira para outras pessoas, bem como para si mesma, comprometeu-se com prazer a ir buscá-la com uma visita à casa, no decorrer de algumas semanas.

O dia da separação e da partida chegou; e Marianne, depois de uma longa e especial despedida da sra. Jennings, com sincera gratidão, cheia de respeito e desejos gentis, como pareciam apropriados ao seu próprio coração pelo reconhecimento secreto da desatenção passada, e dizendo adeus ao coronel Brandon com a cordialidade de uma amiga, foi cuidadosamente assistida por ele à carruagem, na qual ele parecia ansioso que ela ocupasse pelo menos metade do espaço. A sra. Dashwood e Elinor, entraram em seguida, e os outros foram deixados sozinhos, para falar das viajantes, e sentir seu próprio tédio, até que a sra. Jennings retornou à sua espreguiçadeira para se confortar com a fofoca de sua criada pela perda de suas duas jovens companheiras; e o coronel Brandon imediatamente a seguir tomou seu caminho solitário para Delaford.

As Dashwood passaram dois dias na estrada, e Marianne aguentou a jornada em ambos, sem excessiva fadiga. Tudo que o afeto mais zeloso, o cuidado mais solícito poderia fazer para deixá-la confortável, era a ocupação de cada uma de suas companheiras vigilantes, e cada uma encontrou sua recompensa em seu conforto físico e em sua paz de espírito. Para Elinor, a observação deste último foi particularmente gratificante. Ela, que a tinha visto semana após semana em constante sofrimento, oprimida pela angústia do coração sobre a qual não tinha coragem de falar, nem forças para esconder, agora via com alegria, que nenhuma outra pessoa poderia de fato compartilhar, uma aparente compostura de espírito, que, sendo o resultado, como confiava de reflexão séria, deve eventualmente levá-la ao contentamento e à alegria.

Conforme se aproximaram de Barton, de fato, adentraram paisagens nas quais cada campo e cada árvore trazia alguma lembrança particular, ou dolorosa, e ela ficou silenciosa e pensativa, e desviando seu rosto de seus olhares, sentou-se observando intensamente através da janela. Mas nisso, Elinor não podia nem admirar nem culpar, e quando viu, enquanto ajudava Marianne a descer da carruagem, que ela esteve chorando, viu apenas uma emoção muito natural em si mesma para suscitar algo menos terno que piedade, e em sua discrição digno de louvor. Em todo o seu comportamento subsequente, traçou a direção de uma mente desperta para um esforço razoável; pois logo que entraram em sua sala de estar, Marianne passou os olhos em torno com uma expressão de firmeza resoluta, como se determinada a acostumar-se de uma vez à visão de cada objeto com o qual a lembrança de Willoughby poderia ser conectada. Ela disse pouco, mas cada frase era destinada à alegria, e embora um suspiro às vezes lhe escapasse, nunca passou sem a expiação de um sorriso. Depois do jantar, ela quis experimentar seu pianoforte; foi até ele, mas a música em que seu olhar primeiro repousou era uma ópera, adquirida por Willoughby, contendo alguns de seus duetos favoritos, e tendo em sua folha exterior seu próprio nome na letra dele. Aquela não serviria. Ela balançou a cabeça, colocou a música de lado, e depois de passar por cima das teclas por um minuto, reclamou de fraqueza em seus dedos, e fechou o instrumento novamente; declarando, no entanto, com firmeza, que iria praticar muito no futuro.

A manhã seguinte não produziu nenhuma redução destes felizes sintomas. Pelo contrário, com mente e corpo fortalecidos pelo descanso, ela olhou e falou com espírito mais genuíno, antecipando o prazer do retorno de Margaret, e falando do querido grupo familiar que seria então restaurado, de suas atividades em grupo e companhia alegre, como a única felicidade que valia um desejo.

– Quando o tempo estiver firme, e eu tiver recuperado minhas forças – disse ela –, faremos longas caminhadas juntas todos os dias. Vamos caminhar até a fazenda no sopé do morro, e ver como as crianças vão, e caminhar para as novas plantações de sir John em Barton Cross, e para Abbeyland; e muitas vezes iremos às antigas ruínas do Priorado, e tentaremos traçar suas fundações até onde nos disseram que elas chegaram uma vez. Sei que seremos felizes. Sei que o verão passará alegremente. Tenho a intenção de nunca mais me levantar depois das seis, e dessa hora até o jantar dividirei cada momento entre música e leitura. Eu formei meu plano, e estou determinada a entrar em um sério curso de estudo. Nossa própria biblioteca é muito bem conhecida por mim, para recorrer a ela para qualquer coisa além de mera diversão. Mas há muitas obras que valem a pena ler na mansão; e há outros mais modernos que sei que posso pegar emprestado do coronel Brandon. Lendo apenas seis horas por dia, ganharei no curso de doze meses uma grande quantidade de instrução que agora sinto me faltar.

Elinor a elogiou por um plano que se originou tão nobremente como este; embora sorrindo por ver a mesma imaginação ansiosa que a estava levando ao extremo da indolência lânguida e da aflição egoísta, agora agindo de modo a introduzir o excesso em um esquema de emprego racional e autocontrole virtuoso. Seu sorriso, no entanto, mudou para um suspiro quando ela se lembrou de que a promessa a Willoughby ainda não estava cumprida, e temia que tivesse de comunicar algo que poderia novamente perturbar a mente de Marianne, e arruinar pelo menos por um tempo esta bela perspectiva de ocupada tranquilidade. Disposta, portanto, a adiar o momento cruel, resolveu esperar até que a saúde de sua irmã estivesse mais estável, antes de agir. Mas a resolução foi feita apenas para ser quebrada.

Marianne estava há dois ou três dias em casa, antes que o tempo ficasse bom o suficiente para uma convalescente como ela se aventurar a sair. Mas, finalmente, uma manhã suave e agradável surgiu; capaz de tentar os desejos da filha e a confiança da mãe; e Marianne, apoiada no braço de Elinor, foi autorizada a andar o máximo que pudesse sem se cansar, na via diante da casa.

As irmãs partiram em um ritmo, lento como a fraqueza de Marianne em um exercício que até então não tentara desde que adoecera; tinham avançado apenas tão longe além da casa a ponto de obter uma visão completa da colina, a importante colina atrás, quando, parando com os olhos voltados para ela, Marianne calmamente disse:

– Lá, exatamente lá – disse apontando com uma mão –, naquele montículo projetado, lá caí; e lá vi Willoughby pela primeira vez.

Sua voz afundou com a palavra, mas logo se reavivando acrescentou:

– Sou grata por descobrir que posso olhar com tão pouca dor para o local! Podemos falar sobre esse assunto, Elinor? – disse com hesitação. – Ou será errado? Eu posso falar sobre isso agora, espero, como deveria fazer.

Elinor carinhosamente a convidou para se abrir.

– Quanto ao arrependimento – disse Marianne –, já o abandonei, no que está relacionado a *ele*. Não quero falar com você sobre quais eram meus sentimentos por ele, mas quais são *agora*. No momento, se eu pudesse estar satisfeita em um ponto, se eu pudesse ser autorizada a pensar que ele não estava *sempre* fingindo, *nem sempre* me enganando; mas acima de tudo, se eu pudesse ter certeza de que ele nunca foi *tão* perverso como meus medos às vezes o imaginavam, desde a história daquela garota infeliz...

Ela parou. Elinor alegremente apreciou suas palavras enquanto respondia:

– Se pudesse ter certeza disso, ficaria tranquila.

– Sim, eu sei. Minha paz de espírito está duplamente envolvida nisso; pois não só é horrível suspeitar de uma pessoa, que foi o que *ele* foi para *mim*,, de tais intenções, mas o que deve me fazer parecer para mim mesma? O que, em uma situação como a minha, além de uma afeição vergonhosamente descuidada poderia me expor a...

– Como, então – perguntou a irmã –, você explicaria o comportamento dele?

– Suporia que ele... Ah! Como eu ficaria feliz em supor que ele!... Era apenas inconstante, muito, muito inconstante.

Elinor não disse mais nada. Estava debatendo dentro de si mesma a elegibilidade de contar sua história imediatamente, ou de adiá-la até que Marianne estivesse mais forte de saúde; e elas continuaram por alguns minutos em silêncio.

– Não estou desejando muito bem a ele – disse finalmente Marianne, com um suspiro – quando desejo que suas reflexões secretas não sejam mais desagradáveis do que as minhas. Ele vai sofrer o suficiente nelas.

– Você compara sua conduta com a dele?

– Não, eu a comparo com o que devia ter sido. Eu a comparo com a sua.

– Nossas situações têm pouca semelhança.

– Elas envolvem mais do que a nossa conduta. Minha querida Elinor, não deixe sua bondade defender o que sei que seu julgamento deve censurar. Minha doença me fez pensar. Deu-me tempo e calma para uma séria reflexão. Muito antes de estar recuperada o suficiente para falar, estava perfeitamente capaz de refletir. Considerei o passado: vi no meu próprio comportamento, desde o início do nosso relacionamento com ele, no outono passado, nada além de uma série de imprudências contra mim mesma, e falta de bondade para com os outros. Percebi que meus próprios sentimentos tinham preparado meus sofrimentos, e que minha falta de fortaleza sob eles quase me levou ao túmulo. Minha doença, eu bem sabia, tinha sido inteiramente provocada por mim mesma por tal negligência da minha própria saúde, como mesmo na época eu sentia estar errado. Se eu tivesse morrido, teria sido autodestruição. Eu não entendia o perigo que corria até que o perigo foi removido; mas, com os sentimentos que essas reflexões me deram, me admiro com minha recuperação, me admiro com a ânsia do meu próprio desejo de viver, de ter tempo para expiação com meu Deus, e a todos vocês, não me matou de uma vez. Se eu tivesse morrido, em que miséria peculiar teria deixado você, minha enfermeira, minha amiga, minha irmã! Você, que havia visto todo o egoísmo irritável dos meus últimos dias; que havia conhecido todos os murmúrios do meu coração! Como eu viveria em *sua* lembrança! Minha mãe também! Como você poderia tê-la consolado! Não posso expressar minha própria aversão a mim mesma. Sempre que eu olhava para o passado, via algum dever negligenciado, ou alguma falha a que havia me permitido. Todos pareciam ter sido feridos por mim. A bondade, a incessante bondade da sra. Jennings, eu havia retribuído com desprezo ingrato. Para os Middleton, para os Palmer, as Steele, até mesmo, para todos os conhecidos comuns, eu havia sido insolente e injusta; com um coração endurecido contra seus méritos, e um temperamento irritado a própria atenção que me davam. Para John, para Fanny, sim, até mesmo para eles, por menos que mereçam, eu dei menos do que era devido. Mas você, acima de todos, acima da minha mãe, tinha sido injustiçada por mim. Eu, e só eu, conhecia o seu coração e suas tristezas; ainda assim, em que isso me influenciou? A nenhuma compaixão que pudesse beneficiar você ou a mim mesma. Seu exemplo estava diante de mim; mas de que adiantou? Fui mais atenciosa com você e com seu conforto? Imitei sua paciência, ou diminuí seus fardos, tomando qualquer parte nessas obrigações da gentileza em geral ou da gratidão em particular que você tinha até então tinha sido deixada para cumprir sozinha? Não; não menos quando sabia que você era infeliz, do que quando acreditava que estava contente, me afastei de cada esforço de dever ou amizade; mal permitindo que a tristeza existisse, exceto em mim, lamentando apenas *aquele* coração que tinha me abandonado e injustiçado, e deixando você, pois eu professava uma afeição ilimitada, para ser miserável por mim.

Aqui cessou o fluxo rápido de seu espírito de autocensura; e Elinor, impaciente para acalmar, embora honesta demais para lisonjear, deu-lhe instantaneamente o louvor e apoio que sua franqueza e sua contrição haviam tão bem merecido. Marianne apertou-lhe a mão e respondeu:

– Você é muito boa. O futuro deve ser minha prova. Eu estabeleci meu plano, e se eu sou capaz de aderir a ele, meus sentimentos serão governados e meu temperamento melhorado. Eles não irão mais preocupar os outros, nem me torturar. Agora viverei apenas para minha família. Você, minha mãe, e Margaret, serão de agora em diante todo o mundo para mim; compartilharão meus afetos inteiramente entre vocês. De vocês, da minha casa, nunca mais terei o menor incentivo a me mover; e se eu me misturar em outra sociedade, será apenas para mostrar que meu espírito está humilhado, meu coração corrigido, e que eu posso praticar as civilidades, os deveres menores da vida, com gentileza e paciência. Quanto a Willoughby, dizer que em breve ou que jamais o esquecerei, seria inútil. Sua lembrança não pode ser superada por qualquer mudança de circunstâncias ou de opiniões. Mas deve ser regulada, deve ser controlada pela religião, pela razão, pela constante ocupação. – Ela fez uma pausa e acrescentou em voz baixa: – Se eu pudesse, apenas conhecer coração *dele*,, tudo se tornaria fácil.

Elinor, que já estava há algum tempo refletindo sobre a conveniência ou a inconveniência de arriscar sua narrativa, sem se sentir mais próxima de uma decisão do que no início, ouviu isso; e, percebendo que a reflexão não fez nada, a resolução deve fazer tudo, logo se viu expondo o fato.

Ela fez o relato, como ela esperava, com eloquência; preparou sua ouvinte ansiosa com cautela; relatou de forma simples e honesta os pontos principais em que Willoughby baseou suas desculpas; fez justiça ao seu arrependimento, e suavizou apenas seus protestos de afeto presente. Marianne não disse que nem uma palavra. Ela tremia, seus olhos estavam fixos no chão, e seus lábios ficaram mais brancos do que até mesmo a doença os deixou. Mil perguntas surgiram em seu coração, mas ela não se atreveu a fazer nenhuma. Ela conteve todas as sílabas com ânsia ofegante; sua mão, sem estar ciente, apertou muito a de sua irmã, e lágrimas lavaram suas bochechas.

Elinor, temendo o cansaço da irmã, levou-a para casa, e até que chegassem à porta, facilmente conjecturando qual devia ser sua curiosidade, embora nenhuma pergunta tivesse sido feita, não falou de nada além de Willoughby e de sua conversa; e foi cuidadosamente detalhista em cada detalhe de fala e de olhar, em que as minúcias poderiam ser seguramente satisfeitas. Assim que entraram na casa, Marianne se afastou de Elinor com um beijo de gratidão e essas duas palavras apenas ditas em meio às lágrimas, "Conte a mamãe", e subiu lentamente as escadas. Elinor não tentaria perturbar uma solidão tão razoável como a que ela agora procurava, mas com uma mente ansiosamente prevendo seu resultado, com a resolução de tocar no assunto novamente, caso Marianne não o fizesse, ela entrou na sala para cumprir o pedido que esta fizera antes de subir.

Capítulo 47

A sra. Dashwood não ouviu impassível a justificação de seu antigo favorito. Alegrou-se por ele ser inocentado de alguma parte da culpa que lhe era imputada; sentia muito por ele, e desejou-lhe felicidade. Mas os sentimentos do passado não podiam ser retomados. Nada poderia restaurá-lo com a fé intacta, o caráter impecável, para Marianne. Nada poderia tirar o conhecimento do que ela havia sofrido por suas ações, nem remover a culpa de sua conduta em relação a Eliza. Nada poderia substituí-lo, portanto, em sua antiga estima, nem ferir os interesses do coronel Brandon.

Caso a sra. Dashwood, como sua filha, tivesse ouvido a história de Willoughby dele mesmo, se tivesse testemunhado sua angústia, e estivesse sob a influência de seu semblante e de suas maneiras, é provável que sua compaixão tivesse sido maior. Mas não estava ao alcance de Elinor, nem em seu desejo, despertar tais sentimentos em outra pessoa, por sua explicação detalhada, como inicialmente pensara em fazer. Reflexão havia acalmado seu julgamento e a sua própria opinião sobre os méritos de Willoughby; desejava, portanto, declarar apenas a simples verdade, e os fatos como eram realmente devidos ao seu caráter, sem qualquer adorno de ternura que levasse a fantasia ao erro.

À noite, quando estavam todas as três juntas, Marianne começou por vontade própria a falar dele novamente; mas que não foi sem um esforço, a reflexão agitada e inquieta em que ela esteve por algum tempo sentada anteriormente, sua cor crescente, enquanto falava, e sua voz instável, claramente mostrou.

– Quero assegurar a vocês duas – disse ela – de que eu vejo cada coisa como podem desejar que eu faça.

A sra. Dashwood a teria interrompido no mesmo instante com ternura reconfortante, se Elinor, que realmente queria ouvir a opinião imparcial de sua irmã, não tivesse por um sinal ansioso, obtido seu silêncio. Marianne lentamente continuou:

– É um grande alívio para mim, o que Elinor me disse esta manhã; agora ouvi exatamente o que queria ouvir. – Por alguns momentos, sua voz se perdeu; mas, recuperando-se, acrescentou ela, e com maior calma do que antes. – Agora estou perfeitamente satisfeita, não desejo nenhuma mudança. Eu nunca poderia ter sido feliz com ele, depois de saber, como cedo ou tarde eu teria sabido, de tudo. Não teria confiança, nem nenhuma estima. Nada poderia ter afastado isso dos meus sentimentos.

– Eu sei disso, eu sei – exclamou a mãe. – Feliz com um homem de práticas libertinas! Com alguém que tanto feriu a paz do mais querido de nossos amigos, e o melhor dos homens! Não... minha Marianne não tem coração para ser feliz com tal homem! Sua consciência, sua consciência sensível, teria sentido tudo o que a consciência de seu marido devia ter sentido.

Marianne suspirou e repetiu:

– Eu não desejo nenhuma mudança.

– Você considera o assunto – disse Elinor – exatamente como uma boa mente e um entendimento sólido devem considerá-lo; e ouso dizer que percebe, assim como eu, não só nisso, mas em muitas outras circunstâncias, razão suficiente para ser convencida de que seu casamento teria envolvido você em muitos problemas e decepções, nos quais você teria sido mal apoiada por uma afeição, do lado dele, muito incerta. Se tivesse se casado com ele, seriam sempre pobres. Ele mesmo reconhece que gasta em excesso, e toda a sua conduta declara que abnegação é uma palavra que pouco compreende. As exigências dele e a sua inexperiência, somadas a uma pequena, muito pequena renda, teriam trazido angústias que não seriam *menos* graves para você, por terem sido totalmente desconhecidas e impensadas antes. *Seu* senso de honra e honestidade a teriam levado, eu sei, quando ciente da situação de ambos, a tentar fazer toda a economia que lhe parecesse possível; e, talvez, enquanto sua frugalidade reduzisse apenas seu próprio conforto, você teria sido permitida a praticá-la, mas além disso... quão pouco poderia fazer o máximo de seus esforços para impedir a ruína que havia começado antes de seu casamento? Além *disso,* se você tivesse se esforçado, por mais razoavelmente que fosse, a reduzir os prazeres *dele*, não é de duvidar, que em vez de prevalecer sobre sentimentos egoístas demais para consentir com isso, você teria diminuído sua própria influência no coração dele, e o faria lamentar a conexão que o envolveu em tais dificuldades?

Os lábios de Marianne tremiam, e ela repetiu a palavra:

– Egoísta? – Em um tom que implicava: – Você realmente o acha egoísta?

– Todo o seu comportamento – respondeu Elinor – do início ao fim do caso, foi baseado no egoísmo. Foi o egoísmo que primeiro o fez jogar com seus afetos; que depois, quando os dele próprio haviam sido envolvidos, o fez atrasar a confissão, e que finalmente o levou de Barton. Seu próprio prazer, ou sua própria facilidade, foi, em cada detalhe, seu princípio dominante.

– É muito verdade. *Minha* felicidade nunca foi seu objetivo.

– No momento – continuou Elinor –, ele se arrepende do que fez. E por que se arrepende? Porque não o satisfez. Não o fez feliz. Suas circunstâncias são agora seguras; ele não sofre de nenhum mal financeiro; e pensa apenas que se casou com uma mulher de temperamento menos amável do que o seu. Mas será que, se ele tivesse se casado com você, teria sido feliz? Os inconvenientes teriam sido diferentes. Ele teria então sofrido sob as angústias pecuniárias que, por serem removidas, agora considera serem nada. Ele teria tido uma esposa de cujo temperamento não poderia fazer nenhuma reclamação, mas sempre passaria necessidade, seria sempre pobre; e provavelmente logo teria aprendido a classificar os inúmeros confortos de uma propriedade livre e de uma boa renda como muito mais importantes, até mesmo para a felicidade doméstica, do que o mero temperamento de uma esposa.

– Eu não tenho uma dúvida sequer sobre isso – disse Marianne – e não tenho nada a lamentar; nada além da minha própria loucura.

– Em vez disso, aponte a imprudência de sua mãe, minha filha – disse a sra. Dashwood – Ela deve ser responsável.

Marianne não deixaria que ela prosseguisse, e Elinor, satisfeita que cada uma sentiu seu próprio erro, queria evitar qualquer levantamento do passado capaz de enfraquecer os espíritos de sua irmã; portanto, perseguindo o primeiro assunto, imediatamente continuou:

– Uma observação, penso eu, pode ser feita de toda a história: que todas as dificuldades de Willoughby surgiram da sua primeira ofensa contra a virtude, em seu comportamento com Eliza Williams. Esse crime é a origem dos outros, menores, e de todos os seus descontentamentos atuais.

Marianne concordou enfaticamente com a observação; e sua mãe foi levada por isso a uma enumeração das mágoas e méritos do coronel Brandon, caloroso como amizade e objetivo poderiam ditar em conjunto. Sua filha, porém, não parecia tê-la ouvido muito.

Elinor, de acordo com sua expectativa, viu nos dois ou três dias seguintes que Marianne não continuou a ganhar força como havia feito; mas enquanto sua resolução estivesse intocada e ela ainda tentasse parecer alegre e tranquila, sua irmã podia confiar com segurança no efeito do tempo sobre sua saúde.

Margaret voltou, e a família estava mais uma vez reunida, novamente instalada na quietude da casa; e, se não seguissem seus estudos habituais com tanto vigor como quando chegaram a Barton, pelo menos planejavam uma retomada vigorosa deles no futuro.

Elinor ficou impaciente por algumas notícias de Edward. Ela não tinha ouvido nada dele desde que deixara Londres, nada de novo de seus planos, nada certo até mesmo de sua morada atual. Algumas cartas tinham passado entre ela e seu irmão, em consequência da doença de Marianne; e na primeira de John, havia esta frase: "Não sabemos nada do nosso infeliz Edward, e não podemos fazer perguntas sobre um assunto tão proibido, mas concluímos que ainda está em Oxford"; que era toda a informação sobre Edward que lhe deu pela correspondência, pois seu nome nem sequer foi mencionado em nenhuma das cartas seguintes. Ela não estava condenada, no entanto, a ficar muito tempo na ignorância de seu destino.

O criado havia sido enviado uma manhã para Exeter a negócios, e, enquanto esperava à mesa, ele tinha satisfeito as perguntas de sua senhora quanto ao evento de sua missão, esta foi a sua comunicação voluntária:

– Suponho que saiba, senhora, que o sr. Ferrars é casado.

Marianne teve um sobressalto violento, fixou os olhos em Elinor, viu-a ficar pálida, e caiu para trás em sua cadeira, histérica. A sra. Dashwood, cujos olhos, ao responder ao inquérito do servo, tinham intuitivamente tomado a mesma direção, ficou chocada ao perceber pelo semblante de Elinor o quanto ela na verdade sofria, e um momento depois, igualmente angustiada pela situação de Marianne, não sabia para qual filha dar sua atenção principal.

O criado, que viu apenas que a srta. Marianne estava passando mal, teve bom senso suficiente para chamar uma das empregadas, que, com a ajuda da sra. Dashwood, levou-a para a outra sala. A essa altura, Marianne estava bem melhor, e sua mãe deixou-a aos cuidados de Margaret e da empregada, retornou a Elinor, que, embora ainda muito desordenada, até agora havia recuperado o uso de sua razão e voz o suficiente para perguntar a Thomas, quanto à fonte de sua informação. A sra. Dashwood imediatamente tomou todo esse problema para si, e Elinor teve o benefício da informação sem o esforço de obtê-la.

– Quem lhe disse que o sr. Ferrars era casado, Thomas?

– Vi o sr. Ferrars eu mesmo, senhora, esta manhã em Exeter, e sua senhora também, a srta. Steele como era. Eles estavam parados em uma carruagem na porta do New London Inn, quando eu fui lá com uma mensagem de Sally em Barton Park para seu irmão, que é um dos mensageiros. Aconteceu de eu olhar para cima quando passei pela carruagem, e assim vi diretamente que era a mais jovem srta. Steele. Então, eu tirei meu chapéu, e ela me reconheceu e me chamou, e perguntou da senhora, e das jovens senhoras, especialmente a srta. Marianne, e me disse que deveria mandar recomendações dela e do sr. Ferrars, seus melhores votos, e dizer que lamentavam, pois não tinham tempo para vir vê-la, estavam com muita pressa de seguir adiante por mais um tempo; no entanto, quando voltarem, com certeza virão vê-las.

– Mas ela lhe disse que era casada, Thomas?

– Sim, senhora. Sorriu e disse como tinha mudado seu nome desde que estivera nestas partes. Ela sempre foi uma jovem muito afável, falante e muito educada. Então, tomei a liberdade de dar-lhe meus parabéns.

– O sr. Ferrars estava na carruagem com ela?

– Sim, senhora, eu só o vi reclinando-se para trás, mas ele não olhou para cima; ele nunca foi um cavalheiro de muitas palavras.

O coração de Elinor poderia facilmente explicar por que ele não se colocou para a frente, e a sra. Dashwood provavelmente encontrou a mesma explicação.

– Não havia mais ninguém na carruagem?

– Não, senhora, só eles dois.

– Você sabe de onde eles vieram?

– Eles vêm direto da cidade, como disse a srta. Lucy... a sra. Ferrars me disse.

– E eles estão indo mais para oeste?

– Sim, senhora, mas não muito tempo. Eles logo estarão de volta, e então com certeza as visitarão.

A sra. Dashwood agora olhou para sua filha, mas Elinor sabia que era melhor não esperar tal visita. Ela reconheceu Lucy por completo na mensagem, e estava muito confiante de que Edward nunca chegaria perto delas. Observou em voz baixa, para sua mãe, que eles provavelmente estavam indo para o sr. Pratt, perto de Plymouth.

A informação de Thomas parecia ter acabado. Elinor o olhou como se ela quisesse ouvir mais.

– Você os viu partir, antes de voltar para cá?

– Não, senhora, os cavalos estavam prestes a sair, mas eu não podia esperar mais; estava com medo de me atrasar.

– A senhora Ferrars parecia bem?

– Sim, senhora, ela disse que estava muito bem, e para mim ela sempre foi uma jovem muito bonita e parecia muito contente.

A sra. Dashwood não conseguia pensar em outra pergunta, e Thomas e a toalha de mesa, agora igualmente desnecessários, logo depois foram dispensados. Marianne já havia mandado avisar que não iria comer nada mais. O apetite da sra. Dashwood e de Elinor estavam igualmente perdidos, e Margaret considerou-se abençoada, que com tanto mal-estar como ambas as irmãs tinham experimentado recentemente, tanto que tinham muitas vezes se descuidado de suas refeições, ela nunca tinha sido obrigada a ficar sem seu jantar antes.

Quando a sobremesa e o vinho foram arranjados, e a sra. Dashwood e Elinor foram deixadas sozinhas, mãe e filha permaneceram longos minutos juntas em semelhante consideração e silêncio. A sra. Dashwood temia arriscar qualquer observação, e aventurou-se a não oferecer consolo. Ela agora descobriu que tinha errado em confiar na representação de Elinor de si mesma; e concluiu corretamente que cada coisa tinha sido expressamente suavizada na época, para poupá-la de um aumento de infelicidade, sofrendo como ela então tinha sofrido por Marianne. Ela descobriu que tinha sido enganada pelo cuidado, pela consideração atenciosa de sua filha, a pensar que o apego, uma vez tão bem compreendido, era na realidade muito mais leve do que ela acreditara, ou do que agora foi provado ser. Ela temia que sob esta persuasão ela tinha sido injusta, desatenta, ou melhor, quase cruel, com sua Elinor; que a aflição de Marianne, porque mais reconhecida, mais imediatamente diante de si, tinha absorvido muito sua ternura, e levou-a a esquecer que em Elinor ela poderia ter uma filha sofrendo quase tanto, certamente com menos provocação de si mesma, e maior fortaleza.

Capítulo 48

Elinor passara a entender a diferença entre a expectativa de um evento desagradável, por mais certo que a mente possa ser instruída a considerá-lo, e a certeza em si. Descobrira que, apesar de tudo, ela sempre cultivou uma esperança, enquanto Edward permaneceu solteiro, que algo ocorreria para impedir seu casamento com Lucy; que alguma resolução própria, alguma mediação de amigos, ou alguma oportunidade mais elegível de estabelecimento para a senhora surgiria para ajudar com a felicidade de todos. Mas ele agora era casado; e ela condenou seu coração pela fantasia secreta, que tanto aumentou a dor do conhecimento.

Que ele se casasse tão rápido, antes (como ela imaginava) de receber a ordenação, e consequentemente antes que ele pudesse estar na posse do presbitério, surpreendeu-a um pouco no início. Mas ela logo viu como era provável que Lucy, em seu cuidado providente, em sua pressa para assegurá-lo, ignoraria qualquer coisa, menos o risco de atraso. Eles se casaram, se casaram na cidade, e agora se apressavam até a casa do tio dela. O que Edward sentiu ao estar a menos de seis quilômetros de Barton, ao ver o servo de sua mãe, ao ouvir a mensagem de Lucy!

Supunha que eles logo se instalariam em Delaford. Delaford, aquele lugar ao redor do qual tantas coisas se uniam para deixá-la interessada; o qual desejara conhecer e que, agora, desejava evitar. Ela os viu em um instante em sua casa paroquial; imaginou Lucy, a administradora ativa, engenhosa, unindo ao mesmo tempo um desejo de parecer elegante com a maior frugalidade, e envergonhada de ser suspeita de metade de suas práticas econômicas; perseguindo seu próprio interesse em cada pensamento, cortejando o favor do coronel Brandon, da sra. Jennings e de cada amigo rico. Em Edward, ela não sabia o que viu, nem o que queria ver. Feliz ou infeliz, nada a agradou; ela virou a cabeça de cada esboço dele.

Elinor esperava que alguma de suas conexões em Londres escrevessem para elas a fim de anunciar o evento, e dar mais detalhes, mas dia após dia passaram, e não trouxeram nenhuma carta, nem notícias. Embora incerta de que alguém fosse o culpado, ela encontrou culpa com todos os amigos ausentes. Eram todos impensados ou indolentes.

– Quando você escreve para o coronel Brandon, senhora? – foi um inquérito que surgiu da impaciência de sua mente para ter algo acontecendo.

– Eu escrevi para ele, meu amor, na semana passada, e prefiro esperar vê-lo, do que ouvir dele novamente. Eu sinceramente reforcei sua vinda até nós, e não deve se surpreender ao vê-lo entrar hoje ou amanhã, ou qualquer dia.

Isso lhe dava algo, algo para esperar. Coronel Brandon deve ter algumas informações para dar.

Mal tinha ela assim determinado, quando a figura de um homem a cavalo atraiu seus olhos para a janela. Ele parou no portão. Era um cavalheiro, era o próprio coronel Brandon. Agora ela saberia mais; ela estremeceu de expectativa. Mas... *não* era o coronel Brandon... nem sua expressão, nem sua altura. Se fosse possível, ela diria que se tratava de Edward. Olhou de novo. Ele tinha acabado de desmontar, ela não poderia estar errada, *era* Edward. Ela se mudou e sentou-se. *Ele vem do sr. Pratt propositalmente para nos ver. Eu vou ficar calma, serei senhora de mim mesma.*

Em um momento ela percebeu que as outras também estavam cientes do erro. Viu sua mãe e Marianne mudarem de cor; viu quando olharam para ela e quando sussurraram frases uma para a outra. Ela teria dado o mundo para poder falar – e fazê-las entender que ela não esperava que nenhuma frieza, nenhuma afronta, aparecesse em seu comportamento para com ele; mas ela não tinha como falar, e era obrigada a deixar tudo a seu próprio critério.

Nem uma sílaba saiu em voz alta. Todas esperaram em silêncio pela aparição de seu visitante. Seus passos foram ouvidos ao longo do caminho de cascalho; em um momento ele estava na passagem, e em outro, diante delas.

Seu semblante, enquanto entrava na sala, não estava muito feliz, mesmo para Elinor. Sua pele estava pálida de agitação, e ele parecia ter medo de sua recepção, e consciente de não merecer boa acolhida. A sra. Dashwood, no entanto, conformando-se, como ela confiava, com os desejos daquela filha, por quem ela então quis dizer no calor de seu coração para ser guiada em cada coisa, encontrou-se com um olhar de complacência forçada, deu-lhe a mão e deu-lhe os parabéns.

Ele se ruborizou e gaguejou uma resposta ininteligível. Os lábios de Elinor se moviam com os de sua mãe, e, quando o momento da ação acabou, ela desejava ter apertado as mãos dele também. Mas era tarde demais, e com um semblante que pretendia ser franco, ela sentou-se novamente e falou do tempo.

Marianne tinha recuado tanto quanto possível da vista para esconder sua angústia, e Margaret, entendendo alguma parte, mas não todo o caso, pensou que era a pena que ela fosse digna, e, portanto, tomou um assento o mais longe dele que pudesse, e manteve um silêncio rigoroso.

Quando Elinor deixou de se alegrar com a secura da estação, uma pausa terrível aconteceu. Foi interrompida pela sra. Dashwood, que se sentiu obrigada a expressar a esperança de que ele tinha deixado a sra. Ferrars muito bem. De uma forma apressada, ele respondeu na afirmativa.

Outra pausa.

Elinor, resolvendo se esforçar, embora temendo o som de sua própria voz, disse então:

– A sra. Ferrars ficou em Longstaple?

– Em Longstaple! – respondeu ele, com um ar de surpresa. – Não, minha mãe está na cidade.

– Eu quis dizer – corrigiu Elinor, retomando alguns trabalhos da mesa –, a sra. *Edward* Ferrars.

Ela não se atreveu a olhar para cima, mas sua mãe e Marianne viraram os olhos para ele. Ele ruborizado, parecia perplexo, olhou com dúvida, e depois de alguma hesitação, disse:

– Talvez você queira dizer... meu irmão, você quer dizer sra... sra. *Robert* Ferrars.

– Sra. Robert Ferrars! – foi repetido por Marianne e sua mãe com um tom de maior espanto; – e embora Elinor não pudesse falar, até mesmo *seus* olhos estavam fixos nele com o mesmo assombro impaciente. Ele se levantou de seu assento, e caminhou até a janela, aparentemente sem saber o que fazer; pegou um par de tesouras que estavam lá, e, enquanto estragava ambos e sua bainha, cortando esta última em pedaços enquanto falava, disse, com uma voz apressada:

– Talvez vocês não saibam... Vocês podem não ter ouvido que meu irmão está recentemente casado... com a mais nova... com a srta. Lucy Steele.

Suas palavras foram ecoadas com espanto indescritível por todas, menos Elinor, que se sentou com a cabeça inclinada sobre seu trabalho, em estado de tal agitação que mal sabia onde estava.

– Sim – disse ele – eles se casaram na semana passada, e agora estão em Dawlish.

Elinor não podia mais ficar sentada. Quase saiu correndo da sala, e, assim que a porta foi fechada, explodiu em lágrimas de alegria, pensando, no início, que nunca iriam cessar. Edward, que até então olhava para qualquer lugar, exceto para ela, viu-a correr, e talvez viu, ou mesmo ouviu, sua emoção; pois imediatamente caiu em um devaneio que nenhum comentário, nenhuma pergunta, nenhum chamado carinhoso da sra. Dashwood poderia penetrar, e por fim, sem dizer uma palavra, ele saiu da sala, andou em direção à vila, deixando as outras no maior espanto e perplexidade com a mudança em sua situação, tão maravilhosa e tão repentina; uma perplexidade que não tinham meios de diminuir, exceto por suas próprias conjecturas.

Capítulo 49

Inexplicáveis, no entanto, como as circunstâncias de sua libertação pudessem parecer para toda a família, era certo que Edward estava livre; e em que propósito essa liberdade seria empregada foi facilmente determinado por todas; pois depois de experimentar as bênçãos de *um* compromisso imprudente, contraído sem o consentimento de sua mãe, como já havia feito por mais de quatro anos, nada menos poderia ser esperado dele com o fracasso dessa situação, do que a contração imediata de outro.

Sua missão em Barton, na verdade, era simples. Foi apenas para pedir Elinor em casamento; e considerando que não era totalmente inexperiente em tal pergunta, seria de estranhar que devesse se sentir tão desconfortável no caso atual, como de fato se sentia, precisando tanto de encorajamento quanto de ar fresco.

Quando logo se encaminhou para a realização do pedido de forma adequada, no entanto, assim que lhe ocorreu uma oportunidade de exercê-lo, de que forma ele se expressou e como foi recebido não precisa ser particularmente descrita. Só isso precisa ser dito: que quando todos se sentaram à mesa, às quatro horas, cerca de três horas após sua chegada, ele havia assegurado sua senhora, engajado o consentimento de sua mãe, e não estava apenas na profissão arrebatadora do enamorado, mas, na realidade da razão e da verdade, de um dos homens mais felizes. Sua situação, de fato, era mais do que comumente alegre. Ele tinha mais do que o triunfo comum do amor correspondido para insuflar seu coração e elevar seus espíritos. Foi libertado sem qualquer censura a si mesmo, de um enlace que há muito constituía sua miséria, de uma mulher a quem havia deixado de amar há muito tempo; e havia sido elevado de uma vez a essa segurança com outra, sobre a qual ele devia ter pensado quase com desespero, assim que ele aprendera a considerá-la com desejo. Fora trazido não da dúvida ao suspense, mas da agonia à felicidade; e a transformação foi abertamente declarada em uma alegria tamanha, genuína, eloquente e grata, como seus amigos nunca haviam testemunhado nele antes.

Seu coração estava agora aberto a Elinor; todas as suas fraquezas, todos os seus erros confessados, e seu primeiro apego infantil a Lucy tratado com toda a dignidade filosófica dos vinte e quatro.

– Foi uma inclinação tola e ociosa por minha parte – disse ele – consequência da ignorância do mundo e da falta de ocupaçã. Se minha mãe tivesse me dado alguma profissão ativa quando fui removido, aos dezoito anos, dos cuidados do sr. Pratt, acho, ou melhor, tenho certeza, de que isso nunca teria acontecido; pois embora eu tenha deixado Longstaple com o que eu pensava, na época, ser uma preferência inabalável por sua sobrinha, mas se eu tivesse então tido qualquer trabalho, qualquer objeto para engajar meu tempo e me manter distante dela por alguns meses, eu teria muito em breve superado o apego imaginado, especialmente misturando-me mais com o mundo, como em tal caso eu devia ter feito. Mas em vez de ter qualquer coisa para fazer, em vez de ter qualquer profissão escolhida para mim, ou ser autorizado a escolher qualquer uma eu mesmo; voltei para casa para ficar completamente ocioso; e nos primeiro doze meses seguintes eu não tinha sequer o emprego nominal, que pertencer à universidade teria me dado; pois eu não fui inscrito em Oxford até que tivesse dezenove anos. Eu não tinha, portanto, nada no mundo para fazer, exceto imaginar-me apaixonado, e como minha mãe não tornava minha casa em todos os aspectos confortável, como eu não tinha amigo, nem um companheiro no meu irmão, e não gostava de conhecer novas pessoas, não era estranho que estivesse muitas vezes em Longstaple, onde sempre me senti em casa, e sempre tive certeza de ser bem-vindo; e, consequentemente, passei a maior parte do meu tempo lá dos dezoito para os dezenove: Lucy parecia tudo o que era amável e prestativo. Ela era bonita também, pelo menos eu pensei *então;* e eu tinha visto tão pouco de outras mulheres, que não podia fazer comparações, nem ver nela defeitos. Considerando tudo, portanto, espero, mesmo sendo tolo como foi nosso noivado, como se provou desde então, em todos os sentidos, não era na época uma loucura anormal ou imperdoável.

A mudança que algumas horas haviam feito nas mentes e na felicidade das Dashwood era tão grande que prometia a todas elas a satisfação de uma noite sem dormir. A sra. Dashwood, feliz demais para ficar confortável, não sabia como amar Edward, nem elogiar Elinor o suficiente, como ser suficientemente grata pela libertação dele sem ferir sua delicadeza, nem como, ao mesmo tempo, dar-lhes privacidade e tempo para uma conversa sem restrições juntos, e ainda desfrutar, como ela desejava, dda visão e dda companhia de ambos.

Marianne podia comunicar *sua* felicidade apenas por lágrimas. Comparações ocorreriam, arrependimentos surgiriam; e sua alegria, embora sincera como seu amor por sua irmã, era de uma espécie que não dava a ela nem espíritos nem linguagem.

Mas Elinor - como descrever *seus* sentimentos? Do momento em que soube que Lucy estava casada com outro, que Edward estava livre, até o momento em que ele justificou as esperanças que se seguiram instantaneamente, ela sentiu tudo alternadamente, exceto calma. Mas quando o segundo momento havia passado, quando ela encontrou todas as dúvidas, todas as solicitudes removidas, comparou sua situação com o que recentemente tinha sido, viu-o honrosamente libertado de seu antigo compromisso, lucrando no mesmo momento com a liberdade, dirigir-se a ela, declarando uma afeição tão terna, tão constante quanto ela sempre supôs ser. Ela havia sido oprimida, havia sido dominada pela própria felicidade; e felizmente disposta como é a mente humana para facilmente se familiarizar com qualquer mudança para melhor, foram necessárias várias horas para apaziguar seu espírito ou trazer qualquer grau de tranquilidade ao seu coração.

Edward, agora, ficaria hospedado na casa por uma semana, pois quaisquer outras reivindicações que pudessem ser feitas sobre ele, era impossível que menos de uma semana fosse dedicada ao gozo da companhia de Elinor, ou bastasse para dizer que metade que precisava ser dito sobre o passado, o presente e o futuro; pois embora poucas horas gastas no trabalho duro da conversa incessante descarreguem mais assuntos do que realmente pode ser em comum entre quaisquer duas criaturas racionais, com os amantes é diferente. Entre *eles* nenhum assunto é terminado, nenhuma comunicação é feita, até que tenha sido feita pelo menos mais vinte vezes.

O casamento de Lucy, o assombro incessante e razoável entre todos eles, formou, naturalmente, uma das primeiras discussões dos amantes; e o conhecimento particular de Elinor sobre cada parte fez parecer para ela, de todas os pontos de vista, como uma das circunstâncias mais extraordinárias e inexplicáveis que ela já tinha ouvido. Como eles podiam ficar juntos e por que atração Robert poderia ser influenciado a se casar com uma moça, de cuja beleza ela mesma o tinha ouvido falar sem qualquer admiração; uma moça também já noiva de seu irmão, e por quem o irmão havia sido repudiado por sua família, foi além de sua capacidade de compreender. Para seu próprio coração foi um caso maravilhoso, para sua imaginação era até um caso ridículo, mas para sua razão, seu julgamento, era um completo quebra-cabeça.

Edward só poderia tentar uma explicação, supondo que, talvez, a princípio, se encontrando acidentalmente, a vaidade de um tinha sido tão trabalhada pela bajulação da outra, como para levar por graus a todos o resto. Elinor se lembrou do que Robert lhe tinha dito em Harley Street, de sua opinião sobre o que sua própria mediação nos assuntos de seu irmão poderia ter feito, se aplicada a tempo. Ela repetiu para Edward.

– *Isso* é típico de Robert – foi sua observação imediata. – E *aquilo* – ele em tempo acrescentou: –, talvez pudesse estar na cabeça *dele* quando o conhecimento entre eles começou. E Lucy talvez no início pudesse ter pensado apenas em buscar o apoio dele a meu favor. Outros projetos devem ter surgido depois.

Quanto tempo aquilo havia acontecendo entre eles, no entanto, tal como Elinor, Edward não saberia dizer; pois já em Oxford, onde tinha escolhido permanecer desde que havia deixado Londres, ele não tinha meios de saber dela, exceto por ela mesma, e suas cartas até a última não foram nem menos frequentes, nem menos afetuosas do que o habitual. Portanto, nem a menor suspeita havia ocorrido para prepará-lo para o que se seguiu; e quando finalmente explodiu em uma carta da própria Lucy, ele tinha ficado por algum tempo, ele acreditava, meio estupidificado entre a maravilha, o horror, e a alegria de tal libertação. Ele colocou a carta nas mãos de Elinor.

Caro Senhor,

Tendo certeza de que há muito tempo perdi seus afetos, eu pensei em mim mesma em liberdade para conceder os meus a outro, e não tenho nenhuma dúvida de ser tão feliz com ele como costumava pensar que poderia ser com você; mas repudio aceitar uma mão enquanto o coração é de outra. Sinceramente desejo-lhe felicidade em sua escolha, e não será minha culpa se nem sempre formos bons amigos, como nossa relação próxima agora torna apropriado. Posso dizer com segurança que não lhe guardo rancor, e tenho certeza que será muito generoso para nos fazer qualquer mal. Seu irmão ganhou meus afetos inteiramente, e como não poderíamos viver sem um ao outro, estamos apenas voltando do altar, e agora estamos a caminho de Dawlish por algumas semanas, lugar que seu querido irmão tem grande curiosidade em conhecer, mas pensei que primeiro iria incomodá-lo com essas poucas linhas. Permanecerei para sempre...

Sua sincera amiga e cunhada, que lhe deseja bem,
Lucy Ferrars

Eu queimei todas as suas cartas, e vou devolver seu retrato na primeira oportunidade. Por favor, destrua meus rabiscos – mas o anel com meu cabelo você é muito bem-vindo para manter.

Elinor leu e devolveu sem comentários.

– Não pedirei sua opinião sobre a composição da carta – disse Edward. – Por tudo no mundo, não eu teria tido uma carta dela lida por *você* em tempos anteriores. Para uma cunhada já é ruim o suficiente, mas como esposa! Como já corei sobre as páginas de sua escrita! E acredito que posso dizer que, desde o primeiro semestre de nosso tolo envolvimento, esta é a única carta que já recebi dela, da qual a substância me fez qualquer reparação pela deficiência de estilo.

– Não importando como isso possa ter acontecido – disse Elinor, depois de uma pausa –, eles certamente estão casados. E sua mãe trouxe a si mesma uma punição apropriada. A independência que ela estabeleceu sobre Robert, devido ao ressentimento contra você, colocou nas mãos dele o poder para fazer sua própria escolha; e ela tem subornado um filho com mil por ano, para fazer a própria ação pela qual ela deserdou o outro por pretender fazer. Ela dificilmente será menos ferida, eu suponho, por Robert se casar com Lucy, do que ela teria sido por seu casamento com ela.

– Ela vai ficar mais magoada com isso, pois Robert sempre foi seu favorito. Ela vai ser mais magoada por ele e, pelo mesmo princípio, vai perdoá-lo muito mais cedo.

Em que estado o caso estava entre eles no momento, Edward não sabia, pois ainda não tentara nenhuma comunicação com qualquer pessoa de sua família. Ele havia deixado Oxford dentro de quatro e vinte horas depois que recebeu a carta de Lucy, e com apenas um objetivo diante de si: a estrada mais próxima para Barton; não tinha tido tempo livre para formar qualquer plano de conduta, com o qual essa estrada não tinha a conexão mais íntima. Ele seria capaz de fazer nada até que estivesse certo de seu destino com a srta. Dashwood, e por sua rapidez em buscar *esse* destino, é de se supor, apesar do ciúme com que ele já havia pensado no coronel Brandon, apesar da modéstia com que classificava seus próprios méritos, e a polidez com que ele falou de suas dúvidas, no geral, ele não esperava uma recepção muito cruel. Era sua obrigação, no entanto, dizer que *sim*, e ele o disse muito bem. O que ele poderia dizer sobre o assunto doze meses depois, deve ser encaminhado para a imaginação de maridos e esposas.

Que Lucy certamente teve a intenção de enganar, para sair com um floreio de malícia contra ele em sua mensagem enviada por Thomas, ficou perfeitamente claro para Elinor; e o próprio Edward, agora completamente esclarecido quanto ao seu caráter, não tinha escrúpulos em acreditar que ela era capaz da mais deliberada mesquinhez e maldade. Embora seus olhos tivessem sido abertos há muito tempo, mesmo antes que conhecesse Elinor, para sua ignorância e uma falta de liberalidade em algumas de suas opiniões, eles tinham sido igualmente imputados, por ele, à sua falta de educação; e até que sua última carta chegou a ele, o rapaz sempre acreditou que ela era uma menina de boa índole e de bom coração, e completamente apegada a ele. Nada além de tal persuasão teria impedido que ele colocasse um fim a um compromisso, que, muito antes de sua descoberta o deixou vulnerável à raiva de sua mãe, tinha sido uma fonte contínua de inquietação e arrependimento para ele.

– Pensei que era meu dever – disse ele – independentemente dos meus sentimentos, dar a ela a opção de continuar o noivado ou não, quando fui renunciado por minha mãe, e me vi, para todos os efeitos, sem um amigo no mundo para me ajudar. Em uma situação como essa, onde não parecia haver nada para tentar a avareza ou a vaidade de qualquer criatura viva, como eu poderia supor, quando ela tão sinceramente, tão calorosamente insistiu em compartilhar meu destino, seja lá qual fosse, que qualquer coisa, menos a afeição mais desinteressada foi seu incentivo? E, mesmo agora, eu não posso compreender o motivo de seus atos, ou que imaginada vantagem poderia haver para ela ser acorrentada a um homem por quem ela não tinha o menor respeito, e que tinha apenas duas mil libras no mundo. Ela não podia prever que o coronel Brandon me daria o presbitério.

– Não; mas ela podia supor que algo ocorreria a seu favor; que sua própria família poderia, com o tempo, ceder. E, de qualquer forma, ela não perdeu nada continuando o noivado, pois ela provou que não restringiu nem sua inclinação nem suas ações. A conexão era certamente respeitável e, provavelmente, ganhou para ela a consideração de seus amigos, e, se nada mais vantajoso ocorresse, seria melhor para ela se casar com *você* do que ser solteira.

Edward estava, é claro, imediatamente convencido de que nada poderia ter sido mais natural do que a conduta de Lucy, nem mais evidente do que o motivo disso.

Elinor repreendeu-o duramente como as senhoras sempre repreendem a imprudência que se elogia, por ter passado tanto tempo com eles em Norland, quando ele devia ter sentido sua própria inconstância.

– Seu comportamento foi certamente muito errado – disse ela – porque, para não dizer nada de minha própria convicção, nossa relação levou todas nós a *imaginar* e *esperar* algo que, como você estava então situado, nunca poderia ser.

Ele só podia alegar uma ignorância de seu próprio coração, e uma confiança equivocada na força de seu noivado.

– Eu fui ingênuo o suficiente para pensar, que porque meu compromisso estava empenhado a outra, não haveria perigo em estar com você; e que a consciência do meu compromisso iria manter meu coração tão seguro e sagrado quanto minha honra. Eu senti que eu admirava você, mas disse a mim mesmo que era apenas amizade; até que eu comecei a fazer comparações entre você e Lucy, eu não sabia o quão longe eu estava. Depois disso, suponho, eu estava errado em permanecer tanto tempo em Sussex, e os argumentos com os quais me reconciliei com a conveniência disso, não eram melhores do que estes: o perigo é meu; eu não estou fazendo nenhum mal a ninguém, exceto a mim mesmo.

Elinor sorriu e balançou a cabeça.

Edward ouviu com prazer que coronel Brandon havia esperado na casa, como ele realmente desejava não apenas conhecê-lo melhor, mas ter uma oportunidade de convencê-lo de que já não se ressentia de sua oferta de Delaford.

– O que, no momento – disse ele –, depois de agradecimentos entregues de forma tão descortês como os meus foram na ocasião, ele deve pensar que eu nunca o perdoei pela oferta.

Agora, ele se sentiu surpreso por nunca ter ido ao lugar. Mas tão pouco interesse ele havia tomado no assunto, que ele devia todo o seu conhecimento da casa, do jardim, da gleba, da extensão da paróquia, da condição da terra e da taxa do dízimo, pela própria Elinor, que tinha ouvido tanto do coronel Brandon, e com tanta atenção, a ponto de ser inteiramente senhora do assunto.

Apenas uma pergunta depois disso permaneceu indecisa, entre eles, só uma dificuldade precisava ser superada. Eles foram reunidos por afeto mútuo, com a aprovação mais calorosa de seus amigos reais; seu conhecimento íntimo um do outro parecia fazer sua felicidade certa e eles só queriam algo para viver. Edward tinha duas mil libras, e Elinor, um, que, com Delaford vivo, era tudo o que eles poderiam chamar de seu próprio; pois era impossível que a sra. Dashwood lhes doa-se qualquer coisa; e nenhum deles estava suficientemente apaixonado para pensar que trezentas e cinquenta libras por ano lhes forneceria o conforto da vida.

Edward não estava inteiramente sem esperanças de alguma mudança favorável em sua mãe para com ele; e com *isso* ele contou para o restante de sua renda. Mas Elinor não tinha tal dependência; pois uma vez que Edward ainda seria incapaz de se casar com a srta. Morton, e sua escolha tinha sido falada com linguagem lisonjeira pela sra. Ferrars como apenas um mal menor à sua escolha de Lucy Steele, e ela temia que a ofensa de Robert não serviria a outro propósito a não ser enriquecer Fanny.

Cerca de quatro dias após a chegada de Edward, o coronel Brandon apareceu, para completar a satisfação da sra. Dashwood, e para dar-lhe a dignidade de ter, pela primeira vez desde que viera viver em Barton, mais companhia com ela do que sua casa poderia comportar. Edward foi autorizado a manter o privilégio de primeiro-ministro, e coronel Brandon, portanto, caminhava todas as noites para seus antigos aposentos na mansão em Barton Park; de onde ele geralmente retornava de manhã, cedo o suficiente para interromper o primeiro tête-à-tête dos amantes antes do café da manhã.

Uma residência de três semanas em Delaford, onde, em suas horas noturnas, pelo menos, ele tinha pouco a fazer a não ser calcular a desproporção entre trinta e seis e dezessete anos, trouxe-o para Barton em um temperamento de espírito que precisava de toda a melhoria na aparência de Marianne, toda a gentileza de sua recepção, e todo o incentivo da linguagem de sua mãe, para torná-lo alegre. Entre esses amigos, no entanto, e tal bajulação, ele reviveu. Nenhum rumor do casamento de Lucy ainda tinha chegado a ele: não sabia nada do que tinha passado; e as primeiras horas de sua visita foram, consequentemente, passadas escutando e se admirando. Todas as coisas foram explicadas a ele pela sra. Dashwood, e ele encontrou novas razões para se alegrar com o que ele tinha feito pelo sr. Ferrars, uma vez que eventualmente promoveu o interesse de Elinor.

Seria desnecessário dizer que os cavalheiros avançaram na boa opinião um do outro, à medida que avançavam no conhecimento um do outro, pois não poderia ser de outra forma. Sua semelhança de bons princípios e bom senso, de disposição e de forma de pensar provavelmente teria sido suficiente para uni-los na amizade, sem qualquer outra afinidade; mas o fato de estarem apaixonados por duas irmãs, e duas irmãs que lhes dedicavam afeição, fez essa consideração mútua inevitável e imediata, que poderia ter esperado o efeito do tempo e do julgamento.

As cartas da cidade, que alguns dias antes teriam feito todos os nervos do corpo de Elinor estremecerem de agitação, agora chegaram para ser lidas com menos emoção do que humor. A sra. Jennings escreveu para contar a maravilhosa história, para desabafar sua honesta indignação com a moça leviana, e derramar sua compaixão para com o pobre sr. Edward, que, ela tinha certeza, tinha bastante dotado sobre a inútil atrevida, e foi agora, por todos os relatos, quase de coração partido, em Oxford.

"Eu acho", continuou ela, "que nada foi realizado de modo tão astuto, pois apenas dois dias antes Lucy ligou e sentou-se um par de horas comigo. Nem uma alma suspeitava de nada do assunto, nem mesmo Nancy, que, pobre alma!, veio chorando para mim no dia seguinte, em um grande susto por medo da sra. Ferrars, bem como não por saber como chegar a Plymouth; pois Lucy parece ter pego emprestado todo o seu dinheiro antes que saísse para se casar, de propósito, supomos, para manter as aparências, e a pobre Nancy não tinha sete xelins no mundo; então, fiquei muito feliz em dar-lhe cinco guinéus na esperança, como eu disse a ela, de que se encontre com o doutor novamente. E devo dizer que a grosseria de Lucy de não a levar consigo na carruagem é pior do que tudo. Pobre sr. Edward! Eu não posso tirá-lo da minha cabeça, mas você deve chamá-lo para Barton, e a srta. Marianne deve tentar consolá-lo.

As missivas do sr. Dashwood eram mais solenes. A sra. Ferrars era a mais infeliz das mulheres, a pobre Fanny tinha sofrido agonias de sensibilidade, e ele considerava a existência de cada uma, sob tal golpe, com admiração grata. A ofensa de Robert era imperdoável, mas a de Lucy era infinitamente pior. Nenhum deles deveriam nunca mais ser mencionados à sra. Ferrars; e mesmo, se ela pudesse ser induzida a perdoar seu filho, sua esposa nunca seria reconhecida como uma filha nem permitida a aparecer em sua presença. O sigilo com o qual tudo tinha sido realizado entre eles, foi racionalmente tratado como um aumento enorme do crime, pois caso alguma suspeita de tudo tivesse ocorrido aos outros, medidas adequadas teriam sido tomadas para impedir o casamento; e ele pediu a Elinor para se juntar a ele, lamentando que o noivado de Lucy com Edward não tinha sido cumprido, e que que ela deveria ser, assim, o meio de espalhar a miséria mais longe na família. Assim, ele continuou:

– A sra. Ferrars nunca mencionou o nome de Edward, o que não nos surpreende; mas, para nosso grande espanto, nenhuma linha foi recebida dele na ocasião. Talvez, no entanto, ele seja mantido em silêncio por seu medo de ofender, e eu irei, portanto, dar-lhe uma dica, por uma linha para Oxford, que sua irmã e eu pensamos que uma carta de submissão adequada dele, dirigida talvez a Fanny, e por ela mostrada à sua mãe, pode não ser tomada de forma errada; pois todos nós sabemos a ternura do coração da sra. Ferrars, e que ela deseja nada, tanto quanto estar em bons termos com seus filhos.

Este parágrafo foi de alguma importância para as perspectivas e conduta de Edward. Ele determinou-lhe tentar uma reconciliação, embora não exatamente da maneira apontada por seu cunhado e irmã.

– Uma carta de submissão adequada! – Repetiu ele – Eles me fariam implorar o perdão da minha mãe pela ingratidão de Robert com *ela*, e violação de honra para mim? Não posso fazer nenhuma submissão. Não sou humilhado nem penitente pelo que passou. Eu cresci muito feliz; mas isso não interessaria. Não sei de nenhuma submissão que é apropriada para eu fazer.

– Você certamente pode pedir para ser perdoado – disse Elinor – porque você ofendeu, e eu acho que agora você *pode* se aventurar até mesmo a professar alguma preocupação por ter formado o noivado que se atraiu para você a raiva de sua mãe.

Ele concordou que poderia.

– E quando ela tiver te perdoado, talvez um pouco de humildade possa ser conveniente ao reconhecer um segundo compromisso, quase tão imprudente aos *olhos dela* quanto o primeiro.

Ele não tinha nada a insistir contra isso, mas ainda resistiu à ideia de uma carta de submissão adequada; e, portanto, para facilitar para ele, como ele declarou uma vontade muito maior de fazer concessões verbais do que por escrito, foi resolvido que, em vez de escrever para Fanny, ele deveria ir para Londres, e pessoalmente suplicar-lhe intercedesse a seu favor.

– E se eles realmente se *interessam* – disse Marianne, em seu novo caráter de franqueza – ao provocar uma reconciliação, pensarei que mesmo John e Fanny não são totalmente sem mérito.

Depois de uma visita de apenas três ou quatro dias do coronel Brandon, os dois cavalheiros deixaram Barton juntos. Eles deveriam ir imediatamente para Delaford, de modo que Edward tivesse algum conhecimento pessoal de sua futura casa, e ajudar seu patrono e amigo a decidir sobre quais melhorias eram necessárias para ele; e, a partir daí, depois de ficar lá algumas noites, ele deveria prosseguir em sua jornada para a cidade.

Capítulo 50

Depois de uma resistência adequada por parte da sra. Ferrars, tão violenta e tão firme a ponto de preservá-la daquela reprovação em cuja incorrência ela sempre parecer temer, a reprovação de ser muito amável, Edward foi admitido em sua presença, e novamente pronunciado seu filho.

Nos últimos tempos, sua família tinha sido extremamente flutuante. Por muitos anos de sua vida, ela teve dois filhos homens; mas o crime e a aniquilação de Edward algumas semanas antes tinham lhe roubado um; a semelhante aniquilação de Robert a tinha deixado por uma quinzena sem nenhum; e agora, pela ressurreição de Edward, ela tinha um novamente.

Apesar de ter recebido permissão para viver mais uma vez, no entanto, ele não sentiu a continuidade de sua existência segura, até que tivesse revelado seu atual noivado; para a publicação dessa circunstância, ele temia, poderia dar uma súbita reviravolta à sua constituição, e matá-lo tão rapidamente como antes. Com cautela apreensiva, portanto, foi revelado, e ele foi ouvido com calma inesperada. A sra. Ferrars no início razoavelmente se esforçou para dissuadi-lo de se casar com a srta. Dashwood, por todos os argumentos em seu poder; disse-lhe que na srta. Morton ele teria uma mulher de alto nível e maior fortuna, e impôs a afirmação, observando que a srta. Morton era filha de um nobre com trinta mil libras, enquanto a srta. Dashwood era apenas a filha de um cavalheiro privado com não mais do que *três*; mas quando ela descobriu que, embora admitindo perfeitamente a verdade de sua representação, ele não estava de forma alguma inclinado a ser guiado pela mãe, ela julgou mais sábio, a partir da experiência do passado, submeter-se; e, portanto, depois de um atraso tão desagradável como ela devia à sua própria dignidade, e como serviu a fim de evitar todas as suspeitas de boa vontade, ela emitiu seu decreto de consentimento para o casamento de Edward e Elinor.

O que ela se dignaria a fazer para aumentar sua renda era a próxima questão a ser considerada; e aqui apareceu claramente que, embora Edward fosse agora seu único filho, ele não era de forma alguma seu mais velho; pois enquanto Robert foi inevitavelmente dotado com mil libras por ano, nem a menor objeção foi feita contra as ideias de Edward se ordenar com um benefício de duzentas e cinquenta libras no máximo; nem foi prometido nada para o presente ou no futuro, além das dez mil libras, que tinham sido dadas com Fanny.

Entretanto, era até mais que o desejado, e mais do que era esperado, por Edward e Elinor; e a própria sra. Ferrars, por suas desculpas embaralhadas, parecia a única pessoa surpresa com ela por não dar mais.

Com renda suficiente para suas necessidades, assim asseguradas a eles, não tinham mais nada a esperar depois que Edward estivesse de posse do presbitério, mas a prontidão da casa, para a qual o coronel Brandon, com um desejo ansioso pela acomodação de Elinor, estava fazendo melhorias consideráveis; e depois de esperar algum tempo para sua conclusão, depois de experimentar, como de costume, mil decepções e atrasos da dilatação inexplicável dos operários, Elinor, como de costume, rompeu a primeira resolução positiva de não se casar até que tudo estivesse pronto, e a cerimônia ocorreu na igreja de Barton no início do outono.

O primeiro mês após o casamento foi passado por eles com seu amigo na mansão; de onde eles poderiam supervisionar o progresso da casa paroquial, e direcionar cada detalhe que quisessem no local; poderiam escolher papéis de parede, projetar arbustos e inventar um caminho sinuoso. As profecias da sra. Jennings, embora bastante misturadas, foram em sua maior parte cumpridas, pois ela foi capaz de visitar Edward e sua esposa em seu presbitério lá pela festa de São Miguel, e encontrou em Elinor e seu marido, como ela realmente acreditava, um dos casais mais felizes do mundo. Eles não tinham nada para desejar, exceto pelo casamento do coronel Brandon com Marianne, e melhor pasto para suas vacas.

Foram visitados assim que se instalaram por quase todas as suas relações e amigos. A sra. Ferrars veio para inspecionar a felicidade que estava quase envergonhada de ter autorizado; e até mesmo os Dashwood foram, às custas de uma viagem a Sussex, para fazer-lhes as honras.

– Não vou dizer que estou decepcionado, minha querida irmã –, disse John, enquanto caminhavam juntos uma manhã em frente aos portões de Delaford House, *isso* seria dizer demais, pois certamente você tem sido uma das jovens mais afortunadas do mundo. Mas, confesso, seria um grande prazer chamar o coronel Brandon de irmão. Sua propriedade aqui, este lugar, sua casa, cada coisa está em tão respeitável e excelente condição! E sua floresta, não vi tal madeira em Dorsetshire, como agora está em Delaford Hanger! E embora, talvez, Marianne possa não parecer exatamente a pessoa para atraí-lo, eu acho que seria completamente aconselhável para você tê-los agora frequentemente ficando com você, pois como o coronel Brandon parece ficar muito em casa, ninguém pode dizer o que pode acontecer; no entanto, quando as pessoas convivem muito, vendo pouco de qualquer outra pessoa, sempre estará em seu poder colocá-la em vantagem, e assim por diante. Em suma, você pode muito bem dar-lhe uma chance. Você me entende.

Embora a sra. Ferrars *tivesse* vindo visitá-los, e sempre os tratasse com fingida afeição decente, eles nunca foram insultados por seu verdadeiro favor e preferência. *Isso* foi devido à loucura de Robert, e à astúcia de sua esposa; e foi merecido por eles antes que muitos meses tivessem passado. A sagacidade egoísta desta última, que a princípio tinha atraído Robert para a enrascada, foi o principal instrumento de sua libertação dela; por sua humildade respeitosa, atenções assíduas, e bajulações intermináveis, assim que a menor abertura foi dada para o seu exercício, reconciliou a sra. Ferrars à sua escolha, e restabeleceu-o completamente a seu favor.

Todo o comportamento de Lucy no caso, e a prosperidade que o coroou, portanto, podem ser considerados como um exemplo muito encorajador do que uma séria e incessante atenção ao interesse próprio, não importando o quanto seu progresso esteja aparentemente obstruído, fará para garantir todas as vantagens da fortuna, sem nenhum outro sacrifício além do tempo e da consciência. Quando Robert a procurou pela primeira vez, e a visitou em particular em Bartlett's Buildings, foi apenas com a vista imputada a ele por seu irmão. Ele apenas queria persuadi-la a desistir do noivado; e como não poderia haver nada a superar, mas o afeto de ambos, ele naturalmente esperava que uma ou duas entrevistas resolvessem o assunto. Nesse aspecto, no entanto, e apenas nesse ele errou; pois, embora Lucy logo tenha lhe dado esperanças de que sua eloquência iria convencê-la a *tempo*, outra visita, outra conversa, sempre eram requeridas para produzir essa convicção. Algumas dúvidas sempre permaneciam em sua mente quando se separavam, o que só poderia ser removido por mais meia hora de conversa consigo mesmo. Sua presença foi por este meio garantida, e o restante seguiu em curso. Em vez de falar de Edward, passaram gradualmente a falar apenas de Robert, um assunto sobre o qual ele sempre tinha mais a dizer do que sobre qualquer outro, e no qual ela logo traiu um interesse igual ao seu; e, em suma, tornou-se rapidamente evidente para ambos, que ele tinha suplantado inteiramente seu irmão. Ele estava orgulhoso de sua conquista, orgulhoso de enganar Edward, e muito orgulhoso de se casar em particular sem o consentimento de sua mãe. O que imediatamente se seguiu é conhecido. Eles passaram alguns meses em grande felicidade em Dawlish; pois ela tinha muitas relações e velhos conhecidos e ele desenhou vários planos para casas magníficas; e a partir daí voltando à cidade, adquiriu o perdão da Sra. Ferrars, pelo simples expediente de pedi-lo, que, por instigação de Lucy, foi adotado. O perdão, no início, de fato, como era razoável, compreendia apenas Robert; e Lucy, que não tinha nenhum dever para com sua mãe e, portanto, poderia nem ter transgredido, ainda permaneceu algumas semanas mais imperdoável. Mas a perseverança na humildade de conduta e mensagens, na autocondenação pela ofensa de Robert, e na gratidão pela indelicadeza com que era tratada, adquiriu a tempo a arrogante atenção que a arrebatou por sua graciosidade, e a levou logo depois, por graus rápidos, ao mais alto estado de afeto e influência. Lucy tornou-se tão necessária para a sra. Ferrars como Robert ou Fanny; e, enquanto Edward nunca foi cordialmente perdoado por ter uma vez a intenção de se casar com ela, e Elinor, embora superior a ela em fortuna e nascimento, era falada como uma intrusa, ela foi em todas as coisas considerada, e sempre abertamente reconhecida, como uma filha favorita. Eles se estabeleceram na cidade, receberam assistência muito liberal da sra. Ferrars, estavam nos melhores termos imagináveis com os Dashwood; e deixando de lado os ciúmes e a má vontade continuamente subsistindo entre Fanny e Lucy, em que seus maridos, naturalmente, participavam, bem como os frequentes desentendimentos domésticos entre Robert e Lucy em si, nada poderia exceder a harmonia em que todos eles viviam juntos.

O que Edward tinha feito para perder o direito de filho mais velho poderia ter intrigado muitas pessoas para descobrir; e o que Robert tinha feito para herdá-lo, poderia tê-los intrigado ainda mais. Foi um arranjo, no entanto, justificado em seus efeitos, se não em sua causa; pois nada apareceu no estilo de vida ou de falar de Robert para dar uma suspeita de seu pesar pela extensão de sua renda, como por deixar muito pouco ao seu irmão, ou trazer-se muito; e se Edward pudesse ser julgado pelo pronto desempenho de seus deveres em cada detalhe, pelo crescente apego pela sua esposa e seu lar e pela constante alegria de seu ânimo, ele poderia ser suposto não menos satisfeito com sua sorte, e não menos livre de todos os desejos de uma troca.

O casamento de Elinor dividiu-a tão pouco de sua família quanto poderia muito bem ser planejado, sem tornar a casa em Barton totalmente inútil, pois sua mãe e irmãs passaram muito mais da metade do tempo com ela. A sra. Dashwood estava agindo sobre motivos de política, bem como prazer na frequência de suas visitas a Delaford; por seu desejo de unir Marianne e o coronel Brandon era pouco menos sério, embora bem mais liberal do que o de John havia expresso. Agora era o objeto querido dela. Preciosa como era a companhia de sua filha para ela, não desejava nada além de ceder seu prazer constante para seu caro amigo; e ver Marianne se estabelecer na mansão era igualmente o desejo de Edward e Elinor. Cada um sentiu as tristezas dele, e as próprias obrigações, e Marianne, por consentimento geral, era para ser a recompensa por tudo.

Com tal confederação contra ela, com um conhecimento tão íntimo de sua bondade, uma convicção de seu apego afetuoso, que finalmente, embora muito tempo depois de ser observável a todos os outros, revelou-se para ela, o que poderia fazer?

Marianne Dashwood nasceu para um destino extraordinário. Ela nasceu para descobrir a falsidade de suas próprias opiniões, e para neutralizar, por sua conduta, suas máximas mais favoritas. Ela nasceu para superar uma afeição formada tão tarde na vida como aos dezessete anos, e sem sentimento superior à forte estima e amizade animada, voluntariamente para dar a mão a outro! E *que* outro, um homem que tinha sofrido nada menos que ela mesma sob o caso de um antigo apego, que, dois anos antes, ela havia considerado muito velho para se casar e que ainda buscava a salvaguarda constitucional de um colete de flanela!

Porém assim foi. Em vez de ser um sacrifício para uma paixão irresistível, como uma vez que ela tinha carinhosamente se lisonjeado com a expectativa, em vez de permanecer para sempre com sua mãe, e encontrar seus únicos prazeres na reclusão e no estudo, como depois em seu julgamento mais calmo e sóbrio ela tinha determinado, ela se viu aos dezenove anos submetendo-se a novos anexos, entrando em novos deveres, morando em um novo lar, uma esposa, a senhora de uma família, e a benfeitora de um vilarejo.

O coronel Brandon estava agora tão feliz, como todos aqueles que o amavam acreditavam que merecia ser; em Marianne ele foi consolado por cada aflição passada; seu respeito e sua sociedade restauraram sua mente à animação, e seus espíritos à alegria; e que Marianne encontrou sua própria felicidade em formar a sua, foi igualmente a persuasão e o prazer de cada amigo observador. Marianne nunca poderia amar pela metade; e todo o seu coração tornou-se, com o tempo, tanto dedicado ao seu marido, como já tinha sido para Willoughby.

Willoughby não podia ouvir falar de seu casamento sem uma pontada, e sua punição foi logo depois completada pelo perdão voluntário da sra. Smith, que, ao declarar seu casamento com uma mulher de caráter, como fonte de sua clemência, deu-lhe razão para acreditar que se ele tivesse se comportado de modo honrado para com Marianne, ele poderia ao mesmo tempo ter sido feliz e rico. Que seu arrependimento de má conduta, trazendo sua própria punição, foi sincero não precisa ser duvidado; nem que ele pensou por muito tempo no coronel Brandon com inveja, e em Marianne com arrependimento. Mas que ele era para sempre inconsolável, que fugiu da sociedade, ou contraiu uma melancolia habitual de temperamento, ou morreu de coração partido, não deve se depender, pois ele não fez nenhum dos dois. Ele viveu para reagir, e frequentemente para se divertir. Sua esposa nem sempre estava de mau humor, nem sua casa sempre desconfortável, mas em sua raça de cavalos e cães, e em esportes de todos os tipos não encontrou nenhum grau considerável de felicidade doméstica.

Para Marianne, no entanto, apesar de sua incivilidade em sobreviver à sua perda, ele sempre manteve esse respeito decidido que o interessava em cada coisa que lhe ocorreu, e fez dela seu padrão secreto de perfeição na mulher; e muitas belezas surgindo seriam desprezadas por ele em dias posteriores como não tendo nenhuma comparação com a sra. Brandon.

*

Mrs. Dashwood foi prudente o suficiente para permanecer na casa de campo, sem tentar uma remoção para Delaford; e felizmente para sir John e a sra. Jennings, quando Marianne foi tirada deles, Margaret tinha alcançado uma idade altamente adequada para a dança, e não muito inelegível para se supor que tinha um pretendente.

Entre Barton e Delaford, havia aquela comunicação constante que o forte afeto familiar ditaria naturalmente; e, entre os méritos e a felicidade de Elinor e Marianne, que não seja classificado como o menos considerável que as irmãs, estando quase à vista uma da outra, pudessem viver sem desentendimentos entre si ou lançando frieza entre seus maridos.

A seguir, uma prévia da edição de

lançada pela

EXCELSIOR
BOOK ONE

Capítulo 1

É uma verdade universalmente reconhecida que um homem solteiro, em posse de boa fortuna, deve estar à procura de uma esposa.

Embora os sentimentos ou opiniões de tal homem sejam pouco conhecidos quando ele adentra uma vizinhança pela primeira vez, essa verdade está tão bem fixada nas mentes das famílias vizinhas que o rapaz é logo considerado a propriedade legítima de uma das suas filhas.

– Meu caro sr. Bennet – disse-lhe um dia a sua esposa –, ficou sabendo que Netherfield Park foi alugada, finalmente?

O sr. Bennet respondeu que não.

– Pois foi – respondeu. – A sra. Long esteve aqui e me contou tudo.

O sr. Bennet não respondeu.

– Não quer saber quem a ocupou? – exclamou a esposa com impaciência.

– *Você* quer me contar, e não tenho nenhuma objeção em ouvir.

A resposta mostrou-se um convite.

– Ora, meu querido. Você deve saber, a sra. Long contou que Netherfield foi alugada por um jovem de enorme fortuna, oriundo do norte da Inglaterra. Ele chegou na segunda-feira, em uma elegante carruagem e acompanhado de mais quatro pessoas, a fim de visitar a propriedade. Ficou tão encantado que fechou negócio com o sr. Morris imediatamente;

ele ocupará Netherfield antes da Festa de São Miguel, e alguns de seus criados deverão chegar no próximo fim de semana.

– Como ele se chama?

– Bingley.

– É casado ou solteiro?

– Ora! Solteiro, meu querido, é claro! Solteiro e com uma enorme fortuna; quatro ou cinco mil libras por ano. Que coisa boa para as nossas filhas!

– Como assim? De que modo isso pode afetá-las?

– Meu caro sr. Bennet – replicou a esposa –, não seja tão entediante! Deve imaginar que estou pensando em casá-lo com uma delas.

– Será este o intuito do rapaz ao se instalar aqui?

– Intuito! Que tolice, como pode falar uma coisa dessas? Mas é muito provável que ele venha a se apaixonar por uma delas, e por isso você deve visitá-lo assim que ele chegar.

– Não vejo motivo para tal. Você pode ir com as meninas, ou pode mandá-las sozinhas, o que é uma ideia ainda melhor, pois você é tão linda quanto qualquer uma delas, e o sr. Bingley pode preferi-la.

– Está me bajulando, querido. Decerto já *tive* minha cota de beleza, mas não sou nada extraordinária hoje em dia. Quando uma mulher tem cinco filhas crescidas, deve parar de pensar na própria beleza.

– Na maioria das vezes, a mulher já não tem muita beleza para pensar a respeito.

– Mas, querido, você precisa visitar o sr. Bingley quando ele chegar à vizinhança.

– Garanto-lhe que é um compromisso maior do que eu gostaria de assumir.

– Pense nas suas filhas, que bom partido ele seria para qualquer uma delas. O sr. William e Lady Lucas estão decididos a ir por esse motivo, pois você sabe que eles nunca visitam recém-chegados. Você precisa ir, porque será impossível que *nós* o visitemos se você não for antes.

– Você está sendo diligente demais, sem dúvida. Ouso dizer que o sr. Bingley ficará muito feliz em vê-la; e enviarei algumas linhas por seu intermédio assegurando-lhe de que dou o mais sincero consentimento à sua união com qualquer uma das meninas, embora deva acrescentar um elogio a respeito de minha pequena Lizzy.

– Espero que não faça tal coisa. Lizzy não é melhor do que as outras; estou convencida de que não tem metade da beleza de Jane nem metade do bom humor de Lydia. Mas você sempre dá sua preferência a *ela*.

– Não há muito o que recomendar a respeito delas – respondeu o sr. Bennet. – São tolas e ignorantes como as outras moças. Mas Lizzy é mais esperta do que as irmãs.

– Sr. Bennet, como pode falar assim das próprias filhas? Você sente prazer em me irritar. Não tem pena dos meus pobres nervos.

– É aí que se engana, minha querida. Tenho um grande respeito pelos seus nervos. São meus velhos amigos. Ouço você falar deles há, no mínimo, vinte anos.

– Ah, não sabe o quanto sofro.

– Espero que consiga se recuperar e viver para ver muitos jovens com rendimento anual de quatro mil libras se mudarem para a vizinhança.

– De que adiantará a vinda de vinte desses rapazes se você se recusar a visitá-los?

– Quando vierem, minha querida, tenha a certeza de que visitarei todos os vinte.

O sr. Bennet era uma mistura tão curiosa de sagacidade, sarcasmo, discrição e excentricidade que a experiência de vinte e três anos ainda era insuficiente para que a esposa entendesse seu caráter. A mente *dela* era menos difícil de compreender. Era uma mulher de inteligência mediana, pouca instrução e temperamento instável. Quando se aborrecia, cedia ao nervosismo. A preocupação de sua vida era casar as filhas; sua distração, fazer visitas e ouvir as novidades.

Capítulo 2

O sr. Bennet foi um dos primeiros a visitar o sr. Bingley. Sempre tivera a intenção de vê-lo, embora até o fim continuasse a garantir à esposa que não iria; e nada lhe disse até a noite subsequente à visita. Só então a revelou, nos seguintes termos. Observando a segunda filha ocupada em reformar um chapéu, dirigiu-lhe de supetão estas palavras:

– Espero que o sr. Bingley goste do chapéu, Lizzy.

– Não há como saber os gostos do sr. Bingley – interveio a mãe, ressentida. – Já que não podemos visitá-lo.

– Mas não se esqueça, mamãe – disse Elizabeth –, de que o encontraremos em reuniões, e de que a sra. Long prometeu apresentá-lo a nós.

– Não creio que a sra. Long o fará. Ela tem duas sobrinhas. É uma mulher egoísta e hipócrita, mas não tenho opinião sobre ela.

– E eu tampouco – disse o sr. Bennet. – E fico feliz em saber que você não depende dela para fazer o que você quer.

A sra. Bennet não se dignou a responder. Todavia, incapaz de se conter, ralhou com uma das filhas:

– Não fique tossindo assim, Kitty, pelo amor de Deus! Tenha um pouco de pena dos meus nervos. Você os deixa em frangalhos.

– As tosses de Kitty não são nada discretas – comentou o pai. – E vêm sempre em má hora.

– Não tusso por diversão – respondeu Kitty, irritada. – Quando será o próximo baile, Lizzy?

– Daqui a duas semanas.

– Nossa, é verdade – exclamou a mãe. – E a sra. Long só voltará na véspera desse dia. Ora, ela não poderá nos apresentar o sr. Bingley, pois ela própria não o terá conhecido.

– Neste caso, minha querida, você poderá assumir a dianteira e apresentar o sr. Bingley a *ela*.

– Impossível, sr. Bennet, impossível! Não fomos apresentados! Como pode ser tão debochado?

– Respeito a sua prudência. Uma relação de duas semanas não é lá muita coisa. Não podemos dizer que conhecemos realmente um homem ao cabo de uma quinzena. Mas, se *nós* não arriscarmos, outra pessoa o fará, e, no final das contas, a sra. Long e suas sobrinhas também devem ter sua oportunidade. Logo, ela entenderá a sua recusa como uma boa ação, e eu assumirei a incumbência.

As meninas encararam o pai. A sra. Bennet se limitou a dizer:

– Tolice, tolice!

– Qual é o significado dessa exclamação enfática? – perguntou o pai. – Acha que as formas de apresentação e a pressão exercida sobre elas são tolices? Não posso concordar com você *nesse ponto*. O que você acha, Mary? Sei que é uma moça de reflexões profundas, que lê grandes livros e faz resumos.

Mary quis replicar algo sensato, mas não soube o quê.

– Enquanto Mary ajusta as suas ideias – ele continuou –, voltemos ao sr. Bingley.

– Estou farta do sr. Bingley – exclamou a sra. Bennet.

– Lamento ouvir *isso*. Por que não me disse antes? Se soubesse de tal coisa hoje cedo, não teria entrado em contato com ele. Que má-sorte; porém, como já o visitei, não podemos mais evitar relações.

O espanto das mulheres ocorreu como desejado, o da sra. Bennet possivelmente superando os demais. Porém, quando a algazarra de contentamento chegou ao fim, ela desatou a falar que era o que esperava dele o tempo todo.

– Que bondade da sua parte, meu querido sr. Bennet! Mas eu sabia que o iria convencer, enfim. Tinha certeza de que amava demais suas filhas para negligenciar tal oportunidade. Puxa, como estou contente! E você nos pegou direitinho ao sair de manhã e manter segredo até agora.

– Agora, Kitty, pode tossir à vontade – disse o sr. Bennet. E, ao falar, deixou a sala, cansado dos arroubos da esposa.

– Vocês têm um pai maravilhoso, meninas! – exclamou a sra. Bennet quando a porta se fechou. – Não sei como algum dia conseguirão retribuir a bondade dele; nem eu, aliás. Na nossa idade, já não é tão agradável estabelecer novas relações assim, todos os dias, mas fazemos qualquer coisa por vocês. Lydia, meu amor, embora você *seja* a caçula, ouso dizer que o sr. Bingley dançará com você no próximo baile.

– Ah! – exclamou Lydia com firmeza. – Não tenho receios. Embora seja a mais nova, sou também a mais alta.

Passaram o resto da noite conjecturando quando o rapaz retribuiria a visita do sr. Bennet e quando deveriam convidá-lo para jantar.

SIGA NAS REDES SOCIAIS:
@editoraexcelsior
@editoraexcelsior
@edexcelsior
@editoraexcelsior
editoraexcelsior.com.br